Matthias Löwe • Spinnereimord

Matthias Löwe wurde 1964 in Löhne (Westfalen) geboren. Er studierte in Bielefeld und wohnte in der Teuto-Stadt – mit Unterbrechungen – von 1985 bis 1998. Nach einigen Lehrtätigkeiten in der Bundesrepublik und den Niederlanden ist er seit 2003 Professor für Mathematik in Münster.

Pendragon Verlag
gegründet 1981
www.pendragon.de

Originalausgabe
Veröffentlicht im Pendragon Verlag
Günther Butkus, Bielefeld 2022
© by Pendragon Verlag Bielefeld 2022
Alle Rechte vorbehalten
Lektorat: Rahel Schmidt, Jessica Tiekötter
Herstellung und Umschlag: Uta Zeißler, Bielefeld
Umschlagfoto: D. Schweitzer – stock.adobe.com
Satz: Pendragon Verlag auf Macintosh
Gesetzt aus der Adobe Garamond
ISBN 978-3-86532-780-2
Gedruckt in Polen

Matthias Löwe

Spinnerei-
mord

PENDRAGON

Prolog

Die Sonne war schon vor Stunden untergegangen, Bielefeld lag schläfrig im Schimmer von Leuchtreklamen und Ampeln. An diesem Punkt der Stadt war nur die *Ravensberger Spinnerei* von einem gelbgoldenen Licht erleuchtet.

Sie sieht beinahe wie eine Schwester der Sparrenburg aus, dachte Gregor, als er seinen Roller in ihrem Schatten parkte. *Nun ja, vielleicht eher wie eine jüngere Cousine,* fügte er nach einem zweiten Blick auf den Bau aus dem 19. Jahrhundert hinzu. Er streifte sich den Helm vom Kopf, befestigte ihn an seinem Gefährt und lenkte seine Schritte Richtung Heeper Straße. Dort tauchte ein hoher Baum den Gehweg ins Dunkel. Der Junge blieb stehen. Mit seiner schwarzen Jacke und der dunkelgrauen Jeans war er beinahe unsichtbar.

Keine fünf Minuten später näherten sich ihm drei Gestalten in ähnlicher Kleidung. Ob das die drei waren, mit denen er hier verabredet war? Angestrengt versuchte Gregor, den Fetzen eines Gesprächs zu erhaschen, doch keine der drei Personen sagte ein Wort. Dennoch: Sie mussten es sein, schließlich hatten sie genau diese Zeit und diesen Ort ausgemacht – und außerdem: Wozu hatten sie einen Code vereinbart?

„Kein Foodwaste", sprach er die abgemachte Parole halblaut vor sich hin, als die drei auf seiner

Höhe waren. Seine Handflächen waren feucht. Er war aufgeregter, als er es zugegeben hätte.

„Wir sind die Guten", kam prompt die richtige Antwort.

Dann erkannte Gregor seine Mitstreiter auch. Er hob seine Hand zur Gettofaust und schlug gegen die ebenfalls erhobenen Fäuste der anderen.

„Hi, Chris. Hi, Bully. Hi, Tobi", sagte er.

„Wollen wir quatschen oder arbeiten?", kam prompt Chris' Antwort.

An dem weißen Schimmer in seinem Gesicht konnte Gregor erahnen, dass er lächelte. Ansonsten waren die Züge seines Gegenübers ebenso wie die der anderen von den Kapuzen ihrer Hoodies verschattet. Auch Gregor klappte seine Kapuze hoch. Von nun an war es besser, wenn ihn niemand erkannte. Dann folgte er den anderen stadtauswärts.

Schon ein paar hundert Meter weiter hielt die Gruppe wieder an. Sie waren kurz hinter einer Tankstelle stehengeblieben, deren blaues Werbelicht gespenstisch über den vier Verschwörern flackerte. Chris deutete mit einem Kopfnicken auf die gegenüberliegende Straßenseite, aber die anderen hätten auch ohne diesen Hinweis gewusst, dass sie am Ziel waren. *Edelmarkt* verkündete eine rotweiße Leuchtschrift auf dem langgestreckten Gebäude, aus dem ansonsten aber nur der grünliche Schimmer einer Notbeleuchtung drang.

„Auf geht's!", feuerte Chris seine Mitstreiter an.

Gregor, der sich zum ersten Mal aktiv an einer Aktion der *Raspiritter* beteiligte, merkte, wie ihm das Adrenalin ins Blut schoss. Nun war der große Augenblick also gekommen.

Na los, was kann schon passieren?, sprach er sich innerlich Mut zu. *Außerdem tust du hier einfach das Richtige.* Vor zehn Jahren, als er sich in verschiedene hochgesicherte Server mit streng vertraulichen Informationen eingehackt hatte, war der Einsatz ungleich höher gewesen.

Inzwischen hatte er zusammen mit seinen Mitstreitern die Heeper Straße überquert. Dabei erkannte Gregor zum ersten Mal, dass er nicht der Einzige war, der einen großen Tramper-Rucksack auf den Schultern trug. Wie abgemacht, war jeder seiner Gefährten ebenso ausgestattet und in keinem der Rucksäcke schien sich etwas zu befinden. Merkwürdig leicht baumelten sie bei jeder Bewegung hin und her. Nur Chris' Gepäck war offenkundig etwas schwerer, in ihm meinte Gregor auch die Umrisse eines Werkzeugs zu erkennen.

Wie auf Kommando zog jeder von ihnen eine schwarze Mund-Nasen-Bedeckung aus der Tasche und setzte sie auf. Seit einem halben Jahr schleppte er diese Dinger nun schon mit sich rum. Endlich waren sie mal zu etwas nutze. Chris deutete auf einen kleinen Pfad entlang des Zauns, der das Gebäude umgab. Etwa zwanzig Meter später hielt er wieder an. Mit sicherem Blick suchte er den Draht ab und bog ihn an einer Stelle auf, an der er schon zuvor durchtrennt worden war. Einer nach dem anderen schlüpfte der Trupp durch die Öffnung.

„Die Container sind da drüben", wisperte Chris und wies auf die Rückseite des langgestreckten Gebäudes, als alle den Zaun überwunden hatten.

Obwohl sich Gregor sicher war, dass niemand sie bei ihrer Aktion beobachtet hatte, schlichen sie auf Zehenspitzen zu der angegebenen Stelle. Hier befand sich der Hinterausgang des *Edelmarktes* und über diesem war eine grüne Notbeleuchtung, die ein Männchen auf der Flucht zeigte. Gregor musste kichern. Warum jemand diesen Hinweis hier aufgehängt hatte, mochte dessen Geheimnis bleiben. Jeder, der es bis hierher geschafft hatte, war einer möglichen Gefahr innerhalb des Gebäudes ja schon entkommen. Nun, das sollte heute Abend nicht sein Problem sein: Mit seinen Mitstreitern wollte er weder aus dem Supermarkt entkommen noch in ihn eindringen.

Ihr Ziel befand sich vielmehr auf dem Hinterhof. Im dem schummrigen Lichtschein, den das Notlicht spendete, erkannte Gregor zwei große Abfallcontainer. Auch die Anderen hatten diese schon entdeckt.

Bully machte sich gerade schon an dem vorderen der beiden zu schaffen. „Abgeschlossen", stellte er fest und schlug enttäuscht gegen das Metallgehäuse. Das Gongen, das er dabei erzeugte, durchschnitt die Nacht.

„Pssst", zischte Tobi ihn an. Bestimmt funkelten seine Augen wütend, aber das konnte Gregor nicht sehen. Recht hatte er. Sie hätten sich vorhin nicht so anpirschen müssen, wenn sie nun einen derartigen Lärm veranstalteten.

„Was hast du denn gedacht?", erklärte Chris, ihr Anführer, im Flüsterton. „Natürlich sind die Container nicht nur durch diesen Drahtzaun gesichert, sonst würde sich ja wohl ganz Bielefeld hier bedienen." Er lachte leise über seinen Scherz. Dann zog er zwei Bolzenschneider aus seinem Rucksack hervor. Einen drückte er Bully in die Hand, den anderen nahm er selbst und machte sich auf den Weg zum zweiten Container.

„An der vorderen Öffnung sind zwei Ösen, dadurch haben sie eine Kette gezogen, die musst du durchschneiden", erklärte er dabei. „Das machen die immer so, keine Ahnung, warum die sich nicht endlich ein richtiges Schloss besorgen. Na, mir soll's recht sein", fügte er nach einer kurzen Pause hinzu. Wieder lachte er beinahe lautlos. „Tobi, Gregor, ihr passt auf, dass keiner kommt, jetzt wird's ernst!", kommandierte er.

Dann hörte Gregor, wie Metall auf Metall knirschte, wenig später klirrte es zweimal. Die Ketten waren also zerschnitten und zu Boden gefallen.

„Verdammt, ist das Ding schwer", stöhnte Bully, als er versuchte, die Abdeckung seines Containers beiseite zu schieben. „Tobi, kannst du mir mal helfen?" Der Angesprochene sprang seinem Mitstreiter sogleich beiseite.

Chris hatte mit seinem Containerdeckel weniger Mühe. Kurz darauf sah Gregor, wie er mit dem schwachen Licht seines Smartphones in den Behälter leuchtete. „Heilige Scheiße, was haben die denn diesmal alles weggeschmissen!", rief er begeistert aus. „Das wird endlich mal wieder ein richtig dicker Fang. Ich fange schon mal an, einzupacken!"

Während Bully und Tobi weiter den vorderen Container bearbeiteten, eilte Gregor zu Chris. Der konnte bestimmt Hilfe gebrauchen.

In diesem Moment flammten vom jenseitigen Ende des Hofs die Lichter von ein paar sehr kräftigen Taschenlampen auf. Mit einem Mal waren die großen Abfallbehälter von den Strahlern wie in Flutlicht getaucht. Irgendwo aus dem Dunkel näherten sich fünf Gestalten. Ähnlich wie Gregor und seine Freunde waren sie dunkel gekleidet. Als sie näherkamen, sah Gregor, dass drei der fünf Männer einen Baseballschläger in den Händen hielten. Ein weiterer schien eine Fahrradkette als Waffe mit sich zu führen, der letzte trug eine Metallstange.

„Schnappt sie euch!", dröhnte eine tiefe Stimme.

„Abhauen!", kam Chris' Kommando beinahe gleichzeitig. Aber selbst ohne diesen Hinweis waren Tobi und Bully schon auf der Flucht. Auch Gregor brauchte keine zweite Warnung. Er wirbelte herum und folgte den beiden.

„Jeder in eine andere Richtung!", hörte er noch Chris rufen, dann war er schon am Zaun angelangt. Hier war er zumindest wieder im Schutz der Dunkelheit. Dennoch hörte er die Rufe seiner Verfolger. Dafür gaben Bully und Tobi keinen Laut mehr von sich. Sehen konnte er sie erst recht nicht. Panisch tastete Gregor den Maschendraht nach dem Loch ab, durch das sie vor Kurzem hineingekommen waren. Keine Chance. Jeder Meter der Umzäunung fühlte sich gleich an. Wenn man nicht wusste, wo der Durchschlupf war, war es unmöglich, ihn zu finden.

Verdammter Mist!, fluchte er innerlich. Zudem schienen die Stimmen der Verfolger immer näher zu kommen. Er musste etwas tun, womit sie nicht rechneten. Rasch wandte er sich wieder vom Zaun ab. Ein Dutzend Schritte von ihm entfernt war die Seitenwand des Supermarktes. Als er sie erreicht hatte, drückte er sich flach dagegen. Langsam schlich er weiter. Vielleicht hatte er ja Glück und die Bewaffneten suchten ihn am Zaun. Ohnehin hörte er nur noch zwei unterschiedliche Stimmen. Die anderen Schläger mussten bei den Containern geblieben sein oder sie verfolgten seine Mitstreiter. Hauptsache, es gab keine Schweinwerfer für diesen Weg entlang des Supermarktes.

„Au!" Gregor musste einen lauten Schmerzensschrei unterdrücken. Mit seinem Schienbein war er gegen etwas Hartes gestoßen. Vorsichtig tastete er das Hindernis ab. Jemand hatte hier fünf oder sechs

Europaletten gestapelt, eine von ihnen stand ein Stück hervor. So lange es so finster war, konnte sich Gregor hier vielleicht verstecken. Tief kauerte er sich hinter den Holzstapel.

Mit einem Mal hörte er einen dumpfen Laut, dann noch einen. Jemand brüllte auf. Die Verfolger mussten einen seiner Kollegen erwischt haben. Nun nahmen sie ihn in die Mangel. Instinktiv wollte ihm Gregor zu Hilfe eilen. Nur mit Mühe konnte er sich zurückhalten. Alleine und unbewaffnet konnte er gegen fünf Männer mit Baseballschlägern und Fahrradketten wenig ausrichten. Er spürte, wie er am ganzen Leib zitterte. Was sollte er tun?

Bröker wusste von alldem nichts. Er hatte sich an diesem Septemberabend mit einem seiner liebsten Jazzalben und einer Flasche Barolo in seine Bibliothek zurückgezogen, wie er sein Bücherzimmer mit dem alten Computer gerne nannte, und nach dem zweiten großen Glas Rotwein war er eingenickt. Er hatte von Uli, seinem im letzten Jahr verstorbenem Kater, geträumt, aber da er sich inzwischen mit dem Tod seines jahrelangen Begleiters abgefunden hatte, war sein Schlaf ruhig und fest gewesen. Dennoch sollten die Ereignisse dieser Nacht für ihn der Auftakt für die denkwürdigsten Tage in einem denkwürdigen Jahr werden.

Kapitel 1
Böses Erwachen

„Bröker!" Uli hatte trotz seiner Körperfülle im Garten eine fette Maus gefangen und stolzierte mit ihr durch Brökers Wohnzimmer. Begeistert von seinem Jagdglück wollte er seinem Herrchen den Fang präsentieren. „Bröker!", rief er wieder. „Bröker!"

Bröker rieb sich verwundert die Augen. Irgendetwas an dieser Geschichte konnte nicht stimmen. Sicher, Uli war zur Wohnzimmertür hineingekommen, wie er es immer tat, während er, Bröker, wohl in seinem Bücherzimmer eingenickt war. Das erklärte, warum die Stimme des Katers so dumpf und weit entfernt klang. Aber eigentlich hatte Uli überhaupt nicht sprechen können, noch nicht einmal dumpf. Und überhaupt: *hatte*! Uli war doch vor mehr als neun Monaten gestorben!

„Bröker!", wieder hörte der Hausherr seinen Namen, diesmal aus geringerer Entfernung. Kein Zweifel: Das war nicht Uli, das war Gregor. Bröker lachte. Wie hatte er nur annehmen können, dass sein verstorbener Kater ihn rief? Das zeigte, wie tief er in seine Träume versunken gewesen war.

„Hier bin ich", meldete er sich mit belegter Stimme zurück. Gott, er klang wirklich völlig verschlafen. Schnell guckte er sich um. Die Weinflasche! Wenn Gregor die sah und noch dazu mitbekam, dass Bröker in der Bibliothek eingeschlafen war, würde es wieder einmal Hohn aus seinem Mund hageln. Und auch wenn Bröker das ungern zugab, diese Spötteleien hatte er sich in den vergangenen Monaten zunehmend dünnhäutiger angehört. Besonders wenn sein Mitbewohner wieder einmal Brökers Alter aufs Korn nahm. Dem Jungen gegenüber hätte er nie zugegeben, dass er seinen fünfzigsten Geburtstag im vergangenen Jahr viel schlechter weggesteckt hatte als zehn Jahre zuvor den vierzigsten. Ja, in schlechten Nächten erwachte er manchmal sogar mit der Befürchtung, er würde den siebenundsechzigsten Geburtstag, den er über viele Jahre für das natürliche Ende seiner Ersparnisse und damit seines Lebens gehalten hatte, nicht mehr feiern können. Schließlich war auch sein Vater nicht alt geworden. Dazu war sein eigener Lebenswandel nicht sonderlich gesund – zu viel Essen, zu viel Alkohol und zu wenig Bewegung. Und wenn er in Gedanken erst einmal bei seinem Vater und seinen schlechten Gewohnheiten angekommen war, konnte Bröker über Stunden nicht mehr einschlafen.

Noch einmal fiel sein Blick auf die noch halbvolle Baroloflasche. Die musste auf jeden Fall verschwinden. Sofort. Schnell versteckte er sie hinter einem großen Atlas im Regal.

Gerade noch rechtzeitig, denn in diesem Augenblick flog die Tür der kleinen Bibliothek auf. Wie erwartet betrat Gregor den Raum. Doch anders als von Bröker befürchtet, begann der Junge nicht zu sticheln. Dabei hätte das leere Weinglas, das Bröker in der Eile vergessen hatte wegzuräumen, Anlass genug geboten. Ja, Gregor schien sich nicht die geringsten Gedanken zu machen, warum er seinen älteren Freund im Bücherzimmer fand und nicht im Bett. Schließlich war es schon beinahe halb zwei, wie ein rascher Blick auf eine alte Tischuhr im Bücherregal zeigte.

„Gut, dass ich dich hier finde!", stieß der Junge hervor. Obwohl Bröker wusste, dass Gregor gern bei ihm wohnte und die beiden in den letzten zehn Jahren eine enge Freundschaft geschlossen hatten, hätte er nicht sagen können, wann er ihn zuletzt so dankbar erlebt hatte.

„Was ist denn los?", erwiderte er und musterte seinen Mitbewohner.

Der schien verstört, ja aufgelöst. Seine Haare hingen ihm wirr vom Kopf. Und war der dunkle Strich auf seiner Hand etwa Blut? „Chris, sie haben Chris zusammengeschlagen!", stieß Gregor nur hervor. „Er liegt im Krankenhaus. Auf der Intensivstation."

Bröker zögerte. „Jetzt mal bitte langsam und von vorn. Wer ist Chris?", erwiderte er dann. „Du musst wissen, ich habe schon geschlafen, und wenn ich dann mitten in der Nacht geweckt werde, kommt mein Gehirn nur langsam auf Touren. Ich weiß, das ist genau das, was du von Männern in meinem Alter erwartest", fügte er noch hinzu, um einem zu erwartenden Seitenhieb des Jungen die Spitze zu nehmen.

Aber der entgegnete nur: „Okay. Langsam und

von vorne. Ich war heute Nacht mit den *Raspirittern* unterwegs."

„Mit wem warst du unterwegs?" Bröker machte nun einen vollends verdatterten Eindruck.

„Mit den *Raspirittern*. Benannt nach der *Ravensberger Spinnerei*. Bröker, davon habe ich dir aber schon mal erzählt."

„Mag sein, mag sein", gab dieser widerwillig zu. Es stimmte ja, dass er nicht immer so genau zuhörte, wenn Gregor von einer der Organisationen berichtete, bei denen er sich zugunsten einer besseren Zukunft für die ganze Welt engagierte. Und auch, dass er das, was er mitbekam, schnell wieder vergaß. Und das, obwohl er den uneigennützigen Einsatz seines Mitbewohners für eine gute Sache hielt. Aber Brökers Gehirn war eben eher dafür geeignet, sich ein gutes Rezept zu merken, den Jahrgang eines anständigen Medocs oder welchen Platz der Abschlusstabelle Arminia Bielefeld 1983/84 belegt hatte, damals noch mit Frank Pagelsdorf. „Kannst du es mir vielleicht nochmal zusammenfassen?", bat er seinen Freund daher demütig.

„Ja gut", willigte der ein. „Aber dass ich seit mehr als sieben Jahren bei den *Cyberhoods* bin und da anderen Leuten mit Computerkram und vielem mehr helfe, muss ich nicht auch noch wiederholen, oder?"

Obwohl die Frage sicherlich rhetorisch gemeint gewesen war, schüttelte Bröker den Kopf.

„Durch die *Cyberhoods* komme ich öfter auch

mit anderen Gruppen zusammen, die nicht nur das eigene Wohl im Kopf haben", fuhr Gregor fort, ohne auf die Reaktion seines Freundes zu achten. Er sprach hastig, um rasch zum Kern zu kommen. „Und die *Raspiritter* sind eine dieser Gruppen. Erst haben sie sich *Resteretter* genannt, aber *Raspiritter* war dann wohl irgendwie knackiger. Sie setzen sich dafür ein, dass nicht mehr so viele Lebensmittel im Müll landen."

„Das ist eine super Idee. Ich finde auch, dass Lebensmittel eher in Mägen gehören, vor allem in meinen", brummte Bröker, bevor ihm bewusst wurde, dass der Junge offenbar nicht in der Verfassung für derartige Späße war.

„Weißt du eigentlich, wie viele Lebensmittel bei uns im Müll landen?", dozierte sein Mitbewohner unterdessen.

„Bei uns relativ wenig", gab Bröker zurück. „Wie du weißt, esse ich das meiste. Insofern bin ich auch ein guter *Resteretter* oder *Raspiritter*."

„Bröker!" Nun hatte er Gregor doch auf die Palme gebracht. „Ich meine es ernst. Was denkst du, wie viele Lebensmittel die Deutschen so wegschmeißen?"

„Ich habe keine Ahnung", musste der ältere der beiden Freunde zugeben.

„313 Kilo", schoss Gregor zurück. „Jede Sekunde. Das musst du dir mal vorstellen. In jeder Sekunde wandert das Gegengewicht von beinahe drei Brökern an Lebensmitteln in den Müll! Und dabei gibt es gleichzeitig in Deutschland jede Menge Leute, die zu wenig zu essen haben oder sich von Zeug ernähren müssen, das du und ich nie anrühren würden. Und genau das wollen die *Raspiritter* ändern."

„Verstehe", murmelte Bröker.

„Und deshalb gehen sie containern und spenden das, was sie erbeuten, den Essenstafeln oder Familien, von denen sie wissen, dass sie ein paar zusätzliche Lebensmittel gut gebrauchen können."

„Sie gehen was?"

„*Containern.*"

„Junge, du sprichst in Rätseln. In der Welt, in der ich groß geworden bin, ist *Container* ein Substantiv und man steckt Müll hinein."

„Bröker, in deiner Welt bin ich auch noch 17 und nicht 28. Deine Welt verändert sich eben langsamer als meine." Trotz seiner Anspannung musste Gregor lächeln. „Und um deinen Wortschatz auf den neuesten Stand zu bringen: Containern ist auch ein Verb. Steht inzwischen sogar im Duden. Natürlich nicht in dem da." Er deutete auf ein Exemplar mit grauem Einband im Bücherregal. „Es bedeutet, dass man weggeworfene, aber noch genießbare Lebensmittel aus den Abfallbehältern der Supermärkte holt und sie selbst isst oder eben weiterverschenkt."

„Und bei so etwas hast du mitgemacht?"

Gregor nickte. „Ja, heute zum ersten Mal. Nun hab dich nicht so", schob er nach, als er den besorgten Blick seines Freundes sah. „Es mag nicht ganz legal sein, aber andererseits ist es auch keine große Sache."

„Und was genau ist dabei passiert? Wenn alles ungefährlich und nur halb so wild wäre, stündest du jetzt nicht vor mir und wärst völlig durch den Wind."

Wieder nickte Gregor. „Stimmt. Also wir sind heute zu viert losgezogen. Chris, der so etwas ein, zweimal die Woche macht, Tobi, Bully, die auch schon ein paar Erfahrungen gesammelt haben, und ich. Wir haben uns die Container des *Edelmarktes* vorgeknöpft. Du weißt, das ist dieser Supermarkt an der Heeper Straße. Etwas teurer und etwas besser als andere."

„Ich weiß, ich weiß." Diesmal musste Bröker schmunzeln. „Was gute Supermärkte und Feinkostläden angeht, brauchst du mir keine Nachhilfe zu geben. Der *Edelmarkt* behauptet doch von sich, er sei Bielefelds bester Supermarkt."

Gregor bestätigte dies mit einer Geste.

„Könnte sogar stimmen", musste sein Freund beim Gedanken an die Angebotspalette des Supermarkts zugeben. „Jedenfalls kommt einiges von dem, was ich dir allabendlich auftische, von dort."

„Ähnlich wie du scheint sich Chris auch auf diesen Markt spezialisiert zu haben", fuhr Gregor fort. „Er hat schon Dutzende Beutezüge dorthin unternommen – und immer kommt er mit irgendetwas Besonderem zurück. Die schmeißen Luxusartikel weg. Selbst wenn sie noch nicht über das Haltbarkeitsdatum sind. Er ist da echt super erfolgreich."

„Nur diesmal nicht?", hakte Bröker ein.

„Diesmal nicht", bekannte der Junge. „Diesmal hat uns jemand überrascht. Chris hatte gerade den einen Container aufgemacht und Bully und Tobi den anderen. Ich habe Schmiere gestanden. Auf einmal waren da fünf Gestalten. Sie kamen direkt von dem hinteren Teil des Parkplatzes. So genau konnte ich es nicht sehen, es war ja stockfinster. Einige hatten Baseballschläger, andere Fahrradketten und Metallstangen. Wir sind sofort weggerannt. Jeder in eine andere Richtung."

„Darum bist du so verschwitzt", warf der Hausherr ein.

„Das könnte auch Angstschweiß sein. Ich bin nicht mehr rechtzeitig vom Gelände des Geschäfts gekommen. Ich kenne mich dort auch nicht so gut aus. Also habe ich mich hinter einem Stapel Paletten versteckt. Kurze Zeit später habe ich Schreie gehört. So als würde jemand verprügelt werden. Ich habe gleich befürchtet, dass sie einen von uns erwischt hatten."

„Und du bist dazwischen gegangen?" In Brökers Stimme war die Besorgnis zu hören.

„Nein", musste Gregor zugeben. „Ich wollte, aber du weißt ja, ich war noch nie der Kräftigste. Ich bin einfach kein Schlägertyp. Und mit fünf Leuten hätte ich es selbst dann nicht aufnehmen können."

Bröker musste dem Jungen recht geben. Tatsächlich hatte sich Gregors Gestalt kaum verändert, seit-

20

dem er den schmächtigen Jungen kennengelernt hatte, dessen Körpergröße knapp unterhalb von der von Philipp Lahm oder Lionel Messi lag. Selbst intensives Training hätte wohl nie einen Straßenkämpfer aus ihm machen können.

„Es war grausam, zuhören zu müssen, wie jemand von uns zusammengeschlagen wurde." Der Junge litt, als er das Geschehen noch einmal in Gedanken durchlebte. „Ich weiß nicht, wie lange ich hinter diesen Paletten gehockt habe. Irgendwann war es dann vorbei. Ich habe gehört, wie sich Schritte entfernten, ein paar leiser werdende Stimmen. Als es wieder still war, habe ich mich vorgewagt." Gregor machte eine Pause und schluckte. „Zuerst habe ich gar nichts gesehen, wie gesagt, es war dunkel. Anders als Chris hatte ich auch keine Taschenlampe dabei. Und die meines Handys wollte ich auch nicht benutzen. Ich hatte Angst, dass die Schläger es bemerken und zurückkommen könnten. Irgendwann aber hatten sich meine Augen an die Finsternis gewöhnt. Und da entdeckte ich ihn. Es war so, als hätte jemand ein Bündel Kleider vor den Containern abgelegt. Aber das waren keine Kleider, es war Chris. Als ich zu ihm trat, sah ich, dass er bewusstlos war. Wenigstens atmete er noch. Er hatte einen Riss über den Augenbrauen, aus dem er blutete. Und seine Nase sah ganz schief aus, wahrscheinlich ist sie gebrochen."

Wieder unterbrach Gregor seinen Bericht. Bröker hätte ihm gerne etwas Tröstliches gesagt, wusste aber nicht, was. Also schwieg er und wartete, bis sein Freund fortfuhr.

„Ich habe an seiner Schulter gerüttelt, ihn angesprochen. ‚Chris‘, habe ich immer wieder gesagt. ‚Chris, wach auf!‘ Aber da war nichts zu machen. Mein spontaner Gedanke war, die Polizei zu rufen oder einen Krankenwagen. Aber dann fiel mir ein, dass ich dann auch hätte erklären müssen, wie wir in den Hinterhof des *Edelmarktes* gekommen waren, also nicht nur ich, sondern auch Chris. Und ich wusste nicht, ob er irgendwelche Vorstrafen hat wegen des Containerns. Hausfriedensbruch, Mundraub oder wegen was man da belangt werden kann.“

Bröker zuckte mit den Schultern. Wenn er auch einige Fächer während seiner längeren Studienzeit ausprobiert und mehr oder weniger intensiv studiert hatte, Jura war nicht darunter gewesen.

„Jedenfalls habe ich schließlich Bully und Tobi angerufen. Die beiden waren noch an der *Ravensberger Spinnerei,* dem Ort, an dem wir uns treffen wollten, falls irgendwas schieflaufen sollte. Zum Glück. Dadurch waren sie keine fünf Minuten später wieder bei mir. Gemeinsam haben wir beraten, was wir tun sollten. Ich habe vorgeschlagen, Chris zurück an die Straße zu bringen. Bully war zuerst strikt dagegen. Man könne ja nicht wissen, welche Verletzungen Chris außer denen, die man sah, noch hatte, meinte er. Und das stimmte ja auch: Als ich seinen Kopf höher legen wollte, war meine Hand blutig. Trotzdem:

Etwas anderes, als ihn an die Straße zu bringen, ist keinem von uns eingefallen. Ganz vorsichtig haben wir ihn getragen. Zum Glück hatten wir noch einen der Bolzenschneider, damit konnten wir zumindest das Loch im Zaun größer machen. Obwohl es vielleicht nur eine halbe Stunde gedauert hat, kam es mir ewig vor. Anschließend haben wir einen Krankenwagen gerufen. Den Sanitätern haben wir gesagt, wir hätten Chris dort an der Straße gefunden. Wir wüssten auch nicht, wer ihn zusammengeschlagen habe. Aber natürlich kam auch die Polizei. Den Bullen habe ich zwar das Gleiche gesagt, aber morgen wollen sie mich noch einmal auf dem Revier sehen. Bröker, ich weiß echt nicht, was ich denen antworten soll, wenn sie mich genauer befragen."

„Wozu hat man Freunde bei der Polizei?", erwiderte der Hausherr, froh, nicht wieder sprachlos bleiben zu müssen. Er fingerte in seiner Hosentasche herum. „Wo habe ich denn nur mein Mobiltelefon?"

„Es liegt auf dem Tisch neben dem antiken Computer und dem leeren Weinglas", antwortete Gregor und Bröker ging auf, dass sein Alkoholkonsum nicht unbemerkt geblieben war. „Aber wen willst du denn anrufen?"

„Mütze natürlich." Mütze, der eigentlich Günther Schikowski hieß und das Amt eines Polizeihauptkommissars bei der Bielefelder Kriminalpolizei bekleidete, war seit Jahrzehnten einer von Brökers besten Freunden. Eigentlich hatten sie sich bei den

Heimspielen von Arminia Bielefeld kennengelernt, zu denen beide seit Ewigkeiten gingen. Aber seitdem Bröker gelegentlich auch in Mordfällen ermittelte, hatte ihm Mütze mit so mancher Information ausgeholfen und auch von Zeit zu Zeit schon einen Einsatz am Rande der Legalität durchgeführt, um seinen Freund zu unterstützen.

„Mütze? Spinnst du?", explodierte Gregor in diesem Moment. „Bröker, es ist mitten in der Nacht. Und anders als du muss Mütze bestimmt morgen früh arbeiten. Und selbst wenn wir ihn erreichen, wie sollte er mir denn helfen?"

„Das kann nur Mütze sagen", entgegnete Bröker, wählte dessen Nummer und stellte den Ton auf Lautsprecher. Es tutete. Einmal, zweimal, dreimal.

Nach dem zehnten Läuten gab Bröker schließlich auf. „Vielleicht hast du recht", seufzte er. „Vielleicht hat Mütze sein Telefon leise gestellt und schläft. Dann versuchen wir es morgen noch einmal. Eventuell sieht nach ein paar Stunden Schlaf alles schon wieder weniger tragisch aus."

„Das wage ich zu bezweifeln", entgegnete Gregor düster und verließ den Raum.

2. Kapitel
Ein Unglück kommt selten allein

Als Bröker am nächsten Morgen erwachte, fürchtete er bereits, dass Gregor mit seinen Vorahnungen recht gehabt haben könnte. Sobald ihn die Sonne, die zu dieser Jahreszeit gegen halb zehn zum ersten Mal direkt durch seine Fensterscheibe lugte, an der Nase kitzelte, kamen ihm auch schon die Erinnerungen an die gestrige Nacht in den Sinn. Die erschreckende Geschichte, die Gregor vom Containern erzählt hatte, seine Verzweiflung, seine Ratlosigkeit, was nun zu tun war. Keine Frage, er musste dem Jungen helfen und sein Instinkt, gestern Abend Mütze anzurufen, war genau richtig gewesen. Mütze war ein erfahrener und guter Polizist. Und er war ein wahrer Freund. Er würde wissen, wie sich Gregor verhalten sollte. Ja, er würde das Vorhaben von gestern Abend gleich in die Tat umsetzen. Mit diesem Gedanken erhob sich Bröker aus dem Bett.

Doch als er ein paar Minuten später frisch geduscht das Bad verließ, kamen ihm wieder Zweifel. Natürlich war Mütze ein Freund. Was aber, wenn seine Dienstpflicht als Polizist verlangte, dass er jeden Gesetzesverstoß, der ihm zu Ohren kam, auch meldete oder sogar verfolgte? Gab es für Kommissare so eine Regel? In diesem Fall würde Bröker mit einem Anruf entweder seinen Freund Mütze in eine dumme Situation bringen oder aber seinen Freund

Gregor und dessen Mitstreiter anschwärzen. Beides wollte er vermeiden. Er musste die Sache auf jeden Fall gut durchdenken und mit Gregor besprechen, bevor er zum Hörer griff.

„Gregor?" Den Namen seines Mitbewohners rufend ging Bröker die Treppen ins Erdgeschoss hinunter. Es kam keine Antwort. Auch in der Küche war niemand. Kein Zettel, der ihm sagte, wo sich Gregor aufhielt. Die Tasse im Spülbecken zeigte allerdings, dass der Junge hier gewesen war. Dann schlug sich Bröker innerlich mit der Hand vor die Stirn. Es war Mittwoch. Ein ganz normaler Arbeitstag. Sein Mitbewohner würde seine Schicht in der Heimgruppe für computersüchtige Jugendliche angetreten haben, kein Grund zur Beunruhigung. Bröker setzte einen Kaffee auf.

Aber hatte Gregor nicht auch berichtet, dass ihn die Polizei heute noch einmal sprechen wollte? Genau! Deshalb war es Bröker ja gestern Abend so dringend vorgekommen, Mütze zu erreichen. Was, wenn der Junge schon auf dem Revier war und sich selbst belastete? Dann würde es auch Mütze schwerfallen, ihn da wieder rauszuhauen, mutmaßte Bröker.

Er goss sich einen Kaffee in seine Lieblingstasse mit dem Logo von Arminia Bielefeld und setze sich auf die Küchenbank. Nein, beschloss er, während er den ersten Schluck nahm, er konnte nicht auf Gregors Rückkehr warten. Wenn der wirklich auf dem Revier war, brauchte Bröker Mützes Wissen jetzt.

Vielleicht konnte er dem Jungen dann noch schnell eine Nachricht auf sein Smartphone schicken und so das Schlimmste verhindern. Stolz auf die Idee, so moderne Kommunikationsmittel zu benutzen, griff Bröker zu seinem Telefon – natürlich zu dem, das mit dem Festnetz verbunden war und das er für Gespräche immer noch am liebsten benutzte. Er wählte die Nummer des Bielefelder Polizeipräsidiums, die er nach all den Jahren, in denen er mit und gegen die Kriminalpolizei ermittelt hatte, auswendig kannte, und ließ sich zu Polizeihauptkommissar Günther Schikowski durchstellen.

„Schikowski", meldete sich kurze Zeit später eine sonore Stimme.

„Mütze, hier Bröker", erwiderte Bröker. „Pass auf …"

Doch sein Freund war schneller: „Bröker!", unterbrach ihn der Kommissar. „Mit dir habe ich schon gerechnet. Allerdings eher persönlich hier im Präsidium und nicht am Telefon."

„Wieso hast du mit mir gerechnet?" In Brökers Stimme schwang Panik. War also der Junge wirklich so pflichtversessen gewesen und in aller Frühe als Erstes aufs Revier gerannt? Und steckte er nun schon tief in der Bredouille?

„Jetzt sag nicht, dass du dich gleich am ersten Tag krankmelden willst?", mutmaßte Mütze am anderen Ende der Leitung. Er unterstrich die Frage mit einem kehligen Lachen.

„Krankmelden? Was meinst du? Ich rufe dich an, weil ich einen Rat von dir brauche. Gregor ist da in eine ganz dumme Sache hineingeraten. Deine Kollegen wollen ihn heute deshalb sprechen. Oder ist er schon auf dem Revier?" Kaum wagte Bröker diese Frage zu stellen.

„Gregor? Nicht dass ich wüsste." Wieder lachte Mütze, ohne dass Bröker den Grund für dessen Heiterkeit hätte erahnen können. „Aber das muss nichts heißen. Erstens bin ich nicht der Pförtner, wie du vielleicht noch weißt. Zweitens bin ich heute ein bisschen durch den Wind. Gestern hat tief in der Nacht irgendein Idiot bei mir angerufen und das Telefon ewig klingeln lassen. Und drittens hätte ich, wie gesagt, viel eher dich hier erwartet als deinen Mitbewohner."

„Mich? Du sprichst in Rätseln. Du konntest doch gar nicht wissen, dass Gregor in Probleme geraten ist. Und außerdem: Wieso hast du mich erwartet?"

Zur Antwort wurde Mützes Lachen noch lauter. „Bröker, jetzt sag nicht, dass du das vergessen hast? Das kann nicht sein! Oder schauspielerst du nur?"

„Warum sollte ich denn schauspielern? Und was um Himmels willen sollte ich vergessen haben?" Während er dies sagte, beschlich Bröker eine dumpfe Ahnung, dass es nicht um den Jungen ging und er wirklich etwas verschwitzt haben könnte.

„Tatsache. Du hast es verdrängt", griente Mütze. „Bröker, heute ist der erste Tag deines Praktikums!

Weißt du denn nicht mehr, dass wir nach deinem letzten Fall beschlossen haben, dass es dir guttun würde, wenn du mal ein paar Wochen bei uns hineinschnupperst, bei einem von uns mitläufst, dir alles anguckst, damit du ein besseres Bild davon hast, wie wir ermitteln?"

Nun dämmerte es Bröker. Mütze hatte mit allem, was er gesagt hatte, recht. Ja, Bröker hatte auf sein Anraten hin vor einem guten Jahr beschlossen, ein Praktikum bei der Polizei zu machen. Da aber aktuell keine Praktikumsplätze frei gewesen waren, hatten sie das Probearbeiten immer wieder verschoben und das war Bröker auch ganz recht gewesen. Denn wenn er ganz ehrlich war, hatte er seinem Einsatz auf Zeit bei der Polizei mit sehr gemischten Gefühlen entgegengesehen. Einerseits war er neugierig gewesen, mehr über die Arbeit der Ordnungshüter zu erfahren. Andererseits aber hatte er Bedenken, dass ihn die Polizisten nicht mit offenen Armen empfangen würden, ja vielleicht sogar einen heimlichen Groll gegen ihn hegten. Zu oft hatte sich Bröker als schneller und schlauer als die Bielefelder Kripo erwiesen, zu oft hatte er einen Fall vor ihnen gelöst und zu oft hatte ihn Charly, die Journalistin der *Neuen Westfälischen,* die er noch aus gemeinsamen Studientagen kannte, dafür in der Zeitung als den Mister Marple von der Sparrenburg gefeiert. Die Polizei hatte dabei nicht immer gut ausgesehen und vielleicht würden einige der Polizisten nur zu gerne die Möglichkeit nutzen, sich für die erlittene Schmach zu revanchieren und ihn ein wenig zu triezen.

Vielleicht aus diesen Gründen, vielleicht aber auch wegen Gregors Dilemma am Vorabend, jedenfalls hatte Bröker seinen Praktikumsstart vollständig verschwitzt. „Du hast recht", murmelte er schuldbewusst ins Telefon. „Ich habe wirklich nicht mehr gewusst, dass das Praktikum gerade heute anfängt."

„Na, dann raus aus den Federn, zieh dich an und beweg deinen Allerwertesten hierher, du wirst nämlich schon sehnlichst erwartet", gab Mütze gut gelaunt zurück. „Was du sonst noch auf dem Herzen hast, können wir dann auch im Präsidium besprechen. Es klingt sowieso so, als würdest du deine Nase mal wieder in einen neuen Fall stecken."

„Ja, klar, ich komme", erwiderte Bröker zerknirscht. Dass er den ersten Tag gleich mit unentschuldigtem Fernbleiben begann, würde ihm sicher keine Pluspunkte bei den Kollegen auf Zeit einbringen. „Wenn ich mich beeile, bin ich in einer halben, maximal einer Dreiviertelstunde bei euch. Dann bis gleich." Er legte auf und trug das Telefon zu seiner Ladestation zurück.

Nun musste er sich beeilen. Was sollte er nur an seinem ersten Arbeitstag anziehen? Eines seiner alten Arminiatrikots war bestimmt unpassend und das nicht nur, weil er seit deren Kauf ein paar Kilo zugelegt hatte. Und eine Uniform würde man ihm bestimmt auch nicht geben.

In diesem Moment hörte er, wie sich ein Schlüssel im Schloss der Haustür drehte. Wenige Augenblicke später stand Gregor in der Küche. Seine Haare waren weniger zerzaust als in der Nacht zuvor und es waren auch nirgends Blutspritzer zu erkennen. Sein Blick war aber ebenso aufgewühlt. „Chris ist gestorben", stieß er hervor.

3. Kapitel
Der Praktikant

Als Bröker vor dem Polizeipräsidium eintraf, waren statt der versprochenen halben Stunde zwei Stunden vergangen. *First things first,* hatte er sich gesagt und sich zunächst um den Gemütszustand Gregors gekümmert, bevor er das Haus verlassen hatte. Wenn er schon an seinem ersten Arbeitstag zu spät kam, war es wahrscheinlich auch egal, ob die Verspätung drei oder vier Stunden betrug. Immerhin sah er in seiner Leinenhose und dem blauen Poloshirt deutlich seriöser aus als in den hauteng sitzenden Fußballtrikots, wie er bei einem Blick in den Spiegel festgestellt hatte. Nur war Gregor so in Gedanken gewesen, dass ihm das nicht aufgefallen war und er hatte somit auch nicht nachgefragt, wohin Bröker denn ginge.

Er richtete noch einmal den Kragen seines Polohemdes und trat ein. Hinter der Glasscheibe am Eingang saß ein älterer Mann in Polizeiuniform, der mit seinem Handy spielte. Bröker trat an die Scheibe und räusperte sich, der Uniformierte zeigte keine Reaktion. Bröker verfiel in ein leichtes Hüsteln, doch noch immer bemerkte ihn der Polizist nicht. Vielleicht hatten sie jemanden hierhergesetzt, der im täglichen Streifendienst aufgrund seines Hörschadens Probleme gehabt hätte, mutmaßte Bröker, vielleicht war auch einfach die Scheibe sehr dick. Ansonsten alarmierte doch gerade in den jetzigen Zeiten ein Husten jeden. Er klopfte gegen das Glas. Der Beamte auf der anderen Seite schreckte hoch, dann deutet er entschuldigend auf das Telefon in seiner Hand. „Ich bekomme mit dem Ding einfach keine SMS versendet", sagte er.

Bröker fühlte sich beinahe erleichtert, dass er nicht der Einzige war, der immer wieder mit den Tücken der modernen Technik zu kämpfen hatte. Eine SMS zu verschicken, hatte auch für ihn lange zu den höheren Weihen der mobilen Kommunikation gehört. Er nickte verständnisvoll.

„Wie kann ich Ihnen denn helfen?", meldete sich der Polizist wieder zu Wort, als er das Handy beiseitegelegt hatte.

„Ich bin der neue Praktikant", erwiderte Bröker, ohne lang nachzudenken.

„Der neue Praktikant?" Sein Gegenüber hob die Augenbrauen.

Jetzt erst wurde Bröker bewusst, dass er für einen Praktikanten mindestens dreißig Jahre zu alt war.

Außerdem war es wohl auch ungewöhnlich, dass ein Praktikant erst um die Mittagszeit eintrudelte. Es sah beinahe so aus, als habe er den Vormittag verschlafen – und so falsch war das ja auch nicht.

„Ja, es ist ein besonderes Praktikum", schob Bröker deshalb rasch nach. „Herr Schikowski ist über alles informiert. Vielleicht könnten Sie ihn für mich rufen?"

Der Beamte auf der anderen Seite der Scheibe musterte Bröker. Dann hellte sich seine Miene auf. „Kenne ich Sie nicht? Sind Sie nicht dieser Detektiv, dieser *Sherlock Holmes von Bielefeld*?"

Bröker stöhnte innerlich auf. Nicht nur, dass er nicht gerne erkannt wurde. Seinen Spitznamen *Mister Marple von der Sparrenburg* mochte er immer weniger, je öfter er ihn in der Zeitung zu lesen bekam. Aber diese Verballhornung war auch nicht besser. „Ja, so etwas Ähnliches", seufzte er ergeben.

„Ich rufe Herrn Schikowski sofort", lächelte der Polizist.

Immerhin hatte Brökers ungewollter Ruhm zur Folge, dass er des Öfteren zuvorkommender behandelt wurde als vor seiner Bekanntheit. Der Mann an der Pforte griff zu einem grauen Telefonapparat und wählte eine Nummer.

Fünf Minuten später sah Bröker, wie sich Mützes Gestalt der Eingangstür näherte. Fröhlich winkte er ihm zu.

„Darf ich Ihnen *Sherlock Holmes* vorstellen?", grinste der Pförtner zu Mütze gewandt.

Der guckte ihn verständnislos an.

„Das bin ich", erklärte Bröker mit resignierter Stimme durch die dicke Glastür, die ihn noch immer von seinem Freund trennte.

„Ach, wirklich?" Mütze lachte. „Praktikanten mit solchen Empfehlungen nehmen wir immer gerne. Dann kommen Sie mal weiter, *Mister Holmes.*"

„Muss ich jetzt eigentlich eine Maske aufsetzen?" Instinktiv griff Bröker in seine Hosentasche, in die er in letzter Sekunde noch eine Mund-Nasen-Bedeckung mit dem Emblem von Arminia Bielefeld gesteckt hatte.

„Nee, lass mal", erwiderte sein Freund. „Ich wäre nur dankbar, wenn du nicht zu nah neben mir läufst, wenn es sich vermeiden lässt. Hier drin setzt keiner diese Dinger auf. Das wäre mir bei acht Stunden Arbeit oder mehr auch wirklich zu viel. Ich weiß nicht, wie Lehrer oder Krankenpfleger das machen oder alle, die diese Masken sonst noch den ganzen Tag tragen müssen." Eilig lenkte er seine Schritte durch die Flure seiner Dienststelle, die Bröker wie das Labyrinth des Minotaurus vorkamen, wann immer er sie besuchte.

Dennoch schien ihm dies nicht der Weg zu Mützes Büro zu sein. „Wohin bringst du mich denn? Sag nicht, ich bekomme ein eigenes Arbeitszimmer?", freute er sich.

„Das kann ich dir ehrlicherweise gar nicht sagen", musste der Kommissar zugeben. „Ich weiß nicht, ob du erwartet hast, mir zugeteilt zu werden. In dem Fall müsste ich dich enttäuschen. Bei der Besprechung am Freitag hat der Chef, also Schewe, entschieden, dass ein so prominenter Detektiv wie du am besten ihm direkt unterstellt ist. Du bist also in Schewes Abteilung."

Noch bevor Bröker sich der Tragweite dieser Worte bewusst werden konnte, bog Mütze in einen weiteren Flur ab und blieb dann vor der zweiten Tür auf der linken Seite stehen. *Erster Polizeihauptkommissar Martin Schewe,* verkündete ein Türschild.

„Schewe", flüsterte Bröker nur. Viel schlimmer hätte es nicht kommen können. Mit Schewe hatte er sich in jedem Fall, für den er sich interessiert hatte, ein Duell geliefert, in dem es darum gegangen war, wer ihn schneller hatte aufklären können, und inzwischen war auf beiden Seiten eine spürbare Rivalität entstanden. Und nun war er für vier Wochen Schewes rangniedrigster Untergebener.

Mütze klopfte an der Tür, von drinnen war ein „Herein" zu hören. Mütze trat ein, Bröker folgte ihm.

„Martin, ich bringe dir deinen neuen Praktikanten", eröffnete Mütze seinem Kollegen. „Ich glaube, ihr kennt euch schon ein bisschen." Ein feines Lächeln umspielte dabei seinen Mund.

Es war Bröker nie in den Sinn gekommen, dass

Schewe und Mütze sich duzten, aber jetzt, wo er darüber nachdachte, kam es ihm völlig natürlich vor.

Schewe stand auf und reichte Bröker die Hand. „Willkommen im Team, Herr Bröker", sagte er.

Obwohl er dabei sehr freundlich klang, wurde Bröker klar, dass es lange dauern konnte, bis Schewe und er sich duzen würden. Wie Bröker schon bei seinen früheren Aufeinandertreffen mit Schewe aufgefallen war, strahlte seine ganze Erscheinung die Autorität eines Vorgesetzten aus. Das lag nicht nur daran, dass er etwa zehn Zentimeter größer war als Bröker, sondern auch an seiner sehr aufrechten Körperhaltung, seiner tiefen Stimme und dem durchdringenden Blick. Zudem war er immer von großer Ernsthaftigkeit, ja es schien Bröker, als habe er Schewe noch nie lachen sehen. Das einzige, was den Eindruck brach, war der leicht rheinische Singsang in der Begrüßung, der Bröker bei Schewe zuvor noch nie aufgefallen war. Aber nun meinte er sich zu erinnern, dass ihm Mütze einmal erzählt hatte, dass Schewe sich aus Köln nach Bielefeld hatte versetzen lassen, weil hier die Aufstiegschancen besser waren. Bröker dachte schmunzelnd an den kürzlichen Aufstieg von Arminia Bielefeld, der das bestätigte – war nicht sogar das nächste Spiel der Arminen gegen Köln?

„Herr Bröker? Es freut mich, dass Sie die Aussicht, in unserer Abteilung zu arbeiten, erheitert." Schewes Stimme war streng geworden.

„Guten Morgen, Herr Schewe. Erheitert ist nicht ganz das richtige Wort", riss sich Bröker zusammen. „Ich habe nur daran gedacht, was ich bei Ihnen alles lernen kann. Das hat mich lächeln lassen."

„Schön, schön", entgegnete Schewe. „Übrigens hatten wir eigentlich erwartet, dass Sie diese Chance, etwas zu lernen, schon heute Morgen ergriffen hätten. Dienstbeginn ist bei uns nämlich für gewöhnlich um acht Uhr und nicht ...", Schewe blickte demonstrativ auf die Uhr, „... und nicht um Viertel nach zwölf."

„Ja, entschuldigen Sie", murmelte Bröker zerknirscht. „Es soll nicht wieder vorkommen." Er hätte nicht gewusst, welche Ausrede er hätte verwenden können, um sein Zuspätkommen zu erklären.

„Ich sehe, ihr kommt schon prima miteinander zurecht", unterbrach Mütze die Unterhaltung, die Bröker so schnell in eine missliche Lage gebracht hatte. „Ich verabschiede mich also. Die Arbeit ruft. Und toi, toi, toi, Bröker, du schaffst das schon." Mit diesen Worten verschwand er aus Schewes Büro.

„Ich wollte Ihnen auch keine Vorwürfe machen", zeigte sich Schewe nun umgänglicher, obwohl Bröker sich sicher war, dass genau das seine Absicht gewesen war. „Nur haben Sie durch Ihr Fernbleiben unsere Morgenbesprechung verpasst. Dort hätte ich Sie vorgestellt. Und dort erörtern wir auch immer die letzten Fortschritte in den aktuellen Fällen. Und gerade heute ist etwas sehr Interessantes reingekommen."

„Und zwar?" Bröker war erfreut, dass ihn Schewe

offenbar wirklich an den Ermittlungen beteiligen wollte. Auf diese Weise konnte das Praktikum vielleicht tatsächlich die Erkenntnisse bringen, die er sich davon erhofft hatte.

„Gestern Abend wurde ein junger Mann auf der Heeper Straße zusammengeschlagen, Chris Bohnenkamp hieß er. Er wurde in der Nacht ins Städtische Krankenhaus eingeliefert, ist dort aber in den frühen Morgenstunden seinen Verletzungen erlegen." Bröker staunte, dass Schewe solche Sätze druckreif formulieren konnte. Ob es bei der Polizei Kurse für so etwas gab?

„Die Täter sind flüchtig", fuhr der Kommissar fort. „Offenbar hat niemand die Tat beobachtet, obwohl wir natürlich noch auf der Suche nach Zeugen sind. Diejenigen, die Herrn Bohnenkamp gefunden und die Tat gemeldet haben, haben jedenfalls nichts gesehen." Schewe stutzte. „Sagen Sie, wissen Sie all das vielleicht schon längst?"

„Ich? Wieso sollte ich?" Instinktiv beschloss Bröker, dass es besser wäre, wenn er nicht zugab, dass er diese Geschichte schon einmal von Gregor gehört hatte.

„Wenn ich recht informiert bin, ist eine der drei Personen, die den Verletzten gefunden haben, Ihr Mitbewohner."

„Gregor? Wann soll das denn gewesen sein?", mimte Bröker weiterhin den Unwissenden.

„Ja, Gregor. Wir wollen ihn sogar heute noch einmal befragen. Ein Kollege wollte das übernehmen. Wie gesagt: Das Ganze hat sich in der Nacht von gestern auf heute abgespielt."

„Gestern Abend bin ich früh schlafen gegangen. Ich wollte nämlich ausgeschlafen zu meinem Praktikum kommen. Leider ist dann doch etwas dazwischen gekommen …"

„Und das war nicht zufällig die Tatsache, dass Gregor in diese Geschichte um Chris Bohnenkamp verwickelt war?" Schewe zuckte mit den Achseln. „Na, wie dem auch sei, das ist jedenfalls unser jüngster Fall. Vielleicht können Sie Ihre sprichwörtliche Spürnase ja in die Ermittlungen einbringen."

„Gerne", erwiderte Bröker. Wenn er nur wüsste, wie er das anstellen sollte, ohne dabei Gregor und seine *Raspiritter* des Hausfriedensbruchs zu überführen, dachte er dabei.

„Leider kann ich mich aber nicht den ganzen Tag um Sie kümmern. Sie verstehen schon, ich habe hier eine größere Abteilung zu leiten, die sich immer mit einer ganzen Reihe von Delikten befasst", fuhr der Erste Hauptkommissar fort.

Bröker nickte.

„Darum habe ich jemanden ausgesucht, der Sie unter seine Fittiche nehmen kann, jemanden, von dem Sie lernen können – und jemanden, den Sie schon kennen, damit das alles hier nicht ganz so neu für Sie ist", lächelte Schewe.

Auch Bröker lächelte, also würde er doch zu Mütze

kommen. Von dem konnte er sich mit Sicherheit einiges abgucken – und nebenher über Fußball und das Leben fachsimpeln.

„Van Ravenstijn", sagte der Kommissar in diesem Moment. „Ich habe Sie unserem Polizeipsychologen zugeteilt. Ich habe zwar nie ganz genau verstanden, wie Sie Ihre Fälle lösen, aber ich kann mir nicht vorstellen, dass es sich um pures Glück gehandelt hat. Ich denke, dass eine gute Portion Psychologie dabei auch immer eine Rolle gespielt hat, darum fand ich die Wahl ganz passend."

Bröker hörte schon nicht mehr zu. *Ravenstijn,* dachte er nur, *ausgerechnet Ravenstijn.*

4. Kapitel
B wie Bröker

Bröker war niemand, der einen anderen Menschen leicht hassen konnte. Er konnte wütend werden, oft auf sich selbst, und wenn er wütend war, wurde er auch laut. Aber hassen konnte er noch nicht einmal die Fans von Preußen Münster, die mit den Fans von Arminia Bielefeld eine inbrünstige Fanfeindschaft verband.

Das Gefühl allerdings, das Bröker van Ravenstijn gegenüber hegte, kam Hass schon sehr nahe. Ebenso wie bei allen Ermittlungen Brökers der Hauptkommissar Schewe sein Gegenspieler gewesen war, traf er auch immer wieder auf den holländischen Polizeipsychologen, der sich selbst gerne als Profiler bezeichnete und zu beinahe jeder menschlichen Handlung eine eigene Theorie präsentieren konnte. Bröker hätte kaum sagen können, welche Eigenschaft des Holländers diese starken Gefühle bei ihm hervorrief. Vielleicht war es dessen Selbstherrlichkeit, die durch jeden seiner Sätze schimmerte und die ihn immer dazu brachte, Brökers Leistungen bei den Ermittlungen herabzuwürdigen, vielleicht aber auch dessen Geiz oder sein schlechter Geschmack, der sich in seinem Kleidungsstil ebenso äußerte wie in seinen Vorstellungen von dem, was eine gute Mahlzeit ausmachte. Wahrscheinlich aber war es die Mischung aus all dem, die bei Bröker schon so manches Mal das Fass zum Überlaufen gebracht hatte.

In diesem Augenblick klopfte es an Schewes Bürotür.

„Herein!", rief der Kommissar wie schon ein paar Minuten zuvor und van Ravenstijn schob seine schlaksige Gestalt, die er für diesen Tag in einen glänzend silbergrauen Anzug gezwängt hatte, in den Raum. Das weiße Hemd darunter trug er weit offen und Bröker glaubte, dort, unter dem Stoff, etwas Goldenes schimmern zu sehen. *Ein Goldkettchen würde zu dir passen,* dachte er. In Gedanken erlaubte er sich, den Holländer zu duzen, eine Vertraulichkeit, die ihm im Gespräch nicht über die Lippen gekommen wäre.

Warum der Psychologe gerade jetzt kam, blieb Bröker ein Rätsel. Hatte Schewe ihn herbeizitiert, ohne dass Bröker es bemerkt hatte? Hatten die beiden eine Uhrzeit ausgemacht oder waren es Brökers negative Gedanken, die den Niederländer unterbewusst herbeigerufen hatten?

Der schien die Abneigung nicht zu erwidern. „Bröker!", rief er erfreut, als habe er nach langer Zeit seinen Bruder wiedergetroffen. „Ich habe schon gehört, dass Sie in den nächsten Wochen ein bisschen etwas von uns lernen wollen."

Bröker schluckte, doch bevor er zu einer scharfen Replik ansetzen konnte, wandte sich Schewe an seinen Psychologen: „Ich würde vorschlagen, dass Sie Herrn Bröker wie besprochen ein bisschen herumführen. Zeigen Sie ihm alles, Sie sind sein Ansprechpartner, wenn er Fragen hat. Und geben Sie ihm einen Arbeitsplatz und ein Namensschild, bitte!"

„Daran habe ich auch schon gedacht", erwiderte van Ravenstijn nicht ohne Stolz. „Das machen wir gleich als erstes." Und dann an Bröker gewandt: „Dann kommen Sie mal mit. In den nächsten Tagen sind Sie mein Baby und ich Ihr Babysitter." Er lachte ein meckerndes Lachen und Bröker glaubte, den Geruch mittelalten Goudas aus seinem Mund zu riechen. Ergeben verließ er mit dem Holländer Schewes Büro.

„Ich zeige Ihnen zunächst einmal unsere Abteilung", schwadronierte der sogleich los. „Hinter all diesen Türen arbeiten Kollegen. Wer, das steht auf den Türschildern. Aber das haben Sie sich vielleicht schon gedacht." Wieder lachte van Ravenstijn selbstgefällig. Und wieder meinte Bröker, dass dem Holländer der Duft von Gouda entströmte, vielleicht war auch eine Note vergammelter Hering dabei. Vermutlich war das nur eine Sinnestäuschung, die seinen Assoziationen mit Holländern im Allgemeinen und van Ravenstijn im Besonderen entsprang, aber unangenehm war es trotzdem. Mit einem Mal kam Bröker eine Idee. Er zog seine Mund-Nasen-Bedeckung aus der Tasche und verhüllte damit sein Riechorgan. Sogleich kam ihm die Luft angenehmer und weniger käsehaltig vor.

„Bröker, was tun Sie denn da?", kam prompt die Reaktion des Polizeipsychologen. „Haben Sie plötzliche Angst bekommen, sich bei mir anzustecken oder wollen Sie Werbung für Arminia Bielefeld machen?"

Bröker machte eine undeutliche Handbewegung. Was hätte er auch sagen können?

„Hier im Polizeipräsidium trägt niemand eine Maske", wiederholte der Holländer Mützes Worte von vor ein paar Minuten. „Ist auch sowieso nicht notwendig ..."

„Weil niemand hier Corona hat?", fragte Bröker, neugierig geworden.

„Ja, das auch", nickte van Ravenstijn, „Aber vor allem, weil diese ganze Pandemie völlig aufgebauscht wird."

Bröker blieb stehen. „Wie meinen Sie das?", fragte er verdutzt.

„Ist das nicht völlig klar?", gab der Holländer zurück.

„Mir nicht. Wollen Sie sagen, dass Corona nur Einbildung ist?"

„Einbildung vielleicht nicht. Aber wir machen aus einer Mücke einen Olifant."

„Elefant heißt es auf Deutsch", korrigiert Bröker ärgerlich. „Aber ich habe es immer noch nicht verstanden. Sind Sie auch einer von denen, die denken, dass Bill Gates hinter all dem steckt?"

„Nee, nee, Bill Gates hat damit nichts zu tun", orakelte der Polizeipsychologe weiter.

„Sondern?"

„Kennen Sie das Phänomen der Massahysterie?"

„Massenhysterie? Sicher sagt mir das etwas. Aber, Ravenstijn, wollen Sie sagen, dass einfach die ganze Welt grundlos in Panik ist? Dass all die Sorgen übertrieben sind?"

„Jetzt haben Sie es begriffen", strahlte van Ravenstijn. „Massenhysterie ist ein spannendes psychologisches Phänomen, bei dem große Menschenmengen in ein Gefühl der Freude oder Furcht versetzt werden. Ich schreibe gerade ein Buch darüber, wie sich das in diesen Zeiten auswirkt."

Bröker stöhnte. Er hätte ahnen können, dass der Holländer sich natürlich auch zu diesem Thema seine eigene Theorie gebastelt hatte. „Furcht kann man zu

Recht oder zu Unrecht haben", gab er zurück. „Ich kann Sorge haben, dass mich bei schönstem Sonnenschein der Blitz erschlägt, oder mir plötzlich ein Löwe gegenübersteht, der aus einem Zoo ausgebrochen ist. Aber wenn Hunderttausende an einer Krankheit sterben, ist die Angst vielleicht nicht völlig unbegründet." Dann fuhr er mit der Hand durch die Luft, wie um einen Schlussstrich zu ziehen und nahm die Maske wieder ab, um weitere Diskussionen darüber zu unterbinden. Es gab viele Gründe, warum er sich von Mütze schließlich zu diesem Praktikum hatte überreden lassen. Van Ravenstijns krude Weltsicht zu korrigieren, gehörte aber nicht dazu. „Sie wollten mir die Abteilung zeigen", erinnerte er den selbsternannten Profiler.

„Stimmt, stimmt", pflichtete van Ravenstijn ihm bei und ging ein paar Schritte weiter. „Das hier ist die Küche, das ist für Sie als Praktikant in den nächsten Wochen ein wichtiger Arbeitsplatz." Wieder lachte er sein meckerndes, käseschwangeres Lachen und Bröker zögerte, ob der Holländer den letzten Satz vielleicht ernst gemeint haben könnte. Bröker warf einen kurzen Blick in die Küche, die bei flüchtiger Inaugenscheinnahme gut ausgestattet schien. Allerdings hatte er auch den Eindruck, dass außer der Kaffeemaschine hier kaum ein Gerät regelmäßig in Gebrauch war.

„Und hier haben wir ein Zimmerchen für Sie gefunden", war van Ravenstijn in der Zwischenzeit weitergegangen. Er schloss eine Tür auf, hinter der ein sehr kleiner Raum mit zwei Schreibtischen zum Vorschein kam. „Das ist unser Praktikantenraum", erklärte er. „Eigentlich sitzen hier immer zwei von Ihrer Sorte, aber im Moment haben Sie Glück: Sie sind unser einziger Praktikant. Wegen dieser Pandemie nehmen wir nämlich eigentlich derzeit keine weiteren an. Sie sind eine Ausnahme. Darauf können Sie stolz sein. Kommen Sie, kommen Sie, und suchen Sie sich einen Schreibtisch aus."

Bröker tat, wie ihm geheißen und setzte sich vor den linken der beiden Schreibtische, ohne recht zu wissen, warum er sich diesen ausgesucht hatte. Er unterschied sich weder in Form oder Größe noch in seinem Winkel zu dem schmalen Fenster von seinem Gegenstück auf der anderen Seite des Raumes. Noch weniger hätte er sagen können, was er im Augenblick mit dem Schreibtisch anfangen sollte. Er hatte keinerlei Arbeitsutensilien von zu Hause mitgebracht und auf dem Schreibtisch gab es weder einen Stift noch einen Block und schon gar keinen Computer.

Auch van Ravenstijn schien zu bemerken, dass er Bröker nicht gut allein an seinem neuen Arbeitsplatz sitzen lassen konnte, und nahm an dem anderen Schreibtisch Platz. „Ich erzähle Ihnen mal, woran wir gerade arbeiten", erklärte er mit Gönnermiene. „Also den aktuellsten Fall – die anderen bekommen sie dann nach und nach mit."

„Sie meinen die Geschichte mit dem jungen

Mann, Chris Bohnenkamp, der heute Nacht vor einem Supermarkt zusammengeschlagen aufgefunden wurde und der kurz darauf an seinen Verletzungen gestorben ist?", fragte Bröker mit Unschuldsmiene zurück. Endlich konnte er dem selbsternannten Profiler dessen Überheblichkeit der letzten Minuten heimzahlen.

„*Precies,* aber wieso haben Sie denn davon schon gehört?", wunderte der sich wie erwartet, hatte dann aber auch schon die nächste Aufgabe parat. „Wenn Sie schon alles wissen, können Sie sich auch gleich nützlich machen." Er öffnete die unterste Schublade des Schreibtischs, an dem er saß, und beförderte eine große Schachtel mit Bleistiften zum Vorschein, daneben stellte er einen Anspitzer. „Die müssten alle einmal spitz gemacht werden. Wenn Sie damit fertig sind, komme ich zurück", sagte er und verließ das Arbeitszimmer.

Bröker war perplex. Von dem Holländer hatte er sich im Verlauf der letzten Jahre schon so manche Frechheit bieten lassen müssen, aber das setzte dem Ganzen die Krone auf. Andererseits: Was wollte er machen? Er war nun einmal für die nächsten Wochen hier der Praktikant und van Ravenstijn durfte ihm Anweisungen geben, mochten sie auch noch so sinnlos sein. Verdrossen schnappte er sich den ersten Bleistift und steckte ihn in den Anspitzer. Er drehte ihn so lange, bis die Bleistiftspitze einer Injektionsnadel glich. Sollte sich van Ravenstijn ruhig daran verletzen. Bevor er sich den nächsten Stift griff, kam ihm ein Gedanke: Er musste Gregor Bescheid geben – der Junge wartete doch bestimmt auf Tipps, wie er sich denn bei seiner Befragung durch die Polizei verhalten sollte.

Er zog das Smartphone aus der Hosentasche und suchte nach der App für Kurznachrichten. Es dauerte einige Zeit, bis er den Text, der seine Schlussfolgerungen aus dem Gespräch mit Schewe zusammenfasste, versendet hatte: „Hallo Gregor, wenn du nachher bei der Polizei bist, bleib einfach bei deiner Aussage; ich schätze, Schewe glaubt dir." Noch immer brauchte er für derartige Mitteilungen die zehnfache Zeit, die Gregor dafür benötigt hätte. Für seinen Geschmack hätte die Tastatur ruhig dreimal so groß sein dürfen, um zu seiner Fingergröße zu passen. Natürlich hätte er dann eine Aktentasche für das Telefon gebraucht.

Die Antwort des Jungen ließ nicht lange auf sich warten. „Alles klar", schrieb er. „Dann mache ich mich mal gleich auf den Weg zu den Bullen."

Brökers Finger schwebten schon über der Tastatur, um eine Erwiderung zu tippen, doch da kam van Ravenstijn wieder in den Raum. „Na, Bröker, sind Sie fertig mit den Stiften?", fragte er.

Stolz zeigte ihm Bröker das angespitzte Exemplar. Der Holländer schüttelte nur mit dem Kopf. „Wenn Sie so weitermachen, werden wir in den nächsten Wochen hier noch eine Menge Spaß haben", sagte er mit bedeutungsschwerer Miene. „Aber jetzt kommen

Sie erst einmal. Wir müssen noch ein Namensschild für Sie anfertigen lassen, sonst fragt Sie jeder, ob Sie ein Besucher sind."

Er lenkte seine Schritte zu einem Raum, der sich drei Türen weiter befand. Bröker trottete ergeben hinterher. Der Polizeipsychologe klopfte und trat, ohne eine Antwort abzuwarten, ein. „Darf ich vorstellen, das ist Frau Schnakenwinkel, unsere Sekretärin", sagte er, als auch Bröker den Raum betreten hatte. Dann deutete er auf den Bielefelder Detektiv und erklärte: „Herr Bröker ist unser neuer Praktikant."

Bröker sah, dass die Sekretärin verwundert die Augenbrauen hob, aber sie sagte nichts. Dafür fuhr der Holländer fort: „Herr Bröker braucht noch ein Namensschild. Eins für die Tür, aber auch eins, das er sich anheften kann." Er hielt kurz inne, als fiele ihm erst jetzt etwas Wichtiges ein. „Wie heißen Sie eigentlich?", fragte er Bröker.

„Bröker", antwortete Bröker wahrheitsgemäß.

„Das weiß ich doch!", entgegnete der Holländer unwirsch. „Aber haben Sie keinen Vornamen?"

„Doch, natürlich", gab Bröker zurück. „Aber den verrate ich nicht." Tatsächlich hatten Bröker seit dem Beginn seiner Studienzeit nur noch seine Eltern beim Vornamen genannt, die meisten seiner jetzigen Freunde kannten ihn nur unter seinem Nachnamen und es gab auch keinen Grund, es nicht dabei zu belassen, wie er fand.

Van Ravenstijn schien diese Marotte seines neuen

Praktikanten zu gefallen. „Bröker, das ist ja toll", rief er. „Ich sammele nämlich Material über das so genannte Rumpelstilzchen-Syndrom. Sie sind ein perfektes Beispiel dafür. Ich muss Sie unbedingt noch einmal dazu befragen."

„Ich brauche doch hier keinen Vornamen", verteidigte sich Bröker. „Alle meine Freunde nennen mich Bröker." Dann fiel ihm etwas ein. „Nur Charly nicht, die nennt mich einfach B. Ginge das als Vorname?"

Van Ravenstijn überlegte kurz. „Es ist ein bisschen kurz", sagte er. „Aber wenn Sie wollen. – Schreiben Sie *B. Bröker, Praktikant*", wies er die Sekretärin an.

Bröker begann zu ahnen, dass die nächsten Wochen nicht einfach werden würden.

5. Kapitel
Auf den Hund gekommen

Den restlichen Nachmittag verbrachte Bröker mit dem Anspitzen von Bleistiften, Kaffeekochen und dem Ordnen von Büromaterial. Frustriert ließ er sich in seinen Bürostuhl sinken, nachdem er einen Stoß Briefe alphabetisch nach Absendern geordnet und zur Sekretärin zurückgetragen hatte. So hatte er sich sein Praktikum nicht vorgestellt. Er hatte natürlich nicht erwartet, im Alleingang Fälle lösen zu dürfen, aber wenn es so weiterging, würde er von der Arbeitsweise der Polizei weniger lernen, als wenn er einen Maigret-Krimi las. Auch Frau Schnakenwinkel schien Mitleid mit ihm zu haben, wenn er ihren Blick richtig deutete.

Ob er zu Mütze gehen sollte, um ihm mitzuteilen, dass so ein Praktikum doch nichts für ihn war? Er musste dabei ja nicht erwähnen, dass es vor allem van Ravenstijns sinnlose Aufgaben waren, die ihm die Arbeit verleideten. Andererseits: Wieso sollte er den Holländer nicht anschwärzen? Alles, was er zu sagen hatte, entsprach der Wahrheit. Aber wahrscheinlich musste er sich mit seiner Kündigung eher an Schewe wenden. Das würde ihm allerdings deutlich schwerer fallen; Mütze gegenüber könnte er offen über die Schikanen van Ravenstijns sprechen, Schewe müsste er eine weniger explizite Erklärung geben. Und dann würde es schnell danach aussehen, als kniffe Bröker, als sei ihm die Arbeit bei der Polizei doch zu hart und zu unangenehm. Und dann würden auch die hartnäckigen Gerüchte, Bröker löse seine Fälle immer nur mit sehr viel Glück, neue Nahrung bekommen. Trotzdem war es vielleicht besser, jetzt ein Ende mit Schrecken zu wählen, als den Schrecken noch weitere vier Wochen auszudehnen. Zumindest sollte er mit Schewe sprechen. Selbst wenn er nicht andeutete, dass er kündigen wollte, könnte Bröker doch darauf hinweisen, dass er sich von einem Praktikum etwas Anderes versprochen hatte.

Es klopfte. Wahrscheinlich hatte van Ravenstijn sich seine nächste Gemeinheit ausgedacht.

„Herein, wenn's kein Holländer ist", rief Bröker genervt.

Die Tür öffnete sich und Schewe trat ein.

„Oh …", entfuhr es Bröker.

„Ich sehe, dass Sie sich schon gut auf Ihren Praktikumsbetreuer eingestellt haben", lachte Schewe. „Ich habe doch geahnt, dass Sie beide den gleichen Humor haben. Sehr gut."

Wenn du wüsstest, dachte Bröker, sagte aber nichts. Dann stutzte er. Hatte Schewe wirklich gerade gelacht? Hatte er sogar das Wort *Humor* verwendet? Vielleicht hatte er den Hauptkommissar bislang immer falsch eingeschätzt. Man würde sehen.

„Haben Sie sich denn auch sonst schon ein bisschen eingelebt?", hakte der inzwischen weiter nach.

„Jaaa", erwiderte Bröker gedehnt. Um irgendetwas Sinnvolles von sich zu geben, zeigte er auf sein Namensschild. „Irgendwie bin ich schon ein Teil des Vereins." Bröker ärgerte sich, dass er nicht konkreter wurde, was sein gespanntes Verhältnis zu van Ravenstijn anging. Aber nun, da Schewe vor ihm stand, traute er sich nicht, diesen auf die nutzlosen Aufgaben, die der Holländer ihm gab, anzusprechen. „Ansonsten gilt wohl: Aller Anfang ist schwer, besonders wenn man von einem Leben als Privatier plötzlich in den Alltag der Polizeiarbeit geworfen wird", versuchte er wenigstens anzudeuten, dass nicht alles problemlos war.

„Das verstehe ich, auch wenn ich selbst nie die

Annehmlichkeiten eines Privatiers genießen durfte",
entgegnete der Kommissar lächelnd. „Trotzdem sollten Sie vielleicht für heute Feierabend machen. Sie
sind heute Morgen zwar nach unserem normalen
Dienstbeginn gekommen, aber das müssen Sie jetzt
nicht nacharbeiten. Schließlich bekommen Sie von
uns ja auch keinen Gehalt." Er schmunzelte, als sei
ihm ein besonders lustiger Witz gelungen.

Bröker guckte auf die Uhr. Es war schon zehn Minuten nach fünf. Dass er so viele Stunden mit Nich-
tigkeiten vertrödelt hatte, war ihm gar nicht bewusst
gewesen.

„Wenn Sie es sagen, mache ich gerne für heute
Schluss", sagte er und erhob sich.

„Aber nicht vergessen: Morgen beginnen wir um
acht Uhr wie an jedem Tag." Schewe zwinkerte ihm
zu, als er das Büro verließ.

Kurz darauf ging Bröker durch die Tür des Polizeipräsidiums und reckte sich. Dass ein Arbeitstag
ihn anstrengen würde, hatte er sich schon gedacht,
allerdings hatte er sich andere Gründe für seine Er-
schöpfung vorgestellt als die Schikanen dieses holländischen Plagegeistes. Ganz entgegen seiner üblichen Bequemlichkeit beschloss er, sich zu Fuß auf
den Weg nach Hause zu machen. Die Sonne war
frühherbstlich warm, es regnete nicht und die frische
Luft würde ihm guttun.

Als er eine Dreiviertelstunde später durchgeschwitzt

am Fuße des Sparrenbergs angekommen war, bereute er seinen Entschluss schon wieder. *Sicherlich wäre es auch sehr entspannend gewesen, sich von der Stadtbahn nach Hause schaukeln zu lassen,* dachte er. Dabei hätte er noch einen Zwischenstopp bei seinem Delikatessenhändler einlegen können, um sich mit dem Wichtigsten für den Abend zu versorgen, einem hochwertigen Entrecote, ein paar Steinpilzen und dazu vielleicht einem *Haut-Médoc.*

Andererseits hatte er dies alles bis auf die Pilze auch noch zu Hause. Er würde also schon etwas zaubern, um sich selbst über den misslungenen Beginn seines Praktikums hinwegzutrösten. Und Gregor musste er wahrscheinlich auch Beistand leisten, wer mochte wissen, wie es dem heute ergangen war. Aber bis dahin würde noch ein wenig Zeit vergehen und Bröker hatte jetzt Hunger, einen Hunger, der nur wenig Aufschub duldete.

Ihm fiel auf, dass er in dem ganzen Trubel um den beinahe verpassten Beginn seines Praktikums sowohl das Frühstück als auch das Mittagessen hatte ausfallen lassen. Wie zur Bestätigung knurrte sein Magen. Zum Glück hatte ein Stück weiter die Straße hoch Richtung Betheleck vor Kurzem ein Imbiss eröffnet. Entschlossen lenkte Bröker seine Schritte dorthin und kam kurze Zeit später mit zwei Bratwürstchen wieder heraus. So konnte man den Abend doch schon viel gelassener angehen!

Während er von der ersten der beiden Würste

abbiss, sah er, wie ihn zwei Augen, die sich hinter einem Busch versteckt hatten, aufmerksam beobachteten. Ob das eine Katze war? Vielleicht Ulis Geist, der auf die Erde zurückgekehrt war, um über Bröker zu wachen und ihn davon abzuhalten, zu viele Kalorien zu sich zu nehmen. Bröker bückte sich und guckte zurück. Nein, das war keine Katze, das war ein kniehoher braunweiß gefleckter Hund, der mit seinen Augen zu sagen schien: „Komm, gib mir ein Stück Wurst, du hast in deinem Leben schon genug davon gegessen."

Instinktiv drehte sich Bröker um und wandte dem Hund den Rücken zu. „Du bekommst meine Wurst nicht, die gehört mir", murmelte er dabei.

Als hätte er das verstanden, gab der Hund ein leises Fiepen von sich.

Schuldbewusst ging Bröker weiter und lenkte seine Schritte in Richtung seiner Stadtvilla. Das schlechte Gewissen wich dabei nicht von seiner Seite. Damit war es aber nicht allein, wie Bröker bei einem Blick über die Schulter feststellte. Auch der Hund hatte sich auf seine Spur begeben. Vorsichtig, aber unbeirrt folgte er Bröker in gebührendem Abstand wie ein Schatten. Bröker war hin- und hergerissen. Einerseits hatte er sich die Würstchen nicht aus einer Laune heraus gekauft, sondern weil er Hunger hatte. Andererseits tat ihm das Tier leid und er fand es auch niedlich, mit welch sicherem Blick ihn der Kleine als potenzielle Nahrungsquelle ausgemacht hatte.

Als er die ersten Meter des Anstiegs zum Sparrenberg erklommen hatte, hatte er ein Einsehen. Er kauerte sich hin und wedelte mit dem verbliebenen Ende der zweiten Wurst. „Komm, mein Kleiner, komm", lockte er dabei. „Ich habe etwas ganz Feines für dich. Wurst. Das hast du doch die ganze Zeit gewollt."

Der Hund blieb stehen, betrachtete Bröker interessiert und schnupperte. Der Geruch, den seine Nase einfing, war ganz offensichtlich attraktiv, andererseits wollte er für so ein kleines Stückchen Fleisch nicht unvorsichtig werden.

„Komm, es ist wirklich lecker", pries Bröker sein Würstchen weiter an. Ein Teil von ihm fragte dabei beharrlich, warum er es nicht einfach selbst aß.

Der Hund jedoch schien ebenfalls auf den Geschmack gekommen. Behutsam, aber zielsicher näherte er sich Bröker. Es war ein schönes Tier: Es hatte ein gepflegtes Fell und wache, dunkelbraune Augen. Als sich der Hund ihm bis auf etwa zwei Meter genähert hatte, legte Bröker das Wurstende auf seine flache Hand und rief noch einmal lockend: „Komm, die ist wirklich lecker. Habe ich auch gerade probiert!"

Das gab den Ausschlag. Mit zwei Sätzen war das Tier bei Bröker, schnappte sich die Wurst, rannte wieder auf die andere Straßenseite und legte sich dort hin. Dann begann es, das Stück Wurst mit genießerischer Miene zu vertilgen. Als es damit fertig war, schaute es Bröker erwartungsvoll an.

„Tut mir leid, mehr habe ich nicht", sagte der und zeigte bedauernd seine leeren Hände. „Alles alle." Anschließend drehte er sich um und setzte seinen Anstieg fort.

Der Hund zeigte sich davon jedoch wenig beeindruckt, schließlich hatte Bröker das erste Stückchen Fleisch zuerst auch nicht rausrücken wollen. Er hielt gebührend Abstand, nur für den Fall, dass sich Bröker doch als gefährliches Raubtier herausstellen würde. Aber er folgte ihm beharrlich, bis Bröker sein Haus erreicht hatte.

Der drehte sich erst dort wieder um. „Du bist ja immer noch da!", rief er erstaunt, als er das Tier erblickte. „Ich habe dir doch gesagt, dass ich kein weiteres Würstchen mehr habe."

Der Hund legte den Kopf schief, als versuchte er zu begreifen, was sein menschliches Gegenüber sagte.

„Na komm", hatte der Bielefelder Detektiv endlich ein Einsehen. „Ich sehe mal, was sich in meinem Kühlschrank so findet. Wenn es für Gregor und mich reicht, wird wohl auch noch für dich etwas übrig sein."

Der Hund wedelte mit dem Schwanz und lief zu Bröker, als der die Gartentür öffnete. Er hatte verstanden.

6. Kapitel
Ein neuer Mitbewohner

Es dauerte nicht lang, bis Hund und Herr zusammen in der Küche saßen. Das Tier hatte sich anfangs noch scheu gezeigt, aber als Bröker begann, Leberwurst und Schinken aus dem Kühlschrank zu holen, hatte der Appetit gegenüber der Ängstlichkeit obsiegt und nun verzehrte der Hund schon seine dritte Scheibe Kochschinken und trank zwischendurch immer wieder aus der Schüssel mit Wasser, die Bröker neben der Eckbank platziert hatte, auf der er saß. Gelegentlich schien es ihm, als schaute ihn der Hund zwischen zwei Bissen bewundernd an, weil der Bielefelder Detektiv in der Lage war, solche Leckereien hervorzuzaubern.

Bröker hörte Schritte, die sich über die Treppe näherten, die Küchentür schwang auf und Gregor stand im Raum. „Dachte ich mir doch, dass ich dich gehört habe", sagte er und nickte Bröker zu. Dann sah er den Vierbeiner, der ihn ebenso verwundert anguckte wie Gregor ihn. Schließlich wedelte der Hund mit dem Schwanz. Vielleicht saß der neue Mensch ja auf ebensolchen Wurstvorräten wie der, dem er gefolgt war.

„Bröker, was ist das denn?", fragte Gregor entgeistert.

„Hm", erwiderte sein Freund und griente innerlich. „Ich weiß nicht, ob ich in Biologie gut genug aufgepasst habe, aber wenn mich nicht alles täuscht, ist das ein Hund."

„Das sehe ich", entgegnete Gregor. „Aber was macht er hier, wieso futtert er unseren Schinken und wie heißt er?"

„Ein Drittel deiner Fragen hast du dir schon selbst beantwortet. Was er macht? Er frisst unseren Schinken. Wieso? Ich vermute, weil er Hunger hat und ich zufällig kein Hundefutter im Haus hatte. Du magst so etwas ja nicht. Und wie er heißt? Er hat sich mir nicht vorgestellt, aber ich nenne ihn *Pagelsdorf*", gab Bröker einer Eingebung folgend zurück. Er hatte Uli nach dem ehemaligen Bielefelder Torhüter Uli Stein benannt, da konnte es nicht verkehrt sein, diesen Hund auf den Namen einer der erfolgreichsten Stürmer zu taufen, der jemals für Arminia Bielefeld aufgelaufen war.

„So, so, Pagelsdorf also", echote Gregor ungewohnt lahm. „Aber wieso ist Pagelsdorf hier und nicht bei seinem Herrchen?"

„Ich habe keine Ahnung, ich weiß noch nicht einmal, wer sein Herrchen ist oder ob er überhaupt eines hat", antwortete Bröker wahrheitsgemäß. „Er ist mir nachgelaufen, seit ich in einer Würstchenbude war … Na gut, ich habe ihm ein bisschen von der Wurst abgegeben, aber wirklich nicht viel", setzte er hinzu, als er Gregors zweifelnden Blick sah. „Du solltest wissen, dass ich bei so etwas nicht sehr spendabel bin. Ich habe auch keine Ahnung, ob er mir deshalb gefolgt ist und nun gerne wieder nach Hause möchte oder ob es ihm bei uns ganz gut gefällt."

„Nun, wir können mal gucken, ob er tätowiert ist", schlug Gregor vor und kniete sich neben den Hund.

„Meinst du, dass die Leute inzwischen sogar ihre Haustiere mit Tattoos ausstatten?", fragte Bröker mit skeptischem Unterton. Er fand die Sitte zweifelhaft, sich irgendwelche Bilder oder Sinnsprüche in Sprachen, die man wohlmöglich selbst nicht verstand, unter die Haut stechen zu lassen. Er selbst hätte sich höchstens die Fahne von Arminia Bielefeld auf den Bauch tätowieren lassen – schließlich war dort auch genügend Platz – aber noch lieber war es ihm, gar kein Tattoo zu haben.

„Bröker, manchmal denkt man, du hättest noch nie ein Tier besessen", schimpfte sein Mitbewohner. „Viele Hunde haben eine Art Erkennungscode ins Ohr geschrieben. Und viele sind natürlich gechipt, aber das kann ich so nicht ohne Weiteres erkennen, dazu müssten wir ins Tierheim oder zum Tierarzt." Er untersuchte Pagelsdorf kurz und sagte dann: „Also tätowiert ist er jedenfalls nicht. Aber wir können natürlich ausprobieren, ob er wieder nach Hause möchte."

„Wie das?"

„So", grinste Gregor, öffnete die Küchentür, ging durch den Flur zur Haustür, öffnete auch diese und bot dem Hund an, hinauszulaufen.

Der betrachtete Brökers Freund interessiert, machte aber keine Anstalten, die Küche zu verlassen. Wahrscheinlich hatte er seit Langem nicht mehr so gut gegessen und es kam ihm undankbar vor, sich von einer so spendablen Futterquelle abzuwenden. Er guckte Bröker an und wedelte mit dem Schwanz. Der Hausherr verstand und gab dem Tier eine weitere Scheibe Schinken.

„Siehst du, er will gar nicht weg", sagte er triumphierend, als Gregor wieder alle Türen schloss und sich zu ihm auf die Küchenbank setzte.

„Du kannst ihn aber nicht einfach behalten, das weißt du schon?", belehrte ihn sein junger Freund mit hochgezogenen Brauen. „Wenn er doch ein Herrchen hat, macht sich das wahrscheinlich Sorgen. Also musst du beim Tierheim anrufen oder ihn zumindest auf einen Chip untersuchen lassen."

„Ja, ich weiß", gab Bröker zurück. „Aber nicht mehr heute Abend, ich hatte einen anstrengenden Tag."

„Frag mich mal. Mein Tag war die Katastrophe. Christ ist tot, aber das weißt du ja schon. Ich hätte eigentlich die ganze Zeit an nichts anderes denken können, aber dann gab es Stress bei uns in der Gruppe, auf die ich aufpasse. Und schließlich war ich sogar bei den Bullen."

„Ich auch", erwiderte Bröker trocken.

„Du auch? Wieso das denn?"

„Hast du vergessen, was ich dir letzte Woche gesagt habe? Seit heute mache ich ein Praktikum bei der Kriminalpolizei." Dass er selbst das Praktikum beinahe verschwitzt hätte, musste er dem Jungen nicht unbedingt auf die Nase binden.

„Ach ja, stimmt ja", fiel es Gregor wieder ein. „Und wie war das so?"

„Ätzend", gab Bröker zu. „Stell dir vor, mein Praktikumsbetreuer ist ausgerechnet Ravenstijn."

„Nein! Der Schmierlappen? Kommst du mit ihm zurecht?"

„Überhaupt nicht. Er schikaniert mich, wo er nur kann. Heute musste ich unter anderem Bleistifte anspitzen, die Ablage machen und Kaffee kochen."

„Typische Praktikantentätigkeiten eben", nickte Gregor. Dann lachte er. „Sei froh, es kann noch schlimmer kommen. Stell dir vor, du musst mit van Ravenstijn Fleischkroketten essen."

Bei dem Gedanken an diese holländische Spezialität, deren Füllung nach seiner Ansicht aussah wie ein Tier, das mehrfach überfahren worden war, schüttelte Bröker angewidert den Kopf. „So, wie es ist, ist es übel genug. Schließlich habe ich nicht zu dem Praktikum eingewilligt, um für einen aufgeblasenen Möchtegern-Profiler Kaffee zu kochen."

„Immerhin hatte dein Praktikum schon eine positive Auswirkung."

„Ich wüsste nicht, welche", grummelte Bröker. Die Erinnerung an van Ravenstijn war dazu angetan, ihm den kompletten Abend zu verderben.

„Du hast offenbar mit Mütze oder mit Schewe gesprochen. Jedenfalls war dein Tipp, während meiner Befragung bei meiner Version von gestern Abend zu bleiben, Gold wert. Ich glaube jedenfalls, dass mir der Beamte, der die Vernehmung durchgeführt hat, geglaubt hat."

„Immerhin …", muffelte Bröker weiter.

„Bleibt nur zu hoffen, dass auch Tobi und Bully bei der Version von gestern geblieben sind, dann wären wir aus dem Schneider", grübelte Gregor. „Jedenfalls habe ich ihnen eine Nachricht geschickt, gleich nachdem ich deinen Rat bekommen hatte."

Bevor er sich zusammen mit seinem älteren Freund den Kopf zerbrechen konnte, was geschähe, wenn Gregors Freunde seinem Hinweis nicht gefolgt waren, spitzte Pagelsdorf plötzlich die Ohren und knurrte leise.

„Was hat er denn?", fragte Bröker stirnrunzelnd.

In diesem Moment schellte es.

7. Kapitel
Eine alte Bekannte

„Hoffentlich sind das nicht die Bullen", orakelte Gregor.

„Wieso sollten sie das sein?", entgegnete Bröker mit hochgezogenen Brauen.

„Na, wenn Bully oder Tobi geplaudert haben, werden deine neuen Arbeitgeber wissen wollen, ob die gelogen haben oder ich."

„Nun mal doch nicht gleich den Teufel an die Wand", erwiderte Bröker. „Und außerdem gibt es nur eine Art festzustellen, ob es wirklich ein paar von den Streifenhörnchen sind."

„Und die wäre?"

„Nachgucken." Bröker erhob sich ächzend und machte sich auf den Weg Richtung Haustür.

„Ohne mich", gab Gregor entschieden zurück. „Und wenn sie nach mir fragen sollten, ich bin nicht da, muss arbeiten – oder alternativ: Ich bin nach Südamerika ausgewandert. Oder noch besser nach Wuhan." Der Junge schien wirklich Bammel zu haben. Er machte schon Anstalten, sich in sein Zimmer zurückziehen, aber Bröker bedeutete ihm zu bleiben.

Es klingelte erneut.

„Ja, ja, ich komme schon", rief Bröker. So schnell es ihm seine untersetzte Gestalt erlaubte, ging er in Richtung Tür. Der Hund blieb sicherheitshalber in der Küche, wobei er abwechselnd kläffte und knurrte.

„Sei still!", zischte Bröker das Tier im Vorbeigehen an, das seine Villa offenbar schon als neues Zuhause begriff, das es zu verteidigen galt. „Wenn du so einen Radau machst, werden die Bullen erst recht sauer sein."

Er öffnete die Tür und guckte überrascht. Anders als erwartet standen ihm nicht zwei Streifenpolizisten gegenüber.

„Bröker!", begrüßte ihn eine begeisterte, weibliche Stimme.

„Britta!", erwiderte Bröker. Er hätte nicht sagen können, ob er wirklich wie Gregor mit der Polizei gerechnet hatte, aber Britta hatte er bestimmt nicht auf dem Zettel gehabt. Britta war Brökers erste Freundin gewesen, ja wenn man es genau nahm, sogar die einzige, die er je gehabt hatte. Sie hatten sich nach einer Affäre, die man zumindest in Brökers Augen als stürmisch bezeichnen konnte, vor beinahe dreißig Jahren aus den Augen verloren und sich erst durch einen Zufall während Brökers letzten Ermittlungen bei einem Speed-Dating wiedergetroffen. Durch ihre Arbeit für eine Mieterschutzorganisation hatte sie sogar zur Aufklärung des Falles beitragen können. Seitdem hatten sie gelegentlich gemeinsam etwas getrunken, auch zwei- oder dreimal zusammen gekocht, trotzdem konnte man Britta kaum zu Brökers regelmäßigen Besuchern zählen.

„Darf ich reinkommen?", fragte Britta ein wenig erstaunt darüber, dass Bröker sie so lange in der Tür stehen ließ.

„Ja, selbstverständlich!"

Bröker tadelte sich im Stillen. Er hatte von seinen Eltern eine Erziehung mitbekommen, die ihn zur Höflichkeit anhielt und an die er sich in guten Momenten auch erinnerte. Nur schien gerade nicht so ein Moment zu sein. Er trat beiseite, um seinen Gast einzulassen. „Geh einfach durch in die Küche, da sitze ich gerade mit Gregor", sagte er mit einladender Geste.

In diesem Moment schoss Pagelsdorf aus genau diesem Raum hervor. Er begrüßte die Besucherin mit begeistertem Schwanzwedeln. Die Verbissenheit, mit der er noch vor wenigen Sekunden bereit gewesen war, Bröker und sein neues Heim zu beschützen, war reiner Freundlichkeit gewichen.

„Bröker, wen hast du denn da? Hast du dir einen Ersatz für Uli geholt?", fragte Britta und schien über den Hund nicht weniger entzückt als der über sie.

„Uli kann man nicht ersetzen", erwiderte Bröker und in Gedanken an seinen verstorbenen Kater wurde seine Stimmung für einen Moment düster. „Der Kleine hier heißt Pagelsdorf. Jedenfalls habe ich ihn so getauft. Er ist mir vorhin hinterhergelaufen, als ich mich auf dem Heimweg befand." Er wollte Britta noch die Sache mit der Wurst erklären und dass er den Hund nicht absichtlich angelockt hatte, als er verdutzt die dicke Reisetasche entdeckte, die seine Freundin hinter sich herzog. „Willst du in den Urlaub fahren?", fragte er, während er ihr die Küchentür aufhielt.

Gregor, der die Tür aufmerksam ins Visier genommen hatte, entspannte sich bei ihrem Anblick. „Hallo, Britta", begrüßte er die Neuangekommene. „Na, auf großen Reisen durch Bielefeld?" Er hatte offensichtlich die Tasche sofort bemerkt.

Britta ließ sich auf der Küchenbank nieder. „Wenn

ihr einen Kaffee für mich habt, erzähle ich euch alles", bot sie an.

„Gerne", erwiderte Bröker, „wenn du willst, auch einen Wein. Nach dem heutigen Tag ist mir nämlich nach einem Schluck Alkohol zumute."

„Gerne auch Wein", erwiderte Britta. „Ich glaube nämlich kaum, dass mein Tag besser war als deiner."

„Dann mache ich einen *Haut-Médoc* auf", bot Bröker an und machte sich auf den Weg in den Weinkeller. „Den hatte ich für heute Abend sowieso schon auf die Getränkekarte gesetzt."

Als er wenige Minuten später wieder zurück in der Küche war und mit fachmännischen Griffen den Wein entkorkte, begann Britta zu berichten.

„Ich muss euch was beichten", sagte sie.

„Was?", fragten Bröker und Gregor wie aus einem Munde.

„Ich bin nicht nur hier, weil ihr gute, alte Freunde seid", fuhr sie fort und setzte mit einem Lächeln hinzu: „Bröker vielleicht noch etwas älter und länger als du, Gregor. Ich bin auch hier, weil ich euch um etwas bitten möchte, etwas, bei dem ich sonst nicht wüsste, wen ich fragen sollte."

„Was?", wiederholten sich Bröker und Gregor.

„Ich wollte euch fragen, ob ich für ein paar Tage bei euch wohnen kann", seufzte Britta. „In meiner Wohnung gab es heute einen Wasserrohrbruch. Und obwohl ich all meinen Klienten immer rate, eine Hausratversicherung abzuschließen, habe ich selbst keine. Also stehe ich nun da. Meine Wohnung ist im Moment komplett unter Wasser gesetzt, aber um in ein Hotel zu ziehen, fehlt mir das Geld."

„Aber das ist doch kein Problem", lächelte Bröker hilfsbereit. „Oben steht das Gästezimmer leer, da kannst du einziehen. Gregor kann es dir zeigen. Und wie du an Pagelsdorf siehst, bist du heute nicht der erste Gast, der für die Nacht einen Unterschlupf sucht. Während ihr oben seid, mache ich uns etwas zu essen. Da wir alle einen anstrengenden Tag hatten, ist ein Steak mit Ofenkartoffeln und Rotwein vielleicht gerade das Richtige. Eigentlich wollte ich noch ein paar Steinpilze dazu braten, aber der Kühlschrank gibt nur Champignons her."

„Mach bloß nicht zu wenig, du weißt: Wir können futtern wie drei Scheunendrescher", grinste Gregor, bevor er mit Britta Richtung Gästezimmer entschwand. Pagelsdorf zögerte kurz, entschied dann aber, seiner Nase recht zu geben, die sich für einen Verbleib bei Bröker in der Küche entschieden hatte.

8. Kapitel
Morgenstund' hat Gold im Mund

Als am nächsten Morgen Brökers Wecker, den er wie so vieles von seiner Mutter geerbt hatte, klingelte, stöhnte er, als sei er das Opfer einer chinesischen Wasserfolter.

„Kein Mensch ist dafür gemacht, morgens um sieben Uhr aufzustehen", schimpfte er laut, während er sich auf den Weg ins Bad machte. Aus dem Untergeschoss konnte er allerdings Geräusche hören, die belegten, dass seine Mitbewohner dem nicht unbedingt zustimmten. Irgendjemand brach in der Küche in ein fröhliches Lachen aus und Gregor antwortete auf den Fluch des Hausherrn: „Bröker, stell dir vor, wir sind schon wach. Und das nicht nur heute, sondern jeden Tag. Du weißt doch: Morgenstund' hat Gold im Mund", flötete er honigsüß.

„Wer ist wir?", brummte Bröker immer noch schlaftrunken zurück.

„Ich bin die zweite", rief eine helle Stimme zurück und es dämmerte dem Hausherrn, dass er am Vorabend Britta als neue Mitbewohnerin aufgenommen hatte. Wenn sie sich jetzt mit Gregor gegen ihn verbündete, würde ihm das wahrscheinlich noch leidtun.

„Ja, ihr fleißigen Heinzelmännchen. Ich bin gleich bei euch", antwortete er und stapfte ins Bad.

Fünf Minuten später gesellte er sich zu seinen Freunden in die Küche. Er hatte entschieden, dass für heute eine Katzenwäsche reichen musste. Im schlimmsten Falle würde er van Ravenstijns Geruch nach mittelaltem Gouda eben seine eigenen Körperausdünstungen entgegensetzen.

„Jetzt schnell noch einen Kaffee. Wenn ich um halb acht die Stadtbahn erwische, bin ich sogar pünktlich im Polizeipräsidium", stellte er fest, angelte sich eine Tasse und goss sich ein. Verwundert sah er, dass Gregor und Britta kicherten. Außerdem schien ihm jemand gegen das Schienbein zu treten, wahrscheinlich Gregor.

„Was ist daran so lustig?", fragte er verdrießlich.

„Hast du nicht etwas vergessen?", lachte Gregor.

„Bestimmt habe ich sogar eine ganze Menge vergessen, aber was genau meinst du?", wunderte sich Bröker. Wieder bekam er einen Stupser vor das Schienbein. „Und wieso trittst du mich die ganze Zeit?"

„Das bin ich nicht", erwiderte der Junge mit Unschuldsmiene.

Bröker sah unter den Küchentisch. Richtig! Den Hund hatte er wirklich ganz vergessen, der war ja gestern Abend auch zu seinem Übernachtungsgast geworden. In diesem Moment winselte er auch ganz erbärmlich.

„Pagelsdorf, was hast du denn nur?", fragte Bröker und streichelte dem Tier beruhigend über den Kopf.

„Bröker, denk mal nach, was wird der Hund wollen?", fragte ihn Gregor streng. Britta grinste dazu über das ganze Gesicht.

„Wahrscheinlich hat er Hunger", mutmaßte Bröker. „Ich sollte ihm etwas zu essen machen, aber was?"

„Hunger hat er sicher irgendwann auch", versuchte der Junge, ihm auf die Sprünge zu helfen. „Aber vielleicht ist das gerade nicht sein vorrangiges Bedürfnis."

„Denk dran, was du zuletzt gemacht hast", gab nun auch Britta einen Hinweis.

„Ich? Ich habe mir Kaffee eingegossen, aber ich glaube nicht, dass Pagelsdorf auch Kaffee möchte", blieb Bröker weiter beharrlich auf dem Holzweg. Dann dämmerte es ihm: „Ich war im Bad. Ihr meint, der Hund müsste Gassi gehen?"

„Oder duschen", zwinkerte Gregor.

„Aber meint ihr nicht, es reicht Pagelsdorf, wenn ich ihm Ulis Katzenklo aufstelle?", versuchte Bröker, einen Ausweg zu finden, um sich nicht auch an seinem zweiten Arbeitstag zu verspäten.

„Überleg doch mal: Wenn Hunde auf Katzenklos gingen, gäbe es auch Hundeklos, oder?", lachte Gregor.

„Vielleicht würde man dann auch viel weniger Leute sehen, die mit ihren Hunden spazieren gehen", ergänzte Britta. „Menschen, die mit Katzen unterwegs sind, findet man hingegen vergleichsweise selten."

Wieder fiepte Pagelsdorf.

„Ist ja gut! Ich komme schon", schimpfte Bröker. „Noch nicht einmal seinen Kaffee kann man in Ruhe trinken." Er erhob sich und guckte den Hund an. „Ich habe noch nicht einmal eine Leine", stellte er fest.

„Vielleicht brauchst du auch gar keine", erinnerte ihn Gregor. „Eventuell gehört der Kleine wirklich jemandem und dann darfst du ihn nicht behalten. Du solltest dich auf jeden Fall heute beim Tierheim melden. Für den Moment reicht aber vermutlich ein Stück Schnur. Ich habe dir etwas in den Flur gelegt."

Offenbar blieben Bröker keine Ausreden mehr. Widerstrebend leinte er Pagelsdorf an und ging mit ihm nach draußen. „Aber beeil dich, ich muss zu meinem Praktikum bei der Polizei", ermahnte er das Tier.

Zehn Minuten später war er wieder zurück. „Pagelsdorf hat seinen Darm einfach auf dem Weg entleert!", schimpfte er im Hausflur. „Und dann kam ein Passant und hat verlangt, dass ich es wegmache. Aber ich hatte keine von diesen Tüten dabei. Mann, ist das peinlich mit einem Hund!"

Allerdings war niemand mehr da, um sich seine Tiraden anzuhören. Britta und Gregor hatten sich auf den Weg zu ihren Arbeitsstätten gemacht. Und er, was sollte er tun? Eigentlich hätte er Pagelsdorf zuerst beim Tierheim vorstellen müssen, aber dazu fehlte einfach die Zeit. Aber mit ins Polizeipräsidium konnte er den Hund auch nicht nehmen. An seinem zweiten Arbeitstag zu fragen, ob man dorthin ein Haustier mitbringen durfte, dazu fehlte Bröker einfach der Mut. Es blieb nur eins.

„Pagelsdorf, pass auf", sprach Bröker den Vierbeiner an. „Ich muss jetzt schnell ein bisschen arbeiten. Da kannst du nicht mit. Aber ich lege dir noch etwas Schinken hier in die Küche. Wasser stelle ich dir auch hin. Und du wartest einfach, bis ich zurück bin. Okay?" Erwartungsfroh guckte er den Hund an.

Der bellte kurz. Vielleicht signalisierte er auf diese Weise wirklich etwas wie Einverständnis. Bröker goss Wasser in eine Schüssel und legte Pagelsdorf mit bedauerndem Seufzen die restlichen Scheiben Schinken hin. „Mach keinen Unsinn!", ermahnte er ihn noch, bevor er das Haus verließ.

Um zehn Minuten nach acht traf Bröker am Präsidium ein. Eigentlich gar nicht so schlecht, befand er, wenn man bedachte, dass er gestern erst um etwa Viertel nach zwölf seine Arbeit begonnen hatte. Dennoch war er ein bisschen spät dran, er musste sich beeilen. Als er an der Pförtnerloge vorbeilaufen wollte, sah er, dass die Tür zu den Diensträumen verschlossen war. Gleichzeitig hielt ihn auch der wachhabende Beamte auf: „Nicht so schnell, nicht so schnell, junger Mann", sagte er im väterlichen Ton. „Zu wem wollen Sie denn?"

Bröker drehte sich unwirsch um. Sollte er dem Streifenpolizisten zuerst erklären, dass die Bezeichnung *junger Mann* zwar schmeichelhaft für ihn war, aber nicht der Wahrheit entsprach, oder dass er hier ein Praktikum absolvierte und daher eingelassen werden sollte? Beides schien nicht so recht zusammenzupassen. Der Pförtner aber hatte ihn schon längst erkannt, es war derselbe wie am Vortag: „Ach, der *Sherlock Holmes von Bielefeld wieder*", rief er, als begrüße er einen alten Bekannten. „Hat man Ihnen denn keinen Ausweis gegeben?"

„Doch, zumindest so etwas Ähnliches", antwortete Bröker und kramte in seiner Hosentasche. Zum Glück hatte er die gleiche Hose wie gestern gewählt. Er hielt dem Beamten sein Namensschild hin.

„B. Bröker, Praktikant", lachte der. „Sie heißen ja gar nicht Sherlock Holmes."

„Nein, Sie sind ja auch nicht Watson", gab Bröker gequält lächelnd zurück. „Darf ich rein?" Die Zeit drängte, darum ersparte er sich jeden Kommentar darüber, dass er sich nach seinem ersten Tag noch nicht einmal wie Doktor Watson und schon gar nicht wie Sherlock Holmes vorkam.

„Gehen Sie nur", forderte ihn der Polizist auf und Bröker hörte, dass er den Türsummer drückte.

Bröker hastete durch die Gänge. Wie immer kam er sich dabei verloren vor. Musste er an dieser Stelle links oder rechts abbiegen? Er wusste es nicht. Und anders als sonst war er diesmal auch ohne jegliche Begleitung unterwegs. Plötzlich blieb er stehen. Das war doch Mützes Büro. Tatsächlich, sein Name stand an der offenstehenden Tür. Nun aber war Bröker die Situation peinlich. Zum Glück war sein Freund nicht im Büro, so konnte er sich davonschleichen. Wenn das Mützes Arbeitsplatz war, musste er sowieso in einen ganz anderen Teil des Gebäudes.

Drei Minuten später war Bröker am Ziel. Richtig, dahinten war auch der Raum, in dem sich sein Schreibtisch befand. Hastig guckte er auf die Uhr, die mahnend in dem Flur hing. Zwanzig nach acht schon. Wenn das bloß Schewe nicht mitbekam! Aber es war schon zu spät. Gerade als Bröker an einem Besprechungsraum vorbeilief, winkte ihm Schewe daraus zu. Bröker winkte schüchtern zurück und wollte weitergehen, aber Schewe machte ihm ein deutliches Zeichen, einzutreten. Vorsichtig, wie um niemanden zu stören, betrat Bröker das Konferenzzimmer.

„Bröker, guten Morgen!", begrüßte ihn Schewe heiter. Anscheinend fand er, es könne ruhig jeder mitbekommen, dass Bröker sich um zwanzig Minuten verspätet hatte. „Donnerwetter, so früh hatte ich Sie gar nicht erwartet", fuhr er fort, Brökers Fehler in die Öffentlichkeit zu zerren. „Sie sind mehr als dreieinhalb Stunden früher als gestern. Wenn das so weitergeht, werden wir Sie vielleicht morgen schon um fünf Uhr in der Früh hier sehen."

Alle Anwesenden im Raum, es mochten etwa fünfzehn sein, lachten. *Bestimmt waren sie Schewe irgendwie verpflichtet,* dachte Bröker bitter.

„Ja, das ist mein Verdienst", knödelte in diesem Moment eine Stimme mit holländischem Akzent von rechts. „Ich habe Bröker ein bisschen deutsche Tugenden gelernt."

Diesmal lachte niemand.

„Gelehrt", unterbrach Bröker den Psychologen. „Ob jemand etwas paukt oder ob er es weitervermittelt, das muss doch auch auf Holländisch ein Unterschied sein, Ravenstijn", machte er seinem Ärger Luft.

„Donnerwetter, Bröker, Sie schießen ganz schön scharf am frühen Morgen", versuchte Schewe zu vermitteln. „Vielleicht stelle ich Sie erst einmal allen vor. Also: Das ist Herr Bröker, der einigen von Ihnen schon persönlich, anderen aus der Presse als der *Mister Marple von der Sparrenburg* und *Schrecken der Bielefelder Kripo* bekannt sein dürfte. Er macht zurzeit ein Praktikum bei uns, um unsere Ermittlungsmethoden besser kennenzulernen – und um diese dann einzusetzen und uns noch dümmer dastehen zu lassen als gewöhnlich."

Wieder lachte die versammelte Mannschaft. Bröker blickte sich verstohlen um. Natürlich kannte er van Ravenstijn, vielleicht noch zwei oder drei andere vom Sehen, aber die meisten Gesichter waren ihm unbekannt.

„Und um auch Sie, Bröker, einzuweihen: Wir haben gerade unsere Morgenbesprechung wie jeden Tag", erläuterte der Erste Hauptkommissar. „Dabei diskutieren wir die aktuellen Fälle und verteilen die Aufgaben. Gerade sind wir bei einem Fall, den Sie auch schon kennen: dem jungen Mann, der vor dem *Edelmarkt* zusammengeschlagen wurde und der gestern früh an den Folgen gestorben ist."

„Ich bin im Bilde", gab Bröker zu.

„Dann wissen Sie sicher auch, dass weder Ihr Mitbewohner noch dessen Freunde weitere Details zum Tatverlauf beisteuern konnten", fuhr Schewe fort.

Bröker nickte, aber einer der anderen Ermittler

76

hob die Hand: „Heißt das, Sie kennen einen der Zeugen?", wollte er wissen.

„Ja, Gregor ist mein Mitbewohner", bestätigte Bröker. „Aber das bedeutet nicht, dass ich irgendetwas wüsste, was die Polizei nicht weiß." Er musste ja nicht sagen, dass er seinem Freund sogar Tipps gegeben hatte, wie er sich bei einer Befragung verhalten sollte.

„Ja, das hatten wir uns natürlich schon gedacht", schaltete sich Schewe wieder ein. „Daher haben wir uns auch Gedanken gemacht, was denn der natürliche nächste Schritt wäre. Da Sie einerseits etwas lernen wollen und andererseits einen ungetrübten Blick auf die Ermittlungen haben: Wollen Sie uns vielleicht sagen, was Sie als Nächstes machen würden?"

„Ich?", fragte Bröker erschrocken.

Schewe nickte.

Bröker zögerte. Er stand sehr ungern so plötzlich im Mittelpunkt, andererseits hatte Schewe recht: Er hatte sich von Mütze zu diesem Praktikum überreden lassen, weil er seine eigene Art, über Verbrechen nachzudenken, schärfen wollte. Und wie konnte er das besser, als mit Ermittlern darüber zu diskutieren?

„Also", begann er zögernd. „Was machen Sie denn sonst immer als Erstes?" Er fragte nicht nur, um Zeit zu gewinnen. Wie eine professionelle Mordermittlung vonstattenging, kannte er tatsächlich nur aus dem Fernsehen.

„Als erstes informieren wir den Ehepartner oder

die Eltern des Toten", klärte ihn Schewe umgehend auf.

„Haben wir schon gemacht, das ist nie eine schöne Aufgabe. Ermittlungstechnisch kommen wir da wohl eher nicht weiter", ging van Ravenstijn dazwischen.

Täuschte sich Bröker oder zeigte das Gesicht des Holländers für einen Moment einen triumphierenden Zug. „Es gibt selbstverständlich einen natürlichen ersten Verdacht", sagte Bröker schnell. Er wollte sich nicht gleich bei der ersten Frage, die der Hauptkommissar an ihn richtete, eine Blöße geben.

„Und der wäre?", gab Schewe zurück.

„Nun, da das Ganze sich ja offenbar in unmittelbarer Nähe des *Edelmarktes* abgespielt hat, liegt es doch nahe, die Mitarbeiter dort einmal zu befragen. Vielleicht war noch jemand im Gebäude. Eventuell hat Chris Bohnenkamp auch versucht, einzubrechen und der *Edelmarkt* hat eine eigene Security und die ist für den Schlamassel verantwortlich." Bröker sah, dass sich die Augen aller Polizisten auf ihn gerichtet hatten. „Nicht, dass ich glaube, dass man damit schon einen Durchbruch erzielen könnte, das wäre dann vielleicht doch zu einfach", schob er deshalb schnell nach. „Aber man will sich ja nachher auch nicht vorwerfen lassen, dass man das Offensichtliche nicht überprüft hat. Und vielleicht findet man so durch Zufall doch eine Spur."

„Mit Zufall haben wir hier weniger am Hut, wir stehen mehr auf systematische Ermittlungsarbeit.

Zum Beispiel gehört ein Team von Tatortermittlern an den Beginn einer jeden Untersuchung", ging Schewe sogleich dazwischen. „Aber ansonsten teile ich Ihre Gedanken."

„Aber wäre es nicht wirklich viel zu offensichtlich, wenn der Täter auf dem Gelände von diesem Supermarkt zu finden wäre?", meldete sich nun auch van Ravenstijn wieder zu Wort. „Aus psychologische Sicht würde ich sagen, man begeht ein solches Verbrechen immer weit entfernt von dem Platz, an dem man normalerweise zu finden ist."

„Ich glaube, Herr Bröker hatte ähnliche Bedenken, wollte das Offenkundige aber trotzdem untersuchen", erwiderte eine Polizistin mittleren Alters.

„Aber dann wiederum kann natürlich das Naheliegende das Wahre sein", orakelte der Psychologe weiter.

„Ich glaube, gerade darum wollte Herr Bröker es untersuchen", lachte die Beamtin. Es schien ihr Spaß zu machen, sich gegen den Holländer auf Brökers Seite zu schlagen.

„Ich glaube, wir haben schon ein perfektes Team gefunden, um sich bei den Mitarbeitern des *Edelmarktes* umzuhören", entschied Schewe in diesem Moment. „Sie, Frau Großebrummel, leiten die Befragungen. Und Sie, Herr van Ravenstijn, steuern Ihre psychologischen Kenntnisse bei." Bröker sah, wie den beiden Streithähnen die Kinnlade herunterklappte. „Ach, und Sie, Herr Bröker, sind auch mit von der Partie. Sie können so erste Erfahrungen mit polizeilichen Befragungen sammeln."

Nun lächelte Frau Großebrummel wieder. Bröker sah einen goldenen Backenzahn in ihrem Mund aufblitzen.

9. Kapitel
Neue Erfahrungen

Natürlich hatten sie van Ravenstijns Wagen genommen, als sie eine gute Stunde später aufgebrochen waren. Sicherlich hätten auch Dienstfahrzeuge der Polizei zur Verfügung gestanden, um zum *Edelmarkt* zu fahren, aber der Holländer hatte darauf bestanden, dass sein BMW wesentlich schneller und komfortabler war. Dass er fixer war als ein normales Polizeiauto, schien er gerade wieder unter Beweis stellen zu wollen und dass dabei der Komfort seiner Mitfahrer litt, war ihm offenkundig relativ egal. Immer wieder wurde Bröker von der abrupten Beschleunigung in den Sitz gedrückt, nur um kurze Zeit später nach einem ebenso überraschenden Bremsmanöver vom Gurt aufgefangen zu werden. Zum Glück saß er allein auf der Rückbank des Wagens, Frau Großebrummel hatte sich wagemutig neben den Holländer auf den Beifahrersitz gesetzt. Obwohl dieser raste, als hinge das Leben seiner Großmutter davon ab, sodass sie den Supermarkt innerhalb von zehn Minuten erreichten, kam Bröker die Fahrt ewig vor. Endlich bogen sie auf den Parkplatz des Ladens an der Heeper Straße ab.

„Wir haben es überlebt", seufzte Bröker, als er sich aus dem Sitz quälte.

„Ich wusste gar nicht, dass Sie so ein Angsthase sind", lachte der Psychologe. „Oder, warten Sie: Jetzt erinnere ich mich wieder. Sie sind doch schon zwei- oder dreimal mit mir mitgefahren. Da waren Sie auch so unentspannt."

„Wenn ich Sie wäre, würde mir das Sterben auch weniger ausmachen – ich hätte ja nichts zu verlieren", zischte Bröker wütend zurück. In diesem Moment war er sich sicher, dass er es unmöglich noch weitere vier Wochen mit dem Holländer aushalten würde.

Die Polizistin, die gleichzeitig kurz nach Bröker aus dem Wagen gestiegen war, zwinkerte ihm zu. Das machte ihn zumindest ein wenig lockerer. Umständlich nestelte er in seiner Tasche nach einer Mund-Nasen-Bedeckung, die war sicherlich auch dann Pflicht, wenn man im Auftrag der Polizei in ein Geschäft ging. Die Kommissarin war da schneller und blickte Bröker über ihre dunkelblaue Maske hinweg an.

Derweil war van Ravenstijn schon in den Supermarkt getreten. Wie der sein Gesicht so schnell hinter einem leuchtend orangen Stück Stoff verborgen hatte, blieb Bröker ein Rätsel. Während Großebrummel und er hinterherhechelten, hatte der Holländer sich schon breitbeinig im Kassenbereich aufgebaut,

auch wenn das bei seiner dürren Gestalt wenig her-
machte.

„Guten Tag, Kriminalpolizei Bielefeld", sagte er
und versuchte mit diesen Worten ganz offensichtlich
Eindruck zu schinden. „Wir müssen mit die Chef
sprechen, wo finden wir die?"

„Den", erwiderte die Kassiererin, die ihm am
nächsten saß, lakonisch.

„Wie?", fragte der Psychologe irritiert.

„Bei uns ist es der Chef", lächelte die Frau an der
Kasse zurück. „Gendergerechte Sprache hin oder her:
Unser Marktleiter ist ein Mann."

„Na, wir werden sehen", gab van Ravenstijn zurück, wohl um überhaupt etwas zu sagen. „Wo ist er
denn nun?"

„Hinten in seinem Büro", erklärte die Angestellte.
„Sie gehen durch den Markt, an der Gemüseabtei-
lung und der Tiernahrung vorbei. Dahinter ist zwischen der Käsetheke und der Getränkeabteilung eine
Tür, dort finden Sie ihn."

„Danke", murmelte der selbsternannte Profiler,
der nicht wusste, ob ihn die Frau zum Besten hielt.
„Tiernahrung", sagte er zu sich selbst. „Nur Deutsche können so formal sein, wenn es um Futter für
Hunde und Katzen geht."

Währenddessen fiel Bröker ein, dass er nachher
eine Dose für Pagelsdorf mitnehmen konnte. Der
Schinken war alle und irgendetwas musste das Tier
ja fressen.

Kurz darauf klopfte van Ravenstijn an die angegebene Tür. *Stachel, Marktleiter,* verkündete ein Schild daneben. Aber nein, er klopfte nicht, wie Bröker auf den zweiten Blick feststellte, er schlug die Tür mit seiner Faust fast ein.

„Herein!", kam es von der anderen Seite zurück.

Der Polizeitrupp inklusive seines Praktikanten betrat das Büro. Die drei fanden sich einem Schreibtisch gegenüber, hinter dem ein eher schmächtiges Männchen mit strähnigem, dunklen Haar und weißem Kittel saß, dessen spitzes Gesicht Bröker sofort an ein Nagetier, wahrscheinlich eine Ratte, denken ließ.

„Kriminalpolizei Bielefeld", gab sich van Ravenstijn wieder forsch.

„Guten Tag. Mein Name ist Stachel", stellte sich der Marktleiter vor. „Mit wem habe ich das Vergnügen?"

Der Filialleiter schien gänzlich unbeeindruckt von van Ravenstijns Auftritt. Bröker mutmaßte sofort, dass ihn die Kassiererin auf irgendeine Weise vorgewarnt hatte.

„Mein Name ist van Ravenstijn", erklärte der Psychologe großspurig. „Ich bin Profiler. Das hier ist Hauptkommissarin Großebrummel", er deutete auf die Polizistin. „Und das ist Herr Bröker, unser Praktikant."

„Oh, Herr Bröker, Ihren Namen habe ich schon einmal in der Zeitung gelesen", lächelte der Filialleiter sehr zu Brökers Genugtuung. „Und womit kann ich Ihnen genau helfen?"

„Herr Stachel, Ihnen ist vielleicht bekannt, dass man vorgestern Nacht einen jungen Mann direkt vor Ihrem Markt zusammengeschlagen hat", übernahm nun Großebrummel die Befragung. Man sah ihr an, dass sie darin Routine hatte.

„Ja", bestätigte der Marktleiter.

„Der junge Mann ist gestern Morgen gestorben", erläuterte die Kommissarin die Lage weiter.

„Auch das ist mir bekannt", gab Stachel zu. „Schließlich hat gestern ein Team von Ihnen den Gehweg vor dem Markt nach Spuren abgesucht."

„Und nun fragen wir uns natürlich, ob dieser Totschlag in irgendeinem Zusammenhang zum *Edelmarkt* stehen könnte", schloss die Polizistin.

Der Filialeiter reagierte sofort: „Wie kommen Sie denn darauf?", antwortete er entrüstet.

„Nun, das ist schon rein geografisch naheliegend", schaltete sich nun auch Bröker in die Befragung ein.

„Das ist natürlich ein ganz normaler Denkfehler eines Anfängers", unterbrach ihn van Ravenstijn sofort und lächelte Stachel entschuldigend an. Offenkundig war ihm dessen Zuneigung wichtiger als die Brökers.

„Ob Anfängerfehler oder nicht, die Frage, ob Ihr Markt irgendetwas mit dem Vorfall zu tun hat, hätte ich schon gerne beantwortet", insistierte Großebrummel.

„Ich kann es mir nicht vorstellen." Stachel schien sich mit einem Mal unwohl zu fühlen. „Nein, ich weiß nicht, wieso mein Markt diesbezüglich in Verdacht stehen sollte."

„Verdacht ist zu viel gesagt", versuchte der Holländer zu beschwichtigen. Bröker fand es merkwürdig, dass er sich zunächst so aufgespielt hatte, nun aber vor dem Filialleiter buckelte. Aber er erinnerte sich, dass ihm schon früher aufgefallen war, dass sich der Polizeipsychologe Vorgesetzten gegenüber eher unterwürfig zeigte. Ganz offenbar schloss das auch Leute ein, die zwar nicht seine Vorgesetzten waren, aber eine herausgehobene Position bekleideten.

„Aber dass wir eher Sie fragen als den Besitzer eines Weinhandels in Großdornberg, wird Ihnen schon einleuchten", hakte die Kommissarin noch einmal nach.

„Ja schon", gab der Marktleiter zu. „Aber es war doch schon spät, beinahe Mitternacht, als der junge Mann aufgefunden wurde, wenn ich das richtig mitbekommen habe. Unser Markt schließt um zwanzig Uhr. Nach halb neun, spätestens neun ist hier niemand mehr. Ich wüsste also nicht, was wir mit diesem Verbrechen zu tun haben könnten."

„Und Sie haben abends niemanden im Laden?", fragte Bröker verblüfft.

„Von uns ist keiner mehr da", bestätigte Stachel.

„Auch kein Nachtwächter, keine Security?", hakte Großebrummel sofort nach.

„Na ja, wenn Sie so fragen: Einen Sicherheitsdienst, der alle Stunden mal kontrolliert, haben wir schon", musste der Filialleiter zugeben.

„Wird denn hier so viel eingebrochen?" Van Ravenstijns Frage war weniger ein nächster Schachzug im Verhör, sondern entsprang offenbar ehrlicher Neugier.

„Es geht dabei weniger um den Markt", erwiderte Stachel. Er schien sich zusehends unwohler mit der entstandenen Situation zu fühlen. „Aber unsere Müllcontainer werden in schöner Regelmäßigkeit aufgebrochen und durchwühlt. Deshalb haben wir vor Kurzem ein Security-Team angeheuert, das dafür sorgen soll, dass auch nachts niemand auf unser Gelände kommt."

„Und wieso machen Sie das?" Bröker hatte zu lange mit Gregor unter einem Dach gelebt, um diese Frage nicht zu stellen.

„Kommen Sie, Bröker, das ist jetzt wirklich eine dumme Frage", ging van Ravenstijn sofort wieder dazwischen. „Niemand muss sich dafür rechtfertigen, dass er sein eigenes Grundstück vor unbefugtem Zugriff schützt."

„Gut, dann frage ich anders", erwiderte Bröker und wandte sich wieder dem Filialleiter zu: „Wäre es nicht sinnvoll, wenn Sie die Lebensmittel, die nicht mehr verkäuflich sind, weil sie das Mindesthaltbarkeitsdatum überschritten oder kleinere Macken haben, verschenken würden, statt sie einfach wegzuwerfen? Das würde auch gleichzeitig das Problem mit den Leuten lösen, die bei Ihnen nachts containern."

„Was heißt containern?", fragte van Ravenstijn stirnrunzelnd.

„Oh, so sagt man auf Deutsch, wenn jemand noch brauchbare Lebensmittel aus den Abfallcontainern der Supermärkte rettet", gab Bröker mit seinem Wissen an. Dem Holländer gegenüber hätte er nie zugegeben, dass er bis vorgestern auch noch nichts mit dem Ausdruck hatte anfangen können.

Während dieses kleinen Scharmützels zwischen Bröker und seinem Lieblingsfeind hatte sich Stachel eine Antwort zurechtgelegt. „Das mit den Einbrechern, also den Leuten, die auf unser Grundstück kommen, stimmt natürlich", sagte er. „Aber Sie müssen bedenken, dass wir immer sehr hochwertige Ware haben, das sind wir unserem guten Ruf schuldig. Und dadurch werden die Sachen auch nicht so schnell schlecht wie bei einem Discounter. Ich glaube, die Leute meinen, hier sei wer weiß etwas aus den Containern zu holen, wenn sie hier einbrechen. Eben weil wir hochwertigere Sachen verkaufen. Aber das Gegenteil ist der Fall. Bei uns gibt es beinahe nichts zu holen, also können wir auch nichts abgeben."

„Gar nichts?", zeigte sich die Kommissarin verblüfft.

„Wenig", schränkte der Marktleiter seine Aussage ein. „Aber das würden wir nur sehr ungerne verschenken."

„Wieso das denn?", wunderte sich Bröker. Je länger er über das Thema nachdachte, desto mehr war er auf Gregors Seite. Lebensmittelverschwendung konnte auch ihn in Harnisch bringen, das brachte schon seine natürliche Liebe zum Essen mit sich.

„Unsere Kunden bezahlen für unsere gute Qualität eine Menge Geld", erwiderte Stachel. „Was meinen Sie, wie die reagieren, wenn sie erfahren, dass man die Ware auch umsonst bekommen kann, wenn man nur lange genug wartet und zur richtigen Klientel gehört."

„Alles eine Frage des Marketings", murmelte Bröker vor sich hin. „Wenn Sie es richtig anstellen, kann man daraus auch eine prima Werbekampagne machen."

„Ich weiß außerdem nicht, was das denn nun genau mit dem Toten zu tun hat, der vor unserem Markt gefunden wurde", kam der Filialleiter auf den ursprünglichen Grund der Befragung zurück. Bröker musste ihm innerlich recht geben, gab aber keinen Mucks von sich.

Dafür meldete sich Großebrummel wieder zu Wort. „Vielleicht sind wir wirklich ein wenig abgeschweift", gestand sie. „Sie meinen also, Ihre Security hat nichts mit dem Toten vor Ihrem Markt zu tun?"

Stimmt, juristisch war es wahrscheinlich gar kein Mord, dachte Bröker, der Chris immer als einen Ermordeten betrachtet hatte.

„Auf gar keinen Fall", behauptete Stachel inzwischen. „Diese Jungs haben die Aufgabe, das Gelände zu schützen, nicht die Leute umzubringen, die darauf eindringen wollen."

„Vielleicht geben Sie uns trotzdem einmal die Namen der Leute, die für Sie tätig sind, wir würden uns gerne einmal persönlich mit ihnen unterhalten", drängte die Kommissarin.

„Ich werde sie Ihnen raussuchen lassen. Die nächtliche Sicherheit des Geländes ist nur eine meiner vielen Aufgaben. So sehr bin ich da im Moment auch nicht im Thema." Die Worte des Filialleiters klangen in Brökers Ohren wie eine Ausrede.

„Das wäre sehr freundlich", schaltete sich nach einiger Zeit auch van Ravenstijn wieder ein. „Ich sehe schon, dass Sie die Polizei bei ihrer Arbeit unterstützen wollen."

Bröker wusste erneut nicht, warum der sich so bei Stachel einschleimte. Vielleicht hoffte er auf eine Gratisprobe Gouda, eine Packung Tütensuppe oder wässrige Tomaten. Von dem Geschmack des Profilers war Bröker noch nie überzeugt gewesen und das würde sich auch nicht so schnell ändern. Er hatte den Eindruck, dass sich die Befragung mit diesen Worten dem Ende zuneigte und stand auf.

„Eine Bitte hätte ich noch", sagte die Polizistin in diesem Moment zu Brökers Verblüffung.

„Und zwar? Möchten Sie eine unserer Spezialitäten probieren?" Der Marktleiter lächelte schief. Ob er Brökers Gedanken gelesen hatte?

„So appetitlich die Waren bei Ihnen auch aussehen, aber darum geht es nicht", erwiderte Frau Großebrummel. „Könnten Sie uns für eine oder zwei Stunden vielleicht einen Raum zur Verfügung stellen?"

„Ja sicher, das geht. Sie könnten mein Büro haben. Oder Sie gehen auf die andere Seite der Käsetheke, dort befindet sich ein weiteres Büro. Das ist aber ungenutzt und daher in einem ziemlich unordentlichen Zustand", antwortete Stachel zögerlich. „Darf ich wissen, was Sie vorhaben?"

„Das andere Büro wird schon gehen", gab sich die Kommissarin bescheiden. „Wir wollen ja hier keine Wurzeln schlagen und außerdem wollen wir Ihnen auch nicht Ihren Arbeitsplatz wegnehmen. Ich würde mich nur noch gerne ein wenig mit Ihren Angestellten unterhalten. Vielleicht haben die aus dem einen oder anderen Grund eine Ahnung, wer den jungen Mann zusammengeschlagen haben könnte. Nicht, dass wir irgendjemanden verdächtigen, aber eine gründliche Durchleuchtung des Umfelds ist einfach wichtig – gerade wenn man noch im Dunkeln tappt." Bröker nickte innerlich, das war sicherlich keine dumme Idee.

„Ich verstehe", gab der Marktleiter gedehnt zurück und man konnte spüren, wie unangenehm ihm Großebrummels Idee war. „Dann zeige ich Ihnen mal Ihr Büro."

„Gerne", lächelte die Kommissarin. „Und anschließend schicken Sie mir doch bitte Ihre Angestellten rein, einen nach dem anderen."

„Ja, selbstverständlich", erwiderte Stachel dienstbeflissen. „Ich würde mich allerdings freuen, wenn Sie sie nicht allzu lange von der Arbeit abhielten."

„Wir werden sicher nicht unnötig herumtrödeln." Diesmal lachte die Polizistin sogar, während der Marktleiter wie ein begossener Pudel dem Ausgang des Raumes zustrebte.

„Folgen Sie mir bitte hier entlang", sagte er.

Eine halbe Stunde später war Bröker sich nicht sicher, ob die Idee der Kommissarin, auch die Angestellten des Marktes zu befragen, die er zunächst für so erfolgversprechend gehalten hatte, wirklich in die richtige Richtung lief. Die Aussagen der Mitarbeiter des *Edelmarktes* glichen einander wie ein Ei dem anderen. Niemand von ihnen war am Dienstagabend noch in dem Supermarkt gewesen, alle hatten sie von dem Überfall auf Chris Bohnenkamp entweder im Radio gehört oder in der Zeitung gelesen. Diejenigen, die sich sein Bild dort genauer angeguckt hatten, konnten sich nicht erinnern, ihn jemals zuvor im Supermarkt gesehen zu haben – ein Kunde war er also nicht. Bröker überraschte das nicht, wusste er doch von Gregor, dass Chris der Anführer der vierköpfigen Gruppe von Lebensmittelrettern gewesen war, die in besagter Nacht auf das Gelände des *Edelmarktes* eingedrungen waren. Außerdem waren Gregors Freunde beinahe notorisch klamm und konnten sich den Einkauf in einem so exklusiven Geschäft wie dem *Edelmarkt* sicher gar nicht leisten.

Wie zufällig lenkte Bröker das Gespräch daher immer wieder auf das Thema Containern. Meist eröffnete er es mit der Frage: „Wussten Sie, dass Herr Stachel eine Security-Truppe beauftragt hatte?"

Einer nach dem anderen bejahte diese Frage und das war auch nicht verwunderlich: Dass ein Lebensmittelhändler der gehobenen Preisklasse seine Räume und das zugehörige Grundstück auch nachts bewachen ließ, war nichts Ungewöhnliches.

„Wissen Sie auch, warum er den Sicherheitsdienst engagiert hat?", fuhr Bröker für gewöhnlich fort.

Doch auch darauf war die Antwort immer dieselbe: Ja, seit einiger Zeit wurden die Abfallcontainer auf dem Innenhof mit großer Regelmäßigkeit aufgebrochen und Abfälle daraus entwendet. Das war auch für die Angestellten ärgerlich, denn sie mussten am nächsten Morgen immer die Verpackungen der Waren einsammeln, die die Eindringlinge mitgenommen hatten. Bröker konnte sich vorstellen, dass niemand gerne leere Kartons oder eventuell auch verschimmeltes Obst, angematschte Tomaten oder vergammeltes Fleisch aufsammelte. Aber man konnte unmöglich ein Mordmotiv aus so einem Vorfall konstruieren.

„Es scheint, als wären wir mit unserer Befragung der Angestellten auf dem Holzweg", sagte er resigniert, als wieder einmal ein Gespräch nur bestätigt hatte, was ohnehin schon bekannt war.

„Ich habe mir gleich gedacht, dass das zu nichts führt, aber ich wollte nicht dazwischenfunken", meldete sich van Ravenstijn sogleich zu Wort. Bröker verdrehte die Augen. Er konnte Menschen nicht leiden, die stets im Nachhinein behaupteten, sie hätten es ja schon immer gewusst.

Kommissarin Großebrummel schien derartige Reden des Psychologen schon gewohnt. Sie winkte nur ab: „Selbst wenn das hier nichts bringen sollte, wir müssen die Angestellten schon allein deshalb befragen, um uns nicht nachher vorwerfen lassen zu müssen, wir hätten es versäumt", sagte sie. „Wie viele der Mitarbeiter warten denn noch auf ihr Gespräch?"

„Ich glaube, es fehlt nur noch eine und dann haben wir es hinter uns", meldete der Holländer. Bröker meinte, ihn dabei selbstzufrieden grinsen zu sehen.

„Dann holen Sie sie mal rein", wies ihn die Polizistin an.

„Bröker, rufen Sie bitte die letzte Mitarbeiterin herein", gab van Ravenstijn die Aufforderung an seinen Praktikanten weiter.

Bröker stockte, wollte eine scharfe Antwort geben, schluckte dann aber seinen Ärger hinunter und tat wie ihm geheißen.

Doch auch Frau Brinkmann, die letzte, die noch auf ihre Befragung gewartet hatte, konnte nicht viel Neues zur Aufklärung des Falles beitragen. Obwohl sie sich als stellvertretende Marktleiterin vorstellte, war sie in die Verpflichtung des Security-Dienstes nicht eingebunden. Diese Aufgabe hatte ausschließlich in Stachels Händen gelegen.

Immerhin, dachte Bröker. Dann war der Filialleiter auch der einzige gewesen, der dem Sicherheitsdienst die Anweisung hatte geben können, bei der Bewachung des *Edelmarktes* etwas rigoroser durchzugreifen, als sie es für gewöhnlich taten. Obwohl sich Bröker vorstellen konnte, dass Stachel dem Wachdienst ein solches Vorgehen nahelegte, kam ihm das Motiv dafür zu schwach vor. Gab es wirklich Marktleiter, die ihren Supermarkt so sehr schützen wollten, dass sie dafür einen Mord in Auftrag gaben? Bröker wollte und konnte sich das nicht vorstellen.

Doch als habe sie seine Zweifel gehört, sagte Frau Brinkmann genau in diesem Moment: „Die immer wieder aufgebrochenen Container schienen Herrn Stachel schon sehr zu beschäftigen."

Da Bröker den letzten Sätzen des Gesprächs nicht gefolgt war, wusste er auch nicht, was die Frau zu dieser Aussage gebracht hatte.

Zum Glück hakte die Kommissarin noch einmal nach. „Wie kommen Sie darauf?", fragte sie.

„Aus Gesprächen mit Thorsten", erwiderte die stellvertretende Filialleiterin sofort. „So heißt Herr Stachel mit Vornamen", fügte sie erläuternd hinzu.

„Was hat er denn genau gesagt?", war nun selbst van Ravenstijn hellhörig geworden.

„Also, wortwörtlich kann ich das jetzt auch nicht mehr wiedergeben", erläuterte Frau Brinkmann. „Aber das Containern war mehr als einmal Gesprächsthema zwischen uns. Er wirkte dabei immer sehr beunruhigt. Und meist ging es um Thorstens Befürchtung, dass dabei nicht nur Sachschäden entstanden sind."

„Was für Schäden denn sonst?", ging Bröker dazwischen. „Ich dachte, in den Behältern waren ohnehin nur Sachen, die sie wegwerfen wollten."

„Ja, das stimmt", erklärte die Mitarbeiterin des *Edelmarktes*. „Aber Herr Stachel hat die Container immer wieder mit Ketten und Schlössern sichern lassen. Das machen viele andere Märkte ähnlich. Ich habe aber keine Ahnung, warum Thorsten nicht für einen besseren Schutz gesorgt hat, denn die Ketten wurden ein ums andere Mal durchschnitten. Ich weiß nicht, ob alle Leute, die sich an Abfallcontainer heranmachen, einen Bolzenschneider dabeihaben. Unsere Einbrecher schienen jedenfalls sehr genau zu wissen, dass sie ohne entsprechendes Werkzeug bei uns nicht weit kommen würden."

Bröker hob die Augenbrauen, während die Kommissarin die Befragung fortsetzte: „Was außer den zerschnittenen Ketten hat Herrn Stachel denn gestört?"

„Er sagte, es ginge auch um das Renommee des *Edelmarktes*", kam prompt die Antwort. „Es sei nicht gut, wenn bekannt würde, dass sich hier Einbrecher regelmäßig umsonst bedienten. Ehrlich gesagt, fand ich das jetzt weniger bedenklich. Unsere Kunden werden kaum denken, dass sie sich auch lieber bei unseren Abfällen bedienen, als unsere Produkte zu kaufen. Aber das Ansehen unseres Marktes ist Thorsten eben sehr wichtig."

„Ich verstehe", nickte Großebrummel. Dann machte sie eine Pause. „Ich hätte keine weiteren Fragen", schloss sie dann. „Meine Herren, möchten Sie noch etwas wissen?"

Bröker und van Ravenstijn schüttelten in seltener Einmütigkeit die Köpfe.

„Oder doch, eins noch", kam Bröker plötzlich ein Gedanke, kurz bevor die stellvertretende Marktleiterin den provisorischen Verhörraum wieder verlassen konnte. Fragend drehte sie sich noch einmal um.

„Wissen Sie den Namen des Sicherheitsdienstes, den Herr Stachel beauftragt hat?", wollte Bröker wissen.

„Hm. Wie gesagt, das war gar nicht mein Aufgabenbereich", erwiderte Brinkmann zögernd. „Aber warten Sie, doch, ich glaube, es war die Firma Brömmelthieß. Die kennen Sie vielleicht. Das war sehr praktisch, denn sie haben doch ihren Sitz in der Nähe vom Kesselbrink, gar nicht weit von hier."

„Danke", lächelte Bröker, dann wandte sich die Mitarbeiterin wieder ihren Angelegenheiten zu.

„Na, also, da haben wir ja Täter und Motiv", triumphierte van Ravenstijn, kaum dass sie die Tür hinter sich geschlossen hatte.

„Und zwar?" Auch Großebrummel schien von dessen plötzlichen Erkenntnissen überrascht.

„Ist doch sonnenklar", schoss er sofort zurück. „Stachel waren diese Lebensmittelretter ein Dorn im Auge, das sagt auch seine Stellvertreterin. Also hat er den Sicherheitsdienst beauftragt, den Eindringlingen nachdrücklicher zu zeigen, dass sie nicht erwünscht sind. Vorgestern Nacht war es soweit. Sie haben sich diesen Chris gegriffen und zusammengeschlagen. Fall gelöst." Der selbsternannte Profiler strahlte, als erwarte er demnächst einen Nobelpreis für diese Erkenntnis.

„Sie meinen, darum wusste der Marktleiter auch angeblich den Namen der Security-Firma nicht mehr?", fragte Bröker.

Der Holländer nickte heftig mit dem Kopf. „*Precies*!"

Bröker aber wollte die Geschichte noch nicht einleuchten: „Die Story klänge gar nicht so schlecht", gab er zu. „Wenn da nicht das Motiv wäre. Wir sind doch nicht in den USA, hier erschlägt niemand jemanden, der auf sein Grundstück eindringt, beziehungsweise lässt ihn erschlagen. Es hätte doch völlig gereicht, wenn man den Einbrecher gefangen und zur Polizei gebracht hätte. Das hätte ihn ebenso unschädlich gemacht."

„Meine Herren, ich glaube, das können wir im Präsidium weiter diskutieren", entschied die Kommissarin in diesem Moment. „So gemütlich ist dieses

Büro auch wieder nicht, dass wir hier länger als notwendig bleiben müssten."

Man müsste mit dem Sicherheitsdienst reden, dachte Bröker, als die drei den *Edelmarkt* verließen und Stachel zuwinkten, als habe man sich im Gespräch bestens verstanden. Am freundlichsten zeigte sich mal wieder van Ravenstijn, dabei hatte er den Marktleiter doch erst wenige Minuten zuvor der Anstiftung zum Mord verdächtigt. Wieder einmal wurde Bröker nicht schlau aus dem Psychologen. Ein sechster Sinn aber sagte ihm, dass der Fall komplizierter war, als es sich der Holländer ausmalte, auch wenn dessen Ausführungen verstörend plausibel klangen. Wenn er nur eine Idee hätte, wie es gewesen sein konnte.

10. Kapitel
Das große Palaver

Dass der Fall auch nur geringfügig anders gelagert sein könnte, als er es sich ausmalte, wollte van Ravenstijn auch eine knappe Stunde später nicht einleuchten. Als er mit der Kommissarin und Bröker von der Befragung zurückgekehrt war, hatte Großebrummel vorgeschlagen, sich zu einem Brainstorming in die Cafeteria zurückzuziehen. Obwohl Bröker eigentlich damit gerechnet hatte, um die späte Mittagszeit kaum jemanden in dem schmucklosen Raum vorzufinden, in dem neben einem Kaffeeautomaten und einem anderen für Brötchen nur ein paar Sitzgruppen aus schlichten Plastikstühlen und Tischen aus demselben Material aufgestellt worden waren, blieben sie nicht lange allein. Zunächst gesellten sich ein paar Kollegen aus Schewes Mannschaft zu ihnen, die in der Morgenrunde mitbekommen hatten, dass Großebrummel, Bröker und van Ravenstijn sich um die Befragung des Marktleiters im Fall Chris Bohnenkamp kümmern würden. Als sich wenig später ein halbes Dutzend Polizisten um einen der Tische versammelt hatte, drängten auch noch Kollegen von anderen Abteilungen hinzu, um an der inoffiziellen Lagebesprechung teilzunehmen.

Van Ravenstijn führte das große Wort. „Es ist doch ganz deutlich, wie dieser Mord abgelaufen ist", behauptete er steif und fest.

„Tötungsdelikt wäre das richtige Wort", sagte Dülmer, ein Kommissar mit einem bäuerlich-rosigen Gesicht. Sein Name deutete darauf hin, dass er oder einer seiner Vorfahren aus dem Münsterland eingewandert war. „Wie war es denn deiner Meinung nach?", schob er hinterher.

„Also, ihr hättet den Stachel sehen müssen", erklärte der Holländer. „Das ist der Marktleiter."

„Sah er noch lustiger aus als du?", frotzelte ein Kommissar, den Bröker nicht kannte. Der Polizeipsychologe und sein seltsamer Kleidungsstil waren wohl nicht nur für Bröker immer wieder eine Zielscheibe des Spotts.

Der Holländer allerdings überhörte den Einwurf. „Dieser Mann lebt für seinen Markt", fuhr er fort.

„So stark habe ich das gar nicht empfunden", ging Kommissarin Großebrummel dazwischen.

„Das ist vielleicht auch Interpretationssache", räumte der selbsternannte Profiler ein, „Aber wenn man eine psychologische Ausbildung hat und Erfahrung besitzt, so wie ich, dann konnte man sehen, wie wichtig dem Mann das Ansehen seines Marktes ist."

„Da würde sogar ich Ihnen zustimmen", brummelte Bröker ungewollt.

„Sehen Sie", griff van Ravenstijn Brökers Worte sofort auf. „Wenn selbst Herr Bröker mir recht gibt, muss es wahr sein. Sagen Sie, Bröker, haben Sie vielleicht auch bemerkt, dass Herr Stachel besonders dann Angst um das Renommee des *Edelmarktes* hatte, wenn es um Leute ging, die dort etwas aus den Abfallcontainern entwenden?"

„Ja, stimmt schon", nuschelte Bröker so undeutlich, dass selbst er es kaum verstanden hätte. Es widerstrebte ihm, zum Kronzeugen für die Behauptungen des Holländers gemacht zu werden. Andererseits konnte er kaum widersprechen: Der Marktleiter hatte mehrfach betont, wie ärgerlich das Containern für den *Edelmarkt* war und wie sehr er um dessen Ruf fürchtete. War das van Ravenstijns psychologisches Geschick, Bröker in seine Argumentation einzubinden oder hatte Bröker sich einfach nur dumm verhalten, weil er seine Klappe nicht hatte halten können?

„Der Filialleiter ist sogar so sehr um das Ansehen dieses Supermarktes besorgt, dass er einen Sicherheitsdienst beauftragt hat, nachts das Gelände des Marktes zu kontrollieren", schoss van Ravenstijn seinen nächsten Pfeil ab. Längst versuchte er, nicht nur Bröker und Großebrummel zu überzeugen, er wollte die Zustimmung aller Anwesenden erlangen.

„So weit stimmt alles", schaltete sich nun auch die Kommissarin wieder ein. „Allerdings werden einige Märkte Security-Unternehmen beauftragt haben. Ich bin außerdem auf Ihre Schlussfolgerungen aus diesen Tatsachen gespannt."

„Na, was macht man, wenn einem der Sicherheitsdienst nicht weiterhelfen kann?" Der Holländer schien nur auf den Einwand Großebrummels gewartet zu haben.

„Man schaltet bestimmt die Polizei ein", schlug Dülmer vor.

„Wir wissen alle, dass wir zwar fähige Leute haben – auch im Streifendienst – aber ebenso, dass wir viel zu wenige sind, besonders nachts. Wenn wir da Eindringlinge fangen wollen, die einen Supermarktcontainer aufbrechen, brauchen wir sehr viel Glück. Das weiß doch auch ein intelligenter Mensch wie dieser Stachel. Nein, ich sage euch, wie es war: Der Marktleiter hat den Sicherheitsdienst gebeten, die Sache in seinem Sinne zu regeln. Endgültig."

„Das ist unlogisch, Ravenstijn." Diesmal war Brökers Stimme deutlicher zu hören.

„Wieso sollte das unlogisch sein?" Ärgerlich zog der selbsternannte Profiler die Stirn in Falten.

„Entweder hatte der Sicherheitsdienst bessere Chancen, einen Lebensmittelretter zu fangen, als die Polizei. Dann hätten sie ihn aber auch anschließend zur Polizei bringen können."

„Oder?" Van Ravenstijns Stimme zitterte vor Erregung.

„Oder auch ein Wachdienst hatte Mühe, der Eindringlinge habhaft zu werden. Dann würde gerade ein intelligenter Mensch einsehen, dass es gleichgültig ist, welchen Auftrag er der Security im Falle eines Ergreifens der Täter erteilt hat", schloss Bröker seine Argumentation.

Der Holländer schüttelte energisch den Kopf. „Nein, nein, ich bleibe dabei", beharrte er auf dem vorher Gesagten. „Der Filialleiter hat ein Motiv und der Sicherheitsdienst hatte die Möglichkeit und den Auftrag, Chris Bohnenkamp kaltzustellen, wenn sie ihn ergreifen."

„Welcher Sicherheitsdienst war eigentlich mit der Überwachung beauftragt?", meldete sich Dülmer wieder zu Wort.

„Wie hieß die Firma noch gleich?", kramte der Psychologe in seinem Gedächtnis.

„Brömmelthieß", half Bröker widerwillig aus.

„Brömmelthieß?", lachte Dülmer. „Das ist eine der angesehensten Firmen hier. Ich glaube nicht, dass die sich für ein Verbrechen hergeben."

„Sehen Sie", frohlockte Bröker.

„Ansehen bedeutet gar nichts", verteidigte sich van Ravenstijn. „Sogar die katholische Kirche hat schwarze Schafe in ihren Reihen."

„Bleibt trotzdem noch eine Frage zu klären", warf Bröker ein.

„Welche?"

„War Chris Bohnenkamp überhaupt jemand, der containert hat?" Bröker fühlte sich bei diesem Einwand nicht wohl. Schließlich kannte er von Gregor die Antwort auf diese Frage. Und die Nachforschungen, die er mit diesen Worten auslösen konnte, könnten sich auch gegen seinen Freund und Mitbewohner richten, wenn alles schieflief. Dennoch, er war auch hier bei der Polizei, um Ermittlungsarbeit zu leisten, und diese Frage lag einfach auf der Hand. Er sah, wie ihm verschiedene der Kommissare zunickten, als er sich umguckte. Er lag also nicht völlig daneben.

„Aber das ist doch offensichtlich", eiferte sich van Ravenstijn. Im Gegensatz zu den Polizeibeamten schien er Brökers Einwand für geradezu lächerlich zu halten. „Warum sonst hätte Chris Bohnenkamp umgebracht werden sollen?"

Das Argument des Holländers war dermaßen an den Haaren herbeigezogen, dass Bröker jeden Vorsatz vergaß, sich in den ersten Tagen seines Praktikums zurückzuhalten. „Aber Ravenstijn", protestierte er scharf. „Besinnen Sie sich. Menschen werden aus Eifersucht umgebracht, aus enttäuschter Liebe, weil sie zu viel Geld haben, aus Neid oder aus Rache. Ich habe noch nie gehört, dass jemand erschlagen wurde, weil er Müll gestohlen hat."

„Einmal ist immer das erste Mal", erwiderte der Polizeipsychologe selbstsicher. „Sie sind eben erst den zweiten Tag hier und ein blutiger Amateur, egal, wie viele Fälle Sie schon mit Glück gelöst haben." Er stieß ein keckerndes Lachen aus. „Sie werden sehen, wenn ich diesen Stachel verhöre, wenn ich ihm die Daumenschrauben ansetze und ihn mit meinem Verdacht konfrontiere, wird er zusammenbrechen und alles gestehen. Ich weiß, wie man so etwas macht. Und sie dürfen dann zugucken und von mir lernen." Das meckernde Gekicher des Holländers wurde lauter.

Bröker bemerkte, wie es in ihm brodelte.

„Bröker hat recht", kam eine tiefe Stimme aus dem Hintergrund, bevor Bröker den Psychologen in die Schranken weisen konnte. Schewe stand etwa drei Meter von dem Tisch entfernt, um den sich unterdessen zehn Kommissare versammelt hatten. Bröker hätte nicht sagen können, wie lange der Erste Hauptkommissar dort schon gestanden hatte und der hitziger werdenden Diskussion gefolgt war.

„Was weißt du schon? Du warst bei der Befragung ja nicht dabei. Und ich bin hier der Profiler", giftete van Ravenstijn in Schewes Richtung. Dann erst sah er, wen er so angegangen war. „Oh, entschuldigen Sie, Herr Hauptkommissar. Sie haben natürlich recht", katzbuckelte er sogleich.

„Ich glaube auch, dass ich recht habe", lächelte der Angesprochene. „Und das, obwohl ich kein Profiler bin."

Bröker meinte deutlich, Spott zu hören, als Schewe das Wort „Profiler" aussprach.

„Und der Grund, dass ich mir so sicher bin, nicht auf dem Holzweg zu sein, ist der", fuhr dieser fort. „Bevor wir hier irgendjemanden zum Verhör bitten und mit Vorwürfen konfrontieren, stellen wir immer erst sicher, dass diese Vorwürfe nicht völlig aus der Luft gegriffen sind. Irren können wir uns immer, aber wir sollten zumindest überzeugt sein, dass es so gewesen sein könnte, wie wir uns das denken."

Van Ravenstijn nickte eifrig. Er tat Bröker beinahe ein wenig leid. Er hatte glänzen wollen, indem er den ihm unterstellten Praktikanten vor der versammelten Kollegenschaft bloßstellte. Und nun hatte er sich stattdessen einen Einlauf des Chefs eingehandelt. Nun, wenn er es so betrachtete, geschah es dem Holländer ganz recht.

„Also müssen Sie natürlich etwas über den Hintergrund dieses Chris Bohnenkamp herausfinden, bevor Sie dem Filialleiter irgendetwas unterstellen", schloss Schewe. „Und darüber hinaus würde ich auch diesen Sicherheitsdienst etwas genauer unter die Lupe nehmen. Vielleicht kümmern Sie sich in nächster Zeit mit ein oder zwei der Kollegen darum. Und nun an die Arbeit, Leute."

Richtig, daran, den Wachdienst zu befragen, hatte

Bröker auch schon gedacht. Schade, dass er das nicht auch noch hatte einwerfen können.

Als er wieder aufblickte, war er mit van Ravenstijn allein in der Kantine. Sämtliche Polizisten, die der Diskussion so aufmerksam gefolgt waren, hatten auf Schewe gehört und sich zurück zu ihren Arbeitsplätzen begeben. Der Holländer musterte Bröker feindselig. „Kommen Sie, Bröker, ich habe zu tun. Wie Sie gehört haben, muss ich mich um die weiteren Ermittlungen kümmern und für Sie sollten wir auch eine Tätigkeit finden, bei der Sie nicht stören", sagte er. „Bei meinen Nachforschungen wären Sie nur im Weg. Aber Sie könnten ein paar der Akten im Archiv sortieren. Frau Schnakenwinkel wird sie Ihnen heraussuchen." Mit beleidigter Miene entschwand er aus der Cafeteria.

11. Kapitel
Safety first

Auch an seinem zweiten Arbeitstag verspürte Bröker wenig Lust, Überstunden zu machen. Ja, wenn es darum ginge, bei der Verfolgung des Mörders von Chris Bohnenkamp hartnäckig zu sein, hätte er gerne länger gearbeitet, als es der Dienstplan der Polizei vorsah. Sogar unentgeltlich. Aber van Ravenstijn hatte ihn wieder einmal zu niederen Tätigkeiten verdammt. Auch wenn er keinerlei Ausbildung vorweisen konnte, fühlte sich Bröker dafür überqualifiziert. Also schielte er ab 16 Uhr immer wieder auf die Wanduhr, die direkt über der Tür seines kleinen Büros hing, in der sich immer noch etliche Akten von Fällen aus den vergangenen zehn Jahren stapelten. Der Zeiger schien beschlossen zu haben, die letzte Stunde der Arbeitszeit in halbem Tempo zurückzulegen. Langsam kroch er auf die volle Stunde zu. Endlich, um fünf Minuten vor fünf, zog Bröker seine Jacke an, schloss die Tür ab, blickte sich um und schlich auf Zehenspitzen in Richtung Ausgang. Er hatte keine Ahnung, ob der Psychologe noch arbeitete, aber Schewe war bestimmt noch aktiv und er wollte ungern einem von beiden über den Weg laufen, wenn er Dienst nach Vorschrift tat, während sie ihre Freizeit der Lösung des Falles opferten. Er hatte Glück und traf im ganzen Polizeipräsidium niemanden außer den Pförtner, der ihm freundlich zunickte. Auch auf dem Weg zur Stadtbahnhaltestelle sah er keinen Polizisten, den er als solchen erkannt hätte. War es wirklich so ungewöhnlich für die Ordnungshüter, pünktlich Feierabend zu machen? Vielleicht musste Bröker sein Bild von der Kriminalpolizei und deren Arbeit revidieren.

Tief in derartige Gedanken versunken, saß er wenige Minuten später in der Stadtbahn, die ihn Richtung Sparrenberg bringen sollte. Natürlich war er nur ein Praktikant und das Verhalten seines direkten Betreuers van Ravenstijn war wirklich nicht dazu angetan, ihn mehr als das Nötigste machen zu lassen, aber bei aller Trägheit war das eigentlich nicht die Einstellung, mit der er eine Aufgabe anging. Aber was konnte er tun, wenn ihn der Holländer bei der Lösung des Falles nicht dabeihaben wollte? Als die Stadtbahn gerade am Jahnplatz hielt, kam ihm eine Idee. Er sprang auf und versuchte, sich durch die Menschenmenge zu drängen, die um diese Uhrzeit den Wagon füllte.

„Entschuldigen Sie, kann ich bitte aussteigen?", murmelte er. Doch durch seine Maske drang nur ein undeutliches Nuscheln. Gerade noch rechtzeitig schaffte er es, auf den Bahnsteig zu gelangen, bevor die Bahn weiterfuhr.

Bröker japste. Genervt zog er sich seine Mund-Nasen-Bedeckung vom Gesicht, auch wenn ihm das die bösen Blicke mehrerer Fahrgäste einbrachte, die auf dem Bahnsteig auf den nächsten Zug warteten.

Schnell verließ er die Unterführung und stand eine halbe Minute später auf dem Jahnplatz. Von dort lenkte er seine Schritte Richtung Kesselbrink. Wie hatte der Wachdienst noch gleich geheißen. Thieß-brummer? Nein. Großebrummel? Nein, auch nicht. Das war der Name der Kommissarin. Aber irgendwas mit Br war es auch gewesen. Sogar mit Brö. Aber nicht Bröker. Richtig: Brömmelthieß, das war der Name gewesen. Auch wenn Dülmer am Nachmittag betont hatte, wie angesehen die Firma war, musste Bröker ehrlich zugeben, den Namen noch nie zuvor gehört zu haben. Aber sie sollte doch irgendwo hier am Kesselbrink ihren Sitz haben. So sehr sich Bröker allerdings umsah, so wenig konnte er die von dem Marktleiter angegebene Firma entdecken. Er sah Kneipen an dem erst vor wenigen Jahren umgestalteten Platz, das bekannte, ehemalige Fernmelde-Hochhaus, das höchste Gebäude der Stadt, Geschäftsräume verschiedener Firmen, darunter auch die eines Schlüsseldienstes, aber das Logo einer Sicherheitsfirma konnte er nirgends entdecken. Vielleicht war ja hier nicht der Hauptsitz des Unternehmens, aber selbst dann musste es doch naheliegend sein, seinen Namen in Leuchtbuchstaben über einen von Bielefelds wichtigsten Plätzen scheinen zu lassen. Seltsam. Bröker ging die Klingelschilder mehrerer Hochhäuser durch, aber auch dort war der Name nirgends zu finden.

Einen Moment lang kam Bröker der Gedanke, dass sich der Filialleiter die ganze Firma nur ausgedacht hatte. Ein bisschen windig war er ihm schon vorgekommen, sodass Bröker vielleicht sogar van Ravenstijns Schlussfolgerungen gefolgt wäre, wenn sie nicht ausgerechnet von dem Holländer geäußert worden wären. Nur wusste er nicht, warum Stachel der Polizei einen Security-Dienst hätte nennen sollen, den es nicht gab. So etwas flog doch allzu leicht auf, und selbst wenn es unentdeckt blieb: Was hätte der Marktleiter gewinnen können? Außerdem hatte Dülmer mit seiner Bemerkung nicht nur bestätigt, dass es die Firma gab, sondern sogar betont, dass es sich um ein renommiertes Unternehmen handelte.

Dann fiel Bröker auch wieder ein, dass es gar nicht Stachel gewesen war, der den Namen des Sicherheitsunternehmens gewusst hatte, sondern seine Stellvertreterin. Und die Frau hatte auch nicht gesagt, die Firma befinde sich *am* Kesselbrink, sie hatte gesagt, sie sei *in der Nähe* des Kesselbrinks, kam es Bröker nun auch wieder in den Sinn.

Dadurch wieder hoffnungsfroher begab sich Bröker in den Seitenstraßen des Platzes auf die Suche. Die erste der schmalen Gassen durchforschte er vergeblich, aber dann am Ende der zweiten fand er ein Reklameschild, das mit roter Schrift auf weißem Grund verkündete: *Brömmelthieß Security, wir sorgen uns um Ihre Sicherheit.*

Immerhin, Bröker hatte das Unternehmen gefunden, das auch auf das Gelände des *Edelmarktes* aufpasste. Allerdings hatte er sich bislang noch nicht den Kopf darüber zerbrochen, was denn der zweite Schritt sein sollte. Natürlich könnte er mit mehr Berechtigung als sonst in die Geschäftsräume der Security-Firma gehen und behaupten, er käme von der Polizei. Aber wenn sie ihn dann nach einem Ausweis fragten, war er genauso aufgeschmissen wie sonst. Die Karte, die er benötigte, um das Polizeipräsidium zu betreten, konnte er schlecht vorzeigen. Da stand ja nur *B. Bröker,* kein Rang und auch sonst nichts, schlimmer noch, sie wies ihn als Praktikanten aus. Angesichts dessen, dass er kein Kommissar, ja noch nicht einmal ein Polizeimeister war, schien es ihm weise, das kleine Kärtchen dort zu belassen, wo es war. Vielleicht war sogar einer von Schewes Mitarbeitern auch schon hier gewesen, ging es Bröker durch den Kopf. In diesem Fall war es erst recht gut, sich nicht als Polizist auszugeben. Außerdem hatte ihn die Erfahrung gelehrt, dass er oft mehr Informationen erhielt, wenn er nicht als Polizist auftrat. So würde er es auch diesmal machen. Schnell legte er sich eine Geschichte zurecht. Dann betrat er die Geschäftsräume des Sicherheitsdienstes, die zum Glück im Erdgeschoss lagen, er musste also keine Treppen steigen.

Der Empfangsbereich war vielleicht fünfundzwanzig Quadratmeter groß und einfach eingerichtet. An der gegenüberliegenden Wand stand hinter einer Plexiglasscheibe ein Schreibtisch, dahinter befanden sich zwei Regale.

Ein bulliger Mann kam aus einem Zimmer hinter dem Geschäftsraum und trat Bröker entgegen. Er konnte sich lebhaft vorstellen, dass diese Gestalt für einen Wachdienst arbeitete. Machten solche Leute nicht auch Türsteher für Diskotheken?

„Guten Tag", begrüßte ihn der Hüne mit tiefer Stimme. „Kann ich Ihnen helfen?"

„Ich hoffe schon", erwiderte Bröker und bemühte sich, hilfesuchend zu klingen. „Ich bin doch richtig bei der Firma *Brömmelthieß*?"

„Sie sprechen mit dem Chef persönlich", lachte sein Gegenüber gutmütig.

„Herr Brömmelthieß also?" Offenbar war dies doch der Hauptsitz der Firma, wenn der Chef in den Geschäftsräumen war.

„Genau der."

„Gut", sagte Bröker und konzentrierte sich. „Ich habe ein kleines Geschäft, eine Buchhandlung."

„Aha", entgegnete Brömmelthieß und es klang so, als hielte er das für eine der unsinnigsten Firmen, von denen er jemals gehört hatte. „Wo denn?" Zumindest schien er neugierig.

„In Heepen, also nicht hier im Zentrum", gab Bröker schnell zurück, um alle Zweifel, warum sein Gesprächspartner das Geschäft noch nie gesehen hatte, auszuräumen.

„Ah ja", nickte der Security-Unternehmer. Noch immer kam er Bröker wie ein Mann vor, der nur aus Muskeln bestand. Dass er ein Buchgeschäft nicht kannte, war wenig erstaunlich.

„Und da in letzter Zeit in Bielefeld viel eingebrochen wurde", spann Bröker seine Geschichte weiter, „wollte ich Sie fragen, ob Sie auch solche Jobs übernehmen."

„Was für Jobs genau?", hakte der Sicherheitsdienstleister nach.

„Ach so, ja. Also, ob Sie nachts gelegentlich an Geschäften vorbeifahren, um zu sehen, ob alles in Ordnung ist."

„Klar machen wir das. Das ist sozusagen unser Geschäftsmodell", nickte Brömmelthieß selbstbewusst. „Wann immer Sie wollen, notfalls auch die ganze Nacht. Aber vielleicht ist es sinnvoll, so etwas in eines unserer anderen Sicherheitskonzepte zu integrieren."

„Was sind denn das für Konzepte?" Nun wurde Bröker hellhörig. Er hatte die Security für ein relativ eindimensionales Gewerbe gehalten.

„Zum Beispiel würde ich Ihnen empfehlen, Ihren Laden nicht nur gelegentlich von einem meiner Teams beobachten zu lassen, sondern für die restliche Zeit auch eine Kamera zu installieren. Wir haben da verschiedene Ausführungen. Vielleicht schauen Sie sich das einmal an." Der Hüne griff in das Regal hinter sich und langte nach einem Prospekt und reichte ihn Bröker über die Plexiglasscheibe hinweg.

Der nahm die Broschüre und schlug sie auf. Wenn er halbwegs glaubwürdig sein wollte, dann musste er bei der Sicherheitstechnik Interesse heucheln. Tatsächlich staunte er, wie viele verschiedenen Typen an Kameras, Lichtschranken und Alarmanlagen hier angeboten wurden. Vielleicht sollte er tatsächlich einmal in Betracht ziehen, sein Haus mit so etwas zu sichern, wie es ihm Gregor schon seit Jahren vorschlug. Die Gegend unterhalb der Sparrenburg zählte schließlich zu Bielefelds besten Wohngegenden und zog nach allem, was Bröker in der Zeitung las, entsprechend viele Einbrecher an.

„Wie viel würde denn zum Beispiel eine solche

Kamera kosten?", erkundigte er sich, und das nicht nur zum Schein.

„Das kommt ganz auf das Modell an", war die Antwort. „Die einfachsten Attrappen bekommen Sie für zwanzig Euro."

„Na, eine Attrappe nützt mir vermutlich nichts", wandte Bröker ein.

„Doch, das kann auch schon helfen, so ein Ding kann einen Einbrecher abschrecken. Aber wenn Sie mehr wollen, haben wir natürlich auch hochwertigere Lösungen mit echten Überwachungsgeräten", bot der Sicherheitsexperte an. „Von starren Kameras bis zu solchen, die an einen Bewegungssensor angeschlossen sind und auch im Infrarotbereich arbeiten. Sie können sich die Bilder sogar zu uns übertragen lassen. Wir haben jemanden, der immer ein Auge auf die Kameras wirft."

„Toll", erwiderte Bröker, dachte aber auch gleichzeitig, dass ein solches System vielleicht doch nichts für ihn wäre. So ein Mitarbeiter würde dann ja auch jede Bewegung der Bewohner des Hauses mitbekommen können. Er hatte ein flaues Gefühl bei dem Gedanken, dass Herr Brömmelthieß oder einer seiner Mitarbeiter sah, wie er sich nach einer durchzechten Nacht und der zweiten Flasche Wein die Treppe hochquälte. Aber vielleicht waren diese Kameras auch nur zur Überwachung des Außenbereichs gedacht.

„Zusätzlich haben wir dann auch noch Mitarbeiter, die sich gelegentlich vor Ort umsehen. Vor allem nachts", erläuterte der Firmenchef weiter. „Aber das ist selbstverständlich in erster Linie für unsere größeren Geschäftskunden interessant. Ich weiß ja nicht, wie groß Ihr Buchladen ist."

„Ja, da haben Sie recht. Vielleicht ist das ein bisschen übertrieben für mein Geschäft", gab Bröker schnell zu. „Wobei man bekanntlich nie wissen kann, was das Beste ist, solange man von einem Einbrecher verschont geblieben ist. Haben Sie denn viele Geschäftskunden?" Mit diesem Satz hoffte er, das Gespräch in die gewünschte Richtung zu lenken.

„Ja, doch", bestätigte Brömmelthieß umgehend. „Allein auf Privatkundenbasis ließe sich meine Firma nicht aufrechterhalten. Es sind vor allem Betriebe und Läden, die unseren Umsatz ausmachen."

„Okay, das habe ich mir schon gedacht", nickte Bröker. „Bin ich zu indiskret, wenn ich wissen will, ob auch bekannte Namen unter Ihren Kunden sind?"

„Na, ein bisschen indiskret ist das schon", lachte der Sicherheitsdienstleister. „Allerdings darf ich mit einigen dieser Kunden auch werben, das habe ich so mit denen ausgemacht – und das hier ist ja ein Verkaufsgespräch, also warum nicht. Ich sage nur so viel: Wir haben einen großen Nahrungsmittelkonzern, bei dem wir jede Nacht patrouillieren, ein Fitnessstudio, die *LadyPowerLounge,* ich weiß aber nicht, ob Ihnen das etwas sagt." Sein Blick blieb zweifelnd auf Brökers gedrungenem Körper haften.

„Och doch", seufzte der und erinnerte sich an

zwei Aufeinandertreffen, die er mit der Besitzerin dieses Clubs gehabt hatte. Dass er dort sogar schon ein Probetraining absolviert hatte, musste er Brömmelthieß nicht gleich auf die Nase binden.

„Ach ja, und auf einen Supermarkt passen wir auch auf, den *Edelmarkt,* ganz hier um die Ecke an der Heeper Straße." Der Chef des Wachdienstes schien zu denken, dass ein guter Supermarkt besser zu Brökers Statur passte.

„Den kenne ich", gab Bröker auch gleich zurück. „Da gehe ich selbst oft einkaufen. Vielleicht habe ich Sie da schon einmal Streife gehen sehen. Sie müssen wissen, ich habe einen Hund", kam ihm eine Ausrede in den Sinn, die nur halb geschwindelt war. „Mit dem muss ich natürlich auch abends noch einmal raus." Mit Schrecken dachte er daran, dass er sich wirklich bald um Pagelsdorf kümmern musste.

„Wenn Sie uns da gesehen haben, sind Sie aber wirklich noch spät unterwegs", erwiderte Brömmelthieß. „Und auch ganz schön weit, sagten Sie nicht, Sie wohnen in Heepen?"

Da hatte sich Bröker wohl einen Schnitzer geleistet. „Da ist nur mein Geschäft", antwortete er schnell. „Privat wohne ich weiter Richtung Innenstadt, praktischerweise unweit der Heeper Straße." Das war gerade noch einmal gut gegangen.

„Ja, klar, ich wohne ja auch nicht dort, wo ich arbeite", nickte Brömmelthieß verständnisvoll und kam dann auf das eigentliche Thema zurück. „Jedenfalls drehen wir erst um ein Uhr nachts die erste Runde bei dem Supermarkt. Ich weiß nicht, ob Sie da noch mit Ihrem Hund unterwegs sind."

Das war eine merkwürdige Auskunft, ging es Bröker durch den Kopf. Er versuchte aber, sich nichts anmerken zu lassen. „Da haben Sie natürlich recht", erwiderte er. „Ich muss mich wohl getäuscht haben, als ich neulich nachts dachte, einen Wachmann dort zu sehen. Nach Mitternacht schlafe ich wirklich meist schon."

„Denken Sie denn, dass wir uns um die Sicherheit Ihres Buchladens kümmern dürfen?", versuchte der Firmeninhaber Bröker seine Dienstleistung zu verkaufen.

„Es sieht jedenfalls alles bisher sehr überzeugend aus", erwiderte der. „Wenn ich Ihren Katalog hier mitnehmen dürfte …"

„Sicher", kam prompt die Antwort. „Und wir haben hier noch eine Broschüre, in der wir unsere verschiedenen Leistungen zusammengefasst haben." Er reichte Bröker ein weiteres kleines Heft. „Auf der Rückseite finden Sie auch unsere Telefonnummer und unsere E-Mail-Adresse. Sie können sich jederzeit bei mir melden. Ich würde mich freuen, wenn wir geschäftlich zusammenkämen."

Bröker packte das Infomaterial zusammen und bedankte sich. Nachdenklich verließ er die Geschäftsräume der Sicherheitsfirma. Hatte er vielleicht einen wichtigen Hinweis erhalten?

12. Kapitel
Allein zu Hause

Bröker erklomm den Sparrenberg so schnell es ihm seine pummelige Gestalt erlaubte. Je näher er seinem Haus kam, desto mehr mischten sich die Gedanken an die Ermittlung, in die er geraten war, mit der Sorge, was Pagelsdorf in der Zwischenzeit gemacht hatte. Er hatte das Polizeipräsidium etwa um fünf Uhr verlassen, doch durch seinen Zwischenstopp am Kesselbrink war es mittlerweile schon beinahe halb sieben. Wenn er Glück hatte, waren Gregor oder Britta unterdessen nach Hause gekommen, aber wenn nicht, dann hatte Pagelsdorf mehr als zehn Stunden alleine verbracht. Bestimmt musste der Hund dringend. Bröker schimpfte mit sich, dass er daran überhaupt keinen Gedanken verschwendet hatte. Er war es einfach nicht gewohnt, mit einem Hund zusammenzuwohnen. Uli war da vergleichsweise pflegeleicht gewesen, den hatte er täglich gefüttert und alle zwei Tage hatte er das Katzenklo leeren müssen. Aber für einen längeren Spaziergang hätte der träge Kater seinem Herrchen nur viel Glück gewünscht und wäre auf seinem Sessel liegen geblieben.

Schließlich hatte Bröker seine kleine Stadtvilla erreicht. Er fluchte, als er bei dem Versuch, schnell ins Haus zu gelangen, dreimal mit dem Schlüssel abrutschte. Seine wurstigen kleinen Finger waren einfach zu nichts zu gebrauchen. Endlich öffnete sich die Tür. „Pagelsdorf?", rief er als erstes. Doch kein Hund kam ihm schwanzwedelnd entgegen. Wahrscheinlich hatte er sich noch nicht an seinen Namen gewöhnt.

„Hund?", machte Bröker einen zweiten Versuch, aber die Reaktion war die gleiche. Vielleicht hatte er Glück und einer seiner Mitbewohner war eher nach Hause gekommen und hatte sich des Vierbeiners erbarmt.

„Gregor? Britta?", rief er aufs Geratewohl, sah aber ein, dass das nicht besonders klug war. Wenn einer von ihnen mit Pagelsdorf ausgegangen war, dann konnte derjenige auch nicht antworten. Nun, falls der Hund nicht zu Hause und wahrscheinlich schon versorgt war, konnte sich Bröker auch ein bisschen ausruhen. Danach stand ihm sowieso der Sinn. Er war das frühe Aufstehen ebenso wenig gewohnt wie ein kontinuierliches Arbeiten über mehrere Stunden hinweg – und er musste zugeben, dass beides einen abends rechtschaffen müde machte. Er würde sich nur ein paar Minuten hinlegen, bis Gregor oder Britta von dem Hundespaziergang zurück waren.

In freudiger Erwartung lenkte er seine Schritte die Treppe hinauf in Richtung seines Schlafzimmers. Natürlich hatte er am Morgen in der Eile vergessen, zu lüften. Daran dachte er selbst dann selten genug, wenn er nicht in aller Herrgottsfrühe aufstand und zur Arbeit ging. Nun roch es im ganzen oberen Stockwerk abgestanden. Eigentlich war das sogar noch untertrieben, musste sich Bröker eingestehen, es stank regelrecht. Nun, dann würde er als erstes einmal das Fenster aufreißen und sich dann ein wenig aufs Ohr hauen.

Entschlossen betrat Bröker seine Schlafkammer – und erstarrte. Es sah aus, als sei draußen Winter und das Fenster habe offen gestanden. Eine mächtige Schneewehe war mitten im Raum. Bei genauerem Hinsehen stellte sich diese allerdings als ein Haufen Federn heraus. Und inmitten dieser Federn lag Pagelsdorf auf dem Bett und schaute ihn mit schuldbewusster Miene an.

„Pagelsdorf, oh nein!" Bröker hätte weinen können. Das schöne Daunenbett, in das er sich eben noch so gerne hatte legen wollen und das er noch von seiner Mutter geerbt hatte, war unrettbar zerstört.

Der Hund steckte seinen Kopf zwischen die Vorderpfoten, ließ die Ohren hängen und guckte weg. Er schien sich zu schämen.

„Das gute Federbett", jammerte Bröker weiter. Nur durch den traurigen Blick des Hundes war er nicht zu beruhigen. Schließlich war er selbst traurig. „Pagelsdorf, was hast du dir nur dabei gedacht?", machte er seinem tierischen Mitbewohner Vorwürfe.

Dann merkte Bröker, dass sein neuer vierbeiniger Freund zitterte. Das hatte er nun auch nicht gewollt. „So schlimm ist es nun auch wieder nicht", sagte er und ging auf das Tier zu. Doch Pagelsdorf schien das zu missverstehen. Er erhob sich und schlich mit eingezogenem Schwanz aus dem Zimmer. Bröker guckte noch einmal auf das Chaos. Hier würde er jetzt nicht schlafen können. Sowieso war es wohl gerade wichtiger, sich um den Hund zu kümmern, der völlig deprimiert war.

„Pagelsdorf, wo bist du denn?", rief er und ging auf den Flur hinaus. Aber da war das Tier nicht mehr zu sehen. Ob er nach unten gegangen war? Da hörte Bröker ein Geräusch aus dem Badezimmer. Er schob die Tür vollständig auf und sah gerade noch, wie Pagelsdorf sich erleichterte. Direkt auf eines von Brökers Lieblingstrikots von der Arminia, das den Namen und die ehemalige Rückennummer von Stefan Kuntz trug. Er hatte es in der Nacht als Schlafanzug getragen und nicht ordentlich weggeräumt. Das hatte er nun davon.

„Das schöne Trikot! Hund, was machst du denn?", lamentierte er. Aber natürlich wusste er, dass das Tier an der Situation wenig Schuld traf. Er selbst hatte den Vierbeiner zehneinhalb Stunden allein gelassen und als der dann gemerkt hatte, dass Bröker sauer auf ihn war, hatte seine Blase dem Druck nicht mehr standgehalten.

Er sog die Luft ein, um dem Hund ein paar beruhigende Worte zu sagen. Da wurde er gewahr, dass der strenge Geruch, der das ganze Obergeschoss erfüllte, auch aus diesem Raum kam. Er drehte den Kopf. Das konnte doch nicht wahr sein! Auf der anderen Seite des Bades, direkt neben der Dusche, sah er einen stattlichen Hundehaufen. Bröker merkte, dass dies der Tropfen war, der das Fass zum Überlaufen brachte: das zerstörte Federbett, das durchweichte Arminia-Trikot und nun auch noch die Bescherung neben der Dusche. Davor die Demütigung durch van Ravenstijn. Das alles konnte und wollte er nicht mehr ertragen. Er setze sich auf den Boden, lehnte sich an die Wand und schlug die Hände vors Gesicht. Er wollte nur noch heulen. Oder noch lieber sterben. Plötzlich merkte er ein Gewicht auf seinen Beinen. Er schaute hoch. Pagelsdorf hatte seinen Kopf auf Brökers Oberschenkeln abgelegt. Noch immer konnte er seinem neuen Herrchen nicht in die Augen sehen, aber dennoch schien er ihn trösten zu wollen.

„Ach Hund, was haben wir hier nur für ein Tohuwabohu angerichtet?", fragte Bröker leise und streichelte dem Tier über den Kopf.

In diesem Moment erschien unvermutet Gregors Kopf in der Badezimmertür. Bröker hatte ihn gar nicht kommen hören. „Genau das wollte ich dich auch fragen, Bröker", sagte er mit seiner zumeist fröhlichen Stimme. Dann guckte er sich in dem Raum um und erblickte den Hundehaufen. „Bröker, bitte sag mir, dass das nicht du warst", flehte er und musterte seinen Hausherren mit seinen dunklen Augen.

„Das denkst du nicht wirklich!", protestierte er. „Aber in gewisser Weise bin ich auch schuld", schob er nachdenklich hinterher und zeigte auf das durchnässte Arminia-Trikot. „Ich habe Pagelsdorf zehn Stunden allein gelassen und dann noch mit ihm geschimpft."

„Wieso das denn?", fragte Gregor konsterniert.

„Hast du das Durcheinander im Schlafzimmer noch nicht gesehen?"

Der Junge schüttelte den Kopf.

„Komm mit!" Bröker stand auf und überquerte den Flur. „Guck mal!", sagte er. „Die Bettdecke hat noch meiner Mutter gehört. Jetzt ist sie hinüber, dabei war sie immer so schön warm."

Mit staunenden Augen betrachtete Gregor das Chaos, das Pagelsdorf angerichtet hatte. Dann schüttelte er sich schier vor Lachen. „Ach, Bröker", sagte er und zeigte dabei einen Gesichtsausdruck, der eine Mischung aus Belustigung und Mitleid war, „ich glaube, Pagelsdorf und du, ihr müsst beide noch eine Menge lernen, wenn er hierbleiben soll."

„Was ist denn hier passiert?", war in diesem Augenblick eine weibliche Stimme vom Flur aus zu hören. Anscheinend war Britta auch wieder von der Arbeit zurück.

Bröker schilderte ihr in knappen Worten, was geschehen war. Dabei versuchte er beharrlich, an den Aufstieg von Arminia Bielefeld zu denken, damit ihm nicht die Tränen kamen.

Britta guckte ihren langjährigen Freund bedauernd an, dann umarmte sie ihn. Bröker, der eine solche körperliche Nähe zu einer Frau in den letzten Jahrzehnten nur wenige Male gespürt hatte, verkrampfte sich wie ein Spazierstock, aber er merkte, dass ihm die Umarmung guttat. „Wenn es nur das mit Pagelsdorf wäre, bekäme ich das schon in den Griff", gestand er. „Aber bei meinem Praktikum bin ich van Ravenstijn zugeteilt und der schikaniert mich, wo er nur kann." Er schluckte. Wieder musste er gegen die Tränen kämpfen.

„Pass mal auf", entschied Britta. „Ich kümmere mich mal um dieses Durcheinander. Putzen lag dir ja schon immer weniger als kochen. Und du führst in der Zwischenzeit den Hund aus. Auch wenn er im Bad schon alles erledigt hat, wie ich gesehen habe, wird er dankbar sein, noch einmal rauszukommen. Und vielleicht könnt ihr dabei auch wieder Frieden schließen."

„Ich helfe", ergänzte Gregor, der nicht untätig sein wollte.

Bröker nickte dankbar.

„Ach, eins noch", schob seine neue Mitbewohnerin nach, als er schon auf der Treppe war. „Hast du vielleicht noch eine andere Bettdecke? In der hier wirst du nicht mehr so gut schlafen."

„Ja, auf dem Dachboden sind noch jede Menge davon, wenn auch keine so warm wie diese", erwiderte Bröker mit einem Blick auf den Federberg und machte sich auf den Weg ins Erdgeschoss.

Pagelsdorf folgte ihm unaufgefordert.

13. Kapitel
Ein Abend mit Freunden

Bröker hatte ein schlechtes Gewissen. Pagelsdorf sollte doch merken, dass er ihn mochte. Schließlich hatte er ihn deshalb am Vorabend mit nach Hause genommen. Und nun musste der Hund denken, dass er vom Regen in die Traufe gekommen war und nach wie vor allein bleiben musste. Bröker beschloss, sein Verhalten mit einem besonders ausgiebigen Spaziergang wieder gut zu machen. Noch immer hatte er keine Leine, also band er dem Hund einen ausgeblichenen Fanschal der Arminia um und befestigte daran ein Stück Schnur. Besonders vertrauenerweckend sah die Konstruktion nicht aus, hoffentlich kam Pagelsdorf nicht auf die Idee, zu ziehen und so auszuprobieren, ob die behelfsmäßige Leine hielt.

Aber der Hund blieb brav und so erklomm Bröker den Sparrenberg und begab sich auf einen Spaziergang entlang des Kammweges des Teutoburger Waldes. Wie schön es hier doch war, auch wenn man aufgrund der einsetzenden Dämmerung nur wenig sah. Trotzdem, so ein Hund hatte auch seine guten Seiten, selbst im Vergleich mit Uli, der vermutlich gerade im Katzenhimmel auf einem Kissen saß und Mäuse vertilgte.

Eine Dreiviertelstunde später war Bröker wieder zurück. Für seine Verhältnisse hatte er einen ausgedehnten Spaziergang gemacht. Pagelsdorf hätte sicherlich noch etwas laufen können, aber wahrscheinlich wollte er Bröker ein gutes Gefühl geben und zeigte sich mit dem Spaziergang zufrieden.

Aus der Küche waren Geräusche zu hören. Gregor schien sich angeregt mit Britta zu unterhalten. *Umso besser,* dachte Bröker, das Zusammenleben wäre friedvoller, wenn sich seine beiden Mitbewohner verstanden. Wenn sie sich nur nicht gegen ihn verbündeten. Aber das war wohl eher nicht zu befürchten. Bröker sah, wie Pagelsdorf schnupperte, er tat es ihm gleich. Tatsächlich, es roch wirklich gut. Hatten Gregor und Britta nicht nur das Malheur beseitigt, sondern etwa auch schon angefangen zu kochen?

Schnell zog er seine Schuhe und Jacke aus und betrat die Küche, der Hund folgte ihm auf dem Fuß. Dort fand Bröker nicht nur zwei, sondern sogar drei seiner Freunde. „Charly", begrüßte er die Journalistin der *Neuen Westfälischen* begeistert. „Was verschlägt dich denn in unsere bescheidene Hütte?"

„Ach, so eine bescheidene Hütte hätte ich auch gerne", lächelte Brökers Studienfreundin zurück. Tatsächlich kannten sich die beiden schon, seitdem Bröker und Charly zusammen den *Rotbarsch,* eine Studentenzeitung, herausgegeben hatten. „Eigentlich wollte ich nur sehen, wie es dir geht. Ich habe schon ewig nichts mehr von dir gehört."

„Stimmt", sagte Bröker schuldbewusst. Sich regelmäßig bei seinen Freunden zu melden, gehörte nicht zu seinen Stärken. Manchmal hörte er dadurch monatelang nichts von Charly, aber wenn sie sich wiedersahen, war es, als hätten sie erst am Vorabend beisammengesessen. „Mir geht es ganz gut", begann er.

„Das kann ich mir vorstellen", ging Charly dazwischen, die in diesem Moment Pagelsdorf entdeckt hatte. „Britta und Gregor haben mir schon berichtet, dass du seit gestern auf den Hund gekommen bist, aber sie haben mir natürlich verschwiegen, wie süß der Kleine ist. Komm mal her!" Begeistert wandte sie sich an den Vierbeiner, der sofort schwanzwedelnd zu ihr lief.

Hoffentlich erleichtert er sich nicht gleich wieder, dachte Bröker. Aber das Tier hatte beschlossen, sich von der besten Seite zu zeigen und leckte Charly die Hand.

„Der Hund ist nicht das einzige Neue in meinem Leben", begann Bröker seinen Bericht.

„Ja, ich sehe, dass Britta bei dir eingezogen ist", lächelte Charly. „Das freut mich für euch beide, dass ihr endlich wieder zusammen seid."

„Halt, halt, halt, ganz so ist es nicht", protestierte Bröker, bevor er bemerkt hatte, dass ein zu entschiedenes Dementi vielleicht bei Britta einen faden Beigeschmack hinterlassen würde. „Ich freue mich natürlich, dass sie hier ist", korrigierte er schnell seinen Kurs.

„Aber es ist nur eine Übergangslösung", half ihm nun auch seine neue Mitbewohnerin. „Bei mir im Haus hat es einen Wasserschaden gegeben, der meine komplette Wohnung geflutet hat, und da hat mich Bröker aufgenommen."

„Genau wie die Fellnase", grinste Charly.

„Die heißt Pagelsdorf", erklärte Gregor. „Und bei dem Hund ist auch nicht klar, wie lange er noch hierbleiben darf. Wir wissen noch nicht, ob er nicht vielleicht ein Frauchen oder Herrchen hat, das schon auf ihn wartet. Zumindest das ist bei Britta klarer." Er zwinkerte der neuen Mitbewohnerin zu und lachte.

„Ach ja, dass wir den Hund auf einen Chip kontrollieren müssen, habe ich komplett verdrängt", stöhnte Bröker. „Aber das ist morgen dran. Jetzt brauche ich meinen Feierabend."

„Du klingst wie ein Bergarbeiter nach einer Zwölfstundenschicht", staunte Charly.

„Ja, so fühle ich mich auch", nickte der Hausherr.

„Bröker arbeitet jetzt", grinste Gregor. „Und wenn du mich fragst, das bekommt ihm gar nicht."

„Ach was, erzähl!" Die Journalistin konnte es nicht glauben.

„Ja, ich mache ein Praktikum bei der Polizei. Das ist schon die zweite oder dritte Neuigkeit in den letzten paar Tagen und somit mehr, als ich manchmal in zwei Monaten zu berichten habe. Aber bevor ich dir davon erzähle, brauche ich etwas zu essen und ein Glas Wein", erklärte Bröker.

„Ich habe schon ein paar Vorspeisen vorbereitet", bemerkte Gregor. „Ich kenne doch deinen Appetit: Im Kühlschrank war noch etwas Hackfleisch, daraus habe ich Hackbällchen gemacht, außerdem waren noch Oliven da, Tomaten und weiße Bohnen."

„Dann besorge ich uns eine Flasche Chianti oder besser zwei, wenn niemand etwas dagegen hat?", ergänzte Bröker und machte sich auf den Weg in den Weinkeller.

„Du als Praktikant und dann noch bei van Ravenstijn." Auch als alle zehn Minuten später um den Esstisch versammelt waren, konnte sich Charly kaum beruhigen. „Das muss ja irre lustig sein."

„Die einen sagen so, die anderen so, aber für Außenstehende könnte es stimmen", murmelte Bröker und stopfte sich gleichzeitig zwei Hackbällchen in den Mund. „Meine besten Zeiten habe ich, wenn Ravenstijn gerade nicht da ist – oder zumindest, wenn ich nicht allein mit ihm bin. Dann muss er sich zusammennehmen und ich muss zugeben, bei den Befragungen lerne ich sogar etwas."

„Echt?" Britta war überrascht. „Ich dachte, deine eigene Technik sei gerade eine deiner Stärken."

„Wenn ich eine Stärke habe, dann eher die, im richtigen Moment unwissentlich das Richtige zu tun", brummte Bröker.

„Müssen wir also demnächst damit rechnen, dass du Verhöre wie die Polizei anstellst?", hakte Charly nach.

„Und nichts herausfindest?", ergänzte Gregor prustend und nahm anschließend einen Schluck von dem Wein. „Wirklich gut", urteilte er, ohne sich im Mindesten um den abrupten Themenwechsel zu kümmern.

„Ganz so ohne ist es nicht", erläuterte Bröker und kam wieder auf sein Polizeipraktikum zurück. „Ich lerne vor allem, wie die Polizei ermittelt. Sie schicken sofort nach einem Verbrechen ein Team zum Tatort. Das kennt man natürlich aus Krimis, aber heute habe ich das zum ersten Mal in echt gehört. Und ich sehe, wie man bei denen eine Befragung durchführt. Auch wenn ich erst an einem Verhör teilgenommen habe, heute Morgen im *Edelmarkt,* so habe ich schon den Eindruck gewonnen, dass bei der Polizei die Untersuchungen systematischer vonstattengehen. Wie du weißt, folge ich dagegen meist spontan meiner Intuition."

„Aber das nicht ohne Erfolg, B.", lachte die Journalistin ihr lautes, ansteckendes Lachen, das ebenso wie ihre rote Mähne eines ihrer Markenzeichen war. „Aber sag mal, deine Abteilung ist an der Aufklärung des Falles um den Toten am *Edelmarkt* befasst?"

„Wenn es mal meine Abteilung wäre", seufzte Bröker. „Ich bin das kleinste Rädchen im Getriebe. Wenn Ravenstijn einen schlechten Tag hat und mich schikanieren will, lässt er mich Briefe alphabetisch sortieren oder Umschläge zukleben. Aber es stimmt: Der Fall ist bei Schewe."

„So ein Zufall", erwiderte Charly in Anbetracht dessen, dass die Fälle, in denen Bröker Erfolge hatte erzielen können, bei der Polizei auch stets von Schewes Team untersucht worden waren.

„Und nicht nur das", ergänzte Gregor. „Der Fall ist viel näher an uns dran, als mir lieb ist."

„Was meinst du damit?" So genau wusste auch Britta nicht Bescheid und Charly hob verwundert die Brauen.

„Hm, offiziell heißt es, ich habe den Toten gefunden", wand sich der Jüngste in der Runde.

„Und inoffiziell?" Charly war viel zu sehr Vollblutjournalistin, um bei solch einem Köder nicht anzubeißen.

„Inoffiziell kannte ich den Toten, also Chris, ein bisschen besser", gab der Junge zu und fügte dann hinzu: „Leider."

„Und warum? Mann, Gregor, lass dir doch nicht jedes Wort aus der Nase ziehen, du bist schon so langsam wie Bröker."

„Hey, hey, keine Beleidigungen, nachdem ich dich zum Abendessen eingeladen habe", protestierte der sofort augenzwinkernd.

„Also, das ist jetzt *off the record* und bleibt unter uns", wurde Gregor sofort wieder ernst. „Wenn du das publik machst, bringst du mich damit richtig in die Bredouille, ist das klar?"

„Ja, natürlich", willigte die Journalistin sofort ein. „Du bist schließlich nicht die einzige Quelle, die ich jemals geschützt habe."

„Nicht nur das, auch die Infos, die ich dir gebe,

dürfen nicht nach draußen", betonte der Junge noch einmal, ehe er fortfuhr. „Chris war bei einer Gruppe von Leuten, die regelmäßig containern gehen und die Sachen, die sie aus dem Abfall der Supermärkte ziehen, an andere Leute verschenken, die *Raspiritter*. Ich kenne die über die *Cyberhoods*. Der Ansatz, anderen Leuten zu helfen, die sich selbst nicht helfen können, ist bei beiden Gruppen gleich."

„Ach, so bist du an die gekommen." Auch Britta folgte dem Gespräch gespannt.

„Genau. Und in der Nacht von Dienstag auf Mittwoch war ich zum ersten Mal mit einer Gruppe der *Raspiritter* unterwegs. Wir waren insgesamt vier, aber die anderen Namen bekommst du von mir nicht. Wenn irgendwo bei euch in der Zeitung eine undichte Stelle ist, bin ich wenigstens der einzige, der Probleme hat. Wer hätte auch ahnen können, dass dieser Abend so endet?" Bröker sah, dass sein jüngerer Freund noch immer schwer unter den Folgen seines Abenteuers litt. Der beschrieb anschließend, was an besagtem Abend genau geschehen war.

„Sei unbesorgt, wie gesagt, von mir erfährt keiner was", versicherte Charly, nachdem Gregor geendet hatte. „Aber ich kann mir vorstellen, dass es für dich auch nicht einfach ist", ergänzte sie nach kurzem Nachdenken mit einem Seitenblick auf Bröker.

Der überlegte kurz. „Bis jetzt ist es nicht so schwierig gewesen", erklärte er. „Wie gesagt verbringe ich die Hälfte meiner Zeit mit Tätigkeiten, von denen Kaffeekochen noch die sinnvollste ist. Aber ich weiß schon, was du meinst. Nach dem, was mir Gregor berichtet hat, will ich denjenigen kriegen, der diesen Chris Bohnenkamp zusammengeschlagen hat. Gleichzeitig muss ich aufpassen, dass ich mit dem, was ich sage, Gregor und seine *Raspiritter* nicht ans Messer liefere."

Charly und Britta nickten einmütig. „Ob dir das gelingt, weiß ich noch nicht", unkte Gregor dazu.

„Jedenfalls werde ich nichts in der Zeitung schreiben", schloss die Reporterin das Thema. „Zumindest nicht zum jetzigen Zeitpunkt. Der Fall ist gar nicht auf meinem Schreibtisch gelandet. Den hat Karsten bekommen, Karsten Bredepohl."

„Hat der nicht früher den Lokalsport gemacht?", wunderte sich Bröker.

„Stimmt, aber nun darf er auch bei anderen lokalen Nachrichten mitmischen", lachte Charly. „Wenn ich mich da einmische, bekomme ich Ärger, es sei denn, ich habe einen besonders guten Grund. Zum Beispiel den, dass mein guter Freund Bröker den Fall aufgeklärt hat, dann würden sie mich ranlassen."

„Davon bin ich meilenweit entfernt", erwiderte Bröker mit einer Spur Resignation. „Und ich weiß auch nicht, ob ich diesem Ziel dieses Mal auch nur nahekommen werde."

„Schade", gab die Journalistin zurück. „Ich würde so gerne mal wieder etwas über den *Mister Marple* von der Sparrenburg berichten."

„Untersteh dich", drohte Bröker.

„Jedenfalls muss ich mich bis dahin um goldene Hochzeiten, die Wahl des Rektors der Universität Bielefeld oder um Tanzturniere kümmern", erklärte Charly und sah Britta dabei bedeutungsschwer an.

„Wolltest du Rektorin werden?", grinste Gregor mit einem Blick auf seine neue Mitbewohnerin.

„Das nicht", sagte Britta gedehnt.

„Wir haben uns neulich auf einem Pressetermin gesehen", klärte die Journalistin die Situation auf. „Britta hat an einem Wettbewerb im Formationstanz teilgenommen, über den ich berichten durfte."

„Ich habe gar nicht gemerkt, dass ich dir aufgefallen bin", warf Britta ein.

„Doch, schon, aber du warst anschließend so schnell verschwunden, sonst hätte ich dich angesprochen und für den Artikel interviewt."

„Genau darum war ich weg. Ich mag es nicht so gerne, meinen Namen oder schlimmer noch mein Bild in der Zeitung zu sehen und dachte, ich verschwinde, bevor du mich siehst."

Bröker guckte seine beiden Freundinnen lange an. „Ich wusste gar nicht, dass du tanzt", sagte er an Britta gewandt. Dann fuhr er mit einem Blick auf die Uhr fort: „Seid mir nicht böse, ich verziehe mich schon mal nach oben. Ihr dürft natürlich gerne noch weiter trinken. Aber wenn ich daran denke, dass ich morgen früh um acht schon wieder im Präsidium sein muss und vorher noch den Hund ausführen soll, bin ich jetzt schon müde."

„Den Hund übernehme ich", bot sich Gregor an. „Wir haben doch heute gesehen, dass das nicht gut-geht, wenn Pagelsdorf so lange allein ist. Außerdem müssen wir ja auch endlich mal feststellen, ob er nicht jemand anderem gehört. Ich gebe ihm morgen die restlichen Hackbällchen, führe ihn aus und neh-me ihn mit zur Arbeit. Auf dem Heimweg gehen wir dann auch noch im Tierheim vorbei."

„Danke", erwiderte Bröker. Der Junge nahm ihm wirklich manchmal einen ganzen Batzen Arbeit ab. „Aber bring Pagelsdorf wieder mit, bitte. Ich habe mich schon ein bisschen an ihn gewöhnt."

Der Hund guckte Bröker an und fiepte leise.

14. Kapitel
Aus der Hüfte geschossen

Auch wenn seine Freunde sich noch den Rest des Abends gewundert hatten, so war Brökers Entschei-dung, früh ins Bett zu gehen, die richtige gewesen. Das wusste er spätestens, als am nächsten Morgen wieder um sieben Uhr sein Wecker klingelte. Im Gegensatz zum Vortag fühlte er sich kein bisschen zerschlagen, er war sogar ausgeruht. Wenn er diese Form für den Rest des Tages beibehielt, konnten sich die neuen Kollegen bei der Polizei auf einige Geistesblitze gefasst machen, dachte er vergnügt, als er pünktlich das Präsidium betrat. Der Pförtner kannte ihn inzwischen und verzichtete darauf, sich das Plastikkärtchen mit seinem Namen zeigen zu lassen. Stattdessen nickte er ihm nur freundlich zu. Alles deutete darauf hin, dass es ein wirklich gelungener Tag werden könnte.

Diese Stimmung setzte sich mit dem Beginn der Morgenrunde fort. Bröker war einer der ersten, die sich im Besprechungsraum einfanden, dabei hatte er sich sogar zuvor noch einen Kaffee geholt. Nach und nach trudelten die Polizisten ein, die Bröker beinahe schon als Kollegen betrachtete, als einer der letzten erschien auch Schewe. Der Leiter der Abteilung zog überrascht die Brauen hoch, als er Bröker entdeckte, sagte aber nichts, sondern nickte nur anerkennend. Wahrscheinlich hatte er erwartet, dass Bröker an jedem Tag seines Praktikums zu spät käme. Aber er konnte auch diszipliniert sein, wenn auch viel zu selten, wie er zugeben musste.

„Gibt es etwas Neues?", fragte Schewe in die Runde, als er sah, dass seine komplette Abteilung versammelt war. „Vielleicht beginnen wir mit dem Fall Bohnenkamp. Da stehen noch die Ergebnisse der Spurensicherung aus."

„Viel gibt es da nicht", meldete sich ein Mann mit einer Lippenspalte. „Es gab ein paar Blutspuren auf dem Gehsteig, aber damit war nach allem auch zu rechnen. In der Umgebung des Tatorts war nicht viel Überraschendes zu sehen. Eventuell mit Ausnahme eines ziemlich großen Lochs im Zaun zum

Edelmarkt. Man kann aber nicht feststellen, wer das wann hineingeschnitten hat."

Schewe nickte. „Stimmt, viel ist das leider wirklich nicht", bestätigte er.

Kommissarin Großebrummel meldete sich zu Wort und fasste noch einmal für diejenigen, die bei dem gestrigen Duell von van Ravenstijn und Bröker in der Cafeteria nicht dabei gewesen waren, die Ergebnisse der Befragung der Supermarktmitarbeiter zusammen. Sie schilderte auch, dass es unterschiedliche Meinungen darüber gab, was die Aussagen von Stachel und seinen Angestellten zu bedeuten hatten. „Besonders unser werter Herr Psychologe van Ravenstijn ist der Meinung, dass wir den Täter schon so gut wie überführt haben", schloss sie.

„Wieso das?", hakte ein älterer Polizist mit grauen Haaren nach.

„Van Ravenstijn meint, dass Stachel ein weiteres Containern auf seinem Gelände unterbinden wollte", erläuterte die Polizistin, „und dass er daher den Sicherheitsdienst angewiesen hat, rigoros gegen Eindringlinge vorzugehen. Die haben das dann vielleicht etwas übertrieben."

Bröker wunderte sich, dass der Holländer seine Sichtweise nicht wie am Vortag selbst geschildert hatte. Der meldete sich dafür jetzt umso heftiger zu Wort. Noch bevor es ihm Schewe auch erteilt hatte, platzte es schon aus ihm heraus: „Das ist natürlich immer noch eine ganz heiße Spur", rief er so laut, als spräche er vor hundertfünfzig Leuten, statt vor fünfzehn. „Aber ich habe heute Nacht noch einmal über alles nachgedacht und da ist mir ein weiterer Gedanke gekommen."

„Und welcher?", wandte sich Schewe dem Psychologen seiner Truppe halb interessiert, halb amüsiert zu. Er wusste, wie oft van Ravenstijns Gedanken nicht nur ein wenig schräg, sondern geradezu skurril waren.

„Ich bin nach wie vor der Meinung, dass Stachel ein Motiv hatte, den Wachdienst zumindest mit einer Körperverletzung zu beauftragen, vielleicht sogar einer schweren", eröffnete der.

„Die Frage ist nur, ob der Sicherheitsdienst das dann auch gemacht hätte", warf der grauhaarige Kommissar ein. „Diese Leute sind ja einem Supermarktleiter in der Regel nicht so ergeben, dass sie für ihn auch eine Straftat auf sich nehmen. Ein Sicherheitsdienst hat doch nicht nur einen Kunden und wenn bekannt wird, dass sie es für einen Klienten mit dem Gesetz nicht so genau nehmen, sind sie die anderen ruckzuck los."

Bröker nicke. Er wusste, dass die Wachleute den Mord gar nicht begangen haben konnten – zumindest, wenn ihr Chef die Wahrheit gesagt hatte. Aber er schwieg. Er hatte das Gefühl, dass diese Information, die er sich gestern Abend auf eigene Faust besorgt hatte, wertvoll war und er wollte sie ungern voreilig aus der Hand geben, zumal von der Polizei offenbar noch niemand bei Brömmelthieß gewesen war.

„Ja, das war genau der Knackpunkt in unserer Diskussion gestern", erklärte auch Großebrummel.

„Da waren wir unterschiedlicher Auffassung", bestätigte van Ravenstijn. „Ich glaube noch immer, dass es so gewesen sein könnte, aber mit einer Sache haben Sie recht …"

„Herr Bröker auch", erinnerte ihn die Kommissarin daran, wer dem Psychologen gestern am heftigsten widersprochen hatte.

Der Holländer schaute, als habe er einen Löffel ranzige Erdnussbutter in den Mund geschoben bekommen.

Bröker hatte stets das Gefühl, dass es eine doppelte Niederlage war, wenn nicht nur er selbst Unrecht hatte, sondern van Ravenstijn gleichzeitig richtiglag. Und offenbar ging es dem Polizeipsychologen umgekehrt nicht anders. „Also ich habe mich gefragt, wer denn typischerweise jemanden umbringt", sagte Brökers Erzfeind, ohne auf den Einwurf Großebrummels einzugehen.

„Kein ganz dummer Gedanke", entfuhr es Bröker, bevor er realisiert hatte, dass Schewe eine solche Bemerkung für unangemessen halten konnte. Der schaute tatsächlich zu ihm herüber, aber in seinem Blick spiegelte sich eher Belustigung als Ärger.

„Also wer bringt denn in der Regel jemanden um? Wer tut so etwas?", fragte der Holländer wie ein Quizmaster in die Runde.

„Ein Täter", witzelte ein jüngerer Ermittler, der in

der dritten Reihe hinter dem Ersten Hauptkommissar Platz genommen hatte. Alle lachten.

„*Kom op*", verfiel der selbsternannte Profiler in seine Muttersprache. „Na los", korrigierte er sich sofort. „Das wissen wir doch alle."

„Ein Täter ist meist unter den Verwandten oder engen Freunden des Opfers zu finden", leierte der jüngere Kommissar herunter. Einerseits schien es sich um einen Merksatz zu handeln, den alle in der Abteilung mehrfach wöchentlich zu hören bekamen, andererseits schien er seinen vorherigen Witz wiedergutmachen zu wollen.

„Genau!" Van Ravenstijns Augen leuchteten. Natürlich hatte er genau diese Antwort erwartet. „Und weder Stachel, der Filialleiter des Supermarkts, noch die Sicherheitsleute waren mit diesem Chris Bohnenkamp befreundet oder verwandt. Jedenfalls glaube ich das."

„Das klingt gar nicht so unplausibel", meldete sich nun auch Großebrummel wieder zu Wort. Auch Bröker fand, dass der Holländer zur Abwechslung einmal relativ sinnvolle Sachen von sich gegeben hatte, zumindest für seine Verhältnisse.

„Aber?", fragte der, weil er nicht glauben wollte, dass ihn die Kommissarin ohne Hintergedanken gelobt hatte.

„Aber wir kennen leider die Freunde von Chris Bohnenkamp nicht", äußerte die Polizistin wie erwartet einen Einwand. „Die nächsten Verwandten, also die Eltern, haben wir natürlich informiert. Aber ich glaube nicht, dass die etwas mit dem Tod ihres Sohnes zu tun haben."

„Das ist doch kein Grund, nicht in Richtung seiner Freunde weiter zu ermitteln", bügelte Schewe den Einwurf nieder.

„Aber die Freunde kennen wir nicht", ergänzte van Ravenstijn mit bedauernder Miene. „Auf der anderen Seite kann es nicht unmöglich sein, die zu finden, man muss sich nur ein bisschen Mühe geben. Notfalls muss Frau Großebrummel noch einmal zu den Eltern fahren."

Die Kommissarin verzog das Gesicht.

„Ein paar der Freunde kennen wir schon", fuhr Bröker dazwischen. Bevor der Holländer einen Vorschlag hatte machen können und vor allem, bevor der Praktikant selbst über seine Worte nachgedacht hatte, hatte er diese laut ausgesprochen.

„Woher kennen wir die?" Nicht nur der Polizeipsychologe guckte Bröker erstaunt an, die Augen der ganzen Runde waren auf ihn gerichtet.

„Wissen Sie mal wieder mehr als die Polizei?" Obwohl Schewe bei diesem Satz grinste, war ihm anzumerken, dass er die Frage ernst meinte.

Bröker wand sich, aber zurücknehmen konnte er die Worte nun auch nicht mehr. „Vielleicht", erwiderte er leise.

„Und würden Sie uns auch an Ihrem Wissen teilhaben lassen?" Nun war der Erste Hauptkommissar ganz der Vorgesetzte, der einen Praktikanten zur Ordnung rief. „Wenn Sie bei uns arbeiten, Bröker, können Sie nicht gleichzeitig unabhängige und eigenständige Ermittlungen führen, das wissen Sie schon, oder?"

„Natürlich", erwiderte der Angesprochene kleinlaut. „Ich habe auch gar nicht ermittelt." Das entsprach nicht ganz der Wahrheit, wenn er an seinen Besuch bei der Sicherheitsfirma dachte. Aber zumindest, um die Namen von ein paar von Chris Bohnenkamps Freunden herauszufinden, hatte Bröker nicht recherchieren müssen.

„Sondern?" Auch Kommissarin Großebrummel war nun neugierig.

„Der Verdacht, dass der Mord mit dem Containern zu tun haben könnte, kam ja gestern schon auf", holte Bröker aus. „Und zumindest weiß ich, dass der Tote bei einer Gruppe von jungen Leuten aktiv war, die regelmäßig die Abfalltonnen der großen Supermärkte nach Essbarem durchsucht haben. Ich glaube also, an der Vermutung könnte etwas dran sein."

„Aber haben Sie nicht gestern noch gesagt, wir müssten erst noch beweisen, dass dieser Bohnenkamp wirklich in den Abfallcontainern gewühlt hat?", echauffierte sich van Ravenstijn.

„Und wer ist diese Gruppe von jungen Leuten?", übertönte ihn Schewe gleichzeitig. Zum Glück wollte er nicht wissen, woher Bröker seine Informationen hatte.

„Sie nennen sich die *Raspiritter*", gab Bröker Auskunft. „Aber sehr viel mehr weiß ich nicht darüber, also keine Namen oder dergleichen. Aber vielleicht könnte man bei denen auch Freunde von Bohnenkamp antreffen. Vielleicht wissen die mehr über ihn …"

„Oder wir finden dort den Mörder", kam van Ravenstijn auf seine ursprüngliche Idee zurück. Vor Aufregung darüber, mit seinen Gedanken vielleicht richtig gelegen zu haben, wurde er ganz zappelig.

„Dafür sehe ich im Augenblick noch keinen Grund", urteilte Schewe, „Aber ausschließen kann man es natürlich nicht."

„Vielleicht könnte auch eine Rivalität zu anderen Gruppen von Lebensmittelrettern eine Rolle spielen", warf Bröker schnell ein, um den Verdacht von Gregor und seinen Freunden abzuwenden. Eigentlich war das auch sonst kein schlechter Gedanke, kam es ihm in den Sinn.

„Wir werden schon noch sehen, dass ich mit meinem Verdacht recht habe …", beharrte der Psychologe unterdessen. Dass er damit seiner gestrigen Vermutung widersprach, ließ ihn völlig kalt.

„Jedenfalls haben wir damit jetzt zwei Ermittlungsansätze", fasste Schewe die bisherige Diskussion zusammen. „Zwei von Ihnen, ich schlage vor, Sie, Steffens, und Sie, Klausjohann", er nickte dem jüngeren und dem grauhaarigen Polizisten zu, die sich zu van Ravenstijns Mutmaßungen geäußert hatten, „Sie durchsuchen mal unsere Datenbanken und das Internet, ob Sie irgendetwas zu diesen *Raspirittern* finden, Namen, vielleicht einen Treffpunkt, Aktionen, wo wir sie erwarten können, und so weiter. Wir müssen einen Weg finden, um mit ihnen zu sprechen."

Die beiden Angesprochenen nickten.

„Und Sie, Frau Großebrummel, schnappen sich unseren Seelenklempner und fühlen dem Sicherheitsdienst ein wenig auf den Zahn."

Die Kommissarin zeigte sich einverstanden, während van Ravenstijn diesen Auftrag natürlich nicht unkommentiert lassen konnte: „Ja, da kann ein bisschen psychologisches Gespür sicherlich nicht schaden", lächelte er schief und warf sich in die magere Brust.

„Darf ich die beiden wieder begleiten?" Bröker fühlte sich bei der Aufgabenverteilung übergangen.

Schewe nickte schon zustimmend, aber bevor er etwas erwidern konnte, hatte sich der Holländer schon wieder zu Wort gemeldet: „Für Bröker habe ich eine besondere Aufgabe, die sehr wichtig für unser *Team-Building* ist", erklärte er. „Wir können ihm aber über unsere Ergebnisse berichten, wenn wir von der Befragung des Wachdienstes wieder zurückgekommen sind."

Schewe stimmte zu und ging zum nächsten Fall über. Auch Bröker fiel nun ein, dass Brömmelthieß vielleicht komisch geguckt hätte, wenn der Mann, den er gestern Abend noch als Buchhändler aus Heepen kennengelernt hatte, plötzlich als Praktikant der Polizei wieder bei ihm aufgetaucht wäre. Dennoch schwante ihm angesichts von van Ravenstijns Plänen nichts Gutes.

15. Kapitel
In Teufels Küche

Und er sollte recht behalten. Als der Holländer Bröker zu seinem kleinen Büro begleitete und ihm erklärte, welche Aufgabe er sich für den Praktikanten ausgedacht hatte, die den Zusammenhalt des ganzen Teams stärken sollte, konnte sich Bröker nicht mehr zurückhalten: „Ravenstijn, ist das Ihr Ernst?", fragte er entgeistert. „Ich soll wirklich das Geschirr komplett aus den Schränken räumen und abspülen?"

Der Holländer nickte trocken.

„Aber dafür haben wir eine Spülmaschine", protestierte Bröker weiter.

„Aber damit werden die Sachen nicht richtig sauber", erklärte der Polizeipsychologe, als sei die hygienische Reinheit das Hauptuntersuchungsgebiet der Bielefelder Kripo.

„Und was hat das Ganze mit dem Zusammenhalt der Truppe zu tun?", wollte Bröker wissen.

„Das ist doch offensichtlich", triumphierte van Ravenstijn. „Wenn unsere Kollegen sauberes Geschirr haben, hebt das ihre Moral und sie arbeiten besser."

„Und meine Moral ist Ihnen dabei völlig egal, stimmt's? Ich habe hier doch nicht angefangen, um Spülen und Abheften zu lernen."

„Bröker, Sie müssen schon einsehen, dass es auf Ihre Moral nicht so sehr ankommt. Nehmen Sie sich einfach nicht so wichtig, dann fällt Ihnen auch das Arbeiten leichter."

„Das sagt genau der Richtige! Ich kenne keinen aufgeblaseneren Fatzke als Sie!" Bröker hatte sich dermaßen in Rage geredet, dass er vergessen hatte, dass der Holländer in diesen Mauern sein Vorgesetzter war. Er beschleunigte seine Schritte, als er sich dessen gewahr wurde. Hoffentlich hatte keiner seine Worte gehört. Wenn der selbsternannte Profiler sich jetzt bei Schewe über ihn beschwerte, konnte es schnell mit seinem Praktikum zu Ende sein. Aber war das wirklich so tragisch? Geschirr spülen und Briefe sortieren konnte er schließlich auch bei sich zu Hause. Dazu musste er sich nicht morgens um sieben aus den Federn quälen.

Aber der Holländer schien auch gar nicht daran zu denken, Brökers Worte an seinen Chef weiter zu melden. „Als Praktikant sind Sie hier das kleinste Rädchen im Motor", schickte er stattdessen die nächste Demütigung hinterher.

„Getriebe", korrigierte Bröker trocken.

„Motor, Getriebe, egal. Sie müssen lernen sich anzupassen und sich unterzuordnen. Das fehlt Ihrem Charakter völlig", beharrte der Polizeipsychologe.

Ich krieche eben nicht vor meinen Vorgesetzten und jedem dahergelaufenen Supermarktleiter wie so mancher holländische Möchtegern-Profiler. Das nenne ich Charakterstärke, dachte Bröker, sagte aber nichts. Wenn er die Atmosphäre jetzt noch weiter anheizte, würde er während des gesamten Praktikums nur noch niedere Tätigkeiten ausüben. Er ging in die Küche und knallte die Tür hinter sich zu, beinahe hätte er dabei van Ravenstijn getroffen. Zum Glück entschied der sich, seinem Erzfeind nicht weiter zu folgen.

Immer noch kochend vor Wut ließ Bröker Wasser ins Spülbecken laufen und räumte das Geschirr aus den Schränken. Abwaschen sollte er, das war doch wirklich das Letzte! So rächte sich der Holländer für die Fälle, bei denen Bröker schneller bei der Aufklärung gewesen war als die Kriminalpolizei Bielefeld und ihr selbsternannter Profiler. Wie schäbig!

Es dauerte eine ganze Zeit, bis Bröker sich so weit beruhigt hatte, dass er einen klaren Gedanken fassen konnte. Die erste Idee, die ihm kam, war, dass es natürlich nicht notwendig war, die Teller und Tassen tatsächlich ins Wasser zu tauchen und wieder abzutrocknen, wenn van Ravenstijn mit dem Verhör des Sicherheitsdienstes beschäftigt war. Niemand, schon gar nicht der Holländer, würde in der Lage sein, das von der Spülmaschine gewaschene Geschirr von solchem zu unterscheiden, das Bröker gereinigt hatte. Nein, er würde die Zeit nutzen und Kaffee trinken.

Gegebenenfalls würde er sich auch seine eigenen Gedanken zu dem Fall Chris Bohnenkamp machen.

Zufrieden über diesen Beschluss schaufelte er acht Löffel Kaffee in einen Filter, füllte Wasser in einen Behälter, sodass er in wenigen Minuten einen Kaffee vor sich hätte, der um Längen besser war als das, was der Automat in der Kantine ausspuckte. Natürlich hatten sie in dieser Küche keine anständige Maschine, aber es würde schon gehen.

Als er beobachtete, wie die tiefdunkle Flüssigkeit in die Kanne tropfte, erinnerte er sich wieder an die Morgenbesprechung. Ein ungutes Gefühl beschlich ihn, als er daran dachte, dass er sich bei dem Fall um den toten *Raspiritter* zu Wort gemeldet hatte. Schon gleich nach seinem Redebeitrag war ihm unwohl gewesen. Was hatte er sich nur da wieder eingebrockt! Und nicht nur sich selbst. Sein Streit mit van Ravenstijn war bei weitem nicht das größte Problem, das er sich an diesem Vormittag eingehandelt hatte: Er hatte seine Klappe nicht halten können und der Kriminalpolizei von den *Raspirittern* erzählt. Das konnte die ganze Gruppe, vor allem auch Gregor, in größte Schwierigkeiten bringen. Natürlich gab es immer noch die Möglichkeit, dass Schewes Truppe nur anhand des Namens nichts über die Lebensmittelretter herausfinden würde.

Diese kleine Hoffnung aber wurde umgehend zerstört. Die Küchentür ging auf und Klausjohann, der ältere Polizist aus der Morgenrunde kam hinein.

„Das duftet hier aber prächtig", sagte er lächelnd mit tiefer Stimme. „Aber sag nicht, unser Psychodoktor hat dich zum Kaffeekochen hierher beordert. Ich bin übrigens Johann." Er hielt Bröker die Hand hin.

Johann Klausjohann, dachte der, da hatten die Eltern aber Humor bewiesen. „Bröker", erwiderte er und schlug ein. „Ähnlich wie bei dir ist das gewissermaßen Vor- und Nachname. Und was Ravenstijn angeht: Eigentlich soll ich hier spülen. Alles, das ganze Geschirr. Aber damit bin ich schon fertig."

„Wie durch ein Wunder", grinste der Polizist und zwinkerte zum Zeichen, dass er verstanden hatte. „Na ja, bei mir ist es nicht anders."

„Wieso?", fragte der Praktikant und krauste die Stirn.

„Wie du weißt, ist bei mir der Auftraggeber Schewe. Wir sollten etwas über die *Raspiritter* herausfinden. Aber die Anweisung war genauso schnell erledigt wie deine."

„Wie kommt's?"

„Es ist nicht das erste Mal, dass wir mit diesem Verein zu tun haben", erläuterte Johann. „Das Einbruchsdezernat hat sie schon einmal erwischt, als sie bei einem anderen Supermarkt die Abfallcontainer aufgebrochen haben. Dieser Bohnenkamp war zwar nicht dabei, aber da sie die Sachen über eine Internetgruppe an Bedürftige verteilt haben, sind die Kollegen dem ganzen Trupp ziemlich schnell auf die Schliche gekommen. Wir haben fast alles: die damaligen Mitglieder, den Versammlungsort, wann sie sich meist treffen. Da macht sich eine gute Datenbank eben bezahlt. So lange haben wir die ja noch nicht." Der ältere Polizist lächelte stolz ob dieser technischen Errungenschaft der Bielefelder Polizei. „Diesen Bohnenkamp haben sie damals sogar auch schon befragt, vielleicht hätte man ihn da noch schützen können, wenn es wirklich seine Kumpel waren, die ihn auf dem Gewissen haben." Johann fing an zu lachen, er freute sich offenkundig, wie schnell er die Spur der *Raspiritter* aufgenommen hatte. Dabei schien ihn die Tatsache, dass er gerade vermutete, man hätte einen Mord verhindern können, wenig zu kümmern.

Bröker stimmte ein, obwohl ihm eher zum Heulen zumute war. Das war wirklich ein GAU. Wenn Schewes Mannschaft alle Details der *Raspiritter* kannte, würden sie wahrscheinlich noch heute bei ihnen auf der Matte stehen. „Dann hast du dir deinen Kaffee jetzt aber verdient", wandte er sich an Klausjohann. „Ich nehme mir auch einen." Schnell schenkte er zwei Tassen ein. Je länger er den Polizisten in seiner Pause halten konnte, desto mehr Zeit verschaffte er Gregors Freunden. Das nützte allerdings nichts, wenn es ihm nicht gleichzeitig gelang, die *Raspiritter* zu warnen.

„Dein Kaffee ist aber gut", lobte ihn der Kommissar. „Unter uns, unsere Sekretärin, Frau Schnakenwinkel, hat zwar viele gute Eigenschaften, aber Kaffeekochen zählt nicht dazu. Aber die schlimmste

Brühe macht immer noch van Ravenstijn. Das Zeug ist so dünn, dass man es glatt für Tee halten könnte. Ich glaube, er nimmt selten mehr als einen oder zwei Löffel Pulver pro Kanne. Er ist eben sparsam, unser holländischer Profiler." Er zwinkerte Bröker zu. Plötzlich hielt er inne und spuckte.

„Schmeckt dir mein Kaffee doch nicht?", hakte Bröker nach.

„Doch, doch", entgegnete der Polizist, „Aber da war noch etwas in der Tasse." Mit angeekeltem Gesichtsausdruck zog er ein kleines Stückchen Papier aus seinem Mund. Er betrachtete es interessiert. „Da steht sogar was drauf", bemerkte er stirnrunzelnd.

Bröker schnappte sich den Zettel. Tatsächlich: ‚Na Bröker, mal sehen, ob Sie die Tassen auch wirklich waschen', entzifferte er die zerlaufene Schrift. *Du mieser kleiner holländischer Kontrolletti,* dachte er unwillkürlich.

„Van Ravenstijn hat dich aber ganz schön auf dem Kieker", kommentierte Klausjohann.

„Ja, er kann nicht anders, ist ein genetischer Defekt", erwiderte Bröker, allerdings folgte er der Konversation nur mit halbem Ohr. Hauptsächlich war er darauf konzentriert, eine Möglichkeit zu finden, Gregor zu kontaktieren. „So lecker mein Kaffee übrigens ist, es gibt da immer ein kleines Problem." Ihm war eine Idee gekommen.

„Welches?"

„Das ist schon der vierte heute. Und so viel

Kaffee treibt ganz schön." Bröker stellte sich mit überkreuzten Beinen hin, um anzudeuten, dass er dringend einmal auf Toilette musste. „Ich gehe eben nur gerade die Wasserspiele besuchen", sagte er. „Ich bin gleich zurück."

Er rannte so schnell in Richtung des stillen Örtchens, dass jeder Beobachter gewettet hätte, Bröker habe es sehr eilig damit, sein Bedürfnis zu erledigen. Und in gewisser Weise stimmte das auch. Nur war das Bedürfnis eben ein anderes.

Sobald die Toilettentür ins Schloss gefallen war, er sich versichert hatte, dass gerade niemand anderes die Örtlichkeiten benutzte und er sich in einer Kabine eingesperrt hatte, riss Bröker sein Telefon aus der Hosentasche. So flink es ihm seine dicken Fingerchen erlaubten, suchte er Gregors Nummer in den Kontakten und wählte. Am anderen Ende der Leitung schellte es. Dreimal, viermal, fünfmal hörte Bröker das Tuten in seinem Lautsprecher. Schließlich nahm die Mailbox den Anruf an. „Mensch, Gregor, es ist dringend!", schimpfte Bröker, bevor er auflegte.

Na gut, damit konnte der Junge jetzt wohl nichts anfangen, trotzdem hatte Bröker seiner Wut Luft machen müssen. Er wählte noch einmal. Wieder tutete es, wieder sprang die Mailbox an. Diesmal legte Bröker kommentarlos auf.

„Himmelherrgott!", fluchte er so laut, dass es in dem gekachelten Raum widerhallte. Er musste Gregor erreichen, unbedingt und dringend.

Bröker hörte, dass sich die Tür zu dem Toiletten-raum öffnete. „Ist etwas, hast du Probleme?", fragte eine Stimme, von der Bröker nicht wusste, wem sie gehörte. Er konnte jetzt schlecht so tun, als sei er gar nicht da, zumal seine Kabinentür sicherlich ein „be-setzt" anzeigte.

„Ach nichts", brummelte er nur in der Hoffnung, den lästigen Fragesteller loszuwerden.

„Aber du hast doch gerade gerufen", beharrte die Stimme.

„Ja, stimmt, das Toilettenpapier ist mal wieder alle und natürlich denkt keiner daran, mal eine Ersatzrolle hinzuhängen", antwortete Bröker mit dem ersten, was ihm in den Sinn kam.

„Na, wenn es nur das ist." Die Stimme des Man-nes vor der Kabinentür klang amüsiert. Kurz darauf kullerten zwei Rollen Klopapier durch den Spalt un-terhalb der Tür.

„Danke!", rief Bröker, hörte aber, dass in diesem Moment die Tür zur Herrentoilette ins Schloss fiel, er war wieder alleine.

Er starrte auf sein Smartphone, aber Gregor hatte nicht geantwortet. Wo mochte er nur stecken? Nor-malerweise vergingen keine dreißig Sekunden bis zu einem Rückruf, wenn man ihn mal nicht erreichte. Ausgerechnet jetzt, wo es so wichtig war, schien der Junge in ein Funkloch gefallen zu sein. Dann däm-merte es Bröker. Richtig, der Junge hatte ihm schon vor einiger Zeit berichtet, dass in der Wohngruppe, wo er seit zweieinhalb Jahren Dienst tat, Smartphones verboten waren. Da es sich um eine WG für internetsüchtige Jugendliche handelte, die von ihrem Leiden kuriert werden sollten, war das durchaus sinnvoll. Nur im Moment kam es natürlich trotzdem sehr ungelegen, dass sich auch die Erzieher an diese Vorgabe hielten.

Schließlich öffnete Bröker einen Kurznachrichtendienst. Er hasste es, diese Mitteilungen zu tippen, da sein Mobiltelefon bei beinahe jedem Wort eine Alternative vorschlug, die er nicht gemeint hatte. „Hallo Gregor", schrieb er in Eile. „Die Bullen wollen die *Raspiritter* befragen. Sie denken, die stecken hinter dem Mord an Chris. Warne sie vor, wenn du kannst." Er las sich alles noch einmal durch und ersetzte die Worte „Bullen wollen" durch „Polizei will", schließlich machte er gerade bei diesem Verein sein Praktikum. Dann schickte er die Nachricht ab.

Er schob das Handy wieder in seine Hosentasche und eilte zur Küche zurück. Klausjohann würde sich schon wundern.

„Na, das kann aber nicht nur der Kaffee gewesen sein", sagte der prompt mit einem Grinsen, als Bröker wieder zurück war.

„Stimmt", erwiderte der mit einem gequälten Lächeln. „Ich hatte gestern ein scharfes Curry, das ist mir wohl etwas auf den Magen geschlagen. Ich glaube, Details willst du nicht wissen." Was er wirklich gemacht hatte, musste er dem Kommissar ja nicht auf die Nase binden. Stattdessen kam ihm eine andere Idee. „Hör mal, Johann", sagte er und versuchte, dem Polizisten dabei fest in die Augen zu blicken, um Sicherheit zu signalisieren. „Ich will mich nicht in eure Arbeit einmischen. Ihr seid die Experten und ich bin hier, um zu lernen."

„Ach komm", erwiderte Klausjohann in der typischen direkten ostwestfälischen Art. „Du hast inzwischen fast mehr Fälle aufgeklärt als so mancher Kollege. Also was willst du mir sagen?"

„Ich habe mich nur gefragt, ob du denn glaubst, was sich van Ravenstijn so überlegt hat. Also denkst du wirklich, der Mörder von Chris Bohnenkamp könnte bei den *Raspirittern* zu finden sein?"

„Wieso nicht?", entgegnete der Kommissar mit nachdenklichem Gesicht.

„Was hast du denn über diese Gruppe erfahren?", hakte Bröker nach. Er musste den Polizisten dazu bringen, selbst diese Informationen preiszugeben. Klausjohann sollte nicht auf den Gedanken kommen, dass Bröker schon einiges über Gregors Freunde wusste.

„Na, sie knacken irgendwelche Abfalltonnen von Supermärkten", fasste der zusammen, was er kurz zuvor selbst gelesen hatte. „Dann holen sie alles da raus, was noch essbar ist und verschenken es an die Leute, die sich so etwas nicht leisten können."

„Ja, so dachte ich mir das." Bröker nickte. „An sich ist das doch ein sehr friedvoller Ansatz, oder?"

„Könnte man so sagen. Bis auf das Aufbrechen der Mülltonnen halt."

„Ich habe mich gefragt, warum in so einer Gruppe jemand einen anderen umbringen sollte?", versuchte Bröker weiter Zweifel zu säen. „Ich meine, die haben doch alle das gleiche Ziel. Wieso kann da ein Gruppenmitglied das andere so hassen, dass es dieses ermordet?"

„Für einen Mord kann es tausend Gründe geben", entgegnete Klausjohann weise. „Aber im Prinzip hast du recht. So richtig vorstellen kann ich mir den Mord in dieser Gruppe auch nicht. Schon gar nicht, dass sich jemand an seinen Erzfeind ausgerechnet beim Containern herangemacht hat."

Beide schwiegen.

„Weißt du was?", schlug der Krimimalpolizist schließlich vor. „Ich will ja auch nicht unnötig Energie vergeuden. Bevor wir losziehen, um diese *Raspiritter* zu befragen, spreche ich noch einmal mit Schewe. Vielleicht hat der inzwischen auch seine Meinung geändert."

Bröker nickte. Einen Versuch war es wert, aber ob es helfen würde, die *Raspiritter* vor einem Verhör zu bewahren?

16. Kapitel
Auf den Rest gefühlt

„Sagen Sie, Bröker, sind Sie verrückt geworden oder wollen Sie meine Autorität untergraben?" Van Ravenstijn war ernsthaft erbost, als er nach der Mittagspause in Brökers kleines Büro stürmte.

Bröker stutzte. Hatte der Holländer etwa herausgefunden, dass er das Geschirr gar nicht gewaschen hatte? Aber wie? Schließlich hatte Bröker van Ravenstijns kleine Falle doch enttarnt. So oder so, so schnell würde sich Bröker nicht aus der Ruhe bringen lassen. Schließlich hatte er gut gegessen: Er hatte bei seinem Aufbruch zu Hause noch einige der Kleinigkeiten, die Gregor gestern zum Abendessen zubereitet hatte, gefunden, diese mit ins Präsidium genommen und gerade verspeist. Daher war er wieder halbwegs guter Laune und eher interessiert als besorgt, was den selbsternannten Profiler so aus der Haut fahren ließ.

„Das ist nicht leicht zu beantworten, Ravenstijn", sagte er schließlich. „Ich weiß nicht, ob man es merkt, wenn man verrückt wird, da sind Sie der Experte. Aber was Ihre Autorität angeht, so fürchte ich, dass man nicht so furchtbar tief graben muss, um sie zu unterhöhlen."

„Wollen Sie mich provozieren?" Der Psychologe hatte offenbar alle Techniken, um Gleichmut zu bewahren, vergessen und war puterrot im Gesicht.

„Eigentlich nicht." Bröker musste aufpassen, dass er ihn nicht zu sehr in Rage brachte. Obwohl es ihn in den Fingern juckte, ahnte er, dass van Ravenstijn nicht schnell vergaß und ihn andernfalls aus Rache schikanieren würde, wo er nur konnte. Auf der anderen Seite konnte es kaum schlimmer werden. „Vielleicht sagen Sie mir einfach, worum es geht?", fragte er neugierig. „Habe ich die Tassen nicht gut gespült?"

„Ach, die Tassen sind mir völlig gleichgültig", zischte der selbsternannte Profiler.

„Ich dachte, die seien so wichtig für das *Team-Building*."

„Ja, sind sie auch. Ach, egal. Aber wie konnten Sie Schewe vorschlagen, die Spur mit den *Raspirittern* fallenzulassen?"

„Das war ich nicht", beteuerte Bröker mit Unschuldsmiene.

„Eventuell nicht direkt", erwiderte van Ravenstijn. „Aber Klausjohann hat gesagt, der Vorschlag käme von Ihnen. Er hätte ihn nur an Schewe weitergegeben."

„Ich habe gar keine Vorschläge gemacht. Wie Sie wissen, bin ich hier vor allem für den Küchendienst zuständig." Diese Spitze konnte sich Bröker nicht verkneifen. „Ich habe nur zu bedenken gegeben, dass diese *Raspiritter* doch eher einen menschenfreundlichen, vielleicht sogar pazifistischen Ansatz verfolgen. Ich konnte mir nur schlecht vorstellen, dass man unter ihnen einen Mörder findet."

„Überlassen Sie das Denken lieber uns", giftete der Holländer. „Wir haben zumindest mit der Polizeiarbeit mehr Erfahrung."

„Ravenstijn, ich habe bei meinen Einwänden vor allem an Sie gedacht. Ich wollte nicht, dass Sie sich blamieren."

„An mich? Die Idee, dass der Mörder unter Chris Bohnenkamps Freunden zu suchen ist, war einer meiner besten Gedanken."

„Das sagt einiges", murmelte Bröker. „Aber waren Sie nicht gestern noch überzeugt, dass der Mörder ein Mitglied des Security-Dienstes sein muss und dass der Filialleiter ihn angeheuert hat?", schob er lauter nach. „Apropos: Was hat eigentlich Ihre Befragung dort ergeben?"

„Nicht viel, eigentlich gar nichts", gab der Polizeipsychologe Auskunft.

Bröker ahnte, dass van Ravenstijn jetzt, da er den Mörder in einer ganz anderen Gruppe vermutete, bei dem Gespräch mit Brömmelthieß nur einen mäßigen Ehrgeiz an den Tag gelegt hatte.

„Auf jeden Fall bleibt es dabei: Wir werden diese Raspiheinis ausquetschen", beendete dieser das Gespräch. „Es wäre doch gelacht, wenn nicht einer von denen den Mord gesteht."

„Damit würde ich aber noch ein paar Stunden warten."

„Warten? Wieso das?"

„Weil die meisten dieser Raspiheinis, wie Sie sie

159

nennen, wahrscheinlich einen ganz normalen Beruf haben. Wenn Sie sie befragen wollen, sollten Sie warten, bis sie Feierabend haben." Bröker war froh, dass ihm dieses Argument eingefallen war.

„Na gut, vielleicht haben Sie recht." Es musste dem Psychologen schwergefallen sein, einen solchen Satz zu sagen. Immerhin verschaffte er Bröker noch eine kurze Spanne Zeit, um Gregor zu warnen.

„Dann gehen wir eben um halb fünf hier los. Aber Sie kommen mit!", beschloss van Ravenstijn in diesem Moment.

„Ich? Wieso das denn?"

„Weil Sie dabei lernen können, wie man eine Befragung von Verdächtigen durchführt", erwiderte der Psychologe. Bröker allerdings war sich sicher, dass der Psychologe glaubte, ihm so den Feierabend vermiesen zu können. Er war zwiegespalten.

So gerne er auch seinen Küchendienst gegen echte Polizeiarbeit getauscht hätte, bei diesem Verhör wollte er nicht dabei sein. Aber er konnte schlecht protestieren, ohne den Verdacht des Holländers zu erregen.

„Ich komme dann um halb fünf bei Ihnen vorbei", sagte der zum Abschied. „Und machen Sie sich keine Sorgen wegen der Überstunden, die werden genauso bezahlt wie der Rest des Praktikums." Grinsend verschwand er aus Brökers Büro.

Dieser zog sofort sein Mobiltelefon hervor. Ein Blick auf das Display zeigte, dass sich Gregor noch nicht gemeldet hatte. Zum Teufel noch mal, wenigstens in der Mittagspause hätte der Junge einen Blick auf sein Handy werfen können. Wieder wählte er die Nummer seines Mitbewohners, aber außer, dass nach etlichen Freizeichen wieder die Mailbox ansprang, geschah nichts. Noch einmal schrieb Bröker eine Kurznachricht, aber wie schon zuvor erhielt er darauf keine Antwort.

Frustriert ließ er sich in den Sessel sinken. Wie sollte er Gregor nur erklären, dass in wenigen Stunden die Polizei bei seinen Freunden aufmarschierte? Und er, Bröker, würde dabei sein. Was, wenn Gregor gerade in den Räumen der *Raspiritter* war? Das konnte das Ende seiner Freundschaft zu dem Jungen bedeuten. Ob er noch einmal anrufen sollte? Aber wenn Gregor sein Handy wenigstens in die Hand nähme, würde er sofort sehen, dass sein Freund mehrfach versucht hatte, ihn zu erreichen – und wenn nicht, nützte auch ein weiterer Anruf nichts.

Wenn er nur irgendetwas anderes tun könnte. Aber außer Gregor kannte er niemanden von diesen Lebensmittelrettern, so sehr er in seinem Gedächtnis nach Namen kramte. Leider gab es auch kaum etwas, mit dem er sich ablenken konnte. Van Ravenstijn hatte ihm keinerlei Aufgaben gegeben, dabei wäre ihm im Augenblick selbst eine völlig sinnlose Tätigkeit recht gewesen. Aber das Geschirr hatte er angeblich schon gewaschen und konnte es daher nicht erneut aus dem Schrank nehmen.

Verzweifelt schnappte er sich eine der Büroklammern, die sich in einem Schälchen auf dem Schreibtisch befanden und bog sie auf und wieder zu. Dann versuchte er, einen Hund daraus zu formen, bis sie abbrach. Sofort griff er sich die nächste und begann sein Werk von Neuem.

Auf diese Weise hatte Bröker 36 Büroklammern in die ewigen Jagdgründe befördert, oder an welches Jenseits Büroklammern auch immer glauben mochten, als endlich sein Handy klingelte. Gregor rief an, wie ein Blick auf das Display verriet.

„Bröker? Sag mal, was sind das für komische Nachrichten, die du mir geschrieben hast?" Der Junge wartete noch nicht einmal ab, bis sich Bröker gemeldet hatte.

„Gar nicht komisch", seufzte der Angesprochene. „Die Polizei hat sich wirklich überlegt, deine Freunde von den *Raspirittern* unter die Lupe zu nehmen."

„Sag, dass das nicht wahr ist!"

„Doch, leider, es stimmt. Ravenstijn hat es mir gerade noch einmal bestätigt."

„Scheiße!", fluchte der Junge am anderen Ende. „Ja, ich weiß, ich habe dir verboten, das zu sagen. Aber gerade ist eine Ausnahmesituation", erklärte er jemandem im Hintergrund. Offenkundig befand er sich noch in der Wohngruppe, die er betreute. „Warte, ich gehe mal gerade nach nebenan", wandte er sich wieder an Bröker und bestätigte damit dessen Verdacht. „Ich muss die Jungs warnen", fuhr er nach einer kurzen

Pause fort. „Wann wollen deine Schweinebullen denn kommen?"

Bröker warf einen Blick auf das Telefon. „In einer halben Stunde geht es hier los. Ich soll auch mitkommen."

„Was?" Gregor war entsetzt. „Dann muss ich sofort alle Hebel in Gang setzen. Warte mal", wurde er plötzlich stutzig. „Wieso bist du denn auch mit dabei?"

„Ravenstijn sagt, da kann ich was lernen", stöhnte Bröker.

„Aha, das wäre ja mal was, wenn du dir von dem Psychofuzzi was abguckst. Aber wieso wissen sie eigentlich, dass sie bei den *Raspirittern* suchen müssen?"

Bröker schwieg.

„Bist du noch da?", bohrte der Junge nach.

„Ich fürchte, da ist mir was rausgerutscht", beichtete Bröker.

„Nein! Echt, man kann dir wirklich nichts erzählen, das ist doch das Letzte!" Gregor war außer sich. Bröker wartete auf die nächste Tirade, aber offenbar hatte es sich der Junge anders überlegt. Es gab ein kurzes Signal, das zeigte, dass sein Mitbewohner aufgelegt hatte, dann war es still in der Leitung.

Es war schließlich zehn vor fünf, bis Bröker mit Kommissarin Großebrummel und van Ravenstijn in einem Polizeiwagen saß. Er hatte alles getan, um die Abfahrt hinauszuzögern und Gregor und seinen Freunden auf diese Weise Zeit zu verschaffen. Er war in aller Ruhe auf die Toilette gegangen, hatte vorgetäuscht, seine Jacke im Büro vergessen zu haben und war extra langsam gegangen. Aber irgendwann waren sie beim Fuhrpark der Polizei angekommen. Bröker war heilfroh, dass sie diesmal anstelle von Ravenstijns BMW einen Dienstwagen genommen hatten, der zudem von der Polizistin gesteuert wurde.

„Wollen Sie nicht fahren?", hatte der Psychologe seinen Schutzbefohlenen beim Einsteigen noch gefragt. „Chauffeur scheint mir doch für einen Praktikanten eine angemessene Tätigkeit zu sein."

„Ich habe keinen Führerschein", hatte Bröker genuschelt und war auf die Rückbank geklettert. Gleichzeitig hatte sich Großebrummel schnell bereit erklärt, das Steuer in die Hand zu nehmen, bevor dies van Ravenstijn wieder tat.

Auch diese Diskussion hatte wieder zwei Minuten gekostet, was Bröker recht war. Dennoch war die Kommissarin irgendwann losgefahren.

Eine Viertelstunde später bog der Wagen auf die Teutoburger Straße ein. Hier hatten die *Raspiritter* – den Polizeiunterlagen zufolge – zwei Räume angemietet, in denen sie sich regelmäßig trafen. Wahrscheinlich war auch für heute ein Treffen geplant, sonst hätte Gregor nicht so alarmiert auf seinen Anruf reagiert, ahnte Bröker.

Die Polizistin parkte den Wagen, das Trio suchte

die richtige Hausnummer und schellte. Niemand öffnete. Ob Gregor seinen Freunden geraten hatte, sich versteckt zu halten?

Doch nach dem zweiten Klingeln ertönte ein Summer. Forsch drückte van Ravenstijn die Haustür auf und trat ins Treppenhaus.

Nachdem sie etliche Stufen überwunden hatten, rang Bröker ein wenig nach Luft, versuchte dies aber vor den anderen beiden zu verbergen. Zu dritt standen sie vor der Wohnungstür eines kleinen Apartments. Niemand begrüßte sie, aber die Tür stand offen. Bröker schob sich als erster hinein, vielleicht konnte er so eine direkte Konfrontation zwischen der Polizei und den *Raspirittern* vermeiden. Es roch ein wenig muffig, fand er. Er klopfte an eine weitere Tür mit Milchglasscheiben, hinter der er Stimmen hörte. Als er sie aufschob, erstarrte er. Die Frau, die er als erstes sah, kannte er: „Sara?", fragte Bröker.

„Klar, Bröker, willkommen bei den *Raspirittern*", erwiderte Sara. Dabei lachte sie und warf den Kopf nach hinten, sodass die Piercings, die sie durch Ohren, Lippen und Nase trug, auf und ab wippten. Gregor hatte Sara bei demselben Speed-Dating kennengelernt, bei dem Bröker auch Britta wiedergetroffen hatte. Zugegeben: Gregor war eigentlich nur mitgegangen, um sicher sein zu können, dass Bröker seinen Termin dort auch wahrnahm. Seitdem hatten sich er und Sara immer wieder mal getroffen, aber ob sie nun ein Paar waren, hätte Bröker nicht zu sagen gewusst. Den Jungen zu fragen, traute sich Bröker auch nicht, um die scharfzüngigen Kommentare seines Mitbewohners zu vermeiden. Vielleicht stellte man solche Fragen auch heutzutage nicht mehr.

„Übrigens ist Gregor auch da", führte Sara die Besucher weiter in den Raum.

In diesem Moment hatte Bröker die dunklen Haare des Jungen auch schon entdeckt. Er stand mit drei weiteren Männern, die ungefähr sein Alter haben mochten, in einer Ecke. Seine schwarzen Augen funkelten, als er die Neuankömmlinge sah.

„Na, Bröker", sagte er. „Willst du dich mit uns für eine gerechtere und bessere Welt einsetzen? Und van Ravenstijn hast du auch gleich mitgebracht? Donnerwetter, wenn du so weitermachst, werde ich vorschlagen, dich zum Ehrenmitglied zu ernennen."

Auch der Holländer hatte den Jungen unterdessen entdeckt. „Bröker, Sie haben mir gar nicht gesagt, dass Ihr Mitbewohner ein Mitglied dieses Vereins von Gesetzlosen ist", wandte er sich an seinen Praktikanten.

„Na, na, van Ravenstijn", schoss Gregor umgehend zurück. „Vorsichtig im Umgang mit den neu gelernten Wörtern der deutschen Sprache, bevor Sie nicht genau wissen, was sie bedeuten. Wir sind nicht nur gesetzlos, wir retten auch Lebensmittel davor, weggeworfen zu werden. Und wenn Sie ein bisschen freundlicher sind, bringe ich Ihnen vielleicht sogar mal ein Päckchen jungen Gouda mit. Ist auch ganz billig."

„Gregor ist mit den jungen Leuten hier auch nur befreundet", versuchte Bröker seinen Mitbewohner aus der Schusslinie zu nehmen, aber der schien davon nichts wissen zu wollen, sondern zeigte Bröker einen Vogel, als sich van Ravenstijn für eine Sekunde zu Sara umdrehte.

„Nun tu nicht so, als seien wir hier eine Gruppe von *Outlaws*", zischte er seinem älteren Freund so leise zu, dass es die Polizisten nicht mitbekamen.

„Du solltest nicht mir alle Schuld dafür, dass die Polizei hier ist, in die Schuhe schieben", gab Bröker ebenso leise, aber schärfer als gewollt, zurück.

„Und wer hat die Bullen sonst hierhergelockt?", erwiderte Gregor noch gereizter.

„Meinst du nicht, die wären sowieso darauf gekommen?", verteidigte sich Bröker im Flüsterton. „Die *Raspiritter* sind bei denen aktenkundig und Chris' Mitgliedschaft bei euch auch!"

„Könnten Sie uns die Anwesenden wohl einmal vorstellen?", meldete sich nun auch Kommissarin Großebrummel zu Wort. Ihr professioneller Tonfall tat Bröker in diesem Moment gut, andernfalls wären Gregor und er vielleicht noch richtig aneinandergeraten.

„Also dies ist Gregor, er ist mein Mitbewohner", erklärte er schnell. „Er hat Freunde bei den *Raspirittern.*"

„Ach so. Das erklärt wohl seine Anwesenheit hier", erwiderte die Polizistin. Es schien ihr wenig daran gelegen, Bröker in Verlegenheit bringen zu wollen. Er hoffte, er interpretierte ihre Antwort nicht falsch.

„Das ist Sara", fuhr Bröker fort und deutete auf Gregors Freundin. Bei den anderen Anwesenden war er allerdings überfragt.

„Hier haben wir Tobi und Bully, also eigentlich heißt er Robin Bullmann, aber wir nennen ihn Bully", sagte Gregor, als habe er Brökers Wissenslücke vorhergesehen. Die beiden jungen Männer standen Sara gegenüber. „Und der dritte hier ist Tom. Aber vielleicht klären Sie uns einmal auf, womit wir Ihnen weiterhelfen können."

„Wir untersuchen den Tod von Chris Bohnenkamp. Der war doch auch ein Mitglied bei Ihnen?", begann Großebrummel ihr Verhör.

„Mitglied ist ein komisches Wort", lachte Bully heiser. „Ich meine, wir sind ja kein Verein, wir haben keine Mitgliederbeiträge, keinen Kassenwart oder Kassenprüfer und auch keine Jahreshauptversammlung."

„Aber er hat bei Ihnen mitgearbeitet?", beteiligte sich nun auch van Ravenstijn an der Befragung.

„Wobei?", stellte sich Tom dumm. Er war von allen Versammelten der Jüngste, was ihn aber nicht davon abhielt, dem Polizeitrupp energisch entgegenzutreten.

„Ach, Junge", entgegnete die Kommissarin. Ihr Ton war dabei gerade herablassend genug, um Tom anzudeuten, dass sie ihm überlegen war, ohne ihn da-

168

bei zu beleidigen. Gleichzeitig bemerkte Bröker, wie sie mit dem nächsten Satz raffiniert zum Du überging. „Wir wissen, dass ihr eine Gruppe von Leuten seid, die containern geht. Denk dran, ein paar von euch hatten schon mit der Polizei Kontakt, bei so etwas haben wir ein gutes Gedächtnis. Aber keine Sorge, wir wollen euch nicht dafür drankriegen."

„Nicht?", erwiderte Tom verwirrt.

„Nein, es interessiert uns nicht, ob ihr bei Gelegenheit mal einen Container aufgebrochen oder einen Maschendrahtzaun durchschnitten habt. Das machen vielleicht die Jungs vom Einbruchdezernat. Aber solange sich niemand bei denen meldet, sind denen solche Bagatellen auch relativ egal. Klar, wir müssten es weitermelden, aber wenn wir es nicht machen, schert das auch niemanden. Wir sind vom Morddezernat und wie gesagt: Wir sind hier, um den Tod von Chris Bohnenkamp aufzuklären. Daher noch einmal die Frage: Hat er bei euch mitgemacht?" Bröker bewunderte, wie abgeklärt die Polizistin die Befragung leitete.

„Ja, das ist richtig, das hat er", gab Tobi zu. „Er war zwar nicht der erste, der die Idee hatte, Lebensmittel aus den Containern zu holen und an Leute zu verschenken, die sie wirklich brauchen, aber er war schon sehr früh mit dabei. Und er war jemand, der oft ahnte, wo etwas zu holen war."

„Ist das nicht totale Glückssache, ob man in einem Container etwas Brauchbares findet oder nicht?"

Bröker war mit einem Mal so in die Befragung vertieft, dass er völlig vergaß, dass er sich geschworen hatte, sich zurückzuhalten. Zum einen war Gregor unter den Verhörten, zum anderen wollte er van Ravenstijn keine Munition liefern. Folgerichtig funkelte ihn der Junge böse an, während der Holländer überrascht strahlte.

„Könnte man denken", meldete sich nun auch Robin Bullmann zu Wort. „Bei mir ist das auch so. Ich weiß nie, ob wir was finden, wenn ich einen Conti ausgekundschaftet habe. Chris schien aber einen siebten Sinn für gute Gelegenheiten zu haben. Das fandet ihr doch auch, oder?", wandte er sich an seine Mitstreiter.

„Ja, das kann man wirklich so sagen", nickte Tobi. „Irgendwie hatte er einen Riecher dafür, wann es sich wo richtig lohnte, also welcher Markt gerade die guten Waren in den Müll geschmissen hat. Keiner von uns hätte sagen können, wie er das gemacht hat."

Bröker nickte, wusste aber nicht, was er mit dieser Information anfangen sollte. Van Ravenstijn schien es ähnlich zu gehen, doch war der in einer deutlich unangenehmeren Lage. Schließlich war er es gewesen, der die Befragung der *Raspiritter* veranlasst und durchgesetzt hatte. Wenn sie jetzt ohne Ergebnis blieb, stand er vor Schewe komisch da – und vielleicht auch vor Bröker, den er noch vor wenigen Stunden aus diesem Grund zur Schnecke gemacht hatte. Der Holländer versuchte verzweifelt, einen

Zusammenhang zwischen den letzten Aussagen von Bully und Tobi und dem Mord an ihrem Kumpan herzustellen.

„Also waren Sie ein bisschen neidisch?", fragte er aufs Geratewohl.

Gregor lachte lauthals auf. „Natürlich, hier waren alle auf Chris neidisch", erwiderte er.

Der Holländer horchte auf.

„Vorsicht Ironie, Herr Profiler", fuhr der Junge mit einem ätzenden Tonfall fort. „Sie glauben doch nicht wirklich, dass hier irgendjemand so abgedreht ist, dass er Chris aus Missgunst umgebracht hätte? Mann, wir sind eine Gruppe, die für andere ihre Zeit und manchmal auch mehr einsetzt. Wer wann wie viel aus den Containern zieht, ist da doch völlig zweitrangig. Van Ravenstijn, van Ravenstijn, wenn die Welt so einfach wäre, wie Sie sich das vorstellen, dann würden Sie vielleicht sogar gelegentlich einen Verbrecher fangen."

„Passen Sie auf, was Sie sagen", gab der Psychologe im warnenden Tonfall von sich. Es war, soweit Bröker sich erinnern konnte, das erste Mal, dass er Gregor siezte. Lange würde er das nicht durchhalten, grinste er innerlich, bestimmt kannte er Gregors Nachnamen nicht und ohne den würde es schwer werden, seinen Mitbewohner auf Dauer förmlich anzusprechen.

„Ich kann Gregor nur zustimmen", half Tom in diesem Moment seinem Kollegen. „Wir mögen in den Augen der Polizei vielleicht nicht immer ganz legal handeln, aber wir bringen bestimmt niemanden um."

„Überhaupt, wie haben Sie sich das vorgestellt?" Gregor war inzwischen richtig in Rage geraten. „Denken Sie mal dran, wer Chris gefunden hat. Das waren Bully, Tobi und ich. Meinen Sie, wir haben ihn erst zusammengeschlagen, bis er halb tot war? Aber dann haben wir unser Werk nicht vollendet, sondern stattdessen Polizei und Krankenwagen gerufen, um darauf zu warten, dass er im Krankenhaus stirbt? Was für eine kranke Idee ist das denn?"

Bröker hoffte in diesem Moment, dass weder der Holländer noch die Kommissarin auf die Idee kamen, zu fragen, wieso Chris ausgerechnet von seinen Kollegen von den Resterettern gefunden worden war.

Die aber schienen anderen Gedanken zu folgen.

„Es müsst nicht unbedingt ihr gewesen sein", erwiderte van Ravenstijn soeben defensiv. Wie von Bröker vermutet, war er wieder zum Du zurückgekehrt. „Aber jemand aus eurer Gruppe käme schon in Frage."

„Wir halten zusammen – alle", sagte Tobi nur lapidar. Dann drehte er dem Polizeiteam demonstrativ den Rücken zu.

Kommissarin Großebrummel guckte erst den Polizeipsychologen, dann Bröker an. „Ich glaube, die jungen Leute haben sich sehr glaubhaft verteidigt", sagte sie. „Im Moment kann ich auch keinen Grund erkennen, warum sie ihren Kollegen umgebracht haben sollten. Oder sehen Sie das anders, van Ravenstijn?"

„Es könnte sein, dass sie sich nur sehr geschickt verstellen", wandte dieser ein. Ob er selbst an diese Theorie glaubte oder nur seine Niederlage nicht eingestehen wollte, konnte Bröker nicht sagen.

„Dass sie sich verstellen, müssten Sie mir aber erst einmal beweisen", konterte Großebrummel. Dann entschied sie: „Kommen Sie, Feierabend für heute, vielleicht haben wir morgen schon wieder neue Erkenntnisse."

17. Kapitel
Ein Riss

Als Bröker die Tür zu seiner Stadtvilla aufschloss, war es Viertel nach sieben. Er seufzte. Dass sein Praktikum so etwas Ähnliches wie Arbeit werden würde, hatte er sich schon gedacht, aber er hatte nicht damit gerechnet, dass er beinahe zwölf Stunden außer Haus sein würde. Zum Glück hatte sich Gregor heute um den Hund gekümmert, sodass er wenigstens wegen Pagelsdorf kein schlechtes Gewissen haben musste. Hoffentlich hatte der Junge Zeit gefunden, ihn wieder zurückzubringen, bevor er sich auf den Weg zu den *Raspirittern* gemacht hatte. In diesem Moment vibrierte das Telefon in Brökers Hosentasche. Schnell zog er es hervor.

Eine Kurznachricht Gregors war eingetroffen. Als könne er Gedanken lesen, hatte er geschrieben: „Bröker, ich habe deinen Hund untersuchen lassen. Er hat keinen Chip, es scheint ihn auch sonst keiner zu vermissen. Er liegt also wieder in deinem Wohnzimmer. Mich siehst du da in nächster Zeit dafür nicht."

Betroffen guckte Bröker auf das Display. Noch bevor er sich Schuhe und Jacke auszog, tippte er: „Danke wegen des Hunds. Was ist denn los?"

„Weißt du das echt nicht?", kam sofort die Antwort. Noch immer hatte Bröker den linken Schuh nicht abgestreift.

„Nein", schrieb er mühsam.

„Mann, Bröker, du hast mein Vertrauen missbraucht, das ist los", schrieb Gregor. Inzwischen hatte Bröker das Wohnzimmer erreicht. Pagelsdorf kam ihm schwanzwedelnd entgegen. „Feiner Hund", tätschelte ihm sein neues Herrchen den Kopf. „Hast du schon auf mich gewartet?"

Der Hund leckte ihm dankbar die Hand. „Ich habe dir schon wieder keine Dose gekauft", fiel es Bröker in diesem Moment ein. „Aber ich glaube, wir haben noch etwas Hackfleisch im Kühlschrank. Ich gebe es dir gleich." Aber zuerst musste er dem Jungen antworten.

Langsam tippte er auf der viel zu kleinen Tastatur: „Es tut mir leid, ich wollte das doch nicht. Ich hatte für einen Moment verdrängt, wie brisant es für euch wird, wenn die Polizei bei euch vor der Tür steht." Er brauchte gefühlte zehn Minuten für diese Nachricht.

Sekunden später vibrierte das Handy schon wieder. „Was soll das heißen, du wolltest das nicht?", las er.

„Die meisten von uns sind schon mehrfach von den Bullen wegen Hausfriedensbruch oder Ähnlichem vorgeladen worden, einige haben sogar eingesessen. Klar, dass wir denen nicht vertrauen, auch wenn es darum geht, den Mörder von Chris zu finden. Da sind wir eben allergisch und jeder hat ein bisschen Angst, wieder unangenehme Erfahrungen zu machen. Außerdem: Ich dachte, es versteht sich von selbst, dass ich dir nicht von den *Raspirittern* erzähle, damit du es an deine Freunde in Uniform weitertratscht. Wolltest du dich wichtigmachen?"

Wie nur hatte der Junge diese vielen Sätze in so kurzer Zeit schreiben können?

„Mann, Gregor, es tut mir leid. Es ist mir einfach rausgerutscht." Bröker seufzte, als er die Worte abschickte.

Dieses Mal dauerte es eine Weile, bis eine Antwort eintrudelte.

„Vielleicht sehe ich das irgendwann mal entspannter", schrieb Gregor. „Für die nächsten Tage wohne ich aber bei Sara. Ich brauche etwas Abstand."

Bröker wusste nicht, woran er das festmachte, aber er fand, dass das schon wieder ein bisschen versöhnlicher klang. Er wollte das Handy gerade weglegen, als noch eine Nachricht eintraf. „Überleg dir was mit

Pagelsdorf. Es sieht so aus, als sei er herrenlos", schob der Junge nach.

Bröker wusste nicht, ob ihn diese Nachricht fröhlich oder besorgt stimmen sollte. Er hatte den kleinen Vierbeiner schon ins Herz geschlossen, auch wenn er in den ersten Tagen eine Menge Chaos verbreitet hatte. Andererseits war da jetzt noch ein Wesen, bei dem man eine Menge falsch machen konnte.

„Komm her, Pagelsdorf", rief er den Hund. „Mal gucken, ob sich im Kühlschrank auch für mich noch etwas Essbares findet."

In diesem Augenblick öffnete sich die Wohnzimmertür. „Ich glaube, diesbezüglich habe ich gute Nachrichten", lächelte Britta. „Ich wollte nicht, dass du denkst, dass ich mich durch dein Leben schnorre. Daher habe ich eingekauft. Für den Hund", bei diesen Worten hielt sie eine Dose Gourmet-Futter in die Höhe, „und auch für uns." Sie schwenkte eine Tüte von Brökers Lieblingslebensmittelhändler. „Beim Kochen musst du mir allerdings helfen."

Bröker betrachtete wohlwollend den Inhalt des Beutels. „Du bist ein Schatz", entfuhr es ihm und zum ersten Mal an diesem Tag überkam ihn so etwas wie Zufriedenheit. „Also das sollte jetzt keine billige Anmache sein", ergänzte er, als ihm bewusstwurde, dass er Britta wohl seit der Zeit, als er sie zaghaft geküsst hatte, nicht mehr so bezeichnet hatte. „Aber das, was du eingekauft hast, würde sogar für drei reichen."

„Das sollte es auch", lachte Britta. „Apropos, wo ist eigentlich Gregor?"

„Der kommt heute Abend nicht", erwiderte Bröker traurig. „Das ist allerdings eine längere und ziemlich verworrene Geschichte, die mich nicht im besten Licht erscheinen lässt. Ich erzähle sie dir beim Kochen, wenn wir dabei ein Glas Wein trinken. Nimmst du rot oder weiß?"

„Ich trinke, was du trinkst", antwortete Britta solidarisch. Sie hatte den Eindruck, dass Bröker an diesem Abend seelische Unterstützung brauchte und diese konnte mit so etwas Simplen wie der gleichen Wahl des Weines beginnen.

„Und jetzt weißt du, warum dieser Tag für mich so bescheiden gelaufen ist", schloss Bröker eine halbe Stunde später seinen Bericht. Er hatte inzwischen das zweite Glas eines Bordeaux Grand Cru getrunken und aus den Zutaten, die Britta besorgt hatte, eine frische Pasta mit einer würzigen Soße angesetzt. Endlich begann die Welt wieder ein wenig rosiger auszusehen. Auch Pagelsdorf hatte seinen Napf geleert, Bröker mit einem dankbaren Blick bedacht und sich unter der Eckbank in der Küche zusammengerollt.

„Ich gebe zu, das ist alles andere als ein Traum", bestätigte Britta, „Auch wenn du dir einen Teil der Probleme selbst zuzuschreiben hast."

„Ja, ich weiß, ich kann noch nicht einmal sagen, warum ich in der Morgenbesprechung nicht einfach die Klappe halten konnte. Gregor meint, es sei Geltungssucht, aber das stimmt nicht. Ich will mich doch vor Schewe nicht als der Superdetektiv aufspielen, im Gegenteil: Ich habe das Praktikum angefangen, weil ich dachte, ich könnte von der Polizei etwas lernen. Aber so, wie ich jetzt unter der Fuchtel von diesem Möchtegern-Profiler stehe, wird das nie etwas."

„Ich glaube, du musst van Ravenstijn seine Grenzen aufzeigen", riet Britta und nippte an ihrem Rotwein.

„Und wie? Im Polizeipräsidium ist er zu Hause. Da kann und weiß er alles, glaubt er jedenfalls. So oder so: Er kann mit mir machen, was er will. Schewe hat ihn zu meinem Praktikumsbetreuer gemacht und so lange er mich nicht schlägt, bin ich ihm ausgeliefert."

„So schlimm wird es nicht sein", wiegelte Brökers Mitbewohnerin ab. „Aber du kannst auch selbst etwas tun. Versuche, dich nicht von ihm provozieren zu lassen. Lass ihn auflaufen, statt dich mit ihm zu streiten. Setz ihm Grenzen. Das kann schon damit beginnen, dass du etwas schickere Kleidung trägst. Zieh ein Hemd an oder gute Schuhe. So etwas hast du doch, oder?"

Bröker nickte. „Ja klar. Notfalls habe ich sogar zwei Anzüge. Einer könnte sogar noch passen, den anderen habe ich zuletzt zur Beerdigung meiner Mutter getragen."

„Der ist wahrscheinlich schwarz und würde übertrieben wirken", grinste Britta. „Aber ein weißes oder ein blaues Hemd, eine ordentliche Hose und ein vernünftiges Paar Schuhe könnten schon dafür sorgen, dass dir dieser Psychologe etwas mehr Respekt entgegenbringt. Im besten Fall weiß er noch nicht einmal, warum."

„Warte, ich lege es sofort raus, sonst vergesse ich es morgen früh." Bröker eilte in den Flur und Britta hörte, wie er am Kleiderschrank hantierte.

„Wieso morgen?", rief Britta ihm nach. „Morgen ist doch Samstag."

„Erinnere mich nicht daran", stöhnte Bröker aus dem Nebenraum. „Ich hatte mich auch auf ein ruhiges Wochenende gefreut, an dem ich Bundesliga hören, gut kochen und mich von dem Holländer erholen kann. Aber Schewe hat eine Sonderschicht angeordnet. Gerade wenn ein Mord noch so heiß sei, müsse man versuchen, den Fall aufzuklären, hat er gesagt. Mit jeder Stunde, die vergeht, sinkt die Chance, den Täter zu ergreifen. Das muss so ein alter Polizeiaberglaube sein."

„Und du musst bei dieser Extraschicht mitmachen?"

„Das habe ich mich auch gefragt, schließlich werde ich nicht bezahlt, aber Ravenstijn hat darauf bestanden, mich morgen zu sehen. Das hat er mir noch einmal eingeschärft, bevor wir uns verabschiedet haben."

„Komisch, dass er solche Sehnsucht nach dir hat."

„Ja, vielleicht will er mich auch morgen wieder

den ganzen Tag Geschirr spülen lassen, zur Hebung der Moral der Truppe." Bröker seufzte abermals. „Ich hole uns noch einen Wein, kaum zu glauben, dass die Flasche schon leer ist." Mit diesen Worten entschwand er in Richtung des Weinkellers.

„Aber zugegebenermaßen: Das größere Problem ist Gregor", sagte er, als er wieder zurückgekehrt war und die neue Flasche entkorkt hatte. „Ich lebe nun seit mehr als zehn Jahren mit ihm zusammen, wir hatten natürlich neben den vielen guten Stunden auch immer mal wieder Situationen, in denen wir unterschiedlicher Meinung waren. Aber so schlimm wie gerade war es noch nie. Ich fühle mich schuldig und gleichzeitig denke ich, er könnte versuchen, etwas mehr Verständnis für mich aufzubringen."

„Und du für ihn", ergänzte Brökers Freundin.

„Stimmt, das sicher auch."

Es entstand eine Pause.

„Britta, darf ich dich um etwas bitten?", fragte Bröker zögerlich.

„Du hast einiges bei mir gut, nicht nur deshalb, weil du mir Unterschlupf gewährst. Also schieß los."

„Könntest du versuchen, zwischen Gregor und mir zu vermitteln? Ich denke, du musst wahrscheinlich manchmal beruflich auch zwischen Mietern und Vermietern schlichten, du hast da vielleicht Erfahrung."

„Da bin ich aber eindeutig auf der Seite meiner

Klienten", lachte die Mieterschützerin. „Aber ich weiß, was du meinst. Ich kann es ja mal versuchen."

Jeder der beiden nahm einen Schluck Wein und hing seinen Gedanken nach.

„Ich muss dir noch etwas sagen", durchbrach Bröker die Stille.

„Jetzt aber keine Geständnisse und Treueschwüre", grinste Britta zurück. „Das ist mehr, als ich heute Abend ertrage."

„Ich wollte dir nur sagen, dass ich mich freue, dass du gerade bei mir bist", erwiderte Bröker und seine Mitbewohnerin spürte, wie ernst es ihm war.

„Da musst du nicht mir danken, sondern den maroden Rohren in unserem Haus", erwiderte sie flapsig. „Und meinem Tanzpartner."

„Was hat dein Tanzpartner damit zu tun?"

„Ich weiß gar nicht, ob ich dir mal erzählt habe, dass ich seit drei Jahren tanze, in einer Formation. Du weißt, das sind diese Veranstaltungen, wo mehrere Tänzer gleichzeitig auftreten. Ach, Charly hat doch neulich davon berichtet, als sie da war", erinnerte sich Brökers Freundin.

„Ich kann es mir ungefähr vorstellen", sagte Bröker, auch wenn sein Bild von einer solchen Aufführung nur wenig mit der Realität zu tun hatte.

„Jedenfalls hat sich mein Tanzpartner vorgestern den Fuß gebrochen und fällt für die nächste Zeit aus. Heute Abend wäre Training gewesen, aber ohne Partner kann ich auch nicht tanzen. Echt schade, wir haben das Training nach dem Lockdown erst im letzten Monat wiederaufgenommen. Jedenfalls ist das einer der Gründe, warum ich heute hier bin – außerdem ist es schön, wenn ich etwas für dich machen kann. So kann ich dir einen Teil deiner Hilfe zurückgeben."

„Ich bin auch jederzeit gerne für dich da." Bröker ahnte nicht, was er damit versprach.

18. Kapitel
Wochenendschicht

Am nächsten Morgen schellte Brökers Wecker schon um halb sieben. Im Gegensatz zum Vortag war Gregor nicht da, um Pagelsdorf auszuführen und er hatte Britta nicht auch noch darum bitten wollen, mit dem Hund in aller Früh Gassi zu gehen. Noch dazu an einem Samstag. Also musste sich Bröker selber darum kümmern. „Geschieht mir ganz recht", murmelte er, als er aufstand. Schließlich war er es gewesen, der den Jungen so verärgert hatte.

Auf dem Weg ins Bad schaute er sich suchend nach dem Hund um. Wo mochte der nur wieder geschlummert haben? Pagelsdorf musste sich an sein neues Zuhause erst noch gewöhnen und suchte sich dabei jede Nacht einen anderen Schlafplatz. Er würde sich schon einfinden, hoffte Bröker.

Schnell duschte er sich und schlüpfte in seine Unterwäsche. Aber wo hatte er seine Hose und seinen Pullover gelassen? Dann kam ihm die Erinnerung daran, was ihm Britta am Vorabend geraten hatte. Richtig, er hatte sich doch sogar ein Hemd, eine feine Stoffhose und ein paar schicke Schuhe herausgelegt, die er anziehen wollte. Darum hatte er seine Kleidung gestern Abend im Schrank verstaut. Nun blieb ihm nichts anderes, als sich nur in Shorts und Unterhemd auf den Weg ins Erdgeschoss zu machen, wo die schicken Sachen an der Garderobe hingen. Er schaltete das Licht an, guckte, guckte noch einmal und seine Miene gefror.

„Pagelsdorf!" In diesem Moment war es Bröker egal, ob er mit seinem Schrei den Hund erschreckte oder Britta aus dem Schlaf riss. Die Wut, die sich binnen Sekunden angestaut hatte, brach sich einfach Bahn. Tatsächlich sah er, wie der Hund mit eingekniffenem Schwanz aus dem Wohnzimmer in die Küche floh und auch seine Vorhersage bezüglich seiner neuen Mitbewohnerin bewahrheitete sich wenige Augenblicke später.

„Bröker, was ist denn los?", fragte Britta, die verschlafen durch den Spalt der Tür zum Gästezimmer lugte. Ihre Haare waren zerzaust und sie war nur mit einem T-Shirt und einem Slip bekleidet. Bröker fragte sich kurz, ob er verschämt wegschauen sollte, blickte aber an sich selbst hinab. Er hatte ähnlich wenig an wie seine Mitbewohnerin und an ihm sah es bestimmt nicht besser aus. Neben ein paar dunklen Socken trug er nur eine zu enge Boxershorts, die ihm Gregor einmal mitgebracht hatte. Auf ihr war eine dampfende Kaffeetasse abgebildet und darunter prangte der Spruch *Ich bin ein ganz Heißer*. Britta, der Brökers Blick auf ihre Bekleidung und dann auf die seine nicht entgangen war, musste lachen. Obwohl Bröker eigentlich mehr zum Heulen zumute war, ließ er sich anstecken.

„So habe ich dich aber schon sehr lange nicht mehr gesehen", zwinkerte ihm seine Jugendfreundin zu. „Aber warum hast du denn so geschrien, doch wohl nicht, um mir deine schickste Unterhose zu zeigen?"

„Nein", gab Bröker zurück und zeigte matt in Richtung Erdgeschoss. „Guck selbst."

Als Britta sich zu ihm gesellte, sah sie die Bescherung. Pagelsdorf hatte wohl in der Nacht einen Anfall von plötzlicher Langeweile bekommen, sich Brökers beste Schuhe vorgeknöpft und in feinen Streifen das Gummi von ihren Absätzen geschält. „Meinen Plan, Ravenstijn heute mit besserer Kleidung zu beeindrucken, kann ich mir wohl von der Backe putzen", schlussfolgerte der Hausherr, bevor er sich daranmachte, die Schuhe in den Müll zu werfen.

„Es bleiben dir immer noch Hose und Hemd", tröstete Britta ihn. „Und wenn du dir einfach vorstellst, du hättest deine besten Schuhe an, ändert das deine Körperhaltung auch schon. Und darauf kommt es an."

An diese Sätze dachte Bröker, als er eine gute Stunde später den Konferenzraum im Polizeipräsidium betrat. Schon während des kurzen Spaziergangs mit Pagelsdorf hatte er auf seine Körperhaltung geachtet und auch nun gab er sich Mühe, besonders gerade zu gehen und streckte seine Brust heraus. Heute würde er sich von van Ravenstijn nicht triezen lassen, das hatte er sich fest vorgenommen.

Dass das nicht einfach werden würde, bemerkte er wenig später. Schewe erkundigte sich nach dem neuesten Stand der Ermittlungen und obwohl diese offiziell von Kommissarin Großebrummel geleitetet wurden, hatte der Polizeipsychologe wie selbstverständlich die Berichterstattung über den gestrigen Besuch bei den *Raspirittern* übernommen. Aber das war es nicht, was Bröker am meisten ärgerte, schließlich konnte sich die Polizistin auch gut selbst ihrer Haut erwehren. Die Art jedoch, wie der Holländer von der Befragung am Vortag berichtete, erweckte Brökers Zorn. Nicht nur, dass es nach den Worten van Ravenstijns immer er selbst gewesen war, der die entscheidenden Fragen gestellt und die wichtigsten Gedanken gehabt hatte, er verfälschte das Ergebnis ihrer Untersuchungen auch völlig. War es denn nicht so gewesen, dass Großebrummel, Bröker und auch der selbsternannte Profiler sich von den Lebensmittelrettern mit dem Eindruck verabschiedet hatten, dass sich unter ihnen wahrscheinlich nicht der Mörder befand? Bei van Ravenstijn klang dies nun deutlich anders. Die Gruppe um Gregor habe sich verdächtig verhalten, hieß es bei dem Holländer, sie habe sich wenig auskunftsbereit gezeigt und schließlich gipfelte seine Aussage in dem Satz: „Also ich würde mich nicht wundern, wenn wir gestern Abend dem Mörder von Chris Bohnenkamp gegenübergesessen hätten."

Großebrummel hob die Augenbrauen. „Und wer der fünf Leute ist es Ihrer Meinung nach gewesen?"

„Es muss nicht ein Einzelner gewesen sein", wand er sich geschickt heraus und hob seinen dürren Zeigefinger. „Ich gehe von Neid als Tatmotiv aus."

„Neid? Wie kommen Sie darauf?" Schewe war bei dem Verhör nicht dabei gewesen und hatte entsprechend Schwierigkeiten, den Gedanken des Psychologen zu folgen.

„Sie hätten es sehen sollen", gab der sofort Auskunft. „Gleich mehrere der Mitglieder von den *Raspirittern* haben betont, dass Chris Bohnenkamp immer die besten Ziele kannte, die reichhaltigsten Container, dass ein Zug mit ihm immer die fetteste Beute brachte. Es war ganz offensichtlich, dass sie eifersüchtig auf ihn waren, neidisch – und dass dieser Neid sie schließlich so weit getrieben hat, dass sie ihren Kollegen umgebracht haben."

Bröker merkte, dass er bei diesen Worten des Holländers immer mehr in Rage geraten war. Er wollte gerade zu einer Entgegnung ansetzen, aber sein Gegenüber war schneller.

„Wie wir alle wissen, ist Neid eine sehr negative Emotion", führte er weiter aus. „Und wenn Neid zu Hass wird, kann er durchaus zum Mordmotiv werden. Es gab somit auch gleich mehrere unter den sogenannten *Raspirittern,* die ein Mordmotiv hatten. Und gemeinsam begeht man einen Mord leichter. Ich bin gerade dabei, einen Aufsatz zu diesem Thema zu verfassen – ich glaube, dass mir der vorliegende Fall dabei als ein illustratives Beispiel dienen wird."

„Was für hanebüchener Unsinn!" Nun explodierte Bröker. Ohne darüber nachzudenken, haute er mit seiner Faust auf den Konferenztisch vor sich.

„Bitte, Herr Bröker, mäßigen Sie sich!", rief ihn Schewe umgehend zur Ordnung.

Gleichzeitig protestierte der Holländer: „Bröker, wie können Sie es wagen, meine psychologische Expertise in Zweifel zu ziehen! Denken Sie daran, dass Sie hier nur ein kleiner Praktikant sind, dass Sie keine Ahnung von Psychologie haben und dass Sie hier sind, um etwas von uns zu lernen." Bei diesen Worten war er tiefrot im Gesicht geworden.

„Das würde ich auch gerne", entgegnete Bröker. Die Wut des Niederländers hatte ihn mit einem Schlag kühler werden lassen. „Aber dazu müssen Sie mir natürlich auch ein Vorbild geben, von dem ich etwas lernen kann."

„Sie können vieles von mir lernen, ich bin eine psychologische Koryphäe. Ich habe schon in zahlreichen Zeitschriften publiziert."

„Papier ist geduldig", entgegnete Bröker schnell. „Vielleicht kennen die Gutachter der Zeitschriften die Fälle auch nicht so, wie wir sie kennen. Denken Sie daran, Frau Großebrummel und ich waren gestern Abend mit dabei. Ja, große Teile der Befragung haben sogar *wir* geführt."

„Das kann man so oder so sehen", gab van Ravenstijn schon deutlich defensiver zurück.

„Ich denke, da hat Herr Bröker recht", meldete sich nun auch die angesprochene Kommissarin zu Wort.

„Und nicht nur das: Wir waren uns einig, dass keiner der gestern Abend Anwesenden ein Mordmotiv gehabt hätte", fuhr Bröker fort.

„Darüber habe ich heute Nacht noch einmal nachgedacht und ich bin zu einem anderen Schluss gekommen", wollte der Psychologe noch immer nicht kleinbeigeben.

„Und auf welcher Basis haben Sie diese Schlussfolgerungen gezogen?" Bröker war auf die Antwort des selbsternannten Profilers gespannt.

„Allgemeine psychologische Betrachtungen", sagte der nur lapidar.

„Dann können die nicht viel taugen", schoss Bröker zurück. „Sehen Sie, Ravenstijn, im Gegensatz zu Ihnen kenne ich ein paar der Mitglieder der *Raspiritter* nämlich."

„Sie meinen den Jungen, der bei Ihnen wohnt, Gregor?", fragte der Holländer höhnisch. „Haben Sie uns nicht gestern Abend noch versprochen, dass der nur ein Sympathisant und zufällig anwesend ist?"

„Nun, da habe ich eben ein bisschen geflunkert", gab Bröker zu. „Ich wollte keinen Ärger mit meinem Mitbewohner, der war sowieso schon sauer, dass ich Chris Bohnenkamps Mitgliedschaft bei den *Raspirittern* hier verraten habe."

„Und jetzt ist Ihnen das egal?", war auch Schewe interessiert.

„Nun sehe ich, dass es im Augenblick Wichtigeres gibt als mein gutes Verhältnis zu Gregor – ja, dass ich vielleicht nichts Besseres für dieses Verhältnis tun kann, als hier offen zu sein", sagte Bröker ernst.

„Auch Ihre Stellung hier können Sie auf diese Weise wohl verbessern", bestätigte Schewe.

„Das käme mir nicht ungelegen", murmelte er und fuhr dann fort. „Ich will auch nicht aufschneiden. Ich bin kein Experte für psychologische Fragestellungen und auch nicht, was die *Raspiritter* angeht. Von dieser Gruppe habe ich erst am Dienstagabend von meinem Mitbewohner gehört und auch, dass er bei denen mitmacht."

„Dann sollten Sie nicht so angeben", ging der Psychologe dazwischen.

„Macht er doch auch gar nicht", ereiferte sich Kommissarin Großebrummel. „Nun lassen Sie ihn um Gottes willen ein einziges Mal ausreden, van Ravenstijn!"

„Danke", sagte Bröker. „Ein bisschen etwas weiß

ich aber über diese Gruppe doch und da das etwas ist, was nicht in Ihren Polizeiakten steht, würde ich es gerne hier mit Ihnen teilen." Er holte tief Luft. Er kam sich sehr feierlich vor bei dem, was er sagte. „Die *Raspiritter* sind nämlich personell eng verwandt mit einer anderen Gruppe, *den Cyberhoods*. Ich weiß nicht, ob sie sogar aus denen entstanden sind, aber viele Mitglieder der *Cyberhoods* machen auch bei den *Raspirittern* mit."

„Wer sind denn die *Cyberhoods*?" Diese Frage kam von Dülmer. Sein Gesicht, das auch heute eine gesunde rosa Farbe zeigte, offenbarte, wie gespannt er dem Wortwechsel zwischen dem Holländer und seinem Praktikanten gefolgt war.

„Die *Cyberhoods* sind eine Gruppe, die meines Wissens vor etwa acht, neun Jahren entstanden ist", erläuterte Bröker. „Einer der Gründer ist Gregor, mein Mitbewohner. Er ist vor mehr als zehn Jahren mit der Polizei in Konflikt gekommen, weil er versucht hat, sich in die Steuerakten des Oberbürgermeisters einzuhacken."

„Das bedeutet also, dass er es schon damals mit dem Gesetz nicht besonders genau genommen hat", warf van Ravenstijn triumphierend ein. Er schien nicht bereit, auch nur einen Zentimeter von seiner Überzeugung abzurücken, dass der Mörder Chris Bohnenkamps bei den *Raspirittern* zu finden war, und wollte offenbar auch alles tun, um seine Kollegen von dieser Tatsache zu überzeugen.

„Das kann man vielleicht so sehen", räumte Bröker ein. „Es bedeutet aber auch, dass er sich sehr gut mit Computern auskennt. Und dieses Wissen wollte er, so wie einige seiner Freunde bei den *Cyberhoods,* anderen zur Verfügung stellen, die weniger mit unseren elektronischen Freunden anfangen können. Sie sehen also, der Ansatz bei den *Cyberhoods* ist vor allem altruistischer Natur: Es ging um Hilfe, nicht um Hacken und nicht um Betrug."

„Aber was heißt das jetzt für unseren Fall?", wollte Dülmer wissen.

„Ich sehe bei den *Raspirittern* die gleichen Gedanken", erwiderte Bröker. „Ist ja auch kein Wunder, wenn es teilweise die gleichen Leute sind, die da mitarbeiten: Auch die *Raspiritter* wollen vor allem helfen. Gut, sie sind bereit, dafür einen Zaun aufzuschneiden oder einen Abfallcontainer zu knacken und wohlmöglich ist das nicht gesetzeskonform, aber wer anderen helfen möchte, der bringt doch niemanden um. Schon gar nicht, weil er auf einen Mitstreiter neidisch ist, weil der die besseren Fundorte kennt und größere Beute macht. Das ist doch ein absurder Gedanke."

„Ach wirklich?" Noch immer wollte sich van Ravenstijn nicht geschlagen geben. Allerdings sah Bröker auf keinem der Gesichter der Polizisten Zustimmung zu dessen Ideen und auch dessen Antwort klang schon deutlich defensiver als zuvor.

„Ja, wirklich", sagte er daher im Brustton der

Überzeugung. Vielleicht trug auch die Kleidung, die er heute anhatte, zu seinem gewinnenden Auftreten bei. „Und noch eines wäre sehr seltsam: Gregor hat Sie schon gestern Abend darauf hingewiesen."

„Auf was denn?" Die Stimme des Holländers war nur ein Krächzen.

„Es waren Gregor und seine Freunde, die Chris Bohnenkamp gefunden haben. Sie haben auch die Polizei und den Krankenwagen gerufen", wiederholte Bröker die Argumente, die sein Mitbewohner am Vorabend vorgebracht hatte. „Wenn sie Chris Bohnenkamp vorher in die Mangel genommen hätten und sogar gewollt hätten, dass er stirbt, wäre das völlig sinnlos gewesen. Dann hätten sie ihre Tat doch auch zu Ende gebracht."

Nun schwieg van Ravenstijn. Etliche der versammelten Kommissare nickten zustimmend.

„Der Argumentation kann ich mich nur schlecht entziehen", fasste Schewe die Meinung der meisten zusammen. „Wenn unser Mörder aber nicht unter den *Raspirittern* und *Cyberhoods* zu finden ist, wenn sich weiter in der Familie niemand auffällig verhalten hat und – wie ich gestern gehört habe – auch die Mitarbeiter des Sicherheitsdiensts als Verdächtige ausfallen, stehen wir mit leeren Händen da." Er guckte zu Kommissarin Großebrummel hinüber, doch die senkte nur betreten den Blick. Ob sie sich die erfolglose Tätersuche persönlich anlastete?

„Es bleibt uns also nichts Anderes übrig, als noch

einmal ganz prinzipiell zu überlegen, wer eine Gelegenheit zu dem Mord gehabt haben könnte und wer ein Interesse hatte." Er blickte Bröker an, dann den Polizeipsychologen. „Und ich wünsche mir, dass Herr Bröker in diese Arbeit eingebunden wird, Herr van Ravenstijn."

Der Holländer nickte und verzog das Gesicht. Es war offenkundig, wie wenig ihm diese Anordnung schmeckte.

„Wir können es uns nicht leisten, auf die Kenntnisse von jemanden zu verzichten, der das Umfeld des Ermordeten kennt, wenn auch nur peripher. Außerdem hat uns Herr Bröker schon in manch anderem Fall ein Schnippchen geschlagen. Wenn er den Fall diesmal aufklärt, können wir uns diesen Erfolg auf unsere Fahnen schreiben", zwinkerte Schewe dem Praktikanten zu.

Der wollte abwiegeln, spürte aber in diesem Moment, dass etwas in seiner Hosentasche vibrierte. Verlegen zog er sein Mobiltelefon hervor, machte eine entschuldigende Handbewegung und schlich aus dem Raum.

„B., bist du etwa schon wach?" Die spöttische Stimme am anderen Ende der Leitung gehörte Charly.

„Charly, guten Morgen", entgegnete Bröker. „Seit ich dieses Praktikum bei der Polizei angefangen habe, muss ich sogar am Wochenende ran." Er konnte nicht verhindern, dass das Selbstmitleid in seiner Stimme mitschwang.

„Genau wegen dieses Praktikums rufe ich an, B."

„Du willst mich aber nicht darüber interviewen? Charly, ich habe dich gern. Deshalb durftest du viel mehr über mich schreiben, als das jemals ein anderer Journalist gedurft hätte. Ich habe dich sogar Fotos von mir machen lassen, die in deiner Zeitung erschienen sind. Aber über dieses Praktikum darfst du erst schreiben, wenn es vorbei ist, sonst komme ich schwer in die Bredouille. Am liebsten wäre mir sogar, du würdest gar nicht darüber berichten."

„Ach, mein lieber B., so langweilig ist uns auch nicht, dass wir nur noch über dich zu schreiben hätten." Charlys Lachen hallte so laut durch den Hörer, dass Bröker Angst hatte, es wäre bis in den Besprechungsraum zu hören. Normalerweise wurde dieses Lachen von einem Schütteln ihrer wilden, roten Mähne begleitet, so wahrscheinlich auch diesmal. „Ich dachte eigentlich, ich könnte euch einen Tipp geben. Und ich habe mich gefragt, wen ich bei der Polizei kenne, dem ich diesen Hinweis unter dem Siegel der Verschwiegenheit geben könnte. Stell dir vor: Da bist du mir eingefallen."

„Echt?" Bröker war platt. „Und worum geht es?"

„Das sage ich dir nicht am Telefon. Ich bin um 12 Uhr in der *Wunderbar*. Sieh zu, dass du dann auch dort bist."

Bröker hätte das Treffen gerne um ein paar Stunden verschoben, doch die Reporterin hatte das Gespräch schon unterbrochen.

Auf Zehenspitzen schlich Bröker in den Konferenzraum zurück, wo die Diskussion inzwischen mit Themen beschäftigt war, die Bröker nicht in Zusammenhang mit dem Mord bringen konnte. Schewe guckte zu ihm hinüber. Täuschte sich Bröker oder schüttelte der Erste Polizeihauptkommissar missbilligend den Kopf? Was würde er wohl sagen, wenn er ihn gleich darum bitten musste, heute Mittag ein paar Stunden freizubekommen? Aber Bröker blieb nichts Anderes übrig, wenn er an Charlys Informationen kommen wollte. Hoffentlich waren sie es wert.

19. Kapitel
Arme Würstchen

Wie erwartet hatte es Bröker viel Überwindung gekostet, Schewe um Erlaubnis für eine längere Abwesenheit über die Mittagszeit zu fragen. Die Versuchung, sich einfach aus dem Haus zu schleichen, wenn alle essen gingen, war groß gewesen, aber neben der Gefahr, dabei entdeckt zu werden, gab es auch die Möglichkeit, dass die Gruppe um van Ravenstijn gar keine Mittagspause einlegte. Und schließlich hatte er sich so tapfer in der Morgenbesprechung geschlagen, indem er von seinen Kontakten zu Gregor, den *Cyberhoods* und den *Raspirittern* berichtet hatte. Bröker wollte den guten Eindruck, den nicht zuletzt er selbst von sich gewonnen hatte, nicht durch ein Verhalten zerstören, das besser zu einem Vierzehnjährigen passte als zu jemandem, der vor einiger Zeit schweren Herzens seinen fünfzigsten Geburtstag gefeiert hatte.

Schewe hatte auf Brökers Bitte erstaunlich gelassen reagiert: „Wohin wollen Sie denn?", hatte er sich erkundigt.

„Ich habe da vielleicht eine Spur", antwortete Bröker nebulös, „Aber die muss ich mir zunächst alleine angucken."

Schewe hatte ihn gemustert, dann fein gelächelt und erklärt: „Nun, Herr Bröker, wenn ich richtig informiert bin, dann machen Sie Ihr Praktikum unentgeltlich. Es käme mir dann schäbig vor, Ihnen an einem Samstag vorzuschreiben, wie, wo und wie lange Sie Ihre Mittagspause verbringen. Außerdem sind wir derzeit mit Hinweisen nicht sonderlich reich gesegnet, wie Sie eben mitbekommen haben. Wenn Sie also irgendetwas beisteuern können, was zur Aufklärung beiträgt, wäre ich Ihnen dankbar, egal, woher Sie Ihren Tipp erhalten."

Bröker konnte nicht sagen, ob der Erste Polizeihauptkommissar ahnte, mit wem er sich später treffen würde. Zwar wusste der von seiner Freundschaft zu Charly, aber schließlich konnte jeder Bröker einen Tipp geben wollen. So oder so: Nachfragen wollte er auch nicht. Also begab er sich zu Großebrummel und van Ravenstijn, die begonnen hatten, Akten zu sichten, die sich mit osteuropäischen Einbrecherbanden beschäftigten. Wahrscheinlich hatte Schewe in Brökers Abwesenheit erklärt, was das mit ihrem derzeitigen Fall zu tun hatte, aber Bröker war schon zu sehr mit seinem Treffen mit Charly beschäftigt, um nachzufragen. Außerdem war es für das Sortieren der Akten nach ihrem Datum keine wesentliche Information und etwas anderes hatte sich van Ravenstijn trotz Schewes mahnender Worte für seinen Praktikanten nicht ausgedacht.

Als die Mittagszeit gekommen war, erhob sich Bröker, zog seine Jacke an, ging an van Ravenstijns Büro vorbei und rief ein fröhliches „Mahlzeit!" in den Raum. Der Holländer blickte kurz auf, doch bevor er noch irgendetwas anderes sagen konnte, schob Bröker hinterher: „Ich komme nachher etwas später, machen Sie sich keine Sorgen – ich habe noch eine dringende Sache zu erledigen. Herr Schewe weiß Bescheid."

Er sah noch, wie sich der Psychologe versteifte, aber der Name des Hauptkommissars wirkte Wunder. Van Ravenstijn traute sich nicht, ihm einen anderslautenden Befehl zu geben und Bröker eilte aus dem Haus.

Die Straßen waren ungewöhnlich voll. An einem Samstagmittag hatte er sich die Gegend um das Polizeipräsidium leerer vorgestellt und Bröker fragte sich kurz, woran das wohl liegen mochte. Hätten ihn der Fall, der neue Hund und sein Streit mit Gregor nicht so beschäftigt, wäre er schnell auf des Rätsels Lösung gekommen, so aber dachte er nicht weiter darüber nach, sondern strebte schnell in Richtung seines Lieblingscafés.

Als Bröker die *Wunderbar* betrat, fühlte er sich, als tauche er in eine andere Welt. Auch dieser Ort, den er schon seit Jahrzehnten kannte und den er beinahe als sein zweites Wohnzimmer betrachtete, hatte sich den strengen Hygienevorschriften dieses Jahres beugen müssen: Für den Weg zum Tisch musste er sich seine Maske aufsetzen und an den Plätzen lagen Listen aus, in die sich jeder Besucher eintragen musste, und es schien ihm, als würden ein oder zwei Tische fehlen, um mehr Platz zwischen den verbliebenen Plätzen zu schaffen. Dennoch fühlte er sich hier sofort sehr viel wohler als im Polizeipräsidium, ja er spürte regelrecht ein Wohlbehagen, das ihn sonst nur zu Hause überkam oder vielleicht noch in seinem Lieblingsstadion, der Alm, wenn es besonders gut für die Arminia lief. Da hier kein van Ravenstijn herumirrte, kein Schewe und auch sonst niemand, der ihn mit kritischem Blick beurteilte, überkam ihn eine große Leichtigkeit, als fiele eine schwere Last von ihm ab. Seine Freude wurde noch größer, als er Charly in einer Ecke sitzen sah. Sie hatte schon ein Käsebrötchen und einen Milchkaffee vor sich stehen und winkte ihm zu.

„Du glaubst gar nicht, wie gerne ich dich heute

sehe", lächelte Bröker, als er sich zu ihr setzte und schnell seine Kontaktdaten in eine Liste krakelte.

„Dich sehe ich aber heute auch besonders gerne. Gut schaust du aus", erwiderte Charly mit einem Hinweis auf Brökers ungewöhnliche Aufmachung. Der merkte, dass ihm die Röte ins Gesicht stieg. „Aber eins musst du mir verraten: Siehst du mich nicht immer gern?", ergänzte die Journalistin. Aus ihren Augen blitzte dabei der Schalk.

„Doch, schon", entgegnete Bröker schnell. „Aber heute wäre die Alternative gewesen, dass ich mich von van Ravenstijn triezen lasse. Er hat mich als den perfekten Sklaven für das Kaffeekochen und das Lochen und Abheften alter Briefe entdeckt."

„Und das musst du auch am Samstag machen?"

„Es dient angeblich der Moral der ganzen Abteilung, wenn sie sehen, wie ihr Praktikant gequält wird", lachte Bröker mit einem Anflug von Galgenhumor. „Und da Schewes Truppe auch heute ranmuss, um den Mord an diesem Lebensmittelretter aufzuklären, habe ich mich heute früh auch aus dem Bett gequält."

„Du Ärmster."

„Du sagst es. Manchmal frage ich mich wirklich, warum ich mir das antue. Ich komme noch nicht einmal dazu, anständig zu essen. Auch deshalb ist es gut, dass wir uns hier treffen." Ohne einen Blick in die Karte zu werfen, gab Bröker der Bedienung ein Zeichen und orderte ein Frühstück *De Luxe,* dazu ein großes Rührei mit Speck und Zwiebeln und als Getränk einen großen Kaffee. Das würde den ersten Hunger stillen.

Die Küche schien Brökers Appetit zu kennen. Die Bestellung kam nicht nur in Windeseile, sie kam ihm auch besonders opulent vor. Nun, ihm sollte es recht sein. Behaglich schob er sich einen Bissen des Rühreis in den Mund und grunzte leicht, bevor er ihn mit einem großen Schluck Kaffee herunterspülte. „So, nun kann die Ermittlungsarbeit beginnen", seufzte er.

„Das ist ein gutes Stichwort", erklärte Charly. „Wie weit ist die Polizei denn?"

„Nicht sonderlich weit", gab Bröker unumwunden zu. „Aber vielleicht sollte ich dir das gar nicht sagen. Wenn das morgen unter Hinweis auf eine anonyme Quelle in der Zeitung steht, weiß jeder im Präsidium, mit wem ich meine Mittagspause verbracht habe."

„Ich schweige wie ein Grab – zumindest vorerst", gab Charly lachend zurück.

„Na gut. Wenn du das sagst, will ich dir das glauben. Also Schewe stochert noch im Nebel. Seine ganze Mannschaft auch, allen voran dieser Quacksalber van Ravenstijn. Der hat jeden Tag eine neue Theorie. Alles Mist, wenn du mich fragst. Entweder kommen die Täter, die er vorschlägt, nicht in Frage, oder sie haben kein Motiv."

„Und das erkennt Schewe nicht?"

„Doch, natürlich, er ist doch nicht doof." Bröker unterbrach seinen ungewohnten Redeschwall, um von dem Lachsbrötchen abzubeißen, das er sich in der Zwischenzeit belegt hatte. „Man könnte fast sagen: Zum Glück ist er nicht doof", erklärte er mit vollem Mund. „Sonst wäre nämlich gestern Gregor mit seinen *Raspirittern* dran gewesen. Der Holländer hatte die spontane Idee, dass Neid in dieser Gruppe ein prima Mordmotiv sein könnte."

„Nicht dein Ernst?", prustete Charly.

„Doch, leider."

„Dann ist der Eindruck, dass du bei unserer allseitig geschätzten Staatsmacht was lernen kannst, wohl inzwischen verflogen?"

„Ach, ich könnte schon etwas lernen, es gibt bei der Bielefelder Kripo ein paar sehr fähige Leute", sinnierte Bröker. „Aber dafür hätten sie mich halt nicht diesem Möchtegern-Profiler zuordnen dürfen. Und natürlich sind meine Techniken beim Kaffeekochen und Lochen schon immer spitze gewesen."

„Zumindest ersteres kann ich bestätigen", grinste Charly. Dann fuhr sie nachdenklicher fort: „Aber machst du dir denn keine eigenen Gedanken? Es geht schließlich auch um deinen Freund und Mitbewohner."

„Natürlich denke ich nach. Allerdings habe ich außer ein paar Kleinigkeiten, die mir aufgefallen sind, auch nicht viel Brauchbares herausgefunden. Und wenn Gregor bei mir wohnen bleiben soll, sollte ich mich beeilen, einen glaubwürdigen Mörder aus dem Hut zu zaubern", ergänzte er mit klagender Miene.

„Was meinst du genau?"

„Gregor denkt wahrscheinlich, dass ich durch mein Praktikum zu sehr auf der Seite der Polizei und zu wenig auf seiner stehe." In knappen Worten schilderte Bröker seiner Freundin den Streit, der seit dem gestrigen Tag zwischen ihm und dem Jungen entbrannt war.

Charly hörte aufmerksam zu. „Nun, vielleicht kann ich dir weiterhelfen", räumte sie dann ein.

„Wieso? Hast du eine heiße Spur?" Mit einem Mal war Bröker ganz aufgeregt.

„Schwer zu sagen. Ich bin ja keine Detektivin und auch keine Polizistin. Ich schreibe über die Sachen immer erst dann, wenn du sie aufgeklärt hast."

„Aber? Mann, Charly, mach es doch nicht so spannend!"

„Okay, okay. Ich sage dir ja, was ich weiß. Du musst aber die Informationen mit Vorsicht genießen. Vieles davon ist nur ein Gerücht."

„Klar. Rück schon damit raus!"

„Also gut. Sagt dir der Name *Glücksfleisch* etwas?"

„Ist das nicht diese Großschlachterei hier ganz in der Nähe?"

„Genau. Ein Ort, an dem täglich viele hundert oder tausend Tiere ihr Ende finden, die genauen Zahlen kenne ich nicht."

„Ich weiß", nickte Bröker schuldbewusst. Schließlich trug er mit seinem Fleischkonsum dazu bei, dass solche riesigen Schlachtbetriebe sich rentierten.

„Wir haben gestern Mittag in der Redaktion einen komischen Anruf erhalten", fuhr die Journalistin fort. „Jemand mit einem osteuropäischen Akzent hat sich gemeldet. Er wollte seinen Namen nicht sagen, hat aber berichtet, dass er für *Glücksfleisch* arbeitet und auch, dass dort in diesem Fall nicht alles koscher ist."

„Ist ja auch keine jüdische Schlachterei", entgegnete Bröker ein wenig geistesabwesend. Sein Frühstück war alle und er verspürte noch immer ein leichtes Ziehen in der Magengegend. Schnell bestellte er noch ein Brötchen und einen Kaffee nach, dann widmete er sich wieder dem, was seine Freundin zu erzählen hatte.

„Also genauer hat er gesagt: *Glücksfleisch* hat in den letzten Wochen altes Fleisch verarbeitet", fuhr diese fort.

„Altes Fleisch? Alte Tiere oder meint er Fleisch, das schon verdorben ist?"

„Letzteres, vermute ich stark", bestätigte Charly.

„Das ist natürlich ein Skandal, sogar ein besonders widerlicher", grübelte Bröker. „Aber was hätte das mit dem Mord an Chris Bohnenkamp zu tun?"

„Dieser anonyme Anrufer war nicht bereit, seinen Namen zu nennen. Auch nicht, als wir ihm zugesichert haben, dass dieser Name niemandem außerhalb der Redaktion zu Ohren käme."

„Okay? Und was heißt das?"

„Er hatte einfach zu viel Angst. Er wusste, dass *Glücksfleisch* Leute losschickt, die beaufsichtigen sollen, dass dieses Gammelfleisch aus dem Handel gezogen wird. Ich weiß, das sollte selbstverständlich sein, aber es scheint da wirklich Marktleiter zu geben, die versuchen, einen Reibach zu machen, indem sie das Fleisch einerseits abschreiben und andererseits noch verkaufen. Jedenfalls klang es so. Und diese Leute sind auch dafür zuständig, dass nichts von diesem Skandal publik wird."

„Ich verstehe langsam, aber verrätst du mir auch, was die Brücke zu unserem Mord ist?"

„*Glücksfleisch* hat viele verschiedene Produktlinien", erläuterte Charly. „Die beliefern unter verschiedenen Labeln alles vom Discounter bis hin zum Feinkosthändler."

„Und so auch den *Edelmarkt*", ging Bröker endlich ein Licht auf.

„Genau! Ich habe recherchiert. Ihre Gourmetlinie vertreiben sie auch über den *Edelmarkt*. Es verkauft sich natürlich nicht alles gleich gut, aber von den *Genießerwürstchen* hast du vielleicht schon einmal gehört?"

„Und in denen ist Gammelfleisch?" Bröker schluckte. Noch im letzten Monat hatte er drei Sechserpackungen davon auf den Grill gelegt. Für Sara, Gregor und sich. Nur hatte er vergessen, dass Sara Vegetarierin war und auch Gregor hatte sich aus unerfindlichen Gründen an diesem Abend vor allem an Brot und Salat gehalten. Gut, ein Steak hatte er auch gegessen. Aber Bröker war auf achtzehn Würstchen sitzen geblieben, von denen er allerdings nur elf geschafft hatte. Die anderen hatte er am nächsten Tag als Vorspeise vertilgt. Beim Gedanken daran, dass das Fleisch womöglich nicht in Ordnung gewesen war, wurde ihm jetzt ganz anders. Aber schlecht geworden war ihm nicht.

„Wenn die Hinweise unseres anonymen Informanten stimmen, dann ist das nicht von der Hand zu weisen." Charlys Worte waren nicht dazu angetan, Bröker seine Sorgen zu nehmen. Angestrengt versuchte er, sich wieder auf den Fall zu konzentrieren.

„Also nehmen wir mal an, Stachel hat in seinem *Edelmarkt* verdorbenes Fleisch der Firma *Glücksfleisch* verkauft", sagte er. „Und dann? Wieso führt das zwangsläufig dazu, dass Chris Bohnenkamp den Dienstagabend nicht überleben durfte?"

„Keiner hat etwas von zwangsläufig gesagt", wandte die Journalistin ein. „Wenn ich alles nachweisen könnte, was ich mir denke, bräuchte ich dich nicht, Bröker. Bei aller Sympathie, B., dann würde ich direkt einen Artikel daraus machen, auf den die Konkurrenz neidisch wäre. Aber wie gesagt hat dieser anonyme Anrufer davon gesprochen, dass der Fleischbetrieb Leute losgeschickt hat, die darauf aufpassen sollen, dass das Gammelfleisch vernichtet wird und niemand davon Wind bekommt."

„Gut. Und dann?"

„Was, wenn Chris Bohnenkamp einfach zur falschen Zeit am falschen Ort war? Wenn der *Edelmarkt* seine *Glücksfleisch*-Produkte nicht verbrannt hat, oder was man auch immer mit solchem Zeug macht. Wenn sie ihre Produkte, die nicht genießbar waren, einfach in den Abfallcontainer geworfen haben?"

„Und du meinst, dort hat sie Chris Bohnenkamp rausgefischt?", staunte Bröker.

„Genau. Aber die Sicherheitsleute von *Glücksfleisch* haben das nicht zugelassen. Sie haben Chris erwischt und zusammengeschlagen. Vielleicht haben sie dabei etwas zu hart zugefasst, vielleicht war es auch der Plan, dass er stirbt, weil er schon vorher Lieferungen von Gammelfleisch containert hatte. Jedenfalls könnte das der Grund sein, warum er jetzt tot ist."

Bröker schwieg einen Moment. „Klingt nicht völlig abwegig", sagte er dann. „Respekt, Charly."

„Das Problem ist nur, dass ich nichts von alledem beweisen kann. Ja, ich habe noch nicht einmal eine Ahnung, wie man es beweisen könnte. Darum frage ich dich. Ich liege ja manchmal nicht ganz falsch mit meinem Riecher, aber bislang warst immer du derjenige, der meinen Verdacht bestätigt oder manchmal auch widerlegt hat", lächelte sie. „Außerdem fehlt mir oft einfach die Zeit. Apropos Zeit. Ich habe in einer halben Stunde meinen nächsten Termin. Ich muss los. Nimm es mir nicht übel. Du darfst gerne noch bleiben. Ich übernehme dein Frühstück und was du sonst noch isst. Sag mir einfach nächstes Mal, was du noch alles vertilgt hast. Und danke fürs Zuhören!" Charly stand auf und ging an die Theke, um die Zwischenrechnung zu begleichen. Wenig später verließ sie winkend das Café.

Bröker blieb sitzen und orderte einen weiteren Kaffee. Die neuen Nachrichten musste er erst einmal verdauen. Charly hatte betont, dass das Meiste ihrer Theorie auf einem nicht geprüften Anruf eines anonymen Informanten sowie ihren eigenen Mutmaßungen basierte. Dennoch schienen ihm auf den ersten Blick ihre Hypothesen wesentlich wahrscheinlicher zu sein als alles, was van Ravenstijn in den vergangenen Tagen an krausen Gedanken hervorgekramt hatte. Ja, es kam Bröker durchaus nicht unmöglich vor, dass der Mord sich so zugetragen haben konnte, wie Charly vermutete. Oder zumindest so ähnlich.

Aber was sollte er nun mit diesen neuen Hinweisen anfangen? Eigentlich konnte er sie nicht einfach für sich behalten. Er musste sie Schewe weiterleiten. Zum einen arbeitete er, Bröker, jetzt für die Polizei, zum anderen hatte ihm der Erste Polizeihauptkommissar extra deshalb freigegeben, weil er angegeben hatte, er ginge einer neuen Spur nach.

Andererseits war er nur ein Praktikant und das auch nur, um von der Polizei zu lernen. Dass ein van Ravenstijn nun von Brökers guten Kontakten profitieren sollte, fand der schwer einzusehen. Außerdem war es leicht möglich, dass nichts an der neuen Theorie dran war und dann würde sich der Holländer erst recht über den Praktikanten lustig machen, der schlauer zu sein glaubte als Schewes komplette Abteilung.

Aber wenn Bröker Charlys Enthüllungen vorerst für sich behielt und erst dann an Schewe weitergab, wenn er festgestellt hatte, dass diese Hand und Fuß hatten: Wie konnte er sie dann überprüfen, ohne dies im Namen der Polizei zu tun? Der Informant hatte seinen Namen nicht genannt und konnte somit nicht befragt werden. Und bei der Geschäftsleitung von *Glücksfleisch* würde natürlich niemand den Skandal eingestehen – und schon gar nicht, dass man dort mit illegalen Schlägertrupps zusammenarbeitete. Es würde wenig nützen, bei *Glücksfleisch* anzurufen oder persönlich vorbeizuschauen. Wahrscheinlich ging so ein Auftrag sowieso vom Geschäftsführer aus, niemand sonst würde eine solche Verantwortung auf sich laden wollen.

Wenn Bröker den offiziellen Weg einschlagen wollte, würde das nicht ohne die Unterstützung der Polizei gehen. Aber dies wollte er vorerst nicht. Zu dumm! Er drehte sich im Kreis.

„Sach mal, könntest du dich vielleicht an den Tresen setzen? Dann könnten wir den Tisch hier nehmen." Drei Männer in Brökers Alter standen vor ihm. Alle trugen Arminiatrikots und Arminiaschals und sogar ihre Atemorgane waren mit einer Maske mit dem Logo der Arminia bedeckt. Derjenige, der ihn angesprochen hatte, hatte über sein Trikot eine Jeansweste mit einem riesigen Arminia-Emblem gezogen. Seine Worte klangen merkwürdig dumpf durch seine Mund-Nasen-Bedeckung. Bröker bemerkte, dass es auch ansonsten voller in der *Wunderbar* geworden war. Nicht so voll, wie er sein Lieblingscafé manchmal vor der Pandemie erlebt hatte, aber dennoch waren mehr Menschen anwesend, als er es aus den letzten Monaten gewohnt war. Was war denn los?

„Klar, kann ich machen", sagte er, nahm seinen Kaffee und ließ sich an dem letzten noch freien Hocker an der Theke nieder. Der Mann auf dem nächsten Hocker hatte ein Pils vor sich stehen, der nächste auch. Beinahe automatisch bestellte sich Bröker auch ein Bier. Und alle waren in Shirts von Arminia Bielefeld gekleidet. Einige trugen sogar die neuen Bundesligatrikots.

Bundesliga! Mit einem Mal fiel es Bröker wie Schuppen von den Augen. Heute war Samstag! Ein Blick auf die Uhr zeigte ihm, dass die Spiele in einer halben Stunde beginnen würden. Und Arminia spielte, wie er sich jetzt erinnerte. Sie waren ja nicht mehr in der zweiten Liga, sondern hatten ihr erstes Bundesliga-Heimspiel der Saison, das erste seit mehr als zehn Jahren. War es nicht gegen Köln? Im Normalfall säße er jetzt im Stadion. So aber hatte er aufgrund der beschränkten Anzahl an Leuten, die im

Stadion anwesend sein durften, kein Ticket mehr bekommen. Natürlich war es auch wegen des Spiels auf den Straßen rund um das Präsidium so voll gewesen. Unglaublich, was ihn diese paar Tage bei der Polizei alles vergessen ließen.

Er müsste eigentlich an seinen Arbeitsplatz zurückkehren, überkam ihn sofort das schlechte Gewissen. Schließlich hatte er seine Mittagspause schon erheblich ausgedehnt. Ach was, beschloss er im nächsten Augenblick. Schlussendlich war das nur ein Praktikum. Ein Fußballclub aber war ein Teil des Lebens. Er leerte sein Glas, bestellte noch ein Pils und wandte sich dem riesigen Bildschirm zu.

20. Kapitel
Am Ende eines langen Tages

Als Bröker endlich aus der *Wunderbar* nach Hause kam, war es bereits kurz vor sieben. Er war zwar nicht betrunken, aber nach dem siebten oder achten Pils hatte er die Wirkung des Biers zu spüren begonnen. Andererseits hatte er heute Abend auch nichts mehr vor. So dachte er zumindest, als er die Haustür aufschloss. Schwanzwedelnd begrüßte ihn Pagelsdorf. Er fiepte dabei, als sei er den ganzen Tag allein gewesen. Verdammt, Bröker hatte sich noch immer nicht daran gewöhnt, dass jetzt ein Hund bei ihm wohnte und dieser auch Zeit von ihm beanspruchte.

Hinter dem Hund erschien Britta im Türrahmen. „Na, kommt der Herr Polizist auch nach Hause?", fragte sie zur Begrüßung.

„Ja, entschuldige, es war unheimlich viel zu tun", schwindelte Bröker und hängte seine Jacke auf.

Seine Mitbewohnerin schnupperte. „Bist du jetzt ins Drogendezernat versetzt worden, Abteilung Alkohol?", fragte sie mit gekrauster Stirn.

„Ich habe mich in der Mittagspause mit Charly in der *Wunderbar* getroffen", gestand Bröker. Lange zu schwindeln, lag ihm ohnehin nicht.

„Und die Mittagspause hat wie lange gedauert?"

„Es war schon eine ausgedehnte Mittagspause, würde ich sagen. So genau habe ich nicht auf die Uhr gesehen. Charly hatte einen Tipp für mich. Etwas, auf das weder Schewe noch van Ravenstijn bisher gekommen sind." Bröker wusste inzwischen, was ihm am Zusammenleben mit einer Frau in den letzten Jahren nicht gefehlt hatte. Das weibliche Geschlecht schien nicht nur ein unfehlbares Gespür für die unangenehmsten Fragen zu haben, sondern diese auch zielsicher zu stellen.

„Und dann?"

„Dann kamen die Arminiafans. Die Arminia hatte heute das erste Bundesligaheimspiel seit Jahren. Gegen Köln. Und stell dir vor, wir haben unseren ersten Bundesligasieg seit mehr als zehn Jahren errungen."

„Und da bist du einfach dageblieben und hast Fußball geguckt und den Sieg gefeiert?"

„Ja, mit einem Mal war mir das viel wichtiger als das Praktikum bei der Polizei."

„Ach, Bröker, so wird aus dir natürlich nie ein guter Bulle", lachte Britta. „Übrigens finden das wohl auch van Ravenstijn und Schewe. Beide haben hier angerufen und sich nach dir erkundigt. Ich wusste also, dass du nicht bis jetzt gearbeitet hast."

„Oh, verdammt!", entfuhr es Bröker. Er hätte sich natürlich denken können, dass der Holländer ihn zurückerwartet hatte und sofort zu Schewe gerannt war, als Bröker fortgeblieben war. „Ich glaube, nachdem ich Pagelsdorf versorgt habe, muss ich unbedingt noch einmal den Hauptkommissar anrufen."

„Pagelsdorfs Spaziergang habe ich übernommen", lächelte Britta. „Und ich habe ihm Futter gekauft. Ihm schmeckt übrigens Leber sehr lecker, lässt er dir ausrichten."

Bei diesen Worten spitzte der Hund die Ohren und wedelte mit dem Schwanz. Ob er die Wörter *Leber* oder *Futter* schon gelernt hatte?

„Und morgen bist du dann mal mit dem Spazierengehen dran", fuhr Britta fort.

„Ja klar, danke, dass du das übernommen hast", erwiderte Bröker.

Also konnte er das unangenehme Telefonat mit Schewe nicht länger aufschieben. Er ging in die Küche. Dort stand noch eine halbvolle Flasche Rotwein von gestern Abend. Dass er Weinflaschen an einem Abend nicht vollständig leertrank, war auch eine Angewohnheit, die er sich erst seit seinem Dienst bei der Polizei zugelegt hatte, und er war sich nicht sicher, ob das eine Veränderung zum Guten war. Immerhin konnte er sich so jetzt ein klein wenig Mut antrinken, bevor er das unbequeme Telefonat erledigte. Er goss sich ein und leerte das Glas in einem Zug. Schnell schenkte er sich noch einmal nach.

Dann kramte er sein Mobiltelefon hervor. Jetzt erst ging ihm auf, dass er von Schewe gar keine Nummer hatte, keine dienstliche und erst recht keine private. Also konnte er ihn auch nicht anrufen! Vor Erleichterung trank Bröker auch das nächste Weinglas in einem Zug. Allerdings hatte er auch ein schlechtes Gewissen. Der Abteilungsleiter hatte extra bei ihm angerufen, nun nicht zurückzurufen war einfach schlechter Stil. Nun, vielleicht konnte er ihm am Montag alles erklären. Moment, wieso war Bröker sich denn so sicher, dass nicht auch morgen Dienst war? Schließlich hatte Schewe auch für den heutigen Samstag eine Schicht angeordnet. Wenn er dies auch für Sonntag getan hatte und Bröker wieder nicht erschien, konnte er das Praktikum auch gleich an den Nagel hängen und musste zudem hoffen, dass ihm Schewe nie wieder über den Weg lief.

Aber wie konnte er Schewe erreichen? Brökers Telefon hatte keinen Anrufspeicher und bei der Auskunft war Schewes Nummer bestimmt nicht registriert. Bröker überlegte. Dann fiel ihm Mütze ein. Natürlich, der würde als Schewes Kollege bestimmt seine Privatnummer kennen – und wenn nicht, wusste er vielleicht einen anderen Rat.

„Bröker, schön dich zu hören!", meldete sich Mütze kurz darauf. „Ich habe mich schon gefragt, wie dein Dienst bei uns läuft. Ich hatte gehofft, dich mal in der Kantine zu treffen, aber da haben wir uns offenbar immer verpasst."

„Ja, in die Kantine komme ich kaum. Das Wort weckt bei mir unangenehme Assoziationen am Gaumen. Außerdem ist van Ravenstijn mein Betreuer und der hat immer neue sinnvolle Aufgaben für mich."

„Oh je, unser Holländer."

„Du sagst es. Lochen darf ich zum Beispiel. Ich glaube, ich stelle das Konfetti für den kompletten Münsteraner Rosenmontagszug her."

„Münster gibt's doch gar nicht", lachte Mütze, der offenbar guter Dinge war. „Und deshalb rufst du jetzt an? Oder willst du mit mir den Sieg der Arminia feiern? Ich habe dich übrigens im Stadion vermisst."

„Normalerweise wäre ich auch auf der Alm gewesen", erklärte Bröker. „Und wenn ich nicht einer von den über 5000 glücklichen Zuschauern hätte sein können, die eine Eintrittskarte ergattert haben, so hätte ich wenigstens vor dem Stadion gestanden. Erstes Bundesligaheimspiel seit Ewigkeiten, du weißt schon. Aber ich hatte Dienst. Und dann auch wieder nicht."

„Du sprichst in Rätseln."

„Also: Schewe hat einen Extradienst anberaumt, damit wir in dem Mordfall endlich weiterkommen. Aber dann hatte Charly einen Tipp für mich und hat mich in die *Wunderbar* bestellt. Und da bin ich dann versackt. Hm, das ist auch der Grund meines Anrufs."

„Soll ich dich dort abholen?", lachte Mütze schallend.

„Nein, den Heimweg habe ich schon noch selbst geschafft. Aber in der Zwischenzeit hat Schewe hier angerufen und mich gesucht. Und daher wollte ich fragen …"

„… ob ich für dich gut Wetter mache?"

„Ja, wenn du das für mich tun würdest!" Bröker wurde ganz leicht ums Herz. Sollte er sich wirklich so billig aus der Affäre ziehen können?

„Nee, Bröker, das musst du dir abschminken", konterte der Polizist mit einer kalten Dusche. „Ich habe dir dieses Praktikum besorgt …"

„… du hast mich dazu überredet."

„Auch das. Aber wenn du Mist baust, bin ich nicht derjenige, der es ausbadet. Ich kann dir aber Schewes Nummer geben, wenn du ihn anrufen möchtest."

„Na gut, gib schon her …"

Als Bröker kurz darauf Schewes Nummer in sein Mobiltelefon tippte, hatte er ein deutlich mulmigeres Gefühl als wenige Minuten zuvor.

„Schewe", meldete sich der Erste Hauptkommissar bereits nach dem zweiten Klingelton. Seine Stimme klang kräftig und strahlte Autorität aus. Ob er Bröker gleich zu Beginn des Gesprächs einschüchtern wollte? *Ach Unsinn,* dachte Bröker, *Schewe würde seine Handy-Nummer genau so wenig kennen, wie es umgekehrt bis vor zwei Minuten der Fall gewesen war.*

„Bröker hier", antwortete er. Obwohl er sich Mühe gab, seiner Stimme einen ebenso souveränen Klang zu geben wie sein Gegenüber der seinen, meinte er, dass sein Tonfall beinahe unterwürfig war.

„Bröker, ich habe versucht, Sie zu erreichen. Van Ravenstijn hat Sie gesucht. Wo waren Sie denn?" Zu Brökers Erstaunen waren Schewes Worte nicht unfreundlich, ja er schien ernsthaft interessiert.

„Ja, meine Mitbewohnerin hat mich über Ihren Anruf informiert. Ich hatte ein Gespräch mit Charlotte Lindhorst von der *Neuen Westfälischen.* Das hat sich etwas länger hingezogen, als ich erwartet hatte. Danach hat es sich nicht mehr gelohnt, wieder ins Präsidium zu kommen."

„*Neue Westfälische?*" Bröker konnte förmlich hören, wie Schewe bei diesen Worten die Stirn krauste. „Sie haben der Presse aber nichts über den Stand der Ermittlungen berichtet, oder?"

„Eher im Gegenteil. Es war eine ziemlich fruchtbare Unterhaltung, würde ich sagen", erklärte Bröker. Schewe schien ihm nicht sonderlich böse zu sein.

„Und was hat das Gespräch ergeben?"

„Sie hatte einen Tipp für mich. Da könnte sogar

216

etwas dran sein, aber das würde ich gerne erst selbst recherchieren." Wenigstens so viel musste Bröker verraten, fand er, wenn ihn der Erste Polizeihauptkommissar schon nicht gleich ans Kreuz nagelte.

Der machte eine kleine Pause, vielleicht überlegte er. „Gut", beschloss er dann. „Man kann wirklich nicht behaupten, dass Sie mit ihren eigenen Ermittlungen in den vergangenen Jahren erfolglos geblieben wären, also denke ich mal, dass Sie wissen, was Sie tun."

„Danke."

„Wir verfolgen seit heute Nachmittag auch eine neue Spur, Fährten kann man nie genug haben. Außerdem glaube ich auch, dass Sie vielleicht bei van Ravenstijn nicht zu hundert Prozent richtig eingesetzt sind", schob Schewe nach. „Mir sind die Spannungen zwischen Ihnen beiden nicht verborgen geblieben und auch nicht, dass van Ravenstijn für Sie Aufgaben bereithält, für die Sie wahrscheinlich nicht zu uns gekommen sind."

„Das kann man so sagen."

„Ich habe leider nicht die Zeit, mich persönlich um Sie zu kümmern. Wie Sie mitbekommen haben, bearbeiten wir in unserer Abteilung gerade vier verschiedene Fälle, von schwerer Körperverletzung mit Todesfolge bis hin zu Totschlag oder Mord. Und ich muss das alles koordinieren. Und natürlich kann und will ich Sie nicht dazu anstacheln, sich öffentlich gegen van Ravenstijn aufzulehnen. Aber wenn Sie während Ihrer Stunden bei uns Zeit für Ihre eigenen Spuren benötigen: Meinen Segen haben Sie, solange Sie den Fall nicht wieder im Alleingang lösen. Und wenn doch, dann tun Sie wenigstens so, als hätten Sie die Hilfe der Polizei gebraucht."

„Danke", sagte Bröker erneut. Das Gespräch war wesentlich angenehmer verlaufen, als er sich das erhofft hatte. Schewe hatte ihn nicht nur nicht zur Schnecke gemacht, er hatte ihm sogar Rückendeckung für eigene Ermittlungen gegeben. „Ich werde versuchen, Sie nicht zu enttäuschen und ich werde mich ab morgen auch abmelden, wenn ich auswärts recherchiere", fügte er noch ungewohnt unterwürfig hinzu.

„Wie kommen Sie auf morgen? Morgen ist Sonntag und da ist auch bei uns mal frei. So heiß ist unsere neue Spur dann doch wieder nicht. Sie müssen sowieso schon einen schlimmen Eindruck von uns gewonnen haben", lachte der Kommissar. „Für Sie und für mich geht es erst am Montag weiter."

„Das ist gut", lächelte Bröker erleichtert. „Dann kann ich mich morgen um meinen neuen Hund kümmern. Auf Wiederhören." Mit diesen Worten legte er auf.

„Ich habe alles mitbekommen", rief Britta aus dem Hintergrund. „Wenn du dich mit Pagelsdorf anfreunden willst, ist es gut, wenn ihr mal gemeinsam etwas unternehmt. Ich weiß, dass du Uli sehr gern hattest, aber ein Hund ist ganz anders als eine Katze, für den musst du dir Zeit nehmen."

„Hm", machte Bröker.

„Und außerdem brauche ich dich morgen früh sowieso hier."

„Ich hoffe, du hast keinen Putzplan aufgestellt, den wir morgen umsetzen müssen. Es ist nämlich auch so alles ziemlich sauber." Bröker sah sich an seinem freien Sonntag schon in Arbeit versinken.

„Ja, weil Gregor immer alles putzt, das weiß ich wohl", sagte seine neue Mitbewohnerin augenzwinkernd. „Aber darum geht es nicht, obwohl Gregor schon thematisch dicht dran ist. Ich habe den Jungen nämlich morgen zum Frühstück eingeladen. Ihr beide solltet euch einmal aussprechen."

„Und das kann nicht noch warten?" Obwohl Bröker eine Versöhnung selbst vorgeschlagen hatte, war ihm jetzt mulmig zumute.

„Je länger so ein Streit schwelt, desto schwieriger ist es, ihn beizulegen", erwiderte Britta und fügte beschwichtigend hinzu: „Ich habe auch Serrano-Schinken, Camembert und Lachs für dich gekauft. Ich weiß, dass du alten Gouda auch sehr liebst, aber bei deiner derzeitigen Zusammenarbeit mit van Ravenstijn war ich mir nicht so sicher, ob das im Moment die richtige Wahl gewesen wäre."

Bröker nickte. Hoffentlich würde er vor Aufregung überhaupt einen Bissen herunterbekommen.

21. Kapitel
Friedensverhandlungen

Bröker schlief in dieser Nacht schlecht. Er warf sich hin und her und erwachte jede Stunde aus seinen wirren Träumen, in denen er sich mit Gregor stritt, bis einer den anderen anschrie. In einer Szene packte ihn Gregor sogar am Kragen. In seinen wachen Momenten musste Bröker über diese Vorstellungen lachen, hatte er Gregor und seine Mitstreiter nicht am Vortag bei der Polizei noch als ein Muster an Friedfertigkeit beschrieben? Seine Träume schienen ihm bei dieser Argumentation jedoch nicht zu folgen.

Außerdem trug auch Pagelsdorf nicht dazu bei, dass Bröker tief und fest schlummerte. Der Hund hatte sich in dieser Nacht einen Platz vor Brökers Bett gesucht. Dort war das Tier eingeschlafen und abwechselnd schnarchte es geräuschvoll oder träumte von einer wilden Kaninchenjagd und bellte dabei so laut, dass Bröker kein Auge zu tat. Der bereitete dafür im Kopf seine Diskussion mit Gregor vor, wägte Argumente ab und überlegte, ob er sich lieber entschuldigen oder besser in die Offensive gehen sollte. So lag er seit vier Uhr morgens endgültig wach und wartete darauf, dass die Vögel zu zwitschern begannen.

Endlich, um halb sieben, waren die ersten Tonleitern einer Amsel zu hören. Sofort sprang Bröker auf. „Zeit zum Aufstehen", verkündete er Pagelsdorf, der offenbar in seinem Traum gerade auf der Jagd war und kräftig mit den Beinen strampelte.

Zehn Minuten später führte Bröker den Hund über den Kammweg des Teutoburger Waldes. Im Osten, weit hinter den Türmen der Neustädter Marienkirche, färbte sich der Horizont langsam rot. Die Luft roch herbstlich. Bröker atmete tief ein. Seine Heimatstadt konnte so schön sein. Kein Wunder, dass um diese Uhrzeit schon so viele Menschen unterwegs waren. Allerdings hatten die meisten von ihnen wie er einen Hund dabei und damit einen weiteren Grund, so früh draußen zu sein. Oder sie joggten. Warum irgendjemand dafür so früh aufstehen mochte, konnte sich Bröker beim besten Willen nicht vorstellen.

Die frische Luft, der Wald, die ersten Sonnenstrahlen, all das trug dazu bei, dass Bröker allmählich seinen Optimismus für das anstehende Gespräch mit Gregor wiedergewann. Und so dehnte er seinen Spaziergang länger und länger aus. Als er schließlich wieder an seiner kleinen Stadtvilla eintraf, war es Viertel vor zehn und Pagelsdorf schien einigermaßen müde.

„Hallo Bröker, wo warst du denn?", begrüßte ihn Britta aus der Küche, als er das Haus betrat.

„Ich dachte, ich sollte mich mehr um den Hund kümmern", nahm Bröker automatisch eine Verteidigungshaltung ein.

„Das schon. Aber hast du das Haus nicht vor drei

Stunden verlassen? Ich dachte, ich hätte die Tür ins Schloss fallen hören."

„Ja, genau."

„Du sollst den Hund ausführen und ihn nicht durch den Wald jagen, bis er auf dem Zahnfleisch geht", lachte Britta laut.

„Na, wie Bröker den Hund jagt, kann ich mir schon vorstellen", kicherte eine weitere Stimme aus der Küche, die Bröker nur zu bekannt vorkam.

„Gregor", sagte er und trat zu seinen beiden Freunden.

„Hallo Bröker", erwiderte der Junge. Nun, da er seinen älteren Freund sah, war Gregors Stimmung deutlich abgekühlt.

„Wartet ihr schon lange?", fragte Bröker, damit die Stille nicht raumgreifend werden konnte.

„Nein, kein Problem. Gregor ist vor fünf Minuten gekommen", beruhigte ihn Britta. „Ich hatte ja weder ihm noch dir eine genaue Uhrzeit mitgegeben."

Bröker setzte sich und überblickte den Esstisch. „Leckere Sachen hast du aufgetischt", lobte er. Tatsächlich hatte Britta neben dem versprochenen Schinken, Käse und Fisch auch noch Rührei, Salami, Kaffee sowie Brötchen und Croissants gedeckt. „Womit fange ich denn an?"

„Bevor du eine deiner üblichen Orgien beginnst, lass uns doch erst einmal darüber sprechen, was da vorgestern gelaufen ist", meldete sich Gregor zu Wort.

„Ich weiß nicht, ob ich dir das noch einmal sagen muss, aber dein Verhalten war ganz und gar nicht in Ordnung."

Bröker seufzte. Für einen Moment hatte er gehofft, sie würden gemütlich zu dritt frühstücken und danach wären alle Probleme verschwunden. „Ich habe dir schon gesagt, dass es keine Absicht war", gab er zerknirscht zu.

„Aber wie kannst du denn unabsichtlich die Mitglieder der *Raspiritter* anschwärzen? Ich hätte nicht gedacht, dass ein Praktikum bei den Bullen gleich dazu führt, dass man genauso blöd wird wie die." Wenn Gregor richtig in Fahrt war, war es selbst für Bröker schwer, ihn zu stoppen.

„Blöd ist eigentlich vor allem der Psychologe", versuchte er, die Wut des Jungen auf ein anderes Ziel zu lenken. „Der hat auch das Thema aufgebracht, dass viele Morde unter Freunden und Bekannten geschehen und die Frage aufgeworfen, wer denn Chris Bohnenkamps Freunde waren."

„Und da konntest du deine Klappe nicht halten?", fuhr Gregor erneut auf.

Bröker nickte betreten.

„Aber glaubst du nicht, die Polizei hätte den Freundeskreis von diesem Chris nicht auch selbst ermitteln können?", versuchte Britta zu schlichten. „Es sind schließlich nicht alle dort völlig doof."

„Stimmt, Mütze zum Beispiel", erinnerte Bröker. „Außerdem war Chris Bohnenkamp bei der Polizei aktenkundig. Die *Raspiritter* sind wohl schon früher einmal aufgefallen – und da wurde er befragt."

Gregor schwieg. „Es geht mir eigentlich auch gar nicht so sehr darum, dass die Bullen bei uns waren. Es ist immerhin letztendlich alles sehr glimpflich abgelaufen."

„Stimmt", bestätigte Bröker. „Außer dem Holländer hat euch nach dem Besuch keiner mehr in Verdacht, irgendetwas mit dem Tod an Chris zu tun zu haben. Ich habe gestern auch noch einmal versucht, darzustellen, wie sehr ihr euch für andere einsetzt. Darum wäre es doch so seltsam, dass ihr euren eigenen Kollegen umgebracht haben sollt."

„Das will ich meinen", bestätigte Gregor.

„Aber wenn es dir nicht darum geht, dass Bröker die Polizei auf eure Spur gebracht hat, worum geht es dir dann?", nahm Britta Bröker das Wort aus dem Mund.

„Halt, halt, das habe ich nicht gesagt", protestierte Gregor. „Es ist mir eigentlich egal, dass uns die Bullen verdächtigt und besucht haben. Was mir nicht egal ist: dass das alles auf Bröker zurückgeht. Bröker ist mein Freund – immer noch. Und ich hatte ihn für so integer und verschwiegen gehalten, dass er nicht irgendetwas ausplaudert, nur damit er bei seinen neuen Bullenamigos gut dasteht."

„Bist du da nicht ein bisschen unfair?", hakte Britta mit fragendem Blick nach.

„Das finde ich nicht", gab Gregor zurück. „Dass

224

die Bullen bei uns waren, ist eine Tatsache. Und dass wir das Bröker zu verdanken haben, auch."

„Aber glaubst du wirklich, dass er es gemacht hat, um sich bei Schewe lieb Kind zu machen?", säte Britta weiter Zweifel.

Gregor zögerte. „Das vielleicht eher nicht", murmelte er dann.

„Es ging echt nicht darum, wie ich bei Schewe angesehen bin, es ist mir einfach rausgerutscht", wiederholte Bröker seine frühere Darstellung. „Entschuldige."

Gregor guckte seinen Freund an. Dann lächelte er. „Entschuldigung angenommen", sagte er und reichte Bröker die Hand.

Der schlug ein. „Und jetzt lasst uns frühstücken", sagte er. „Es bricht mir das Herz, wenn ich sehe, wie das Rührei kalt wird."

„Ach, Bröker, wie würde die Welt nur ohne deine Art der Lebensmittelrettung aussehen", lachte Britta.

„Ich ernenne ihn zum *Raspiritter* ehrenhalber", grinste auch Gregor. „Er rettet die Lebensmittel dadurch, dass bei ihm erst gar keine Reste entstehen, die gerettet werden müssten."

Bröker nahm einen großen Zug aus seiner Kaffeetasse. So konnte niemand sehen, dass er vor Rührung schlucken musste.

22. Kapitel
Eins, zwei, Wechselschritt

Das restliche Frühstück verlief, als habe es nie einen Streit zwischen Bröker und seinem längsten Mitbewohner gegeben. Sie aßen üppige Portionen, vor allem Bröker, und Gregor hatte nichts von seiner Scharfzüngigkeit verloren.

Um die Mittagszeit aber blickte der Junge auf die Uhr und erhob sich: „Ich habe heute noch etwas vor", sagte er. „Und da ich einem Vertreter der Staatsmacht gegenübersitze, sage ich lieber nicht, was." Dabei zwinkerte er allerdings. „Also, man sieht sich."

„Aber ich dachte, es sei alles wieder in Ordnung", klagte Bröker, während der Junge sich schon seine Jacke griff und der Haustür entgegensteuerte.

„Ja, ist es doch auch", gab der zurück.

„Aber ziehst du nicht wieder bei uns ein?", hakte sein Freund nach.

„Doch, Bröker, keine Sorge, das tue ich", grinste Gregor. „Es sei denn, das wird jetzt so etwas wie Stubenarrest. Ich habe doch auch bis vorgestern mein eigenes Leben gehabt, das würde ich gerne behalten. Aber heute Abend siehst du mich wieder. Ich bin ja nie wirklich ausgezogen."

„Na, dann ist ja gut", erwiderte Bröker, aber da war der Junge schon aus der Tür.

Bröker wandte sich wieder Britta zu. Seiner Miene war die Erleichterung über den Verlauf des Vormittags deutlich anzumerken. „Danke", sagte er. „Das vergesse ich dir nicht – wie schon vorgestern versprochen: Du hast etwas bei mir gut." Mehr konnte er nicht sagen, er hatte einen Kloß im Hals.

„Außer dass ich bei dir wohnen darf? Sogar kostenlos, wenn ich dich richtig verstanden habe."

„Natürlich, was immer du willst." In diesem Moment hätte Bröker seiner Freundin jeden Wunsch erfüllt.

„Hm", sagte die zögernd. „Vielleicht hätte ich da schon eine Bitte."

„Immer raus damit", erwiderte ihr zeitweiliger Hausherr. Ob Britta auch ein Haustier hatte, das sie zu sich holen wollte? Oder eine Freundin, die sich mit ihrer Wohnung in einer ähnlichen Notsituation befand?

„Weißt du noch, warum ich vorgestern Abend zu Hause war?", tastete sie sich langsam voran.

„Oh Gott, Britta, was sind das für Rätsel?", stöhnte Bröker. „Seit vorgestern ist so viel passiert. Aber warte. Du hast gesagt, eigentlich wolltest du tanzen gehen, aber dein Tanzpartner hatte einen gebrochenen Arm oder so."

„Einen gebrochenen Fuß, genau", korrigierte ihn Britta. „Aber ja, deshalb konnte ich nicht ausgehen."

„Der Ärmste."

„Mir tut er auch leid", pflichtete Brökers Freundin ihm bei. „Außerdem ist sein Unfall nicht nur für unseren Tanzsportverein ein Problem."

„Sondern auch für ihn, denke ich."

„Für ihn natürlich auch." Langsam wurde Britta ein wenig ungeduldig. „Aber wir haben auch zusammen einen Tanzkurs, den wir immer im *Zweischlingen* geben."

Bröker kannte diese Kulturstätte am Rande Bielefelds natürlich, nicht zuletzt besuchte er das dortige Restaurant regelmäßig. Außerdem wusste er, dass man dort jeden Abend tanzen konnte. Dass an einigen dieser Abende auch Kurse im Salsa, Tango Argentino oder Gesellschaftstanz angeboten wurden, war ihm entgangen, wahrscheinlich, weil es ihn nie interessiert hatte. „Und da gibt es niemanden, der ihn vertreten könnte?", fragte er.

„Nicht ganz leicht, der Kurs ist sonntagnachmittags, da kümmern sich viele unserer Tänzer lieber um ihre Familien, als einen Kurs zu geben. Aber ich habe trotzdem Ersatz gefunden."

„Das ist ja schön für dich." Bröker fragte sich, was das Ganze mit ihm zu tun hatte.

„Ja. Aber auch da gibt es ein Problem", näherte sich Britta allmählich ihrer Bitte. „Der Ersatzmann ist bereits in dem Kurs. Wie immer sind in solchen Kursen zu wenig Herren und ich hatte ihn zu Beginn gebeten, ob er nicht als Aushilfe einspringen könnte."

„Aha." Noch immer ahnte Bröker nicht, worauf Britta hinauswollte.

„Dadurch habe ich jetzt zwar einen Partner, mit dem ich die Tänze vormachen kann, aber in dem

Kurs ist ein Herr zu wenig. Daher habe ich mich bei deinem Angebot, mir zu helfen, gefragt, ob du nicht aushilfsweise einspringen könntest. Es kostet dich natürlich auch nichts."

„Aber ich bin doch kein Herr!" Alles in Bröker protestierte gegen diesen Vorschlag.

„Manchmal bist du sogar ein echter Gentleman. Aber im Allgemeinen reicht es, dass du ein Mann bist", lächelte Britta.

„Och nein!"

„Bitte, Bröker. Ich brauche dich." Britta guckte ihren Freund mit großen Augen an. „Eben hast du noch gesagt, ich hätte einen Wunsch bei dir frei. Und das wäre er."

Um vier Uhr nachmittags bog Britta mit ihrem kleinen Flitzer auf den Parkplatz beim *Zweischlingen* ein. Bröker war aus verschiedenen Gründen mulmig zumute. Zum einen mochte er Situationen sowieso nicht gerne, bei denen er nicht wusste, was auf ihn zukam. Zum zweiten hatte er zuletzt in Brittas Auto gesessen, als diese ihn zum Zahnarzt befördert hatte. Und zum dritten waren ihm in den letzten Stunden die wenigen Situationen, bei denen er getanzt hatte, in den Sinn gekommen. In dem einzigen Tanzkurs, den er besucht hatte, hatte überraschenderweise ein Männerüberschuss geherrscht, sodass er bei den meisten Tänzen die Damenschritte einstudiert hatte. Und beim Abiball war er beim ersten Tanz, einem

Wiener Walzer, ausgerutscht und vor aller Augen auf seinem Hinterteil gelandet. Das laute Lachen seines Vaters war nicht nur für alle Anwesenden zu hören gewesen, es hatte Bröker auch noch lange in seinen Träumen verfolgt.

Und wie damals hatte Bröker glatte Schuhe mit einer Ledersohle an. Britta hatte ihn überzeugt, dass sich niemand drehen konnte, wenn seine Schuhe mit Gummisohlen an den Boden geklebt wurden. Hoffentlich würde er sich nicht blamieren.

„Sag mal, wieso dürft ihr eigentlich in der Pandemie tanzen?", fragte er, als Britta das Auto zum Stehen gebracht hatte. Wenn er Glück hatte, durfte der Kurs gar nicht stattfinden und alles würde sich zum Guten wenden.

„Weil wir eine private Veranstaltung sind und es gerade in ganz Bielefeld nur ein gutes Dutzend Infizierte gibt", gab seine Freundin zurück. „Du müsstest echt Pech haben, wenn unter den paar Leuten heute Nachtmittag einer ansteckend wäre. Wir dürfen sogar ohne Maske tanzen. Wir haben uns allerdings darauf geeinigt, dass jeder pro Stunde nur einen oder zwei Partner hat."

Auf den Treppen zum *Zweischlingen* blieb sie stehen. „Darum geht es dir gar nicht, du willst nur nicht tanzen", sagte sie lachend. „Mach dir mal keine Sorgen. Du kannst nichts falsch machen", beruhigte sie ihren Freund. „Es sind alles Anfänger wie du."

Vielleicht wäre eine erfahrene Tanzpartnerin gar

nicht schlecht, dachte Bröker, verschwieg diesen Gedanken aber ebenso wie die Tatsache, dass er schon einen Tanzkurs gemacht hatte. Das hätte bei seiner Freundin doch nur falsche Erwartungen geweckt.

Ein paar Minuten darauf hatten sich alle Teilnehmer des Kurses, acht Frauen und mit Bröker auch acht Männer, auf dem Parkett des Saales im *Zweischlingen* versammelt. In der Mitte stand Britta, neben ihr ein schlanker, braungebrannter, junger Mann, der sicher zwanzig Jahre jünger war als sie.

„Ich begrüße euch alle zu unserem heutigen Kurs", begann sie. „Ihr werdet euch vielleicht über meinen heutigen Partner wundern, aber Stefan hat sich den Fuß gebrochen. Thilo hier neben mir kennt ihr ja schon als Teilnehmer, aber ihr habt sicher schon gemerkt, dass er kein Anfänger ist. Er wird heute mit mir die Figuren vormachen. Dafür haben wir meinen Freund Bröker als Aushilfsherren gewinnen können." Britta deutete in Brökers Richtung und die restlichen Teilnehmer applaudierten.

Bröker war die Situation peinlich. Er stand sowieso nicht gerne im Mittelpunkt, aber wenn es ums Tanzen ging, wäre er besonders gerne unauffällig geblieben. „Das bedeutet aber auch, dass ich nicht tanzen kann", sagte er undeutlich und trat einen weiteren Schritt nach hinten.

„Dann wäre das ja geklärt", lachte Britta. „Ich würde euch wie immer bitten, Aufstellung zu nehmen, die Herren links, die Damen rechts", gab sie die nächsten Anweisungen.

Nun wurde es also ernst. Bröker stellte sich gehorsam auf.

„Du musst auf die andere Seite", versuchte eine dunkelhaarige Frau mittleren Alters zu flüstern. Allerdings tat sie es so laut, dass alle es mitbekamen.

Natürlich, Bröker hatte nicht genau zugehört und stand auf der rechten Seite von Britta aus gesehen, mitten zwischen den Frauen – dort hätte er sich wohl auch dann nicht wohlgefühlt, wenn er nicht gerade in einem Tanzkurs gewesen wäre. Auf Zehenspitzen schlich er nach links, aber da gerade sonst nichts geschah, war das alles andere als unauffällig. Bröker hörte, wie einige der Frauen kicherten. Er schob sich tief in die Linie der anderen Männer, wollte sich unsichtbar machen.

„Und heute suchen sich mal die Damen die Herren aus", verkündete Britta. „Damenwahl!" Dazu klatschte sie in die Hände.

Sofort lösten sich ein paar Frauen aus der gegenüberliegenden Reihe und steuerten zielstrebig auf jeweils einen der Herren zu. Bröker hatte den Verdacht, dass sich einige der Damen mit ihren Partnern zu diesem Kurs angemeldet hatten und natürlich am liebsten mit diesen tanzten. Nun, ihm sollte es recht sein. Da genauso viele Männer wie Frauen im Kurs waren, würde ihm zumindest die Peinlichkeit erspart bleiben, alleine als letzter übrigzubleiben.

Tatsächlich strebte in diesem Moment eine der Frauen auf ihn zu. Ob sie ihn aufgrund seiner körperlichen Attribute ausgewählt hatte? Es war beinahe anzunehmen, denn bislang war er in dieser Stunde kaum durch besondere Geistesschärfe aufgefallen. Und sie hatte recht: Wenn es beim Tanzen darauf ankam, dass sich die Partner körperlich zumindest ähnlich waren, dann waren Bröker und sie ein perfektes Match. Ebenso wie Bröker wog sie bei einer mittleren Körpergröße locker mehr als zwei Zentner. Und ähnlich wie er schien sie auf den ersten Blick nicht gerade ein Bewegungstalent zu sein. Sie setzte ihre Schritte so fest, als wolle sie ganz sichergehen, dass sie nicht umfallen würde, ja sie schien ihre Füße in den Boden rammen zu wollen.

Das kann ein lustiges Tänzchen werden, dachte Bröker, erinnerte sich dann aber daran, dass er selbst auch keine grazile Erscheinung auf dem Parkett abgab.

„Darf ich bitten?", sagte die Frau mit einer rauen Stimme. „Ich bin übrigens Heike."

Angesichts der Tonhöhe hätte sich Bröker auch nicht gewundert, wenn sie sich als Heiko vorgestellt hätte.

„Und nun bitte Aufstellung", bat Britta in diesem Moment.

Sofort stellte sich Bröker kerzengerade hin wie ein Fußballspieler beim Abspielen der Nationalhymne.

„Und so willst du mit mir tanzen?", lachte Heike.

233

Ihre burschikose Art erinnerte Bröker fatal an eine Begegnung, die er vor knapp zwei Jahren bei einem ungewollten Speed-Dating gehabt hatte, als er an einen Männer-fressenden Vamp geraten war.

„Wie soll ich mich denn aufstellen?", fragte Bröker.

„Na, mir gegenüber", kicherte Heike. Sie fasste Bröker und schob ihn vor sich. Er hatte das Gefühl, dass nur die Höflichkeit sie davon abhielt, ihn einfach hochzuheben und an seinen Platz zu stellen. „Und nun musst du die Arme heben", ordnete sie als nächstes an.

Bröker hob die Arme. Das entsprach ohnehin gerade seiner emotionalen Lage.

„Doch nicht so!", korrigierte ihn seine Tanzpartnerin sofort. „Du stehst da, als würde ich dich mit einer Waffe bedrohen und du würdest dich ergeben!"

So falsch ist das nicht, wollte Bröker sagen, entschied sich aber im letzten Augenblick, still zu sein.

„Wir hatten ja beim letzten Mal den Grundschritt des Cha-Cha-Cha gelernt", ließ sich in diesem Moment Britta wieder vernehmen. „Und wir haben sogar schon eine erste Figur eingeübt. Vielleicht können wir das als erstes einmal wiederholen. Erinnert ihr euch: Der Herr beginnt mit einem Sidestep nach rechts, die Dame mit einem Sidestep nach links, etwa so." Bei diesen Worten begab sie sich mit Thilo in Tanzhaltung, verschmolz zu einem Paar und setzte in rascher Folge Schritte aufs Parkett: „Eins, zwei, cha-cha-cha, vier, fünf, cha-cha-cha", zählte sie dabei.

Bröker starrte auf die Füße des Paares. Obwohl er sich theoretisch ziemlich sicher war, diesen Tanz schon einmal aufs Parkett gelegt zu haben, oder jedenfalls etwas, was diesen Namen trug, hatte er Zweifel, ob er schon einmal einen der Schritte gesehen hatte.

Während Britta eine Figur drehte, bei der er ganz sicher war, dass weder er noch eine seiner Tanzpartnerinnen sie jemals getanzt hatten, rief sie den Kursteilnehmern zu: „Und jetzt seid ihr dran."

Wie auf Kommando stellte ein DJ in dem Kabuff seitlich der Tanzfläche die Musik an. Gleichzeitig packte ihn Heike und zwang ihn in das, was sie sich unter der richtigen Haltung vorstellte. Brökers linker Arm war weit ausgestreckt, gleichzeitig versuchte er Heike mit der Rechten zu umfassen, was nicht gelang, da sowohl er als auch seine Partnerin für den jeweiligen Körperumfang zu kurze Arme hatten. Er verharrte auf der Stelle, obwohl er sah, dass links und rechts Paare schon begonnen hatten, sich im Takt der Musik zu bewegen. Doch wie sollte er wissen, wann ein guter Moment war, um zu beginnen? Und wie teilte man das der Partnerin mit? Einfacher war es, wenn er wartete, bis Heike den ersten Schritt tat. Aber die schien ebenso zu warten wie er. So hielten sie inne, als hätten sie versprochen, für eine Skulptur mit dem Titel *Beinahe tanzendes Paar* Modell zu stehen.

Irgendwann fiel ihre unbewegliche Haltung auch Britta auf. „Und jetzt auch für unsere letzten beiden

Tänzer", sagte sie laut. „Auf eins beginnt ihr. Und eins, zwei, cha-cha-cha."

Sobald Britta zu Ende gezählt hatte, begann Heike sich tatsächlich zu bewegen. Mit drei Schritten, von denen zwei auf der Stelle gesetzt wurden, glitt sie nach rechts. Zwangsläufig eilte Bröker ihr nach, ihr fester Griff ließ ihm keine andere Wahl. Dafür brauchte er allerdings fünf statt drei Schritte. *Egal,* dachte er. *Hauptsache, wir sind zur gleichen Zeit annähernd am gleichen Ort, so genau zählt sowieso keiner meine Schritte.* In diesem Moment ging es auch schon wieder nach links, wobei Bröker diesmal für die drei Schritte Heikes sechs eigene benötigte. Das hatte den Nachteil, dass nun beide auf dem gleichen Bein standen, ja sogar auf dem gleichen Fuß, nämlich auf Heikes.

„Au!", protestierte die, wobei sich Bröker sicher war, dass der Schmerz, unter dem sie die Augen verdrehte, nur gespielt war.

„Entschuldige", murmelte er trotzdem demütig.

„Alles okay, das passiert", erwiderte Heike deutlich leiser.

Nun schien Britta, die natürlich über ein ganz anderes Repertoire an Tanzschritten verfügte, das Hin-und-Her-Gehopse der Paare langweilig zu werden, obwohl sie es angeordnet hatte. „Jetzt bauen wir noch das Wiegen ein, das wir beim letzten Mal gelernt haben", ordnete sie an.

Bröker hielt inne. Wiegen? Wieso um Gottes willen sollten sie sich denn beim Tanzen wiegen? Er wusste, dass er nicht der Schlankeste war, aber das traf auf seine Partnerin auch zu. Kein Grund, irgendjemandem im Kurs ihr oder sein Gewicht mitzuteilen. Oder wollte seine Freundin sicherstellen, dass die beiden Tanzpartner annähernd das gleiche Gewicht hatten? Trotzdem, er fand, dass die anderen sein Gewicht nichts anging. Hätte er das vorher gewusst, wäre er gar nicht erst mit zu diesem Kurs gekommen, ohne vorher eine Diät zu machen. Da hätte ihn Britta noch so bitten können. Dann stutzte er: Die anderen Paare schien Brittas Anweisung nicht zu kümmern. Sie machten fleißig weiter, ohne dass Bröker irgendwo eine Waage hätte entdecken können.

Trotzdem, schon beim Gedanken ans Wiegen sträubte sich alles in ihm. „Das kann ich nicht", nuschelte er.

„Natürlich kannst du, ist gar nicht so schwer, warte, ich zeige es dir", übernahm Heike das Kommando. Sie packte Bröker und schob ihn wieder nach rechts. Dieser machte einen besonders großen Schritt und war bereit, die restlichen Schritte auf der Stelle zu trippeln. Aber da wurde er von Heike nach vorne gezogen und im nächsten Augenblick wieder nach hinten geschoben. „Das ist das Wiegen", sagte Heike mit gedämpfter Stimme dazu. Dann ging es wieder nach links, wo sich das gleiche Spielchen wiederholte.

Bröker war erleichtert. Also musste er nicht auf

eine Waage steigen und sich schon gar nicht entkleiden, wie er heimlich befürchtet hatte. Das war wirklich gar nicht so schwer. Bei der nächsten Bewegung nach rechts versuchte er, dabei auch vor und zurück zu schaukeln. Gar nicht so schlecht, wie er fand. Doch bevor er sich übertrieben in Sicherheit wiegen konnte, gab Britta schon die nächsten Schritte vor.

„Und nun wiederholen wir noch die letzte Figur, die wir am vorigen Sonntag gelernt haben", übertönte sie die Musik. „Den Spotturn."

„Den was?", raunte Bröker, er hätte schwören können, dass es *Turnsport* hieß und nicht *Spotturn*. Aber seine Partnerin schüttelte nur mit dem Kopf und legte den Finger auf die Lippen.

„Wie ihr euch sicher erinnert, ist der Spotturn eine Drehung auf der Stelle links herum, wenn ihr gerade links seid, und rechtsherum, wenn ihr rechts seid", fuhr die Übungsleiterin fort. „Thilo und ich machen das einmal vor."

Sofort stand der Mann mit auf der Tanzfläche und die beiden tanzten in rascher Folge vier der genannten Drehungen.

„Und jetzt ihr", entschied Britta. „Und denkt dran, es ist immer der Mann, der führt und hier mit einem kleinen Schubs andeutet, dass er einen Spotturn tanzen möchte. Und eins, zwei, cha-cha-cha", zählte sie noch, als habe sie geahnt, dass Bröker sonst wieder nicht begonnen hätte, seinen Cha-Cha-Cha aufs Parkett zu legen.

Bröker tanzte brav seinen Grundschritt, wobei er das eben erlernte Wiegen ausgiebig zelebrierte. Wenn das so gut funktionierte, warum sollte er dann noch eine Drehung einfügen? Tanzen war Tanzen, mit oder ohne Spotturn. Seine Partnerin schien dies anders zu sehen. Mehrfach schien sie sich aus der Tanzhaltung lösen zu wollen, um eine Pirouette zu vollführen, allein, Bröker hielt sie so fest in seiner Umklammerung, dass daran nicht zu denken war.

„Was ist, willst du nicht auch einen Spotturn tanzen?", zischte Heike.

„Nein", erwiderte Bröker wahrheitsgetreu. Hatte nicht Britta gesagt, dass der Mann führte? Wenn Bröker ein einziges Mal im Leben das Recht hatte zu bestimmen, was geschah, wollte er das auch ausnutzen. Ihm war halt nicht nach Drehen zumute.

„Los jetzt!", feuerte ihn seine Partnerin an.

„Nein!" Bröker blieb tapfer bei seinem Grundschritt.

„Und denkt auch an den Spotturn!", forderte in diesem Moment auch Britta auf. Wahrscheinlich hatte sie Brökers monotones Hin- und Her-Tanzen von ihrem Platz aus bemerkt.

Na gut, dachte Bröker, *ihr habt es nicht anders gewollt.* Also, wie war das? Wenn er rechts war, sollte er eine Drehung nach rechts tanzen, oder links eine Drehung nach links. Gerade waren sie rechts, aber das war schon zu spät. Er durfte ja auch nicht vergessen, Heike einen Wink zu geben, dass nun die Pirouette an der Reihe war. Also vielleicht jetzt, wenn sie links waren? Aber seine Partnerin schien unvorbereitet. Dann rechts. Aber eine Rechtsdrehung schien Bröker noch schwieriger als eine Linksdrehung. Also dann beim nächsten Mal links. Er holte Luft und konzentrierte sich. *Cha-cha-cha,* zählte er innerlich. Dann gab er Heike einen Schubs und drehte sich selbst mit allem Schwung nach links. Einen Augenblick lang war es perfekt, er fühlte sich ganz leicht, beinahe, als würde er schweben. Tanzen konnte wirklich schön sein, warum hatte er nur so lange darauf verzichtet? Dann schien ihm dieser Schwebezustand schon zu lange anzuhalten. Ja, verdammt, er war wirklich abgehoben! Die vermaledeiten Lederschuhe waren einfach zu glatt. Bröker flog und landete mit einem lauten Platsch einen guten Meter von dem Fleck entfernt, an dem er abgehoben war.

Es war merkwürdig still. Fast, als hätte die Musik ausgesetzt. Bröker richtete seinen Blick zu Boden. Was mochte Britta wohl denken. Und seine Tanzpartnerin?

Doch der war es ganz genauso ergangen. Heike lag mehr als zwei Meter von Bröker entfernt ebenfalls auf dem Boden.

„Bist du verrückt geworden?", zischte sie. „Du sollst mir einen kleinen Schubs geben, damit ich weiß, dass du eine Drehung tanzen willst. Aber du hast mich von dir geschleudert, als wolltest du einen Weltrekord im Kugelstoßen aufstellen!"

Bröker sagte nichts. Hatte er in seiner Konzentration wirklich zu viel Kraft aufgewandt? Möglich war es, schließlich war Heike kein Leichtgewicht und vielleicht hatte er unbewusst seinen Krafteinsatz diesem Eindruck angepasst. Mühsam rappelte er sich wieder auf, Heike tat es ihm gleich.

„Mit dem tanze ich nicht mehr", entschied seine ehemalige Partnerin in diesem Moment an Britta gewandt.

„Ich wollte sowieso gerade vorschlagen, dass alle Damen im Uhrzeigersinn einen Platz weiterrücken", löste diese elegant das Problem.

Bröker hinkte schwerfällig weiter. Sein Steißbein schmerzte und auch sein Knie hatte er sich bei dem Sturz verdreht. Das würde einen blauen Fleck geben. Als er stehenblieb, fand er sich einer neuen Tanzpartnerin gegenüber. Diese war etwa zehn Jahre jünger als er, reichte ihm nur bis zur Schulter und wog bestimmt keine fünfzig Kilo. Die würde er keinesfalls mit einem kräftigen Schubs führen dürfen.

„Hallo, ich bin Evelyn", sagte sie leise. Ihr Blick hatte etwas Unstetes. Ob das Angst war?

„Ich bin Bröker", erwiderte Bröker unnötigerweise. Nach den Ereignissen der letzten Minuten kannte ihn wohl wirklich jeder Kursteilnehmer.

„Heute wollen wir den nächsten lateinamerikanischen Tanz kennenlernen", eröffnete soeben Thilo den nächsten Kursabschnitt, „den Paso Doble."

Bröker kannte den Namen dieses Tanzes, aber er

hätte nicht sagen können, welche Schritte dazugehörten. Einigen Kursteilnehmern schien es ähnlich zu gehen. Gespannt hörten sie den weiteren Ausführungen des Vortänzers zu.

„Eigentlich kommt der Paso Doble gar nicht aus Süd- oder Mittelamerika", wusste der, „sondern aus Spanien. Er ist dem Stierkampf nachempfunden. Dabei ist der Herr der Stierkämpfer, der Matador. Und die Dame …"

„… der Stier", entfuhr es Bröker. Erst dann bemerkte er, dass schon wieder die Augen aller auf ihn gerichtet waren. Einige der Herren lachten, während ihn die Damen ausnahmslos mit tadelnden Blicken straften. Hatte er das etwa laut gesagt? Das durfte nicht wahr sein! Es stimmte, er hatte an Heike gedacht und da lag die Assoziation nicht so furchtbar fern, auch wenn sie keine Hörner hatte. Wahrscheinlich hatte sie im gleichen Moment Ähnliches gedacht.

„Bröker, wie kommst du denn darauf?", maßregelte ihn auch Britta sofort. „Nein, die Dame ist das Tuch, die Capa. Und da es auch beim Stierkampf dumm, sogar lebensgefährlich für den Torero wäre, die Capa immer nahe an den Körper zu halten, so führt der Herr im Paso Doble die Dame auch mal näher an seinem Körper und mal weiter von ihm entfernt."

Bröker warf einen verschämten Blick zu Evelyn. Ob sie ihm seinen Fauxpas sehr übelnahm? Wahrscheinlich tat es ihr schon leid, sich keinen anderen Platz ausgesucht zu haben, um bei einem Wechsel des Herren nicht ausgerechnet an Bröker zu geraten. Dabei konnte sich Bröker bei ihrem schmalen Körper gut vorstellen, eine Capa vor sich zu halten.

„Wichtig beim Paso Doble ist die Körperspannung", dozierte Britta weiter. „Dabei spannt der Herr die Oberschenkelmuskulatur an, sodass sich sein Becken nach vorne schiebt, gleichzeitig führt die gestraffte Bauchmuskulatur dazu, dass der Bauch eingezogen bleibt. Die Schultern werden nach hinten und unten geschoben, der Kopf ist heldenhaft nach oben gereckt. Ich weiß, dass das auf den ersten Blick nicht ganz einfach klingt, aber vielleicht kannst du es einmal vormachen, Bröker."

Bröker schreckte hoch. Offenbar wollte sich Britta für seine vorlaute Bemerkung eben revanchieren. Er wäre am liebsten vom Parkett in den Hintergrund geschlüpft, sodass ihn niemand mehr sah, aber seine langjährige Freundin hatte ihn namentlich angesprochen. Er konnte nicht kneifen. Also ging er in die Mitte des Kreises, den die Paare bildeten. Er rief sich Brittas Beschreibung noch einmal vor Augen: *Becken vorstrecken, Bauch einziehen, Schultern nach hinten, Kopf hoch,* befahl er sich. Obwohl er die innerlichen Anweisungen getreu befolgte, kam er sich kein bisschen wie ein Stierkämpfer vor, eher wie ein flügellahmer Erpel beim Versuch aus einem See zu starten. Die restlichen Kursteilnehmer schienen das ähnlich zu sehen. Er merkte, dass gleich mehrere Frauen sich die Hand vor den Mund hielten und verhalten kicherten. Die Männer waren da weniger zurückhaltend und prusteten laut.

„Die Brust muss noch etwas mehr raus – die Brust, nicht der Bauch", korrigierte Britta und nahm Bröker dabei an den Schultern. „Und das Becken sitzt ungefähr hier", fuhr sie fort. Diesmal fasste sie ihm sogar an den Po.

Der zuckte unwillkürlich zurück. Er wurde generell nur in seltenen Fällen gerne angefasst und gerade war ihm das alles auch viel zu öffentlich, besonders weil die Berührungen seinem Intimbereich gefährlich nahekamen. Trotzdem musste sich dabei irgendwas an seiner Tanzhaltung zum Positiven gewendet haben. Jedenfalls zwinkerte ihm Britta mit einem „Na ja, so ungefähr" zu. „Vielleicht kann Thilo noch einmal seine Interpretation des Ganzen zeigen", wandte sie sich dann ihrem Tanzpartner zu.

Bröker musste zugeben, dass die Körperhaltung des Vortänzers vermutlich ungleich imposanter war als seine, als er wieder zu Evelyn zurückschlich.

„Kommen wir nun zur Schrittfolge", fuhr Brökers Mitbewohnerin unterdessen fort. „Charakteristisch für den Paso Doble ist außer der Körperhaltung, dass der erste Schritt sehr pointiert gesetzt wird. Man nennt ihn Appell, und wenn man ihn sehr kräftig setzt, ähnelt er manchmal einem Stampfen. Dieser erste Schritt wird vom Herrn mit rechts, von der Frau mit links kraftvoll auf der Stelle gesetzt. Danach folgen drei Schritte links-rechts-links für den Herrn und umgekehrt für die Dame. Dabei werden die Schritte gesetzt und nicht über den Boden gezogen und zwar mit der Ferse zuerst."

Bröker versuchte den Ausführungen konzentriert zu folgen. Das dauernde Hin und Her zwischen links und rechts verwirrte ihn allerdings.

„Wir machen euch das einmal vor. Dabei tanzen wir das Ganze zunächst einmal auf der Stelle. Die Figuren kommen später. Und eins, zwei, drei, vier." Als Britta „eins" zählte, setzten beiden Tänzer ihre Füße kraftvoll auf den Boden, es gab einen leisen Knall.

Bröker schaute Britta dabei genau zu. Er wollte diesmal alles richtigmachen, um nicht wieder zum Gespött der anderen zu werden. *Also auf eins stampfen, dann dreimal auf der Stelle treten,* merkte er sich.

„So, nun seid ihr an der Reihe", sagte die Tanzlehrerin nach ein paar Takten erwartungsgemäß. „Zunächst einmal die Tanzhaltung. Denkt daran, wie wir es euch gezeigt haben."

Bröker ging zu Evelyn, die ihn wieder mit ihrem ängstlichen Rehblick anguckte. Er hielt den linken Arm gestreckt, seine Tanzpartnerin schob ihre Hand hinein, dann umfasste Evelyn Bröker. Der zog die Schultern nach hinten, straffte Bauch- und Oberschenkelmuskeln und schob das Becken nach vorne, wie Britta es ihm gezeigt hatte. Dabei berührte er Evelyns Bauch. Die ging automatisch einen Schritt zurück, Bröker ebenfalls. Hoffentlich hielt sie ihn jetzt nicht für einen Casanova.

Vorsichtig näherten sich die beiden Tanzpartner wieder, bis sie die Tanzhaltung eingenommen hatten.

„Und nun zu den Schritten", ergänzte Thilo die Anweisungen Brittas. „Der erste Schritt akzentuiert, dann drei kleine Schritte auf der Stelle. Wir machen das Ganze erst einmal ohne Musik. Ich zähle zwei Takte vor, dann setzt ihr ein."

Bröker sammelte sich, er musste es jetzt richtigmachen. Einmal stampfen, dann dreimal auf der Stelle, rief er sich ins Gedächtnis.

„Und eins, zwei, drei, vier", zählte Thilo. „Und eins …"

Bröker stampfte. Mit aller Kraft setzte er seinen linken Fuß auf den Boden. Von den anderen Paaren hörte er ein Stampfen. Nur sein Schritt gab kaum ein Echo. Dafür schrie Evelyn.

„Au, au, verdammt, tut das weh!", jammerte sie.

Thilo hörte sofort auf zu zählen. Britta kam herbeigeeilt. Evelyn saß jammernd auf dem Boden.

„Was ist passiert?", fragte Britta.

„Er ist mir auf den Fuß getreten, mit seinem vollen Gewicht. Ausgerechnet mit dem gestampften Schritt." Evelyn hatte bei diesen Worten Tränen in den Augen.

„Wie konnte denn das passieren?" Auch Thilo stand inzwischen bei Bröker und Evelyn. „Wenn du mit rechts aufstampfst, Bröker, und sie mit links, wie konntest du dann ihren rechten Fuß treffen?"

Bröker schwieg betreten. „Ich weiß nicht", murmelte er. „Oder doch", fiel es ihm dann ein. „Ich habe wohl bei eurem Vortanzen zu sehr auf Britta geguckt und mit links begonnen. Es tut mir leid."

Er schaute Evelyn an, die ihn keines Blickes würdigte.

Sie war ganz bleich geworden. „Ich glaube, ich habe mir zwei Zehen gebrochen", hauchte sie. „Kann mich vielleicht jemand ins Krankenhaus bringen?"

„Ich fahre dich", entschied Britta sofort. „Tut mir leid, Leute, aber für heute müssen wir den Kurs abbrechen. Wir holen die versäumte Stunde nächstes Mal nach."

Thilo und sie stützten Evelyn, als sie das *Zweischlingen* verließen.

„Sorry, aber du musst dir wohl ein Taxi nehmen", raunte Britta Bröker dabei noch zu. „Ich habe keine Ahnung, wie lange das dauert."

Der begab sich an die nahegelegene Bar und ließ sich auf einem Hocker nieder. „Einen dreifachen Whiskey", orderte er.

23. Kapitel
Geheime Ermittlungen

„Was ist denn mit Ihnen geschehen? Sind Sie vom Fahrrad gefallen oder hat Ihnen jemand vor das Schienbein getreten?", fragte Schewe, als Bröker am nächsten Morgen gerade pünktlich um acht Uhr in die Morgenbesprechung hinkte. Der blaue Fleck am Knie war über Nacht auf die Größe einer Faust gewachsen und auch sein Steißbein schmerzte immer noch.

„Ich habe versucht, zu tanzen und nun kann ich kaum mehr gehen", erwiderte Bröker leise, aber wahrheitsgemäß. Die Antwort musste in aller Ohren komisch klingen, selbst er konnte kaum ein Grinsen unterdrücken.

„Oh, Sie haben sich mit Frauen eingelassen. So etwas kann böse enden. Zum Glück haben Sie ja hier einen Sitzplatz", entgegnete der Erste Hauptkommissar.

Diese Worte hatte natürlich auch van Ravenstijn mitbekommen. „Bröker, ich wusste nicht, dass Sie solche Probleme mit Frauen haben", meldete er sich besorgt zu Wort. „Wir haben eine eigene Anlaufstelle für Männer im Falle von häuslicher Gewalt durch Frauen. Viele Männer trauen sich ja nicht, das zuzugeben."

Bröker stöhnte. Die Ratschläge des Quacksalbers hatten ihm gerade noch gefehlt. „Das ist nett, van Ravenstijn", erwiderte er gequält lächelnd. „Aber Sie liegen wie immer daneben. Es ist eher so, dass ich einer Frau wehgetan habe, als dass sie mir Schmerzen zugefügt hätte."

Dabei hatte er sich beim Erwachen wirklich gefühlt, als hätten ihn Britta, Heike oder Evelyn gestern Nachmittag verprügelt. Lust dazu hatten wahrscheinlich alle drei verspürt, aber der Schmerz rührte noch von dem gestrigen Sturz. Die Farbe des Blutergusses, den er sich am Knie zugezogen hatte, changierte zwischen blau und violett. Bei Heike und Evelyn konnte Bröker hoffen, sie nie wieder sehen zu müssen – und dieser Wunsch beruhte wahrscheinlich auf Gegenseitigkeit. Britta dagegen hatte ihn gestern Abend nach ihrer Heimkehr aus dem Krankenhaus noch in der Küche sitzend angetroffen. Nach seinem fünften Whiskey hatte sich Bröker für die zu erwartenden Vorwürfe Brittas gewappnet gefühlt.

„Entschuldige", hatte er trotzdem als erstes gemurmelt. Seine Stimme hatte dabei ein wenig verwaschen geklungen.

Britta hatte ihn nur halb ernst, halb amüsiert betrachtet. „Ach, Bröker", hatte sie nur gesagt. „Es ist doch auch meine Schuld. Ich kenne dich nun schon so lange, da hätte ich mir ja denken können, dass Tanzen nicht zu deinen größten Stärken zählt."

„Ich habe mich nicht getraut, es zu sagen", hatte er erwidert, aber Britta hatte nur abgewinkt: „Mach dir übrigens wegen Evelyn keine Sorgen, es ist nichts gebrochen." Dann war sie in ihr Zimmer verschwunden.

Zum Glück eröffnete Schewe in diesem Moment die Sitzung, sodass Bröker weitere schmerzhafte Erinnerungen erspart blieben. „Ich hoffe, Sie haben alle einen geruhsamen Sonntag gehabt, einige hatten dazu sogar den Samstag frei", begann er. Offenbar hatte also doch nicht die ganze Abteilung Wochenenddienst schieben müssen. „Um alle wieder auf den gleichen Stand zu bringen, beginnen wir mit dem Fall Bohnenkamp. Hier ist die Kollegin Großebrummel die leitende Ermittlerin." Mit einer Handbewegung lud er die Kommissarin ein, die vorläufigen Ergebnisse zusammenzufassen.

„Nachdem wir am Freitagabend feststellen mussten, dass unsere bisherigen Ermittlungsansätze ins Leere liefen, dass also der oder die Mörder weder im Umfeld dieser Containertruppe, der *Raspiritter*, noch beim *Edelmarkt* zu finden sind, haben wir begonnen, eine neue Fährte zu verfolgen."

Van Ravenstijn sprang auf und gab so zu verstehen, dass er die Wertung der Resultate anders sah, wurde aber von Schewe mit einer Kopfbewegung von einer Meinungsäußerung abgehalten.

„Dieser neue Strang verfolgt den Ansatz, dass in den vergangenen Monaten vermehrt Einbrüche mutmaßlich osteuropäischer Banden im Raum Ostwestfalen zu beobachten waren. Bielefeld bildet dabei einen Schwerpunkt", schilderte Großebrummel weiter.

„Ist doch auch kein Wunder", unterbrach sie Dülmer. „Bielefeld hat genügend wohlhabende Haushalte und es liegt verkehrstechnisch günstig an zwei Autobahnen. Bevor uns ein Einbruch gemeldet wird, sind die Täter oftmals schon in Osnabrück, Paderborn oder im Ruhrgebiet. Und von Dortmund oder Osnabrück ist es nicht weit bis nach Holland."

„Genau", pflichtete ihm die Kommissarin bei. „Auffällig war nun auch, dass in den vergangenen Monaten gelegentlich auch Supermärkte und Großmärkte überfallen wurden. Während die Täter bei Privathaushalten vor allem auf Geld und Schmuck aus waren, wurden in den Märkten vornehmlich hochpreisige Artikel entwendet, oftmals Elektronik und so weiter. Das liegt natürlich daran, dass es in diesen Märkten selten Bargeld zu holen gibt. Unser Ansatz war jedenfalls, dass der *Edelmarkt* mit seiner Produktpalette von hochpreisigen Lebensmitteln gut in das Beuteschema dieser Banden passen könnte."

„Und ich habe mir gedacht, diese Banden könnten im Zusammenhang mit dem Mord an Chris Bohnenkamp stehen", setzte van Ravenstijn ein. Er konnte es offensichtlich nur schwer ertragen, für eine so lange Zeit nicht im Mittelpunkt zu stehen, ja nicht einmal zu Wort gekommen zu sein.

Die Ermittlungsleiterin verdrehte die Augen in Richtung Decke, ließ den selbsternannten Profiler aber gewähren.

„Ich stelle es mir so vor: Diese *Raspiritter* haben den Zaun zum Parkplatz des *Edelmarktes* aufgebrochen. Sie machen sich an den Containern zu schaffen, haben auch die schon geöffnet. Da hören sie aus dem Inneren des Marktes Geräusche, sie haben durch Zufall die osteuropäische Bande in flagranti ertappt. Die fackeln nicht lange und jagen die *Raspiritter*. Chris Bohnenkamp erwischen sie an der Heeper Straße. Sie schlagen ihn zusammen und flüchten. Kurz darauf wird er genau dort von seinen Freunden gefunden."

Bröker hörte den Ausführungen des Holländers interessiert zu. Sie klangen nicht so abwegig wie gewöhnlich. Ob er diesmal der Wahrheit wirklich auf der Spur war? Wenn Bröker van Ravenstijns Ideen mit dem abglich, was er von Gregor über den Tatverlauf wusste, so war beides zumindest nicht grundsätzlich unvereinbar. Dennoch störte ihn etwas an der Skizze des Psychologen.

„Darf ich etwas fragen?", meldete er sich zu Wort.

„Immer nur zu", nickte ihm Schewe zu, während van Ravenstijn eine genervte Miene aufsetzte.

„Gibt es Einbruchsspuren am *Edelmarkt*?", fasste Bröker seine Bedenken in Worte.

„Sicher. Der Zaun zum Parkplatz ist aufgeschnitten, die Kette zu die Containern ist durchgetrennt." Wann immer der Holländer aufgeregt wurde, litt sein Deutsch.

„Ja, klar, aber wenn ich Sie richtig verstehe, dann denken Sie, dass dies auf das Konto der *Raspiritter* geht", warf Bröker ein. „Darin stimme ich Ihnen übrigens zu, schließlich wäre sonst fraglich, wie die zu den Containern gekommen sind. Doch müssten Ihrer Theorie zufolge auch die Einbrecher irgendwie in den *Edelmarkt* gelangt sein. Das heißt, es müsste eine Tür aufgebrochen oder ein Fenster eingeworfen sein. Gibt es darauf irgendeinen Hinweis?"

Großebrummel schüttelte den Kopf. „Nicht, dass wir Kenntnis davon hätten."

„Ach, das sind doch nur Details", fuhr van Ravenstijn erregt dazwischen. „Dann war die osteuropäische Bande nicht in die Supermarkt, sondern auch auf dem Parkplatz. Das ist vielleicht sogar noch logischer."

„Ich würde Ihnen, van Ravenstijn, auf jeden Fall so weit zustimmen, dass Herr Brökers Einwurf zumindest nicht dazu führen sollte, dass wir die ganze Theorie zu diesem Zeitpunkt verwerfen", versuchte Schewe ordnend einzugreifen. „Könnten Sie, Kollegin Großebrummel, noch einmal ein Team zum *Edelmarkt* schicken und ihn auf Einbruchsspuren untersuchen lassen? Dann hätten wir Gewissheit. Unser Schwerpunkt sollte weiterhin darauf liegen, mögliche Gruppen von Einbrechern zu identifizieren, die in der Nacht vom Dienstag auf Mittwoch den Markt im Visier gehabt haben könnten. Vielleicht schalten sie sich zu diesem Zweck auch mit dem Einbruchsdezernat kurz. Kollege Diepenbrock ist Ihnen da bestimmt gerne behilflich. Und vielleicht denken Sie auch daran, die Einbruchsdezernate in Paderborn, Münster, Osnabrück oder Dortmund zu kontaktieren. Oftmals geht eine Bande, die wir nicht erwischt haben, den Kollegen in einer Nachbarstadt ins Netz." Er machte eine Pause und überlegte. „Haben wir noch andere Ansätze?", fragte er. Dabei guckte er auffällig in Brökers Richtung.

Der erinnerte sich an das Telefonat vom Samstag. Aber seitdem hatte er Charlys Hinweis nicht nachgehen können. „Vorerst nicht", erwiderte er. Niemand, außer vielleicht Schewe, schien sich zu wundern. Von einem Praktikanten erwartete man hier nicht unbedingt einen neuen Ermittlungsansatz, selbst wenn der Bröker hieß.

Zwei Stunden später saß Bröker an seinem inzwischen vertrauten Arbeitsplatz. Van Ravenstijn hatte einen Akten-Schredder in sein Büro geschoben und ihn mit anderthalb Regalmetern alter Vernehmungsprotokolle aus den 1980er Jahren versorgt. „Alles, was davon wichtig ist, haben wir inzwischen digitalisiert. Vielleicht können Sie diese Akten bis heute Mittag kleinhäckseln", hatte er Anweisung erteilt.

Bröker hatte protestiert. Nach Schewes Worten am Samstag wollte er sich diese Behandlung nicht länger gefallen lassen.

Aber der Holländer hatte nur kalt gelächelt und gesagt: „Hören Sie, Bröker, wenn ich Sie eben richtig verstanden habe, glauben Sie sowieso nicht an meine Theorie, dass eine osteuropäische Bande hinter dem Mord steckt, dann können Sie ebenso gut Unterlagen durch den Reißwolf jagen, statt meine Arbeit zu sabotieren."

Bröker schäumte vor Wut, von Sabotage war schließlich nie die Rede gewesen, doch was sollte er tun? Er war zu wohlerzogen, um van Ravenstijn, der offiziell sein Vorgesetzter war, zu widersprechen. Blatt für Blatt schob er langsam in den Schredder. Dabei verharrten seine Gedanken bei dessen Theorie. Konnte es sein, dass dieser einmal recht hatte? Natürlich waren die Täter nicht aus dem Supermarkt gekommen, dagegen sprachen nicht nur die fehlenden Einbruchsspuren, sondern auch Gregors Schilderung der Vorgänge des fraglichen Abends. Dennoch konnte es sich so ähnlich wie in van Ravenstijns Schilderung zugetragen haben. So sehr Bröker auch überlegte: Nichts sprach dagegen.

Aber wenn der Holländer richtiglag, wie konnte man die Mörder Chris Bohnenkamps dann finden? Je mehr Bröker sinnierte, umso sicherer war er sich, dass Schewe alles angeordnet hatte, was auch ihm für diesen Fall eingefallen wäre. Ja, er musste sich eingestehen, dass – wenn sich alles so zugetragen hatte – die Aufklärung des Mordes am einfachsten durch die Polizei geschähe. Es gab eben Fälle, bei denen die Mittel eines Privatermittlers begrenzt waren, selbst wenn dieser gerade ein Praktikum bei der Mordkommission machte.

Punkt zwölf Uhr klopfte es an Brökers Bürotür.

„Herein", rief er und erschrak selbst ein wenig, so als sei es nicht sein Recht, jemandem in diesem Büro Einlass zu gewähren oder zu verwehren.

Die Tür öffnete sich und Frau Schnakenwinkel steckte den Kopf durch den entstehenden Spalt. „Es ist Mittagszeit", verkündete sie. „Haben Sie Lust, mit in die Kantine zu kommen? Ich treffe mich da immer mit ein paar Kolleginnen und die sind schon ganz versessen darauf, unseren berühmten Praktikanten kennenzulernen."

Bröker zögerte. Einerseits wusste er nicht, welchen Ärger es wieder nach sich ziehen würde, wenn van Ravenstijn ihn in der Zwischenzeit suchte und nicht an seinem Arbeitsplatz vorfand. Darüber hinaus klangen die Worte der Sekretärin danach, als solle er wie ein besonders exotisches Tier vorgeführt werden. Darauf hatte er schon dann keine Lust, wenn er sich nicht der ständigen Gefahr ausgesetzt sah, dabei von Schewe oder dem Polizeipsychologen beobachtet zu werden. Andererseits hatte er Hunger und war es nicht auch seltsam, dass er nun schon den fünften Tag hier arbeitete, aber noch nicht einmal in der Kantine gegessen hatte?

„Ich komme gerne mit", entschied er spontan.

Gleichzeitig hörte er, wie sich hinter Frau Schnakenwinkel eine unverkennbare Stimme bemerkbar machte. „Na, Bröker, halten Sie ein kleines Schwätzchen, statt zu arbeiten?", näselte der Holländer und schob die Sekretärin beiseite. „Wie weit sind Sie denn mit Ihrer Aufgabe?"

„Die Hälfte der Akten habe ich schon zu Konfetti verarbeitet", erklärte Bröker und deutete auf einen großen Karton Papierschnipsel. „Der Rest ist nach dem Mittagessen dran."

„Fein, fein", erwiderte van Ravenstijn geistesabwesend. „Aber so wichtig ist das Schreddern auch wieder nicht. Bevor Sie zum Essen gehen, können Sie bitte noch diesen Brief hier zur Post bringen?" Er hielt Bröker einen Umschlag unter die Nase.

„Ja, sicher, aber haben Sie denn keine Poststelle im Haus?" Auch wenn er Praktikant war, wollte sich Bröker nicht alles von seinem Vorgesetzten bieten lassen.

„Doch, haben wir natürlich", erwiderte der Holländer. „Aber diese Sache hier ist dringend, da kann ich nicht so lange warten, bis die Poststelle sie bearbeitet hat. Das dauert manchmal Tage, bis so ein Brief rausgeht."

„Geben Sie schon her", entgegnete Bröker unwirsch und schnappte sich das Kuvert. Dann deutete er ein entschuldigendes Achselzucken in Richtung der Sekretärin an. Er würde wohl auch heute die Kantine nicht kennenlernen. Ob das ein Verlust war, konnte er somit nicht beurteilen.

Es war schon halb eins durch, als Bröker am Hauptbahnhof aus der Stadtbahn kletterte. Frustriert hielt er den Umschlag in der Hand, den van Ravenstijn ihm gegeben hatte. So konnte es wirklich nicht weitergehen, sagte er sich. Er wurde vom Holländer zu Tätigkeiten eingesetzt, die niemand anderes im Polizeipräsidium tun wollte – und für die auch er, Bröker, völlig überqualifiziert war. Auf diese Weise würde er nichts über die Ermittlungsmethoden der Bielefelder Kripo erfahren, bestenfalls würde er nach den vier Wochen, die er hospitierte, den besten Schredder, den besten Locher und die beste Kaffeemaschine kennen. Immerhin aber kam er durch diese Botengänge zu einem annehmbaren Mittagessen. Nicht weit vom Bahnhof kannte Bröker einen türkischen Imbiss. Diesen kleinen Umweg konnte ihm niemand verdenken, selbst der Holländer nicht. Schon wieder halb mit seinem Schicksal versöhnt, stellte er sich an dem Straßenverkauf an und bestellte drei Lahmacun, zwei wollte er sofort essen, einen ließ er sich einpacken.

Während er die erste der türkischen Pizzen vertilgte, warf er einen neugierigen Blick auf den Brief, den ihm der Holländer mitgegeben hatte. Was konnte so wichtig sein, dass die Hauspost dafür zu langsam war? Van Ravenstijns Handschrift war verschnörkelt und kaum zu entziffern. Zeichen für Zeichen buchstabierte er sich durch die Adresse, dann kicherte er ungläubig. Das konnte doch nicht sein. Noch einmal las er den Namen auf dem Umschlag, kein Zweifel:

Henriette van Ravenstijn
Koningstraat 5
2316 CB Leiden
Niederlande

Wenn sich Bröker nicht fundamental täuschte, hatte ihm van Ravenstijn einen Brief an seine Mutter mitgegeben. Er lachte und zögerte kurz, dann überkam ihn bei dem Gedanken an den holländischen Quälgeist eine spontane Wut. Er zerriss den Brief und warf die Schnipsel in den nächsten Papierkorb. Schreddern hatte er schließlich von seinem Vorgesetzten gründlich gelernt. Als er die kleinen Fetzen mit van Ravenstijns Schnörkeln im Mülleimer sah, reute ihn seine Tat schon wieder. Die Mutter des Psychologen trug wahrscheinlich wenig Schuld an dem schlechten Charakter ihres Sohnes. Aber zusammenkleben konnte er den Brief nun auch nicht mehr. Bröker zuckte bedauernd die Schultern und ging weiter.

Er hätte nicht sagen können, womit, aber er fand, jetzt habe er sich das Recht auf eigene Ermittlungen verdient. Und Fragen, die es zu beantworten galt, gab es nach Charlys Hinweisen genug. Außerdem war die Gelegenheit günstig. Van Ravenstijn selbst hatte ihn außer Haus geschickt, noch dazu mit einem privaten Brief. Dann konnte er sich kaum großartig beschweren, wenn diese Erledigung länger dauerte, als er sich das gedacht haben mochte. Darüber hinaus konnte die Arbeit, die im Präsidium auf Bröker wartete, auch gut noch etwas länger warten. Schließlich wurden die Akten ja nicht zu alt, um geschreddert zu werden. Mit frischer Energie bahnte er sich den Weg in Richtung des *Edelmarktes*.

Als er sich eine gute Viertelstunde später auf das Gelände des noblen Marktes begab, war er sich noch immer unschlüssig wie er seine Untersuchungen vorantreiben sollte. Konnte er sich wirklich guten Gewissens als Mitarbeiter der Polizei vorstellen? Streng genommen war er das, aber Bröker hatte Angst, dass ihm eine solche Behauptung trotzdem die Schamesröte ins Gesicht treiben würde. Und was wollte er eigentlich fragen? Selbst wenn der *Edelmarkt* Produkte von *Glücksfleisch* verkaufte, so waren die restlichen Schlussfolgerungen Charlys doch reine Spekulation. Mit ihnen konnte er den Marktleiter schlecht konfrontieren, ohne Beweise dafür vorlegen zu können. Zudem konnte Stachel alle Vorwürfe von sich weisen, behaupten, er wisse nichts von den Machenschaften von *Glücksfleisch* und er musste dabei noch nicht einmal lügen. Vielleicht hätte sich Bröker den Weg zu diesem Supermarkt auch sparen können, dachte er. Wahrscheinlich wäre es besser gewesen, sich mit Charlys Idee direkt an Schewe zu wenden. Die Polizei hätte auch hier wesentlich effektiver nachforschen können, zumindest solange van Ravenstijn nicht in die Untersuchungen eingebunden wurde. Dennoch schob sich Bröker eine Maske über Mund und Nase und betrat den *Edelmarkt*. Vielleicht konnte er ja wenigstens etwas für heute Abend kaufen.

Als er in die Fleischabteilung einbog, sah er eine der Verkäuferinnen, die in einen Gitterrollwagen leere Kartons aus den Regalen einsammelte. Er wusste noch, dass er sie wenige Tage zuvor befragt hatte. An ihren Namen konnte er sich aber beim besten Willen nicht mehr erinnern.

„Sie schon wieder", begrüßte sie Bröker mit verdrießlicher Miene.

Bröker hielt inne. „Wie meinen Sie das?", fragte er. Musste man sich denn als Praktikant bei der Polizei alles bieten lassen, sowohl von den Vorgesetzten als auch von den Menschen, die man verhörte? „Sie haben mich doch bestimmt vier oder fünf Tage nicht mehr gesehen." Eigentlich wunderte er sich sogar, dass die Frau ihn trotz seiner Mund-Nasen-Bedeckung erkannte.

„Aber Ihre Kollegen sind erst vor ein paar Minuten gegangen", erwiderte die Verkäuferin. „Haben hier einen enormen Wirbel gemacht und nach irgendwelchen Einbruchsspuren gesucht. So ein Quatsch, als ob wir so etwas nicht längst entdeckt hätten, da waren keine Einbruchsspuren! Natürlich, der Zaun hat ein großes Loch, aber das ist da schon länger, vielleicht ist es nur etwas größer geworden."

Richtig. Nun fiel es auch Bröker wieder ein: Schewe hatte Großebrummel beauftragt, ein Team hier vorbeizuschicken. Die hatten sich offenbar nicht besonders feinfühlig verhalten.

„Ich gehöre nicht zu denen", gab er zurück. „Das ist eine andere Abteilung. Außerdem bin ich privat hier. Ich wollte für heute Abend einkaufen."

„Ach so. Dann entschuldigen Sie bitte meine unhöfliche Begrüßung." Nun war Brökers Gegenüber wieder ganz die entgegenkommende Verkäuferin.

Ihm kam eine Idee. „Sagen Sie, ich glaube mich zu entsinnen, dass ich hier vor Kurzem noch etwas von *Glücksfleisch* gekauft habe. Aber ich finde die Sachen nicht mehr. Können Sie mir helfen?"

„Sie wollen wirklich noch etwas von *Glücksfleisch*?" Die Verkäuferin wirkte ehrlich erstaunt.

„Wieso denn nicht?"

„Ich soll eigentlich nicht darüber sprechen. Aber es hat bei *Glücksfleisch* doch einen Skandal gegeben. Es war etwas in den Würstchen, was dort nicht hineingehört. Die Firma will natürlich nicht, dass man darüber spricht. Und auch wir sind hier im *Edelmarkt* eher zurückhaltend mit Informationen. Jedenfalls hat uns Herr Stachel das am Samstag so eingeimpft."

Das klappt ja prima mit der Zurückhaltung, dachte Bröker innerlich grinsend, sagte aber nichts, um seine soeben erschlossene Quelle nicht versiegen zu lassen.

„Aber wir müssen alle Produkte von *Glücksfleisch* aus den Regalen räumen, Anordnung von oben, also nicht nur von Herrn Stachel, sondern auch von *Glücksfleisch*. Wahrscheinlich kommen die nur dem Gesundheitsamt zuvor, die müssen doch inzwischen auch informiert sein", sprudelte diese auch prompt weiter. „Hier habe ich gerade den letzten Karton auf dem Wagen." Sie zeigte auf einen Karton auf dem hinteren Teil des Rollis, aus dem ein paar Packungen hervorlugten, in die *Genießerwürstchen* eingeschweißt waren.

Bröker schüttelte sich innerlich bei dem Gedanken, dass er noch vor ein paar Wochen so eine Packung mit großem Appetit vertilgt hatte. Nie wieder würde er diese Würste anrühren. „Aber kontrolliert denn *Glücksfleisch,* dass die Ware nicht mehr verkauft wird?", erkundigte er sich. Schließlich war Charlys Verdacht in diese Richtung gegangen.

„Sie sind ja ein ganz Schlimmer!", lachte die Verkäuferin. „Mögen Sie die Würstchen wirklich so gerne? Aber nein, selbst wenn Sie ganz lieb fragen: Ich kann Ihnen jetzt kein Paket mehr herausrücken. *Glücksfleisch* hatte schon ein Kontroll-Team hier, aber die waren harmlos. Viel schlimmer ist, wenn Herr Stachel davon Wind bekommt." Sie drohte mit dem Zeigefinger und verschwand immer noch kichernd in Richtung des Lagers.

24. Kapitel
Undercover-Aktionär

Als Bröker am Nachmittag wieder in seinem Kabuff saß und weiter lustlos Akten in Papierschnipsel verwandelte, war er im Geiste immer noch bei seinem Besuch im *Edelmarkt.* Immer wieder fragte er sich, ob dieser irgendetwas ergeben hatte. Wenn er ehrlich mit sich war, war die ganze Aktion zumindest in beruflicher Hinsicht ergebnislos gewesen. Privat hatte er immerhin drei schöne Stückchen Lachs und Gemüse erstanden, die er in seinen Kühlschrank nach Hause verfrachtet hatte, bevor er sich wieder auf den Weg ins Polizeipräsidium gemacht hatte. Zum Glück war ihm van Ravenstijn nicht auf dem Flur entgegengekommen und so war er sich halbwegs sicher, dass seine lange Abwesenheit unbemerkt geblieben war.

Aber die Aussicht auf ein gelungenes Abendessen konnte ihn nicht über die Enttäuschung hinweghelfen, die ihm die misslungene Ermittlung bereitete. Alles, was er herausgefunden hatte, war, dass die Angaben, die Charlys anonymer Informant ihr zugesteckt hatte, korrekt waren. Aber wahrscheinlich hätte er das heute auch aus der Zeitung erfahren können, wenn das vermaledeite Praktikum ihm nicht die Zeit für seine gewohnte morgendliche Lektüre nähme. Aber darauf, dass an Charlys Mutmaßungen etwas dran war, dass *Glücksfleisch* auch Schlägertrupps losschickte, die die Entsorgung des Fleisches überprüften, hatte er keine Hinweise gefunden. Ja, wenn die Auskünfte der Verkäuferin richtig waren, schien es sich bei den Mitarbeitern, die *Glücksfleisch* entsandt hatte, um ganz seriöse Kontrolleure zu handeln. Hatte nicht die Supermarktangestellte angedeutet, dass sie vor ihrem Chef viel mehr Angst hatte als vor den Mitarbeitern des Fleischwarenproduzenten?

Bröker war drauf und dran, seinen Besuch im

Edelmarkt als Fehlversuch abzuhaken. In jeder Ermittlung gab es Sackgassen, in die man sich verirrte. Dennoch blieb ein dumpfes Gefühl, dass er irgendetwas übersehen hatte. Und auch das hatte Bröker seine langjährige Erfahrung gelehrt: Es lohnte sich, auf ein solches Gefühl zu hören. Langsam ging er im Geiste den Besuch im *Edelmarkt* noch einmal durch. Jede einzelne Situation führte er sich vor Augen. Was gab es denn da, das er nicht beachtet hatte?

„Was machen Sie denn da?"

Bröker fuhr herum. Sein Herz klopfte bis zum Hals. Frau Schnakenwinkel stand in der Tür. Wahrscheinlich hatte sie geklopft, aber er hatte es überhört.

„Ich schreddere Akten, wie Ravenstijn es möchte", gab er Auskunft.

„Wenn Sie in der Geschwindigkeit weitermachen, haben Sie an dem Stapel aber noch ein paar Tage", lachte die Sekretärin.

„Wieso?"

„Ich stehe nun schon seit einer halben Minute im Raum, ohne dass Sie von mir Notiz genommen hätten. Und in der Zeit haben Sie mit einem einzigen Aktenblatt vor dem Schredder gestanden und aus dem Fenster geschaut. Was gibt es denn da?"

„Oh nichts, ich bin eben gründlich. Aber um ehrlich zu sein: Ich war nur in Gedanken." Bröker lief vor Scham rot an. Schnell schob er das Papier in seiner Hand in den Aktenvernichter.

„Das muss Ihnen nicht peinlich sein", gab Frau Schnakenwinkel mit einem feinen Lächeln zurück. „Ob Sie das angestaubte Zeug heute in Papierschnipsel verwandeln oder morgen oder ob Sie darauf warten, dass es von alleine zu Staub zerfällt, kümmert wahrscheinlich noch nicht einmal van Ravenstijn. Ich wollte auch nur fragen, ob Sie nicht einen Kaffee wollen?"

„Wenn ich ihn nicht selbst kochen muss", meinte Bröker zwinkernd. „Ich komme gleich."

Die Sekretärin entschwand in Richtung Küche.

Brökers Gedanken wanderten zu seinem Besuch im *Edelmarkt* zurück. Frau Schnakenwinkel hatte ihn aus seinen Überlegungen gerissen. Aber es war ihm, als ließe ihn genau das jetzt klarer sehen. Nun wusste er, was die Glocken in seinem Kopf zum Läuten gebracht hatte. Es waren die Packungen mit den Würstchen. Nein, er hatte ausnahmsweise keinen Appetit verspürt, aber das Emblem von *Glücksfleisch* auf den Paketen war ihm aus einem ganz anderen Zusammenhang im Gedächtnis. Vor mehr als drei Jahren hatte er angefangen, Geld in Aktien anzulegen, und auch wenn er anfänglich beinahe einen Totalverlust erlitten hatte, hatte er von seiner Strategie, in Firmen zu investieren, weil ihm ihre Namen gefielen, nicht abgelassen. Und *Glücksfleisch* war so ein Name gewesen. Konnte ein Wort besser Brökers vornehmliches Lebensgefühl ausdrücken? Er war sich ziemlich sicher, dass er vor geraumer Zeit Anteile an

Glücksfleisch erworben hatte. Wenn der Skandal um das Gammelfleisch in den *Genießerwürstchen* schon publik geworden war, waren diese Aktien wahrscheinlich kaum noch etwas wert. Leider konnte sich Bröker nicht erinnern, wie viele Anteilsscheine er damals gekauft hatte. Und sollte man die jetzt abstoßen? Oder sollte er warten, bis sich die Aktien wieder erholt hatten? Doch wer konnte schon sagen, ob das jemals der Fall sein würde? Derartige Zweifel befielen Bröker jedes Mal, wenn er mitbekam, dass eine der von ihm erworbenen Aktien auch nur geringfügig an Wert verlor. Wahrscheinlich war er einfach nicht der Typ für riskante Wertpapiere, auf jeden Fall musste er aber dringend mit seinem Bankberater sprechen. Ihm fiel ein, dass er versprochen hatte, mit der Sekretärin Kaffee zu trinken, aber der Anruf bei der Bank ging vor.

Er öffnete die Bürotür. „Frau Schnakenwinkel, könnten Sie mir den Kaffee vielleicht in mein Zimmer bringen?", rief er über den Flur.

Als die Angesprochene ihm kurze Zeit später mit überraschtem Gesichtsausdruck einen Becher Kaffee auf den Schreibtisch stellte und sagte: „Der Herr Praktikant fängt an, sich bedienen zu lassen. Herr Bröker, ich sehe eine große Karriere für Sie!", wählte Bröker schon die Nummer seines Anlageberaters.

„Meyer zu Hücker", schnarrte dessen Stimme schon nach dem zweiten Klingelton durch den Lautsprecher.

Bröker grinste. Der Name seiner Kontaktperson bei der Bank hatte ihm schon bei ihrem ersten Aufeinandertreffen gefallen. „Bröker hier", meldete er sich.

„Herr Bröker, ich grüße Sie, was kann ich für Sie tun?", wurde die Stimme am anderen Ende der Leitung gleich noch eine Spur freundlicher. Angesichts von Brökers Kontostand, der seit seiner Entscheidung, in Wertpapiere zu investieren, auch wieder stetig stieg, war das kein Wunder.

„Herr Meyer zu Hücker", zelebrierte Bröker den Namen seines Gesprächspartners erneut. „Ich mache mir Gedanken um meine Aktien, genauer gesagt um ein einzelnes Aktienpaket."

„Oh, und um welches?" Auch in der Stimme des Anlageberaters schwang Besorgnis.

„Ich habe gerüchteweise gehört, dass es bei der Firma *Glücksfleisch* Unregelmäßigkeiten in der Produktion gegeben hat."

„Ja, so etwas stand leider heute Morgen in der Zeitung", bestätigte Meyer zu Hücker Brökers Verdacht.

„Ich vermute, das hat auch Auswirkungen auf den Aktienkurs?", hakte der nach.

„Ja, das ist bedauerlicherweise immer so. Warten Sie, ich gucke das gleich einmal für Sie nach." Man konnte hören, wie der Bankberater seine Finger über eine Computertastatur sausen ließ.

„Hören Sie?", fragte er. „Es ist leider so, wie Sie es sich gedacht haben. Der Kurs von *Glücksfleisch* ist heute um achtzig Prozent eingebrochen."

Brökers Herzschlag setzte für einen Moment aus. „Oh, so viel?", stöhnte er. Hoffentlich hatte er nicht zu viel des Gewinns der letzten Jahre verspielt. „Können Sie vielleicht auch herausfinden, wie viele solche Anteilsscheine ich habe und wie viel Geld ich verloren habe?" Obwohl er ahnte, dass der Verlust wohl nicht bedrohlich war, war ihm außerordentlich beklommen zumute.

Es entstand eine Pause. Wieder hörte Bröker, dass Meyer zu Hücker die Tastatur seines Rechners bearbeitete. Dann war ein leises Lachen zu vernehmen.

„Was ist denn nun so lustig?", erkundigte sich Bröker unwirsch. Es war doch nicht möglich, dass sich sein Anlageberater über die erlittenen Verluste amüsierte.

„Entschuldigen Sie", erwiderte der sofort. „Wie gesagt ist die Aktie um achtzig Prozent eingebrochen, sogar ein bisschen mehr. Trotzdem denke ich, Sie werden den Verlust verkraften. Sie haben sie vor etwa drei Jahren zum Preis von knapp sieben Euro gekauft, am Donnerstag war die Aktie zehn Euro wert, heute sind es noch zwei. Und Sie besitzen von *Glücksfleisch* genau eine Aktie. Ihr Aktienpaket ist also eher ein kleines Päckchen und Sie haben einen Verlust von fünf Euro erlitten, wenn Sie jetzt verkaufen. Sie können das Papier aber auch halten, selbst wenn *Glücksfleisch* vollkommen pleitegehen sollte, werden Sie das finanziell überleben, denke ich."

Bröker atmete erleichtert auf. Da hatte er gerade

noch einmal Glück gehabt. So, wie er Aktien kaufte, wäre es ebenso gut vorstellbar gewesen, dass er zehntausend gekauft hatte statt nur einer und dann hätte der Verlust doch geschmerzt.

„Aber wenn Sie das Schicksal der Firma so interessiert, wieso gehen Sie heute Abend nicht zu dem Informationsabend für Aktionäre?", fuhr Meyer zu Hücker amüsiert fort. „Da können Sie gegebenenfalls sogar herausfinden, ob Sie jetzt, wo die Aktie so preiswert ist, Ihr Investment nicht auf zwei Anteilsscheine verdoppeln sollten." Dass Bröker seinen Vorschlag angesichts einer einzigen Aktie, die er besaß, ernsthaft in Erwägung ziehen könnte, schien ihm undenkbar.

„Ich wusste nicht, dass es so einen Infoabend gibt", entgegnete Bröker zur Überraschung des Bankangestellten. „Wann und wo findet der denn statt?"

„Heute Abend um 20 Uhr im großen Sitzungssaal der *Glücksfleisch AG* auf deren Firmengelände hier in Bielefeld", gab dieser Auskunft. „Ich habe es gerade gesehen, als ich den aktuellen Kurs der Aktie recherchiert habe."

„Ach, das ist ein Bielefelder Unternehmen? Ich wusste, dass *Glücksfleisch* aus Ostwestfalen stammt, aber dass sie direkt in Bielefeld sitzen, habe ich nicht geahnt."

„Die Schlachtereien sind natürlich außerhalb. Irgendwo auf dem Land Richtung Warendorf. Aber der Hauptsitz ist hier, ja."

„Und zu dieser Aktionärsversammlung kann jeder kommen?", war Bröker endgültig neugierig geworden.

„Eine klassische Aktionärsversammlung ist es wohl nicht. Da gibt es doch Fristen, die beachtet werden müssen. Und abgestimmt wird auch nicht, daher könnte es vielleicht etwas lockerer sein. Umgekehrt will *Glücksfleisch* wohl auch nicht, dass alles an die große Glocke gehängt wird. Darum hilft es vielleicht, wenn Sie eine Bestätigung dabeihaben, dass Sie wirklich Aktienbesitzer sind." Noch immer fand Meyer zu Hücker diese Idee offenkundig sehr lustig.

„Und können Sie mir so etwas ausstellen und zufaxen?", beharrte Bröker.

„Faxen?" Dieser Gedanke war für den Anlageberater nicht weniger amüsant. „Ich würde vorschlagen, ich schreibe Ihnen eine Bestätigung und maile sie Ihnen zu. Sie können die dann entweder auf dem Smartphone vorzeigen oder ausgedruckt mitnehmen. Einverstanden?"

Bröker wusste noch immer nicht, was an seinem Vorschlag so lustig gewesen war, stimmte aber zu.

25. Kapitel
Fast eine Blamage

Als Bröker um Viertel vor acht auf dem Betriebsgelände der *Glücksfleisch AG* eintraf, war er aufgeregt.

Er hatte sich von Gregor die Adresse der Firma

herausuchen lassen, die er zu einem Teil mitbesaß, wenn auch nur zu einem ganz kleinen. Dann hatte er sich in ein altes Jackett gezwängt und gehofft, dass er so seriös genug für eine Aktionärsversammlung aussah. Er hatte auf dem Weg noch an einem Imbiss Halt gemacht, weil sein Magen knurrte, aber aus Sorge, sich zu bekleckern weder Gyros mit Tsatsiki noch Currywurst bestellt, sondern nur Pommes frites, allerdings drei doppelte Portionen. Schließlich konnte er nicht mit leerem Magen zu der Versammlung eines Fleischwarenherstellers gehen.

Nervös trat er zu einem Security-Mitarbeiter, der den Einlass regelte.

„Und sind Sie Aktionär von *Glücksfleisch*?", fragte der Bröker in einem so gelangweilten Ton, dass der es nicht persönlich nahm. Bestimmt hatte er diese Frage schon mehrere Dutzend Mal an diesem Abend gestellt.

Stolz zeigte Bröker die Bestätigung, die ihm Meyer zu Hücker zugeschickt hatte.

Der Beschäftigte der Sicherheitsfirma nickte. Dann schaute er noch einmal auf den Zettel, den Bröker ausgedruckt hatte. „Komm mal her", rief er seinem Kollegen zu, der an der anderen Seite der großen Flügeltür Dienst tat.

Dieser kam herbeigeeilt.

„Guck mal", grinste der Security-Mitarbeiter und deutete auf Brökers Din-A4-Blatt.

Sein Kollege las, stutzte und begann zu lachen.

„Wirklich, Sie haben *eine* Aktie?", feixte er. „Na dann kommen Sie rein. Ich hoffe, dass Sie die Veranstaltung ordentlich aufmischen."

Bröker fühlte, wie er errötete, faltete das Schreiben des Bankmitarbeiters schnell zusammen und zwängte sich an den Sicherheitsleuten vorbei in den großen Sitzungssaal. Der Name war angesichts der Ausmaße des Raumes noch untertrieben. In einer Halle, die Bröker an einen Hörsaal erinnerte, befanden sich nach seiner Schätzung knapp hundert Leute, die aufgeregt miteinander diskutierten. Die Luft summte wie in einem Bienenstock. Wahrscheinlich hatten die meisten der Anwesenden mehr als fünf Euro verloren.

Vorne in dem Saal war ein Podium mit einem Rednerpult aufgebaut. Bröker suchte sich einen Platz, der weit entfernt von diesem Pult am Rande einer Stuhlreihe war, und setzte sich.

In diesem Moment wurde das Licht in dem Raum dunkler und auch alle anderen Teilnehmer der Aktionärsversammlung nahmen auf den Stühlen Platz. Ein Strahler wurde auf das Rednerpult gerichtet, kurz darauf erklomm jemand die drei Stufen zu dem Podest. Als er ins Helle trat, sah Bröker, dass der mutmaßliche Sprecher in einen dunkelblauen Business-Anzug gekleidet war. Gut, dass Bröker selbst das Jackett übergeworfen hatte, auch so kam er sich noch reichlich falsch angezogen vor.

Trotzdem schien auch der Sprecher nervös. Dreimal rückte er das Mikrofon zurecht, klopfte darauf, sodass die Schläge über die Lautsprecher durch den ganzen Saal dröhnten. Als er dann zu reden begann, waren die Worte hingegen viel zu leise. „Meine Damen und Herren", begann er.

„Lauter", rief einer der Zuhörer.

„Meine Damen und Herren", wiederholte der Mann am Mikro mit erhobener Stimme. „Ich begrüße Sie zu unserem Informationsabend. Mein Name ist Höwelkröger, ich bin der Pressesprecher von *Glücksfleisch* und ich werde heute Abend versuchen, Ihnen einen Überblick über die derzeitige Situation in unserem Unternehmen zu geben."

Ein Raunen der Zuhörer begleitete diese Ankündigung.

„Wo ist Herr Dr. Hauptfleisch?", rief eine Stimme aus dem Hintergrund.

Kurz darauf warf ein zweiter Zuschauer ein: „Genau. In einer solchen Lage muss der Vorstandsvorsitzende Rede und Antwort stehen."

„Stimmt, wo ist er?", wollte ein Dritter wissen.

Der Abend versprach, turbulent zu werden. Bröker registrierte mit einem Grinsen, dass der Vorstandsvorsitzende von *Glücksfleisch* offenkundig Dr. Hauptfleisch hieß. Manchmal schienen Menschen prädestiniert für ihren Beruf zu sein. Was Dr. Hauptfleisch wohl gemacht hätte, wenn der Posten des Vorstandsvorsitzenden bei *Glücksfleisch* besetzt gewesen wäre? Nun, er hätte immer noch Fleischer werden können. Oder Würstchenverkäufer. Bröker feixte bei diesen Gedanken und unterschied sich damit im Gesichtsausdruck von allen anderen Besuchern des Informationsabends. Außerdem war er vielleicht auch der einzige, der der Diskussion, die sich zwischen Besuchern und dem Pressesprecher entspann, nicht vollständig konzentriert folgte.

Als Bröker wieder bei der Sache war, schilderte Höwelkröger, was in den vergangenen Tagen bei dem Fleischproduzenten geschehen war. „Wir hatten einen unangekündigten Besuch vom Gesundheitsamt", berichtete er, „und bei dessen Untersuchungen wurden in einigen unserer Produkte Verunreinigungen nachgewiesen, besonders in den *Genießerwürstchen.*"

„Was heißt Verunreinigungen?", wollte einer der Aktionäre wissen, obwohl er wahrscheinlich Bescheid wusste und nur die genaue Beschreibung des Fleischherstellers hören wollte. „Wurden Chemikalien in den Würstchen nachgewiesen?"

„Nein, es ging nicht darum, dass das Fleisch giftig gewesen wäre", wiegelte der Pressesprecher ab. „Es waren rein biologische Materialien."

Bröker staunte, wie geschickt Höwelkröger das Wort *Gammelfleisch* umging, das Charly sofort zu dieser Meldung eingefallen war. Natürlich: Auch verdorbenes und von Maden durchsetztes Fleisch war immerhin noch biologisches Material.

„Und warum wurden die Würstchen dann vom Markt genommen?", rief jemand.

„Das ist eine reine Sicherheitsmaßnahme", erwiderte der Firmenrepräsentant. „Wir wissen nicht, ob und wenn ja, wie viele dieser bedenklichen Produkte in Umlauf gekommen sind. Wir denken nur an unsere Kunden und wollen auf jeden Fall vermeiden, dass unsere Käufer lebensmittelrechtlich nicht einwandfreie Waren verzehren. Wir versuchen natürlich andererseits, unsere Produktion so schnell wie möglich wiederaufzunehmen.“

„Das will ich auch hoffen.“ Ein korpulenter Mann, der in der zweiten Reihe saß, war aufgesprungen. „Ich habe heute einen fünfstelligen Betrag durch den Kurssturz von *Glücksfleisch* verloren!“

„Geht mir auch so!“, bestätigte ein weiterer Aktionär.

„Bei mir ist noch mehr Geld verbrannt worden“, ereiferte sich ein Dritter.

„Meine Damen und Herren, ich will Ihnen gerne schildern, was wir tun, um die Verluste in Grenzen zu halten und warum wir glauben, dass der Verlust an der Börse heute nur eine kleine Delle war, die bald wieder ausgeglichen sein wird“, versuchte sich der Pressesprecher gegen den Sturm der Empörung durchzusetzen. Wieder hob er zu einer langen und vor allem beschönigenden Rede an. Vermutlich lag es daran, dass Geld Bröker eigentlich nie sehr interessiert hatte, oder auch daran, dass er nur einen einzigen Anteilsschein von *Glücksfleisch* besaß – Bröker konnte Höwelkröger nicht länger zuhören. Außerdem besaß der Firmenvertreter eine äußerst einschläfernde Stimme. Verzweifelt versuchte Bröker, wenigstens wach zu bleiben. Wenn er hier einschlief und gar zu schnarchen begann, wäre die Blamage perfekt.

Also dachte er wieder über den Fall nach. Das war ja auch der Grund seines Hierseins, er hatte herausfinden wollen, ob an Charlys Ideen, wie Chris Bohnenkamp ermordet worden war, etwas dran sein konnte. Aber aus den sprachlichen Pirouetten, die Höwelkröger um die Worte Gammelfleisch und Kurssturz drehte, würde Bröker nie eine Antwort auf seine Frage finden. Nein, es gab nur eine Möglichkeit herauszubekommen, ob der Tod von Gregors Freund und der Skandal um die verdorbenen Würstchen von *Glücksfleisch* in direktem Zusammenhang standen.

Bröker zupfte sich sein Jackett zurecht und stand auf. Dabei hob er seine Hand in die Luft, um anzudeuten, dass er eine Frage hatte. Vielleicht wurde Höwelkröger von dem Scheinwerfer, der auf ihn gerichtet war, geblendet, vielleicht war er auch zu sehr in seine Ausführungen vertieft, jedenfalls bemerkte er Bröker nicht. Seine Worte prasselten auf seine Zuhörer ein wie ein Gewitterschauer und wahrscheinlich sollten deren Fragen darin ertränkt werden.

„Entschuldigung", rief Bröker, als der Pressesprecher doch einmal Luft holen musste. Zumindest wollte er es rufen. Es klang aber nur wie ein leises Krächzen. Himmel, warum war er nur immer so aufgeregt, wenn er öffentlich etwas sagen sollte? Schon gingen die Erklärungen des Firmenvertreters weiter.

Bröker stand noch immer und trippelte von einem Fuß auf den anderen.

„Nun setzen Sie sich doch", zischte ihm ein Herr zu, der zwei Reihen weiter hinten saß. „Oder, wenn Sie auf Toilette müssen, dann gehen Sie halt."

„Ich muss nicht auf Toilette, ich will eine Frage stellen", flüsterte Bröker zurück.

„Dann stellen Sie sie doch", erwiderte sein Gesprächspartner im gedämpften Tonfall. „Die anderen sind doch auch nicht so zurückhaltend."

Bröker nickte und wartete auf eine erneute Atempause des Firmenrepräsentanten. Doch die ließ auf sich warten.

„Entschuldigung!" Der Mann, mit dem Bröker gerade geflüstert hatte, meldete sich lautstark zu Wort. Ihn überhörte niemand. „Mein Nachbar hier", er deutete auf Bröker, „hätte eine Frage. Er ist nur etwas schüchtern."

Alle drehten sich zu Bröker um, dem das Blut ins Gesicht schoss. Auch Höwelkröger suchte den Saal ab, um denjenigen zu finden, der ihn bei seinem Gedankengang unterbrochen hatte. „Also gut, was ist denn die Frage?", erteilte er Bröker das Wort.

„Es geht um den Tod von Chris Bohnenkamp", sagte der das Erste, was ihm in den Sinn kam.

„Wessen Tod?", fragte der Pressesprecher irritiert.

„Der junge Mann, der vor sechs Tagen vor dem *Edelmarkt* zusammengeschlagen wurde und wenig später an seinen Verletzungen starb."

„Ja, ich erinnere mich, so etwas in der Zeitung gelesen zu haben. Aber was hat das mit unserem Informationsabend zu tun?", entgegnete Höwelkröger. Wenn Bröker die Gesichtsausdrücke der anderen Aktionäre in der schummrigen Saalbeleuchtung richtig deutete, war der Pressesprecher nicht der einzige, der sich diese Frage stellte.

„Ich versuche herauszufinden, ob vielleicht *Glücksfleisch* hinter diesem Mord steckt", gab Bröker Charlys Gedankengang wieder. „Die Firma und besonders Ihr Vorstandsvorsitzender, Herr Dr. Hauptfleisch, muss doch ein Interesse daran gehabt haben, dass dieser Skandal um Gammelfleisch in den *Genießerwürstchen* nicht an die Öffentlichkeit gerät." Den Geschäftsführer hatte er immerhin schon verdächtigt, bevor er dessen Namen gehört hatte.

Er sah, wie sich Höwelkrögers Stirn bei diesen Worten bewölkte.

„Ich weiß nicht, wie das Ganze schließlich doch in die Zeitungen geraten ist", fuhr Bröker schnell fort und überging dabei den Hinweis auf Charlys heimlichen Informanten. „Aber vor sechs Tagen konnte man noch nichts über einen Gammelfleischskandal bei *Glücksfleisch* lesen." Inzwischen hatte sich Bröker warm geredet und die Worte gingen ihm flüssiger über die Lippen. „Ich weiß, dass der *Edelmarkt* bis vor kurzem *Genießerwürstchen* führte. Ich weiß auch, dass Herr Bohnenkamp die Container von Supermärkten aufbrach und sich die Dinge nahm, die noch nicht verdorben waren, um sie an Bedürftige zu verteilen."

„Und?", warf der Pressesprecher ein.

„Ich kann mir vorstellen, dass er an dem Abend vor sechs Tagen einem Trupp in die Quere geraten ist, den Herr Dr. Hauptfleisch ausgesandt hat, um zu verhindern, dass die Gammelwürstchen in Umlauf kamen und so der Skandal aufgedeckt wurde." Bröker bemerkte, dass ihn einige der Zuhörer bei diesen Ausführungen staunend ansahen. Nun musste er noch schnell einen letzten Stich setzen. „Ich stelle mir vor, dass die ganze Sache eskaliert ist. Dass jemand zu Tode kommt, ist von Herrn Dr. Hauptfleisch vermutlich nicht geplant worden; es könnte aber sein, dass er schon auf rigorosem Durchgreifen bestanden hat. Vielleicht ist auch genau das der Grund, warum wir ihn heute Abend hier nicht sehen."

Bröker war fertig. Er setzte sich. In dem Saal herrschte Stille. Nun war er gespannt, was der Pressesprecher antworten würde. Der aber schwieg und je länger er kein Wort von sich gab, desto deutlicher beschlich Bröker ein merkwürdiges Gefühl. Normalerweise wurde er, wenn er einem Verdächtigen seine Taten vorhielt, immer sicherer. Je länger er redete, war er dann mehr und mehr davon überzeugt, dass sich alles genauso zugetragen hatte, wie er es schilderte. Diese Überzeugung fehlte diesmal, ja in seinem Hinterkopf bildete sich ein leiser Zweifel. Hatte Charly sich, hatte er sich geirrt? Es schien ihm auch, als würden einige der Zuschauer nun beginnen zu tuscheln.

„Herr ... ich habe Ihren Namen nicht gehört?", meldete sich nun Höwelkröger wieder zu Wort. Er klang merkwürdig selbstsicher.

Bröker zögerte. Was, wenn er wirklich falsch lag? Dann wäre sein Ruf als der Mister Marple von der Sparrenburg gründlich beschädigt. Und so wenig er diesen Spitznamen auch leiden konnte, so wenig wollte er sich blamieren. Noch dazu unter eigenem Namen. „Van Ravenstijn", nuschelte er.

„Herr van Ravenstijn", fuhr Höwelkröger fort, „ich weiß nicht, ob Sie unserer anfänglichen Diskussion folgen konnten. Da hatte ich schon erwähnt, dass Herr Dr. Hauptfleisch zuletzt am Freitag vor einer Woche gesehen wurde, also vier Tage vor dem Tod dieses Mannes. Das Ganze kann sich nicht so zugetragen haben, wie Sie es darstellen. *Glücksfleisch* und Herr Dr. Hauptfleisch haben mit diesem Toten nichts zu tun. Und nun würde ich es vorziehen, wenn ich weiter erläutern könnte, wie *Glücksfleisch* plant, aus der kleinen Krise wieder herauszukommen."

Bröker war bei den Worten des Pressesprechers immer weiter in sich zusammengesunken. Wie peinlich das war! Nun stand er auf und schlich gesenkten Hauptes aus dem Saal.

26. Kapitel
Dafür sind Freunde da

Kaum saß er in der Stadtbahn, wusste Bröker, dass er den Rest des Abends nicht allein bleiben wollte. Schon der verunglückte Tanzkurs am Vortag hatte weiter an seinem durch van Ravenstijn ohnehin schon angekratzten Selbstbewusstsein genagt. Den erneuten Tiefschlag, den er auf dem Infoabend erhalten hatte, wollte er nicht einfach in Alkohol ertränken oder zumindest wollte er dabei nicht ohne Begleitung sein. Kurz überlegte er. Bei ihm zu Hause wäre sicherlich Britta, aber mit der hatte er schon den gestrigen Abend verbracht und den Tanzkurs hatte er ihr auch noch nicht hundertprozentig verziehen. Außerdem wollte er nicht, dass sie ihn schon wieder sah, nachdem er gerade etwas vermasselt hatte – auch wenn er das ihr gegenüber nie zugegeben hätte. Nein, heute brauchte er eine andere Begleitung.

Kurz entschlossen zog Bröker sein Telefon aus der Tasche und wählte nacheinander die Nummern von Mütze und Charly. Die beiden kannten ihn gut und hatten seine Abenteuer der letzten Jahre so genau verfolgt, dass sie über Brökers Verhalten beim Infoabend weniger erstaunt wären als Britta. Dann zögerte Bröker kurz, ob er auch Gregor mit zu dem Treffen bitten sollte. Auch wenn er die spitze Zunge des Jungen manchmal fürchtete, so war er doch in all seinen Fällen sein engster Vertrauter und seine größte

Hilfe gewesen. Allerdings war Gregor entweder bei seinen Freunden von den *Cyberhoods* oder den *Raspirittern* oder er hing mit seiner Freundin Sara ab. In diesem Fall würde Gregor sich wohl eher nicht mit Charly, Mütze und ihm treffen wollen. Oder aber er war zu Hause, dann würde er Britta erklären müssen, warum er mit Bröker in eine Kneipe ging, sie aber nicht mitkommen durfte. Das wollte Bröker vermeiden. Also beließ er es bei Mütze und Charly.

Eine halbe Stunde später betrat er die Räume des *Heimat und Hafen.* Die Kneipe im Bielefelder Westen fand Bröker nicht nur wegen ihrer Lage in direkter Nähe zum Bielefelder Stadion sympathisch. Die ungezwungene Atmosphäre, der lässige Wirt, die Mischung der Leute, die sich hier trafen, alles ließ in ihm ein spontanes Wohlgefühl aufkommen und sogar an einem Tag wie heute das Geschehene vergessen. Von einem Tisch im hinteren Teil der Kneipe winkte Mütze auch schon. Wie gut, dass er einen Platz gefunden hatte. Vor ihm sah er den inzwischen üblichen Zettel mit einem Stift liegen, auf dem jeder Gast seine Kontaktdaten notieren musste. Bröker begrüßte seinen Polizistenfreund, indem er sich an eine imaginäre Kopfbedeckung tippte: „Gut, dass du Zeit hattest."

„Dein Anruf klang so, als könntest du ein wenig seelischen Beistand gebrauchen", erwiderte Mütze.

„Stimmt, gerade bin ich in einer Phase, bei der ich

von einem Fettnäpfchen ins nächste springe", nickte Bröker und setzte sich.

„Erzähl!", hörte er in diesem Moment Charlys dunkle, sympathische Stimme hinter sich. „Vielleicht können wir in der Zeitung einen Artikel über *Mister Marples* größten Reinfälle bringen."

„Untersteh dich!", erwiderte Bröker und versuchte, grimmig dreinzublicken. Er ahnte allerdings, dass Charly diesbezüglich schweigen würde, also schilderte er trotzdem, wie die Informationsveranstaltung der *Glücksfleisch AG* verlaufen war. „Und das ist noch nicht alles", fügte er hinzu. „Gestern Abend hat mich Britta gebeten, in dem Tanzkurs, den sie leitet, auszuhelfen. Und es hat damit geendet, dass meine Tanzpartnerin ins Krankenhaus musste."

Weder Mütze noch Charly konnten verhindern, dass sie losprusten mussten. Bröker guckte beschämt zu Boden. Vielleicht würde ein großes Bier helfen, um über die Schmach hinwegzukommen. Mit einem Handzeichen bestellte er.

„Ach, Bröker", sagte Charly, als sich die allgemeine Heiterkeit wieder gelegt hatte, schließlich, „daran, dass du beim Tanzen deine Partnerinnen verletzt, kann ich wenig ändern. Aber was diesen Dr. Hauptfleisch angeht, fühle ich mich ein bisschen schuldig."

„Wieso?", erkundigte sich Mütze neugierig. Auch er hatte ein Bier bestellt und stieß mit Bröker an.

„Ich habe Bröker vorgestern auf die Spur mit *Glücksfleisch* angesetzt", erläuterte die Journalistin und hob ihr Rotweinglas, das der Wirt ihr inzwischen auch gebracht hatte. „Ich hielt das wirklich für einen vielversprechenden Tipp. Allerdings vergesse ich manchmal, wie schnell der Journalismus ist und wie mühselig eure kriminalistische Detailarbeit."

„Bei uns muss eben alles stimmen", warf Mütze ein, bevor alle einen Schluck von ihren Getränken nahmen.

„Ja, für mich war die Verbindung zwischen eurem Mord und *Glücksfleisch* hingegen schon heute Morgen abgehakt. Wahrscheinlich hattest du, Bröker, da noch nicht einmal mit deinen Ermittlungen begonnen", fuhr Charly fort.

„Was ist denn heute Morgen passiert?", wollte Bröker wissen.

„Da habe ich mich selbst ein wenig umgehört, um herauszufinden, ob wir etwas aus dieser Geschichte mit den vergammelten Würstchen machen können. Dabei habe ich dasselbe erfahren, was man dir heute Abend mitgeteilt hat, dass sich nämlich Hauptfleisch schon vor zehn Tagen aus dem Staub gemacht hat und seitdem nicht mehr gesehen wurde", erzählte die Reporterin. „Das ist natürlich ein super Aufmacher für einen Artikel. Der wird auch morgen in der *Neuen Westfälischen* erscheinen. Gleichzeitig aber war mir klar, dass es wahrscheinlich keine Verbindung zwischen dem Fleischskandal und dem Tod von Chris Bohnenkamp gab."

„Weil der Vorstandsvorsitzende zum Todeszeitpunkt schon seit vier Tagen untergetaucht war und sicher gerade anderes zu tun hat, als sich um den Verbleib der *Genießerwürstchen* zu kümmern. Andererseits hat von den niedrigen Dienstgraden wahrscheinlich keiner den Mumm und die Veranlassung, den Abtransport des Gammelfleisches durch einen Schlägertrupp schützen zu lassen", ergänzte Mütze.

Charly nickte. „Genau. Nur habe ich in der Aufregung über meinen Bericht auf Seite eins ganz vergessen, dir Bescheid zu sagen, Bröker. Entschuldige."

Der Angesprochene trank sein Glas mit einem langen Zug leer. Er hob die Hand und bestellte ein neues. „Schon gut", sagte er dann. „Du hilfst mir so oft mit deinen Hinweisen, da kann es schon einmal passieren, dass einer ins Leere läuft und du nicht dazu kommst, mir Bescheid zu geben." Ob es am Alkohol lag oder an der Anwesenheit seiner Freunde, Bröker fühlte sich schon ein wenig besser.

„Ein bisschen hast du aber auch selbst Schuld, Bröker", dämpfte Mütze die aufkommende gute Laune seines Freundes. „Du bist doch jetzt bei der Polizei."

„Aber als Mitarbeiter der Kripo Bielefeld loche ich nur oder ich schreddere oder koche Kaffee", lamentierte der Angesprochene.

„Trotzdem. Wenn wir als Polizisten einen Tipp erhalten, dann ermitteln wir nicht einfach auf eigene Faust. Wir bringen den Hinweis in die Team-Besprechung ein und suchen als Team nach einer Strategie", beschrieb der Polizist das übliche Vorgehen. „Das hätte auch einen Vorteil gehabt", fügte er hinzu, als er die finstere Miene seines Freundes sah.

„Und welchen?", wollte der wissen.

„Falls niemand bei uns von Dr. Hauptfleischs Verschwinden gehört hätte, wäre vielleicht ein Team-Mitarbeiter zu dem heutigen Infoabend gegangen und hätte nachgehakt. Wahrscheinlich aber hätte man *Glücksfleisch* schon vorher aufgesucht. So oder so wärest du nicht die verantwortliche Person gewesen. Es hätte sich also vielleicht Schewe blamiert oder die Kollegin Großebrummel oder im günstigsten Fall van Ravenstijn."

Er zwinkerte Bröker zu und alle lachten.

„Ach, der Holländer war trotzdem irgendwie der Gelackmeierte – ich habe seinen Namen benutzt. Aber ich verstehe langsam, welch unsagbarer Schatz jahrelange Polizeiarbeit ist", grinste nun auch Bröker. Er hatte schon sein zweites Glas Bier geleert und orderte rasch ein drittes, als der Wirt zu ihm hinsah. „Das Gute am Dienst bei der Kripo ist dann wohl auch, dass es nicht mehr mein Problem ist, dass wir nun gar keine echte Spur mehr haben. Wenn ich es richtig sehe, haben sich die Ermittlungen gegen den Supermarktleiter und die Sicherheitsfirma ebenso totgelaufen wie der Verdacht, dass der Mord irgendetwas mit osteuropäischen Einbrecherbanden oder eben *Glücksfleisch* zu tun haben könnte."

„Wie war das mit den osteuropäischen Einbrecherbanden?", hakte Charly sofort professionell nach.

„Es gibt leider eine Einbruchsserie in Geschäfte und Supermärkte in Ostwestfalen, die wir einer solchen Gruppe zuschreiben", erklärte der Polizist.

„Genau – und die Idee war, dass Chris denen durch Zufall mit den *Raspirittern* in die Quere gekommen ist und dies mit dem Leben bezahlen musste", ergänzte Bröker. „Ist aber eher unwahrscheinlich. Am *Edelmarkt* gab es keine Hinweise, dass dort eingebrochen wurde."

„Aber wie du schon sagst: Das ist nicht unbedingt dein Problem", bestätigte Mütze. „Aber wie ich dich kenne, steht dein Kopf trotzdem nicht still."

„Ja, das ist wohl richtig, auch wenn es mir dabei weniger darum geht, dass die Polizei oder Schewe nicht mit leeren Händen dastehen." Bröker kratzte sich am Kopf. „Einiges an dem Fall ist merkwürdig: Zum Beispiel kam es mir schon am zweiten Tag komisch vor, dass dieser Sicherheitsdienst so spät kam."

„Was meinst du?" Wie immer war Charly hellwach, wenn Bröker etwas nicht ganz astrein vorkam, und witterte eine Spur und im günstigsten Fall einen Artikel für die erste Seite ihrer Zeitung.

„Also dieser Brömmelthieß, das ist das Security-Unternehmen am Kesselbrink, den der Marktleiter beauftragt hat, hat mir gesagt, dass seine Leute erst nach Mitternacht die erste Runde am Edelmarkt gedreht haben."

„Und das ist Schewe nicht komisch vorgekommen?", fragte Mütze mit gerunzelter Stirn.

„Ich habe keine Ahnung, ob Schewe es überhaupt weiß", musste Bröker zugeben. „Die polizeiliche Befragung haben doch Frau Großebrummel und wahrscheinlich vor allem Ravenstijn geleitet. Und der war zu diesem Zeitpunkt schon wieder von seiner nächsten These überzeugt und hat vielleicht nicht so genau zugehört."

„Und woher weißt du dann davon?", wollte die Journalistin wissen.

„Ich habe meine eigenen Befragungen geführt und war dabei auch etwas schneller als Ravenstijn", lachte der *Mister Marple von der Sparrenburg.*

„Oh Mann, Bröker, ich glaube, wir können beide froh sein, dass du nicht in meinem Team gelandet bist. Bei deinen Alleingängen hätten wir richtig Spaß miteinander." Mütze drohte grinsend mit dem Zeigefinger, aber Bröker wusste, dass seine Bemerkung nur halb im Scherz gemeint war.

„Ja, ich weiß, ich benehme mich immer noch wie ein Hobbyermittler", gab Bröker zerknirscht zu. „Noch dazu muss ich zugeben, dass mir meine privaten Untersuchungen zwar einen Wissensvorsprung vor Ravenstijn gebracht haben, aber ich nicht weiß, welche Folgerungen ich daraus ziehen soll – außer der, dass Brömmelthieß und seine Leute unschuldig sind, wenn er die Wahrheit sagt."

„Was auch nicht so sicher ist, oder?", fragte Charly.

Bröker hob zur Antwort fragend die Schultern.

„Ist denn das nicht vielleicht eine aussichtsreiche

Spur?", ermutigte ihn Mütze. „Aber versprecht mir eins: Wenn du den Fall lösen solltest, Bröker, will ich, dass Charly auch unterstreicht, dass das ohne die Kriminalpolizei Bielefeld nie gelungen wäre. Selbst wenn das nicht ganz stimmt!"

„Heiliges Indianerehrenwort", erwiderte Charly sofort.

„Aber sieh zu, dass dabei der Holländer nicht zu gut wegkommt", bemerkte Bröker. „Ob ich allerdings irgendetwas Sinnvolles zu dem Fall sagen kann, steht sowieso noch in den Sternen. Und nun gebe ich für alle eine Runde Whiskey aus", beschloss er den beruflichen Teil des Abends.

„Für mich bitte einen Grappa", erwiderte Charly und warf ihren roten Pferdeschwanz nach hinten.

27. Kapitel
Neue Aufgaben

„Halt, halt, hier kann nicht einfach jeder rein, Ihren Ausweis, bitte!" Zum ersten Mal seit vergangenem Donnerstag hielt der Pförtner Bröker wieder an, als er am nächsten Morgen das Polizeipräsidium betrat.

Unwirsch drehte sich Bröker um. „Ich gehöre irgendwie zur Belegschaft!", erwiderte er und wies auf sein Namensschild. Er hatte böse Kopfschmerzen. Und nur, um in aller Frühe Pagelsdorf ausführen zu können, hatte er auf sein Frühstück verzichtet und lediglich einen Kaffee in sich hineingeschüttet und sich schließlich eine Mini-Salami in Alufolie in die Tasche geschoben, die er später verzehren würde. Trotz all dieser Opfer war er jedoch zu spät. Dass ihm jemand unnötige Scherereien machte, kam ihm gerade noch weniger gelegen als normalerweise.

„Ach, Herr Bröker, Sie sind es!" Nun identifizierte nicht nur der Polizist Bröker, sondern auch dieser sah, dass er es mit dem gleichen Mann an der Pforte zu tun hatte wie immer. „Ich habe Sie nicht gleich erkannt, Sie sehen ein wenig derangiert aus, wenn Sie mir die Bemerkung gestatten. Warten Sie, ich mache Ihnen die Tür auf."

„Ja, es war ein langer Abend gestern", erwiderte Bröker gequält lächelnd.

Das war noch eine Beschönigung. Als das *Heimat und Hafen* um ein Uhr geschlossen hatte, hatte Bröker zwar schon sieben Bier und drei Whiskey getrunken, aber er hatte sich noch immer in Form gefühlt. Da aber seine beiden Freunde mit einem Hinweis auf die morgige Arbeit die kleine Runde aufgelöst hatten, hatte er zu Hause alleine noch eine Flasche Wein geöffnet und geleert. Weder Gregor noch Britta hatten ihm Gesellschaft geleistet, ebenso wie der Hund schliefen sie schon tief und fest. Pagelsdorf war allerdings zumindest bei ihm gewesen, wenn er auch vom Sofa aus laut geschnarcht hatte.

Dass Bröker angeschlagen war, fiel nicht nur dem Pförtner auf. Auch Schewe hob erstaunt die Brauen, als der Praktikant zerzaust und zu spät in der Morgenrunde erschien.

Bröker hob entschuldigend die gefalteten Hände vor die Brust. *Hättest du statt einer Morgenbesprechung eine Nachmittagsbesprechung eingerichtet, wäre ich auch jedes Mal pünktlich,* dachte er dabei, sagte aber nichts.

Van Ravenstijn war weniger zurückhaltend als sein Chef. „Bröker, Sie sehen aus wie ein Landstreicher", meckerte er und guckte dabei, als habe er eine schleimige Kröte vor sich.

Das sagt der Richtige, dachte Bröker und warf einen Blick auf Hose und Hemd des Holländers, die er heute in einem kräftigen Kanarienvogelgelb gewählt hatte. Bröker war allerdings zu sehr mit seiner Müdigkeit und seinem Kopfweh beschäftigt, um sich auf ein Wortgefecht mit seinem Erzfeind einzulassen. Er beteiligte sich nicht an der Diskussion über die aktuellen Fälle und hatte auch nichts dagegen, dass ihn der Psychologe nach der Morgenrunde wieder zum Schreddern in sein Kabuff schickte. Dorthin hatte der Holländer zwei Aktenwagen mit neuen Unterlagen karren lassen, die darauf warteten, dass Bröker sich ihnen widmete. Als er seufzend die ersten Blätter in den Aktenvernichter schob, fragte er sich, ob man die Untersuchungsprotokolle nur deshalb so lange aufbewahrt hatte, weil man geahnt hatte, dass irgendwann ein Praktikant mit sinnlosen Tätigkeiten beschäftigt werden musste. Vielleicht hatte van Ravenstijn aber auch neue Unterlagen erstellen und mit alten Daten versehen lassen, nur um Bröker zu demütigen. Zuzutrauen war dem selbsternannten Profiler alles. Wenn er ehrlich war, so genoss Bröker aber an diesem Vormittag die Ruhe, die nur durch das Summen des Aktenvernichters und zweimal durch Frau Schnakenwinkel unterbrochen wurde, die ihm einen Kaffee anbot.

Die anspruchslose Eintönigkeit wurde erst gegen halb zwölf unterbrochen, als die Sekretärin zum dritten Mal an Brökers Tür klopfte.

„Oh, Frau Schnakenwinkel, wenn Sie so weitermachen, werde ich noch ganz nervös", lächelte er, als die gute Seele der Abteilung ihren Kopf erneut durch die Tür schob.

„Aber doch nicht meinetwegen", erwiderte die. War sie dabei vielleicht ein bisschen errötet?

„Nein, aber wegen Ihres Kaffees", lachte Bröker. „Er ist sehr kräftig, aber gerade heute tut er mir gut. Meine Kopfschmerzen sind inzwischen beinahe verschwunden."

„Ich komme gar nicht, um Ihnen einen neuen Kaffee einzuschenken", entgegnete die Sekretärin kleinlaut. „Herr Schewe hat mir aufgetragen, Sie in sein Büro zu bitten."

„Oh, will er mich feuern, weil ich wieder einmal zu spät gekommen bin?", entfuhr es dem Praktikanten.

„Eher nicht", beruhigte ihn die Sekretärin. „Es sei denn, er will Herrn van Ravenstijn und Frau Großebrummel ebenfalls feuern, die sollen nämlich auch kommen. Ich glaube eher, es geht um den Fall, den Sie zu dritt bearbeiten. Nun, Sie vielleicht nur, wenn gerade keine Akten zu vernichten sind", schob sie mit einem Seitenblick auf Brökers vormittägliche Arbeit nach.

Frau Schnakenwinkel hatte recht. Als Bröker in Schewes Allerheiligstes eintrat, hatte der schon zusammen mit der Kommissarin und dem Polizeipsychologen in einer Sitzgruppe Platz genommen.

„Herr Bröker, kommen Sie zu uns", bat ihn der Erste Polizeihauptkommissar. „Wir überlegen gerade, wie es im Fall Bohnenkamp weitergehen soll."

„Ja, das habe ich mir gedacht", gab Bröker zurück und ließ sich in einem Sessel nieder.

„Wir können leider noch keine großen Fortschritte verzeichnen", resümierte Schewe. „Wenn ich das richtig verstanden habe, denken Sie, Kollegin Großebrummel, inzwischen, dass sowohl der *Edelmarkt* als auch die *Raspiritter* eine weiße Weste haben."

„Ja, das stimmt", bestätigte die Polizistin.

„Vielleicht, was diesen Toten angeht, ansonsten sind mir diese Lebensmittelretter noch immer suspekt", stänkerte van Ravenstijn. Es schien für ihn schwer zu verwinden, dass er mit all seinen Tipps danebengelegen hatte, so großzügig er sie auch gestreut hatte.

„Und der Hinweis auf die osteuropäischen Einbrecherbanden hat ja auch nicht so viel ergeben", fügte Bröker gedankenverloren hinzu.

„Den Wink hätte ich gerade von Ihnen nicht gebraucht, Bröker", fuhr der Psychologe auf. „Es ist sehr einfach, jeden schiefgegangenen Plan zu kritisieren, wenn man selbst nichts zu den Ermittlungen beizusteuern hat."

Bröker hatte nicht geahnt, wie sehr die bisherigen Fehlschläge am Selbstbewusstsein des Holländers gekratzt hatten. „Ich wollte niemanden kritisieren", verteidigte er sich. „Es war nur eine einfache Feststellung. Vielleicht wäre es auch fruchtbarer, mich nicht nur für das Schreddern von Unterlagen einzusetzen, sondern auch bei den Ermittlungen." Diese kleine Spitze konnte er sich nicht verkneifen.

„Hatten Sie denn nicht am Samstagabend eine eigene Spur?", ging Schewe dazwischen. Auch er schien sich in dem Fall inzwischen an jeden Strohhalm zu klammern.

„Die hat sich leider gestern Abend zerschlagen", musste Bröker zugeben. Immerhin konnte er es bei dieser vagen Aussage belassen und musste seinen Auftritt bei dem Informationsabend nicht im Detail schildern.

„Sie wollen gestern Abend recherchiert haben?" Van Ravenstijn lachte höhnisch. „Gucken Sie sich doch einmal an! Jeder sieht, dass Sie gestern zu viel getrunken haben, kein Wunder, dass dabei nichts herauskommt."

Bröker wollte protestieren, wusste aber, dass sein Äußeres dem Holländer recht zu geben schien. „Das war danach", erwiderte er lahm.

„Ach, Sie trinken doch immer zu viel", ätzte van Ravenstijn weiter. „Es ist leider völlig *duidelijk,* dass Sie für den Polizeidienst nicht zu gebrauchen sind. Selbst wenn Sie mal nicht betrunken sind."

„Ich bitte Sie, van Ravenstijn", versuchte Großebrummel, dazwischen zu gehen.

Aber der Holländer hatte sich in Fahrt geredet: „Wenn Sie zu Fuß eine Verfolgungsjagd aufnehmen müssen, läuft Ihnen doch ein Dreijähriger weg, so fett wie Sie sind. Aber anders als zu Fuß können Sie auch niemandem nachstellen. Es stimmt doch, dass Sie keinen Führerschein haben, oder?"

Bröker nickte nur. Er hätte sich zu gern verteidigt, aber was der selbsternannte Profiler vorbrachte, war objektiv betrachtet richtig.

„Van Ravenstijn, bitte mäßigen Sie sich!" Selbst Schewe schienen die Vorwürfe des Holländers nun aber zu viel zu werden. „Herr Bröker ist hier, um ein Praktikum zu machen und nicht, um sich von Ihnen beleidigen zu lassen. Normalerweise sind es auch nicht unsere Praktikanten, die die Fälle aufklären, sondern unsere Mitarbeiter. Also Sie zum Beispiel. Leider haben wir aber im Fall Chris Bohnenkamp allesamt wenig zu bieten." Dadurch, dass er sich mit einbezog, unterband er einen weiteren Protest des Holländers. Schließlich konnte der dem Leiter einer der größten Abteilungen des Polizeipräsidiums schlecht Unfähigkeit vorwerfen. „Ich schlage vor, dass wir uns alle noch einmal intensiv mit diesem Fall auseinandersetzen. Fragen Sie sich, wer ein Motiv gehabt haben könnte, das führt oft zum Ziel", verlor er sich anschließend in Allgemeinplätzen. Der Fall musste auch für einen erfahrenen Ermittler vertrackt sein, wenn das die einzigen Hinweise waren, die er geben konnte.

„Das mache ich gerne", sagte Bröker und stand auf. Er hoffte, dass der Hauptkommissar mit diesen Worten die Besprechung tatsächlich beenden wollte, sonst wäre sein Verhalten grob unhöflich gewesen. Er jedenfalls hatte genug von van Ravenstijns Tiraden. Dass ihm etwas einfallen würde, konnte er allerdings nicht versprechen. Auch die anderen Teilnehmer des Meetings erhoben sich.

„Herr Bröker, hätten Sie noch ein paar Minuten?", fragte Schewe, als er schon an der Tür war.

„Sicher", erwiderte der sofort. Was konnte Schewe von ihm wollen? Ob er ihn wegen seines andauernden Streits mit van Ravenstijn ins Gebet nehmen wollte? Gut möglich, auch wenn Bröker sich sicher war, die letzten Wortgefechte mit dem Holländer nicht begonnen zu haben.

„Es tut mir leid, Herr van Ravenstijn ist manchmal sehr empfindlich, wenn seine Mutmaßungen nicht ins Schwarze treffen", sagte der Hauptkommissar, als er mit Bröker allein war.

Wow, dass sich ein Vorgesetzter für seinen Mitarbeiter entschuldigt, ist ja eine Seltenheit, dachte der. Kurz war er geneigt zu fragen, ob van Ravenstijn schon jemals den richtigen Mörder im Visier gehabt hatte, aber er hielt sich zurück. „Das habe ich gemerkt", sagte er stattdessen diplomatisch.

„In einer Hinsicht fand ich seine Bemerkung aber durchaus zielführend", fuhr Schewe fort.

Bröker zögerte. Hoffentlich sagte sein Gegenüber jetzt nicht, dass er ihn auch für zu dick hielt. Dann würde er kündigen. Sofort. Das schwor er sich.

„Es ist doch schon ein bisschen seltsam, dass Sie keinen Führerschein haben", entwickelte der Hauptkommissar seinen Gedanken weiter. „So ein Lappen könnte Ihnen auch im Alltag nützlich sein, selbst wenn Sie keine Karriere bei der Polizei verfolgen."

„Hm", machte Bröker. Eigentlich hatte er es nur selten bereut, keinen Führerschein zu besitzen, wollte Schewe aber auch nicht widersprechen.

„Was halten Sie davon, wenn Sie Ihr Praktikum für ein paar Fahrstunden nutzen", bot Schewe an. „Es kostet Sie nichts und es ist eine Art, wie wir Ihre unbezahlte Tätigkeit bei uns entgelten können. Oder Sie betrachten es als Entschädigung dafür, dass wir Sie für niedere Tätigkeiten missbrauchen."

Bröker nickte. Er verstand, dass der Abteilungsleiter versuchte, freundlich zu sein. Er wusste nicht, ob ein anderer Praktikant dieses Angebot auch bekommen hätte, er glaubte es aber nicht. Dennoch verspürte er wenig Lust, selbst hinter dem Lenkrad eines Autos zu sitzen. Aber wie konnte er das Schewe vermitteln? Er konnte doch schlecht antworten, dass er lieber die Akten vernichtete oder abheftete, auf die Schewe gerade angespielt hatte, statt Fahrstunden zu nehmen. Vielleicht entsprach das auch nicht ganz der Wahrheit. Aber er war zur Polizei gekommen, um an Ermittlungen teilzunehmen, zu sehen, wie Kriminalbeamte ein Verhör führten, nicht, um zu lochen oder einen Führerschein zu machen.

„Wenn Sie nichts dagegen haben, melde ich Sie also für heute Nachmittag zu einer Fahrstunde an", lächelte der Kommissar und griff im selben Moment zum Hörer. „Herr Kleinewächter, ich habe einen neuen Schüler für Sie …"

Bröker musste bei diesen Worten kräftig schlucken.

28. Kapitel
Wieder Schüler

Im Laufe des Nachmittags sprachen sich Brökers anstehende Fahrstunden in der ganzen Abteilung herum und so war van Ravenstijn nicht der einzige, der unter einem fadenscheinigen Vorwand an seine Bürotür klopfte, um ihn über sein bevorstehendes Fahrtraining zu befragen. Als gegen Viertel vor vier sogar Mütze seinen alten Freund aufsuchte und ohne Einleitung fragte: „Ich habe gehört, dass du jetzt unter die Führerscheininhaber gehen willst?", war Bröker nahe daran, den bevorstehenden Unterricht abzusagen und auch das restliche Praktikum komplett zu streichen.

„Ich habe es mir wirklich nicht gewünscht", jammerte er. „Ravenstijn hat es angestoßen und Schewe ist sofort darauf eingestiegen."

„Ja, Fahren ist eines der wenigen Dinge, die er dir voraushat."

„Und auch das beherrscht er mehr schlecht als recht", entgegnete Bröker in Erinnerung an einige Fahrten, die er mit dem Holländer absolviert hatte. „Aber zugegebenermaßen bin ich darin noch schlechter – genau das will Schewe mit seinem Vorschlag wohl ändern."

„Immer diese bösen Hauptkommissare", lachte Mütze.

Bröker, dem ebenfalls eingefallen war, dass Mütze beinahe denselben Rang bekleidete wie Schewe, wollte schon zu einer Erwiderung ansetzen, als es erneut klopfte. „Immer herein, noch jemand, der wissen will, ob ich wirklich eine Fahrstunde nehme?", stöhnte er. „Ja, das mache ich."

„Genau, und zwar bei mir", sagte ein spindeldürrer Mann, der zwar in Brökers Alter war, aber ansonsten körperlich sein komplettes Gegenteil. „Mein Name ist Kleinewächter, ich bin in der nächsten Stunde Ihr Fahrlehrer."

„Dann mal viel Glück", rief ihm Mütze nach, als er mit Kleinewächter entschwand.

Fünf Minuten später standen der Fahrlehrer und sein Schüler auf dem Parkplatz des Polizeipräsidiums. Bröker blickte über den Fuhrpark, der auf den ersten Blick aus BMWs und Fords bestand. Dazwischen standen noch ein paar Fahrzeuge anderer Marken. Ob er wirklich gleich so ein Gefährt lenken würde? Er stellte sich vor, dass während seiner Fahrstunde ein Notruf ankäme und er mit Blaulicht durch Bielefeld rasen würde. Ob er dieser Aufgabe wohl gewachsen wäre? Wie schnell man mit diesen Flitzern wohl fahren konnte? Bröker beugte sich an ein Wagenfenster und versuchte, auf den Tacho zu schielen. So hatte er es als Kind mit seinen Freunden gemacht, wenn sie sehen wollten, welches Auto welche Leistung hatte.

„So ein Tacho ist oft ein bisschen irreführend", meldete sich Kleinewächter, als er sah, was Bröker vorhatte. „Diese Autos fahren in der Spitze alle zwischen 200 und 240 Stundenkilometern. Für die meisten Verfolgungsfahrten reicht das."

Bröker nickte. 240, das war dreimal so schnell wie Gregors Vespa, die dieser noch immer nicht gegen einen vierrädrigen Untersatz getauscht hatte, und schon auf der kam er sich als Sozius immer verwegen vor.

„Aber das sind auch nicht unsere Fahrschulwagen", fuhr der Lehrer fort.

„Nicht?" Obwohl Bröker nie ein Autofetischist

gewesen war, fand er die Auskunft Kleinewächters enttäuschend.

„Wo denken Sie hin?", lachte der. „So ein Geschoss ist wirklich nichts für den Anfang. Zudem haben die Einsatzwagen Funktionen, die Sie in den ersten Stunden bestimmt nicht brauchen."

Das klang nach Angeberei, fand Bröker, fast als wären bei der Polizei James Bonds im Miniaturformat beschäftigt, die auch über entsprechende Autos mit Raketenwerfern und Laserpistolen verfügten. „Und mit welchem Wagen darf ich üben?", fragte er.

„Oh, wir haben da verschiedene Modelle, aber für Sie habe ich ein ganz besonderes Gefährt ausgesucht", entgegnete der Fahrlehrer. „Eines, das wir eigentlich schon lange nicht mehr im Einsatz haben, das mir aber für Sie besonders passend erschien."

Bröker meinte, so etwas wie ein gehässiges Lächeln auf seinen Lippen zu sehen. Hatte er sich etwa mit van Ravenstijn abgesprochen? „Und zwar welches?", fragte er skeptisch.

„Das da drüben", sagte Kleinewächter und zeigte auf einen Kleinwagen in einer Ecke des Parkplatzes.

„Das ist ja eine Ente", entfuhr es Bröker.

„Genau", lächelte der Fahrlehrer. „Damit können Sie keinen großen Schaden anrichten."

„Aber sie fährt schon noch, oder?"

„Ja, sie fährt. Maximal 95 Stundenkilometer. Aber das ist 45 Kilometer schneller als in der Stadt erlaubt. Gucken wir mal, was Sie mit dem Auto anstellen."

Sie gingen quer über den Parkplatz und Kleinewächter schloss den Kleinwagen auf. Instinktiv wollte sich Bröker auf den Beifahrersitz setzen, aber sein Begleiter schüttelte den Kopf: „Schon vergessen? Für die nächsten 60 Minuten sind Sie der Fahrer."

Amüsiert und gleichzeitig verzweifelt betrachtete Bröker das Cockpit des Citroëns. Wie sollte er da nur hineinpassen? Der Abstand zwischen Sitz und Lenkrad schien ihm kaum geeignet, eine ausgewachsene Person dazwischen aufzunehmen, aber dabei konnte es sich natürlich nur um eine optische Täuschung handeln. Nun gut, er durfte sich seine Ratlosigkeit nicht anmerken lassen. Vorsichtig, wie um den Wagen nicht kaputt zu machen, zwängte er sich auf den Fahrersitz.

Als er endlich Platz genommen hatte, stand ihm der Schweiß auf der Stirn und das Steuerrad befand sich tatsächlich so dicht an seinem Körper, dass er es nur mit stark angewinkelten Armen fassen konnte. Hier musste zuletzt jemand, der kaum größer war als ein Legomännchen, Fahrstunden genommen haben, zumindest aber jemand, dessen Bauchumfang deutlich geringer war als seiner. Auch Brökers Kopf berührte den Himmel der Ente.

„Nehmen Sie doch erst einmal das Kissen vom Sitz. Die Dame, der ich hier zuletzt eine Stunde gegeben habe, ist nur einen Meter und fünfzig groß, aber Sie brauchen doch kein Polster", schnarrte Kleinewächter.

Bröker zog das Kissen unter sich hervor und warf

es auf den Rücksitz. Er war selbst erstaunt über die Gelenkigkeit, die er dabei an den Tag legte. Immerhin passte jetzt die Sitzhöhe.

„Und nun stellen Sie den Sitz nach hinten." Sein Fahrlehrer schien schon genervt, bevor Bröker nur einen Meter zurückgelegt hatte.

„Und wie?", fragte Bröker. „Ich habe noch keinen Führerschein." Tatsächlich hatte er sich nie für die Funktionsweise eines Autos oder auch nur von Teilen davon interessiert.

„Genau wie beim Beifahrersitz", seufzte Kleinewächter, griff unter den Fahrersitz, zog einen Hebel und katapultierte Bröker einen halben Meter nach hinten. Endlich hatte er Platz.

„Und jetzt würden Sie am liebsten gleich loslegen, was?" Das kannte der Fahrlehrer von seinen Schülern offenkundig nicht anders.

„Nein", antwortete Bröker wahrheitsgemäß.

„Aber vorher müssen wir noch eine ganze Menge klären." Kleinewächter war offenbar komplett egal, was Bröker antwortete. „Zuerst müssen wir uns anschnallen. Am besten stellen Sie den Gurt vorher auch auf maximale Länge ein."

Das kann ja heiter werden, dachte Bröker, befolgte aber die Anweisungen.

„Und dann sollten wir uns darüber unterhalten, wie wir das Lenkrad halten", fuhr der Lehrer fort.

„Na, ich würde vorschlagen, so", erwiderte Bröker und ergriff das Steuer.

„Ganz falsch", war die prompte Antwort. „Die Hände müssen auf Viertel vor drei."

„Dann müssen wir aber bis morgen warten." Das war Bröker auch recht. So eilig hatte er es nicht damit, einen Führerschein zu bekommen.

„Ich meine die Haltung. Wie die Zeiger einer Uhr, wenn es Viertel vor drei ist." Kleinewächters Anweisungen schienen wie der Fahrschulwagen aus der analogen Zeit zu stammen. Bröker fragte sich, wie viele der heute Achtzehnjährigen mit dieser Angabe nichts mehr anzufangen wussten. „Und wieso nicht halb vier?", fragte er. „Das wäre meine Lieblingszeit. Da fangen meist die Bundesligaspiele an."

„Weil Sie dann nicht lenken können", klärte ihn Kleinewächter auf. „Zum Schluss müssen Sie noch die Spiegel einstellen."

„Die sind gut", erwiderte Bröker. „Ich sehe mich ausgezeichnet."

„Das sollen Sie aber nicht. Sie müssen die Straße hinter sich im Blick haben." Der Fahrlehrer klang, als würde er gleich aussteigen und Bröker allein in der Ente sitzen lassen. „Wenn ich schon meinen Feierabend opfere, um Ihnen Fahrstunden zu geben, wäre es gut, wenn Sie etwas mitmachen würden."

Um ihn nicht noch mehr zu provozieren, gehorchte Bröker.

„So und nun können wir anfangen", entschied Kleinewächter, nachdem er sich wieder beruhigt hatte. „Sie werden gleich den Wagen starten. Damit er Ihnen nicht sofort davonhoppelt, sollten Sie zuvor den Gang rausnehmen und die Handbremse anziehen."

„Gut, das verstehe ich. Und wie mache ich das?" Bröker war nun bemüht, sich als gelehriger Schüler zu erweisen.

„Der Knauf hier zwischen uns ist kein Abstandshalter und auch nicht zum Benzin umrühren, sondern der Schaltknüppel", dozierte der Mann auf dem Beifahrersitz verzweifelt und wies auf ein Gestänge, das neben den Armaturen aus dem Vorderteil des Wagens ragte. „Die Stellung in der Mitte ist der Leerlauf, dahin müssen Sie den Knauf stellen."

Bröker folgte der Anleitung aufs Wort. Er zog an dem Schaltknüppel. Der klemmte. Er zog kräftiger. Es gab ein scharrendes Geräusch, das Getriebe war im Leerlauf.

„Herr Bröker, Sie bringen es fertig, selbst unseren preiswertesten Fahrschulwagen noch zu ruinieren", beschwerte sich Kleinewächter. „Sie müssen natürlich die Kupplung treten."

„Das haben Sie aber nicht gesagt", verteidigte sich der Angesprochene.

„Es gibt eben Dinge, die ich selbst bei Schülern für selbstverständlich halte. Aber bevor Sie fragen: Die Kupplung ist das Pedal ganz links." Der Lehrer machte eine Pause. „Drehen Sie jetzt den Schlüssel. Mal gucken, was die Ente dazu sagt, wie Sie sie behandelt haben."

Bröker betätigte die Zündung. Der Wagen startete, ohne zu mucken. Der Motor klang blechern in Brökers Ohren. Er war eben, wenn überhaupt an Autos, an den Klang des 21. Jahrhunderts gewöhnt. Aber wahrscheinlich hatte die Polizei ein solch altes Gefährt zum Fahrschulwagen erklärt, weil man nicht mehr viel daran kaputt machen konnte.

„Prima. Sogar ganz ohne Choke." Zum ersten Mal an diesem späten Nachmittag erhielt er ein Lob. „Und nun legen Sie den ersten Gang ein", folgte die nächste Anweisung. „Der ist unten links. – Halt. Bevor Sie loslegen, denken Sie daran, die Kupplung zu treten, sonst gibt es wieder so hässliche Geräusche wie eben." Auch der Fahrlehrer lernte in dieser Stunde, nämlich seine Anweisungen ganz exakt zu geben.

Vorsichtig trat Bröker das Kupplungspedal ganz durch und schaltete in den ersten Gang. In der Tat, das Getriebe knarzte und knackte nicht. Das war geschafft. Schnell ließ er das Kupplungspedal wieder los. Der Wagen tat einen Satz nach vorne und der Motor erstarb.

„Habe ich Ihnen gesagt, Sie sollen die Kupplung loslassen?", lamentierte der Fahrlehrer.

Bekümmert schüttelte Bröker den Kopf.

„Also alles noch einmal von vorn. Treten Sie die Kupplung und starten Sie den Motor."

Wenig später brummte die Ente wieder in ihrem charakteristischen Ton.

„Jetzt sind wir fast bereit zum Losfahren." Beinahe war so etwas wie Stolz in Kleinewächters Stimme zu vernehmen. „Sie müssen nun Gas geben und langsam die Kupplung kommen lassen."

„Was muss ich?" Bröker war ratlos.

„Sie drücken das rechte Pedal langsam herunter und lassen gleichzeitig das linke ganz langsam los."

Bröker trat das rechte Pedal. Der Motor heulte auf.

„Wenn Sie so Gas geben, müssen wir vorher dem Tower Bescheid geben", lachte der Fahrlehrer trocken.

Bröker wusste nicht, wie oft er diesen Witz schon gemacht hatte. Er verringerte den Druck auf das Gaspedal, bis der Motor nur noch leise schnurrte.

„Und jetzt die Kupplung langsam kommen lassen, ganz langsam", kam das nächste Kommando.

Langsam kann ich, dachte er, *ganz langsam auch.* Zehntelmillimeter um Zehntelmillimeter ließ er das linke Pedal nach oben wandern. Der Motor tuckerte brav weiter, ansonsten geschah nichts.

„Sagen Sie, wollen Sie gar nicht fahren?" Kleinewächter schien endgültig die Nase voll zu haben. „Wenn wir heute noch irgendwann einmal von diesem Parkplatz fahren wollen, müssen wir das Pedal schon weiter kommen lassen."

„Ich dachte, langsam, ganz langsam", verteidigte sich Bröker.

„Aber doch nicht so langsam!" Der Fahrlehrer war außer sich.

Bröker ließ die Kupplung los, wieder machte der Wagen einen Satz nach vorne und kam dann zum Stillstand, der Motor erstarb. Bröker guckte beschämt zu Boden. Offenkundig war er wirklich nicht der geborene Fahrer.

„Fangen wir also wieder von vorne an." Vielleicht war Kleinewächters Berufsehre erwacht, vielleicht wollte er auch nur seine Pflicht erfüllen. „Diesmal starten Sie den Wagen nur und lenken. Den Rest übernehme ich."

„Aber können Sie das denn?", wunderte sich Bröker.

„Ich fahre seit dreißig Jahren", entgegnete der dürre Mann an seiner Seite entrüstet.

„Ja, das glaube ich ja, aber ich habe die Pedale."

„Ich habe auch drei", grinste Kleinewächter.

„Hm, ich wusste gar nicht, dass Beifahrer …", begann Bröker, brach aber dann seinen Satz ab. Es ging ihm auf, dass Fahrschulwagen wahrscheinlich anders ausgestattet waren als ein handelsübliches Auto. Nun gut, dann sollte eben der Fahrlehrer die schwierigen Sachen mit den Füßen übernehmen. Dafür wurde er schließlich auch bezahlt. Er selbst würde sich der verantwortungsvollen Aufgabe des Lenkens widmen, da konnten schließlich die meisten Fehler passieren. Bröker grinste zufrieden, als die Ente mit lautem Geknatter und wesentlich langsamer als ein Fahrrad vom Hof tuckerte.

Auch eine halbe Stunde später hatte Kleinewächter noch die Kontrolle über die Pedale. Bröker störte das wenig. Ebenso war er damit zufrieden, dass die Ente sich mit weniger als dreißig Stundenkilometern durch die Außerbezirke Bielefelds quälte. Das war eine Geschwindigkeit, bei der es selbst ihm nicht allzu schwerfiel, den Wagen auf der Straße zu halten. Nur der Fahrlehrer war nicht ganz glücklich mit der Art, wie diese Stunde sich gestaltete. Schneller zu fahren, traute er sich aber auch nicht. Vor allem aber traute er es seinem Schützling wohl nicht zu.

„Jetzt überlasse ich Ihnen mal die Pedale", verkündete er, als sie sich in einer Tempo-30-Zone unweit der Heeper Straße befanden.

„Danke, aber das wäre doch nicht nötig gewesen", erwiderte Bröker. Damit, nun gleichzeitig lenken und Gas geben oder bremsen zu müssen, fühlte er sich überfordert. Dazu kam ja, dass er beim Abbiegen auch noch blinken musste. Gut, dass es nicht regnete, sonst hätte das Betätigen der Scheibenwischer auch noch zu seinen Aufgaben gezählt. Wie es Leute geben konnte, die beim Autofahren auch noch essen, einen Sender im Radio suchen oder gar Nachrichten auf dem Smartphone schreiben konnten, war ihm ein Rätsel.

„Da vorne biegen wir links ab", befahl Kleinewächter.

Auch das noch, dachte Bröker. *Nun fängt er schon an, mich rumzukommandieren.* Aber er bog ab, wie angeordnet.

„Übrigens können Sie auch mal einen anderen Gang als den zweiten nehmen", moserte der Fahrlehrer als nächstes.

„Wieso? Der zweite ist doch prima." Bröker hätte die komplette Stunde in diesem Gang absolvieren können.

„Aber nur, wenn Sie nicht schneller als dreißig fahren. Sonst fängt der Motor an, laut zu werden."

„Dann fahre ich halt nicht schneller als dreißig", erwiderte Bröker. „Ist sowieso viel sicherer." So konnte er sich das lästige Schalten, bei dem er jedes Mal Angst hatte, den Wagen abzuwürgen, sparen.

Von Kleinewächter war als Antwort wieder ein dumpfes Stöhnen zu hören, das man nur schwer als Begeisterung interpretieren konnte. Bröker aber ließ sich von seinem Fahrstil nicht abbringen. Er würde auf gar keinen Fall mit vierzig Stundenkilometern durch eine Tempo-30-Zone jagen, dabei geblitzt werden und sich anschließend dafür auch noch von van Ravenstijn verspotten lassen. 25 Stundenkilometer, maximal 30, das war eben seine Geschwindigkeit.

Mit einem Mal ruckte der Wagen. Bröker hörte, wie Bremsen quietschten und er wurde nach vorne gedrückt. Glücklicherweise hatte ihn Kleinewächter ermahnt, sich anzuschnallen, ansonsten hätte dieses Manöver auch leicht ins Auge gehen können. Nur was war das überhaupt gewesen? Verdattert guckte Bröker den Fahrlehrer an.

„Ich habe gebremst, Herr Bröker", sagte der trocken.

„Aber ich dachte, ich habe die Kontrolle über die Pedale?", protestierte der Polizeipraktikant.

„Aber dann sollten Sie auch die Kontrolle über den Verkehr behalten. Haben Sie nicht das Auto gesehen, das da rechts aus der Seitenstraße gekommen ist?"

„Doch klar."

„Und wieso haben Sie nicht gebremst?"

„Wieso sollte ich denn? Der will auf unsere Straßen abbiegen, wir fahren schon drauf. Da kann der feine Herr im Mercedes auch mal zwanzig Sekunden warten. Außerdem sind wir die Polizei."

„Das kann der andere Autofahrer aber nicht wissen und auch für Polizeifahrzeuge gelten die Verkehrsregeln, wenn sie nicht gerade im Einsatz und mit Rundumkennleuchte und Folgetonhorn unterwegs sind."

„Mit was?", fragte Bröker überrascht. Er hatte nicht gewusst, über welches technische Equipment so ein Polizeiauto verfügte.

„Blaulicht und Martinshorn", erläuterte Kleinewächter. „Wenn wir die nicht angeschaltet haben, müssen wir die Regeln befolgen wie jeder andere Verkehrsteilnehmer auch."

„Habe ich doch. Wir waren schon auf der Straße. Er wollte abbiegen."

„Aber er kam von rechts."

„Ja und?"

„Haben Sie schon jemals etwas von *rechts vor links* gehört?" Der Fahrlehrer konnte einfach nicht glauben, dass sein Schüler in Verkehrsdingen wirklich so unbedarft war.

„Rechts vor links?", lachte Bröker. „Ich glaube nicht, dass ich das politisch mag. Ich finde eine anständige Linke sehr wichtig."

Irgendjemand hinter ihnen hupte. Bröker wurde klar, dass er mit seinem Fahrlehrer die Verkehrsregeln erörterte, während er in einer Ente mit abgewürgtem Motor kurz vor einer Kreuzung stand.

„Ich glaube, bei Ihnen müssen wir erst einmal mit dem Theorieteil anfangen – lange und ausgiebig", entschied Kleinewächter. „Steigen Sie mal aus. Ich fahre."

Kurze Zeit später sauste ein Citroën 2CV mit überhöhter Geschwindigkeit in Richtung Polizeipräsidium.

29. Kapitel
Zur rechten Zeit am falschen Ort

Als Bröker zu Hause eintraf, fühlte er sich wie erschlagen. Das Praktikum bei der Polizei, die ewigen Streitereien mit van Ravenstijn, daneben seine privaten Recherchen und nun auch die Fahrstunden, das alles war zu viel für ihn. Und dann war da schließlich auch noch der missglückte Tanzabend mit Britta gewesen, der ihn seelisch noch immer beschäftigte. So viel Trubel war er einfach nicht gewohnt.

Schließlich bin ich auch keine dreißig mehr, dachte er, wohl wissend, dass ihn auch mit dreißig schon etliche Leute auf knapp fünfzig geschätzt hatten.

Aus dem Wohnzimmer kam ihm Pagelsdorf entgegen. Er stupste ihn mit der Nase und schaute ihn mit seinen braunen Augen groß an.

„Na, hast du auch so Lust auf ein Bier wie ich?", fragte ihn Bröker das Erste, was ihm in den Sinn kam.

Statt einer Antwort lief der Hund auf direktem Wege zur Tür und wedelte mit dem Schwanz. Dazu ließ er ein ermunterndes Bellen hören.

„Sag nicht, es war noch keiner mit dir draußen?", fragte Bröker. An seine Verpflichtungen als Hundehalter hatte er wieder einmal nicht gedacht. Ob er sich jemals daran gewöhnen würde?

Wieder bellte der Hund.

Bröker verspürte wenig Energie, sich jetzt auch noch um die Bedürfnisse Pagelsdorfs zu kümmern. Vielleicht würde sich ja einer seiner Mitbewohner dazu überreden lassen. „Britta, Gregor?", rief er. Doch er bekam keine Antwort. Auch abermaliges Rufen änderte daran nichts. Dafür kläffte der Hund erneut und guckte Bröker auffordernd an.

„Ist gut, Pagelsdorf, ich gehe mit dir", ächzte er und nahm den Vierbeiner an die behelfsmäßige Leine, die er noch immer nicht gegen ein professionelles Geschirr getauscht hatte.

Zehn Minuten später befand sich Bröker auf dem Kammweg des Teutoburger Waldes unweit der Sparrenburg. Inzwischen hatte es begonnen zu nieseln. Kein untypisches Wetter für den ostwestfälischen Herbst, aber selbst wenn er durch und durch Bielefelder war, wäre Bröker ohne Hund niemals auf die Idee gekommen, bei diesem Wetter das Haus zu verlassen. So aber war er schon nach kurzer Zeit pitschnass. Die Wolljacke, in die er schnell geschlüpft war, hielt den feinen Sprühregen nicht ab, im Gegenteil, sie saugte das Wasser regelrecht auf und seine Schuhe waren ebenfalls durchweicht.

„Lange gehen wir bei diesem Wetter aber nicht spazieren, hörst du, Pagelsdorf", versuchte Bröker den Hund argumentativ auf ein baldiges Umkehren einzustimmen.

Dem aber machte der Regen nichts aus. Neugierig zog er Bröker mal auf die linke, mal auf die rechte Seite des Weges. Auch wenn es aufgrund der Wolken zu dieser frühen Abendzeit schon leicht dämmrig war, konnte Bröker erkennen, wie sich die jungen Bäume zu beiden Seiten des Weges allmählich herbstlich zu färben begannen. Gerade hatte er die *Schöne Aussicht* hinter sich gelassen. Er ließ seinen Blick über die Stadt gleiten. Das ehemalige Café und Restaurant trug seinen Namen zurecht. *Wenn es* nur nicht fortwährend vom Himmel hinuntertropfen würde; Bielefeld und der Teuto könnten so schön sein, dachte er.

Ein heftiger Ruck an Pagelsdorfs behelfsmäßiger Leine riss Bröker aus seinen Betrachtungen. *Wieso konnte das Tier eigentlich nicht wie andere brav hinter seinem Herrchen herlaufen?,* fragte er sich. Der Hund hatte wohl eine Witterung aufgenommen und rannte in einen engen Weg rechts der Promenade.

„Bleib doch stehen!", rief ihm Bröker hinterher. Er musste zugeben, dass es mehr nach einer Bitte als nach einem Befehl klang. Er war den Umgang mit Hunden einfach noch immer nicht gewohnt. „Ein Kaninchen fängst du sowieso nicht, wenn ich hinten an der Leine hänge", versuchte er es mit einem Argument, konnte aber nicht verhindern, dass er mitgezogen wurde.

Der Hund zeigte sich einfach nicht einsichtig. Er strebte auf einen Baum zu und hielt vor ihm an, stellte sich auf die Hinterbeine und machte Anstalten, am Stamm hinaufzuklettern, natürlich ohne Erfolg. Weiter oben im Baum sah Bröker ein Eichhörnchen, das Pagelsdorf offenbar hatte fangen wollen. Der Hund bellte den Nager lauthals an, bis dieser im Blätterwerk entschwunden war.

„Siehst du, nun hast du deine Beute verscheucht, es ist eben nicht immer schlau, so laut zu sein", sagte Bröker, ohne zu ahnen, dass er damit die Erlebnisse der nächsten Minuten vorwegnehmen würde.

Der Hund war wenig zu derart philosophischen Diskussionen aufgelegt. Er hatte offenkundig schon wieder ein neues Ziel entdeckt und zog weiter über eine breite Wiese. Bröker versuchte zu folgen, was ihm nur mit Mühe gelang. Pagelsdorf schienen die Fußgängerpfade nur unnötige Umwege zu sein, zudem fiel der Teutoburger Wald an dieser Stelle steil in Richtung des Zionsfriedhofs und eines ihn umgebenden Parks ab. Wenn sich Bröker richtig erinnerte, lag dahinter eine Hundewiese, wahrscheinlich hatte Pagelsdorf diese schon im Visier. Vielleicht kannte er sie noch von seinem früheren Zuhause oder einer seiner Mitbewohner war in den letzten Tagen mit ihm hier gewesen.

„Langsam, Pagelsdorf!", ermahnte Bröker den Hund. „Ich bin nicht so flink wie du. Außerdem ist vielleicht sowieso kein anderes Tier auf der Hundewiese. Dann musst du also mit mir spielen."

Aber Pagelsdorf war nicht mit Worten zu überzeugen. Mit Bröker im Schlepptau überquerte er einen weiteren Fußweg unterhalb der Promenade und zog ihn an einem kleinen Teich vorbei. *Angeln verboten*, verkündete ein verrostetes Schild – nun, dazu hatte Bröker gerade ohnehin keine Zeit. Der Hund hatte unterdessen eine kleine Brücke überquert und passierte einen dritten Weg, Bröker hintendrein.

Er japste. So gerannt war er schon lange nicht mehr und er war sich auch sicher, dass das nicht gesund sein konnte. Bei jedem Schritt plagte ihn ein

Seitenstechen. „Pagelsdorf, wenn du nicht gleich stehenbleibst, bekomme ich einen Herzinfarkt", jammerte er. Hastig fingerte er in seinen Taschen, um irgendetwas zu finden, mit dem er das Tier ablenken konnte. Seine Hand umschloss etwas Weiches in Folie, als Pagelsdorf mit einem Male stehenblieb. Er war durch eine Ansammlung von Bäumen gerannt, die an einem steil nach oben führendem Hang standen und schließlich an einem Zaun angekommen, der den Friedhof umgab. Hier kam er ohne Brökers Hilfe nicht weiter.

Sein Herrchen betrachtete inzwischen seinen Fund. Das war ja die Mini-Salami, die er sich am Morgen eingesteckt hatte. Über die Ereignisse des Tages hatte er glatt vergessen, sie zu essen. Wie praktisch, dass er sie nun wiederentdeckt hatte. Sein Magen knurrte, da er auch tagsüber für seine Verhältnisse geradezu asketisch gelebt hatte. Aber vielleicht war die Wurst auch etwas, um Pagelsdorf von seinem Plan abzubringen, den Hundespielplatz auf direktem Weg zu erreichen. Bröker war zwischen beiden Verwendungszwecken der Wurst hin- und hergerissen. Schließlich dachte er an *Glücksfleisch* und die *Genießerwürstchen*. Das gab den Ausschlag.

Er öffnete die Verpackung, drückte den Zipfel der Wurst aus der Folie.

„Pagelsdorf, schau einmal. Ich habe hier ganz etwas Leckeres", lockte er das Tier. Bislang war er sich nicht sicher, ob dieses wirklich auf den Fußballernamen hörte, nun aber drehte es sich um und wedelte mit dem Schwanz. Zugegebenermaßen konnte das natürlich auch an dem Fleischstückchen in Brökers Hand liegen.

„Lecker, lecker, lecker", warb der noch einmal.

Das ließ sich Pagelsdorf nicht zweimal sagen, schnappte sich die Wurst aus Brökers Hand, legte sich einen Meter weiter ins Gras und begann, sie genüsslich zu vertilgen.

„Schade, ich hätte gerne auch so eine, aber friss nur", sagte Bröker. Der Hund würde sowieso nichts mehr von seiner Beute herausrücken.

Doch hier täuschte er sich. Plötzlich ließ Pagelsdorf von dem Würstchen ab und lauschte mit gespitzten Ohren hinter den Zaun. Was mochte der Hund nun schon wieder entdeckt haben? Auch Bröker hielt den Atem an und horchte. Jetzt, da er sein Schnaufen unterdrückte und auch der Hund keine Kaugeräusche mehr machte, konnte er leise Stimmen hören. Bröker rückte noch näher an den Zaun heran. Der Hang war so uneben, dass er kaum stehen konnte. Hinter dem Zaun konnte er ein paar Kreuze erkennen, daneben standen blaue Abfallcontainer. Nun konnte er auch drei Stimmen unterscheiden, nein, bei genauerem Hinhören waren es vier.

„Ein bisschen makaber finde ich die Idee schon, sich an einem frisch aufgeschütteten Grab zu treffen, besonders weil es hier wohl bald noch eins geben wird, an dem ihr nicht unschuldig seid", sagte jemand in einer Tonlage, die Bröker merkwürdig bekannt vorkam.

„Nun tu nicht so, als ob du die Unschuld in Person bist", widersprach eine andere Person mit deutlich tieferer Stimme.

„Eben", näselte jemand. „Es ist ja nicht so, als würden wir anderen Menschen grundlos auf der Straße auflauern."

„Wenn es hart auf hart kommt, werden wir dir alles in die Schuhe schieben." Diese Stimme hatte Bröker anfänglich mit der ersten verwechselt, aber nun bestand kein Zweifel mehr, dass es eine vierte Person sein musste.

„Das wagt ihr nicht", sagte der Erste.

„Und ob wir das wagen", lachte der Angesprochene mit dem nasalen Klang. „Genau aus diesem Grund haben wir dich hierhergebeten."

„Na, wenn das Bitten ist, will ich nicht wissen, wie es klingt, wenn ihr jemanden auffordert", protestierte derjenige, der zuerst gesprochen hatte.

„Glaub mir, das willst du wirklich nicht wissen." Der mit der tiefen Stimme hatte ein dreckiges Lachen. „Hast du denn etwas mitgebracht, um unseren kleinen Wunsch zu erfüllen?", fuhr er fort.

Bröker war neugierig, was auf dem Friedhof vor sich ging. Langsam, um bloß kein Geräusch zu machen, lehnte er sich über den Zaun und bog die Zweige des angrenzenden Busches leicht auseinander. Der Zaun, der sowieso schon schief stand, ächzte leicht. Aber

Brökers Einsatz wurde belohnt: Wie erwartet sah er hinter einer Reihe von Gräbern vier Personen. Die eine, deren Stimme er zu kennen glaubte, drehte ihm den Rücken zu. Ihr gegenüber standen drei bullige Männer. Soweit Bröker das in dem Halbdunkel erkennen konnte, sah jeder von ihnen aus, als würde er täglich in einem Fitnessstudio mehrere Stunden lang Gewichte stemmen. Zwei von ihnen hatten zudem Nasen, die wahrscheinlich schon einmal gebrochen gewesen und schlecht wieder zusammengewachsen waren. Echte Schlägervisagen, wie Bröker fand.

„Was ist nun, du bist doch hier, um uns etwas zu geben", sagte der Mittlere der Muskelmänner. Das war eindeutig der Typ mit der nasalen Stimme.

„Ja, bin ich, ich habe auch etwas dabei. Es ist aber nicht genau das, was ihr erwartet", gab derjenige kryptisch zurück, der mit dem Rücken zu Bröker stand. Dabei trat er nervös von einem Bein auf das andere.

„Was soll das heißen?", fragte der linke Schläger.

„Etwas weniger", war die Antwort. „Ihr bekommt den Rest auch, aber ich bin gerade nicht so flüssig."

„Hör' sich das einer an", meldete sich nun auch der dritte Muskelmann zu Wort. „Aber anderen Leuten Aufträge erteilen."

„Dafür habe ich euch schon bezahlt", protestierte der Einzelne. Gleichzeitig gab er dem mit der tiefen Stimme etwas, was Bröker für einen Umschlag hielt.

„Aber nicht genug", lachte der heiser und riss das

Papier auf. „Wann sehen wir den Rest?", fragte er, nachdem er einen raschen Blick in den Inhalt des Kuverts geworfen hatte.

Vor Aufregung über die Situation hatte Bröker ganz vergessen, dass es ursprünglich sein Hund gewesen war, der ihn hierhergeführt hatte. Der hatte ausdauernd gewartet, wann sich denn sein neues Herrchen weiterbewegen würde. In diesem Moment aber schien Pagelsdorf die Situation unheimlich zu werden. Vielleicht war er auch nur ungeduldig oder seine Wurst war alle, jedenfalls machte er sich nun bemerkbar. Ein leises, aber gut vernehmbares *Wuff* durchschnitt die Stille.

„Scheiße, ist da wer?", fragte der mittlere Schläger sofort.

Bröker ließ die Büsche los. Zweige knisterten.

„Da ist doch einer!", stellte nun auch der mit der tiefen Stimme fest. „Hinterher!", kommandierte er.

Bröker hörte, wie hinter den Büschen Kies unter schnellen Schritten knirschte.

„Rechtsrum!", rief jemand. Die Schläger suchten offenbar nach einem Ausgang.

Bröker rannte in die Richtung zurück, aus der er gekommen war. Pagelsdorf hingegen blieb stehen und bellte abermals. Doch Bröker ließ sich nicht beirren. Diesmal zog er den Hund hinter sich her.

30. Kapitel

Wer war das?

„Bröker, nun sag doch endlich, worüber du nachdenkst!", forderte ihn Gregor auf.

Zu später Stunde hatte sich die gesamte Hausgemeinschaft inklusive Pagelsdorf in Brökers Wohnzimmer eingefunden. Bröker hatte sich einen Whiskey eingeschenkt, während seine beiden Mitbewohner jeder ein Glas Wein vor sich stehen hatten. Einzig der Hund hatte anstelle von Alkohol einen Ochsenziemer vor sich, den Britta besorgt hatte, doch er sah damit nicht weniger zufrieden aus als seine menschlichen Hausgenossen mit ihren Getränken.

„Den ganzen Abend bist du schon so still und wir wissen nicht, warum", ergänzte Britta Gregors Frage. „Haben wir etwas falsch gemacht?"

„Ja, hast du unseren Streit noch nicht vergessen?", fragte der Junge nach.

„Oder ist es deshalb, weil ich dich zu dieser Tanzstunde genötigt habe?", hegte Brökers alte Freundin einen ähnlichen Verdacht.

Bröker trank von seinem *Lagavulin* und ließ ihn durch seinen Mund gleiten. Wie er diesen torfigen Geschmack liebte. „Es liegt nicht an euch", sagte er, als er heruntergeschluckt hatte. „Ich bin doch froh, dass ich euch habe. Mich beschäftigt viel mehr eine merkwürdige Beobachtung, die ich heute Abend gemacht habe, und ich versuche, sie einzuordnen." In knappen Worten schilderte er, wie er mit Pagelsdorf ausgegangen war, dieser ihn vom Weg abgebracht und was er auf dem Zionsfriedhof gesehen hatte. „Zum Schluss waren die Typen hinter mir her. Ich bin gerannt, so schnell ich konnte", beschrieb er die Szene, in der er zurück auf den Promenadenweg gelaufen war.

„Das ist bekanntlich nicht sehr schnell", spottete Gregor. „Ein bisschen seltsam ist es schon, dass sie dich nicht gekriegt haben."

Britta musste kichern.

„Ich hatte Glück", erklärte Bröker. „Der Friedhof hat an dieser Stelle keinen Ausgang und die Muskelmänner und vielleicht auch der Vierte in ihrem Bunde mussten ein ganzes Stück in die falsche Richtung laufen. Da war ich schon wieder zwischen den Bäumen verschwunden. Ich konnte noch beobachten, wie sie nach mir gesucht haben. Richtig sicher habe ich mich erst gefühlt, als die Sparrenburg wieder in Sicht war. Da liefen dann auch mehrere Leute mit Hund herum. Niemand hätte sagen können, wer von denen sich ein paar Minuten zuvor am Friedhof herumgetrieben hat. Na gut, ich war der einzige, der gekeucht hat wie ein Marathonläufer. Der Teuto ist an der Stelle aber auch verdammt steil."

„Ich verstehe, dass du beinahe von den drei Kleiderschränken zusammengeschlagen worden wärest und dass du froh bist, ihnen entwischt zu sein", resümierte Britta. „Aber wieso hast du den ganzen

Abend darüber geschwiegen? So kenne ich dich gar nicht."

„Eben, ohne deine markanten körperlichen Eigenschaften und deine Vorliebe zu exzellentem schottischen Single Malt hätte ich dich kaum als Bröker identifiziert", stieß Gregor ins gleiche Horn.

„Aber versteht ihr denn nicht: Ich habe da irgendetwas beobachtet, das mit einem Verbrechen zu tun hat", gab Bröker zurück. „Eine Geldübergabe, wenn ich raten sollte."

„Das würde ich auch vermuten", pflichtete ihm der Junge bei. „Aber wenn du jetzt ermitteln möchtest, dann brauchst du wohl etwas mehr als die kleine Szene, die du gesehen hast. Es würde zum Beispiel helfen, wenn du einen der Muskelmänner erkannt hättest."

„Das ist es ja gerade", erwiderte Bröker aufgebracht. „Die Muskelmänner kannte ich nicht, da bin ich mir sicher."

„Kein Wunder, wenn du immer nur in Fitness-Studios für Frauen gehst", witzelte Gregor in Anlehnung an einen früheren Fall.

„Aber bei dem vierten Mann, den ich nur von hinten sehen konnte, meine ich, die Stimme schon einmal gehört zu haben", ergänzte ihr Hausherr, ohne auf die Bemerkung einzugehen.

„Hm, das ist zwar eine wichtige Beobachtung, aber wie viele Stimmen magst du im Verlauf deines Lebens schon gehört haben? Zweitausend? Fünftausend? Und das sind dann nur die, bei denen du den Sprecher auch persönlich gesehen hast", grübelte der Junge. „Hast du keinen Anhaltspunkt, wo du denjenigen getroffen haben könntest? Oder ob dir die Stimme eher aus dem Fernsehen oder Radio bekannt vorkommt?"

„Letzteres eher nicht", überlegte Bröker. „Dazu war sie auch nicht wohltönend genug. Sie hatte eher etwas Gequetschtes. Das hört sich niemand gerne länger an." Er machte eine Pause. „Es kommt mir auch vor, als hätte ich die Stimme erst vor Kurzem zum ersten Mal gehört. Wenn ich nur wüsste, wo."

„Oh je, gerade in letzter Zeit hattest du schließlich einige neue Begegnungen", war Britta skeptisch. „Allein die ganzen Leute aus dem Polizeipräsidium."

„Mann, wenn das einer von denen gewesen wäre, das wäre doch der Hammer." Gregor war sofort Feuer und Flamme. „Stell dir mal vor, einer der Bullen wäre in ein größeres Verbrechen verwickelt und wir wären diejenigen, die das aufdecken! Also vor allem natürlich du, Bröker. Charly würde dich in ihrer Zeitung feiern."

Aber der schüttelte nur langsam den Kopf. „Da klingelt bei mir nichts", sagte er gedehnt. „Ich müsste in dem Fall die Stimme einem Polizistengesicht zuordnen. Und außerdem: Wenn ich das richtig gesehen habe, hat derjenige, der mit dem Rücken zu mir stand, den Schlägertypen irgendetwas gegeben – wie gesagt: ich denke, es war Geld. Bei allen Schandtaten, die ich mir bei Polizisten vorstellen kann, wäre der Bulle derjenige, der die Kohle bekommt, nicht der, der sie rausrückt."

„Wen hast du sonst noch Neues gesehen?", grübelte Britta. „Zum Beispiel die Leute aus meinem Tanzkurs. Auch wenn ich die nicht alle persönlich gut kenne, so würde ich für die meisten von ihnen doch meine Hand ins Feuer legen. Zumindest insoweit, dass ich glaube, dass sie nicht in eine finstere Machenschaft verstrickt sind."

„Glaube ich auch nicht", stimmte der Junge ein. „Auch wenn ich deine Tänzer nie auch nur gesehen habe. Jemand, der zum Tanztee geht, trifft sich nicht zur Geldübergabe auf einem Friedhof, das passt doch nicht."

„Und außerdem habe ich da nur mit den Frauen gesprochen", ergänzte Bröker. „Und das auch nur mit zweien." In der Erinnerung daran verzog er schmerzhaft das Gesicht.

„Aber was bleibt dann?" Gregor wollte sich nicht so schnell geschlagen geben.

„Hm, zum Beispiel dieser Brömmelthieß", erwiderte Bröker. „Ihr wisst schon, der Mann mit der Sicherheitsfirma. An den habe ich auch schon gedacht, aber der war es nicht. Der ist viel zu groß für den Mann, den ich heute gesehen habe. Dann war da noch der Fahrlehrer heute, bei dem ich meine erste Fahrstunde hatte."

„Du nimmst Fahrunterricht?" Britta und Gregor

stießen den Satz unisono aus und auch ihre ungläubigen Blicke ähnelten sich.

„Ich habe eine Fahrstunde genommen. Gezwungenermaßen. Ravenstijn hat wiederholt darauf hingewiesen, dass ich nicht fahren kann und da kam Schewe auf die Idee, mir Fahrstunden zu spendieren. Ich glaube, sowohl Herr Kleinewächter, das ist der Fahrlehrer, als auch ich haben eingesehen, dass es in nächster Zeit nicht zu mehr Stunden kommen sollte." Bröker machte eine Pause. „Aber darum geht es auch gerade nicht. Jedenfalls gehörte die Stimme auch nicht Kleinewächter. Und ansonsten sehe ich bei meinem Praktikum nur die Sekretärin, die Kaffeemaschine und den Aktenvernichter." Er seufzte, als er daran dachte, dass er in weniger als neun Stunden schon wieder im Präsidium sein musste.

„Jetzt bist du ungerecht. Als ihr die *Raspiritter* besucht habt, haben sie dich mitspielen lassen", grinste Gregor.

Bröker guckte nachdenklich.

„Jetzt sag nicht, es war einer von uns!" Sein Mitbewohner war noch immer empfindlich, wenn es um die Ermittlungen gegen seine Mitstreiter ging.

„Sage ich ja gar nicht", brummte Bröker. „Aber du hast recht. Manchmal durfte ich tatsächlich mit dabei sein." Wieder machte er eine Pause. Schlagartig hellte sich seine Miene auf. „Das ist es!", rief er. „Ich habe diese Stimme vor einer knappen Woche gehört. An meinem zweiten Arbeitstag. Sie gehört diesem

Stachel. Dem Leiter des *Edelmarktes*. Den haben wir doch länger ausgequetscht und da ist mir schon aufgefallen, dass er eine etwas unangenehme Tonlage hat."

„Bist du dir sicher?", hakte Gregor nach.

Bröker nickte.

Nun war auch Britta entflammt: „Dann könnte ja deine Beobachtung von heute Abend im Zusammenhang mit dem Tod von Gregors Freund …"

„Chris Bohnenkamp", ergänzte der.

„Genau, dann könnte das mit dem Tod von Chris Bohnenkamp zu tun haben", vollendete die neue Mitbewohnerin ihren Satz.

„Unmöglich wäre es nicht", nickte Bröker. „Das würde bedeuten, dass dieser Stachel Dreck am Stecken hat. Aber wie das dazu führen soll, dass Chris ermordet wurde, ist mir noch rätselhaft."

„Hm, mir auch. Auf den ersten Blick sieht es nach zwei getrennten Geschichten aus." Gregor hatte die Stirn in Falten gezogen. „Um herauszufinden, ob es da einen Zusammenhang gibt, müssten wir erst einmal einen Hinweis haben, was bei diesem Stachel nicht mit rechten Dingen zugeht."

„Stimmt", erwiderte Bröker.

„Wozu hast du einen Freund, der sich mit dem Computer auskennt?", strahlte sein Mitbewohner.

„Du und dein Computer", musste Britta lachen. „Was hast du denn vor?"

„Ich habe nur gerade ein bisschen überlegt", holte

der Junge aus. „Wo kann man denn bei jemandem, der einen Supermarkt betreibt, am ehesten schmutzige Wäsche finden?"

„Hm, wenn er einen Waschsalon hätte, wüsste ich die Antwort", grinste Bröker. „Sag du es mir."

„Die meisten dieser Leute haben mit irgendwelchen Tricks ihre Bilanzen ein bisschen aufgehübscht", erklärte Gregor weiter. „Da würde ich zuerst suchen."

„Meinst du nicht, dass du da jetzt ein bisschen zu sehr in Klischees denkst?", fragte Britta skeptisch.

„Mag sein", gab Gregor freimütig zu. „Aber aus irgendeinem Grund gibt es diese Klischees ja. Außerdem wissen wir schon, dass Stachel für irgendetwas dunkle Zahlungen geleistet hat. Es gibt also eine Sache, die bei ihm nicht ganz in Ordnung ist. Warum nicht mal bei seiner Steuererklärung anfangen? Da kann man vieles entdecken, wenn man weiß, wie man suchen muss."

„Ich wüsste noch nicht einmal, wie ich an die Steuererklärung des *Edelmarktes* komme", musste Bröker zugeben.

„Wie ich das legal machen sollte, wüsste ich auch nicht", lachte Gregor. „Aber ich hätte da schon Mittel und Wege, an die Bilanzen zu kommen."

„Du willst dich doch nicht wieder in irgendwelche Steuerunterlagen hacken?", fragte Bröker. Ihm schwante nichts Gutes.

„Du hast es erfasst", grinste sein jüngerer Mitbewohner.

„Gregor, du weißt, dass ich großen Respekt vor deinen Künsten als Computergenie habe. Ich habe sie ja auch schon häufig genug in Anspruch genommen. Aber was du da vorhast, ist gefährlich. Weißt du nicht mehr, wie wir uns kennengelernt haben?", warnte Bröker.

„Ich habe dir über die Straße geholfen?", zwinkerte der Junge. „Oder nein, warte: Du wolltest Hasch bei mir kaufen und fast hätten sie uns erwischt."

Britta musste bei dieser Vorstellung laut lachen.

„Mann, du hast versucht, an die Steuerunterlagen des Oberbürgermeisters zu kommen und sie sind dir auf die Schliche gekommen. Und anschließend haben sie dich zu Sozialstunden verdonnert. Aber so billig kämst du jetzt nicht wieder davon", erinnerte der Hausherr seinen Mitbewohner.

„Ja, immer die alte Leier", protestierte der Computerspezialist. „Ich war damals müde und vielleicht hatte ich auch etwas getrunken. Aber dank dir habe ich mich an den Wein gewöhnt. Da macht das eine Glas nichts mehr aus."

„Trotzdem möchte ich dich ungern die nächsten Jahre im Knast besuchen. Auch wenn es verführerisch wäre, ein Zimmer mehr zu haben", konterte Bröker.

„Und was würdest du damit machen? So schnell wie damals kommst du nicht wieder an einen Siebzehnjährigen." Gregor war in Hochform.

„Jedenfalls will ich nicht, dass du dich in die Bilanzen des *Edelmarktes* hackst. Basta!", entschied sein älterer Freund. „Und das nicht nur, um dich nicht in Gefahr zu bringen, sondern auch, weil es völlig sinnlos wäre."

„Halt, halt, halt. Da komme ich nicht mit", ging Britta dazwischen. „Ich fand eigentlich die Erklärung, dass sich Unregelmäßigkeiten oft in den Bilanzen widerspiegeln, gut. Wieso wäre es jetzt sinnlos, sich diese Bilanzen zu besorgen?"

„Weil ich sie nicht verwenden dürfte", erklärte Bröker. „Du musst bedenken, dass ich noch immer dieses Praktikum bei der Polizei mache."

„Wo sie dich aber nicht ermitteln lassen. Stattdessen musst du Akten vernichten – und deine Zeit gleich mit", entgegnete Gregor.

„Ja, schon, aber ich kann mich kaum mit dem Fall beschäftigen, ihn womöglich sogar aufklären, ohne dass Schewe etwas davon mitbekommt", konterte Bröker. „Und wenn er mich dann fragt, woher ich die Unterlagen habe, aus denen ich meine Schlüsse ziehe, kann ich doch nicht sagen: Die hat mir mein Mitbewohner illegal aus dem Internet beschafft. Von dem, was van Ravenstijn denkt, mal ganz zu schweigen. Bei dem bist du spätestens seit seinem Besuch bei den *Raspirittern* ein Halbkrimineller. Dass er euch nichts anhängen konnte, hat er dir nicht vergessen."

„Und was willst du stattdessen machen?", hakte der Junge nach.

„Es hat auch seine Vorteile, offiziell für die Polizei zu ermitteln", erwiderte der Hausherr. „Die Polizei darf sicherlich Einsicht in die Bilanzen des *Edelmarktes* nehmen."

„Du musst nur einen deiner Vorgesetzten davon überzeugen, dass es einen guten Grund dafür gibt, dass du Stachel verdächtigst", entgegnete Gregor. „Dass du im Halbdunkel mit deinem Hund unterwegs warst und dabei durch eine Hecke vier Gestalten belauscht hast, wird sie kaum zur Einsicht bringen."

„Das lass nur meine Sorge sein", brummte Bröker und schenkte sich Whiskey nach.

31. Kapitel
Fast wie ein Bulle

Es war Brökers Sorge. Die halbe Nacht lag er wach. Immer wieder quälten ihn die Gedanken, wie er Schewe, van Ravenstijn oder wenigstens Mütze davon überzeugen konnte, dass der *Edelmarkt* eventuell doch Dreck am Stecken hatte. Den Holländer als Komplizen zu gewinnen, schloss er von vornherein aus. Wenn van Ravenstijn nicht zweifelsfrei davon ausging, dass er eine Idee selbst geboren hatte, hielt er sie für grundfalsch und bekämpfte sie. Bei Schewe müsste man mit Geschick zu Werke gehen, aber welche Argumente Bröker hervorbringen sollte, konnte er nicht sagen. Und Mütze wäre sicherlich auf seiner

Seite, nur wusste Bröker nicht, welchen Einfluss sein Freund auf Schewes Entscheidungen hatte.

Er wälzte sich von einer Seite auf die andere, schlummerte ein und träumte von Uli, wachte wieder auf und noch immer war sein Kopf gefangen in seinen Problemen. Als er endlich eingedöst war, begann Pagelsdorf laut zu bellen. Wahrscheinlich träumte er auch von dem Spaziergang und er stellte sich vor, wie er die Muskelmänner über den Friedhof jagte, oder davon, dass ihm irgendjemand eine besonders leckere Wurst vor die Nase hielt. Für Bröker war das gleichgültig, er tat kein Auge zu, bis er meinte, die Glocken der Neustädter Marienkirche vier Uhr schlagen zu hören. Über die Frage, ob die Glocken so früh schon läuteten oder ob er sich getäuscht hatte, schlief er endlich ein.

Am nächsten Morgen wachte Bröker erst auf, als ihm Pagelsdorf zum zweiten Mal mit der Zunge durchs Gesicht schleckte. Beim ersten Mal hatte er sich noch an seine Jugend zurückerinnert und gemurmelt: „Hör auf, Mama. Du musst mich nicht mit dem Waschlappen bewerfen, damit ich aufstehe."

Ein Blick auf seinen Wecker ließ ihn dann aber schlagartig munter werden. Es war schon zwanzig nach acht. Er hatte mehr als eine Stunde verschlafen. Obwohl er sich nur die Zähne putzte, das Rasieren ebenso wie das Duschen auf den Abend verschob und auch den Hundespaziergang auf zehn Minuten kürzte, war es zehn nach neun, als er im Präsidium eintraf. Er mochte gar nicht zählen, wie oft er in der Woche, in der er nun für die Bielefelder Kripo tätig war, zu spät gekommen war. Schewe hatte offenbar gerade die Morgenbesprechung beendet, Bröker sah einen ganzen Schwung an Kollegen aus seiner Abteilung, als er auf seinen Flur abbog.

„Bröker. Na, ausgeschlafen?" Natürlich war van Ravenstijn der Erste, der ihm entgegenkam.

„Ich habe von Ihnen geträumt, Ravenstijn. Darum habe ich so gut geschlafen. Da schlummert man, als habe man Gouda gegessen." Obwohl Bröker wusste, dass es nicht klug war, sich in diesem Augenblick mit dem Holländer anzulegen, konnte er seine Zunge nicht im Zaum halten.

„Ihnen wird das Spotten schon noch vergehen", erwiderte der ungnädig. „Da Sie die Morgenrunde verpasst haben, werden Sie zu den Ermittlungen auch nichts Entscheidendes beitragen können. Darum ist es wahrscheinlich besser, wenn Sie sich wieder dem Aktenstudium widmen." Hämisch grinsend zeigte er auf einen Rollwagen am anderen Ende des Ganges, auf dem sich vermutlich weitere alte Unterlagen befanden.

„Und in welcher Richtung ermitteln Sie dann weiter?", unternahm der noch einen Versuch, in die Nachforschungen einbezogen zu werden.

„Bröker, wie oft muss ich es noch sagen? Sie sind hier Praktikant. Die Ermittlungen der Profis gehen

Sie nichts an", erwiderte der Psychologe kaltschnäuzig und ließ ihn stehen.

Bröker seufzte. Nie würde er van Ravenstijn so auf seine Seite ziehen können, damit dieser eine Durchleuchtung Stachels guthieß. Aber das hatte er ja schon vorher gewusst. Verdrossen schob er den Aktenwagen in sein Kabuff, ließ ihn dort aber direkt hinter der Eingangstür stehen. So viel war klar: Den heutigen Tag würde er nicht damit verbringen, Berge von Papier durch den Schredder zu jagen.

Aber wie konnte er versuchen, Schewe für seinen Ansatz zu interessieren? Dass er den Hauptkommissar brauchte, stand außer Frage. Ohne polizeiliche Befugnisse wäre Bröker wieder auf die effizienten, aber illegalen Hackerkenntnisse Gregors angewiesen. Aber dann würde er die so gewonnenen Erkenntnisse Schewe auch nicht präsentieren können. Oder ob er doch Mütze um Rat fragen sollte? Das mochte ein Weg sein, andererseits kam es Bröker aber feige vor, Mütze vorzuschicken, wenn er selbst den Kontakt zu Schewe hätte suchen sollen. Das hatte schon beim letzten Mal nicht sonderlich gut geklappt.

Er hätte noch nicht einmal sagen können, warum er den Gang zum Ersten Hauptkommissar so scheute. Was hatte er zu verlieren? Schließlich schien es nicht so, als sei das Ermittlerteam um Großebrummel und den selbsternannten Profiler van Ravenstijn der Aufklärung des Falles nahe. Und er hatte vielleicht einen brauchbaren Hinweis. Andererseits hatte er sicherlich nicht den besten Eindruck hinterlassen, als er heute die Morgenbesprechung geschwänzt hatte. Was, wenn ihn Schewe diesbezüglich zur Rede stellte und gar nicht weiter auf Brökers Hinweise einging?

Bröker war hin- und hergerissen. Zweimal schon hatte er den Hörer des grauen Diensttelefons mit Wählscheibe auf seinem Schreibtisch in der Hand gehabt und zweimal hatte er ihn wieder auf die Gabel gelegt. Bröker lachte. Selbst ihm kam die Ausstattung seines Büros überholt vor. Was wohl jemand wie Gregor dazu sagen würde?

Konzentrier dich, ermahnte er sich kurz darauf. Diese Betrachtungen des Büroequipments dienten doch nur dazu, ihn von der eigentlichen Frage, wie er seinen Abteilungsleiter ansprechen sollte, abzulenken. Erneut griff er zum Hörer, nur um festzustellen, dass er Schewes Nummer gar nicht hatte. Selbst wenn er den Mut aufbrachte, Schewe anzurufen, benötigte er zuerst dessen Durchwahl. Er überlegte kurz. Frau Schnakenwinkel würde sie kennen. Deren Nummer aber kannte er auch nicht. Er stand auf. Wenn er zu der Sekretärin ging, konnte er auch eigentlich gleich zu Schewe weitergehen, der saß nur zwei Türen weiter. Aber ein persönliches Gespräch fand er noch furchteinflößender als einen Telefonanruf. Also würde er doch Frau Schnakenwinkel einen Besuch abstatten. Die würde sich vielleicht sogar freuen, ein bisschen von ihrer Arbeit abgelenkt zu werden. Entschlossen ging Bröker zur Tür.

In diesem Moment klopfte es. Bröker erschrak. Sein Herz schlug bis zum Hals und er hatte den Eindruck, kurz vor einem Herzinfarkt zu stehen, so tief hatte er in Gedanken gesteckt.

„Herein!", sagte er mit belegter Stimme.

Die Tür ging auf und Schewe betrat Brökers Büro. Kurz fragte sich Bröker, ob er vielleicht über telepathische Kräfte verfügte und den Ersten Hauptkommissar per Gedankenkraft an seinen Arbeitsplatz bestellt hatte.

„Guten Morgen, Bröker", sagte der. Dass er das *Herr* in der Anrede wegließ, gab den Worten etwas Vertrauliches. „Sie sind ja entgegenkommend", fügte er mit einem Zwinkern hinzu.

Bröker stutzte, dann verstand er den Wortwitz des Kommissars und lachte: „Ja, Sie werden mir wohl trotzdem nicht glauben, dass ich gerade auf dem Weg zu Ihnen war."

„Wirklich?", guckte ihn Schewe mit strenger Miene an. „Wollten Sie sich dafür entschuldigen, dass Sie heute Morgen durch Abwesenheit geglänzt haben?"

„Das tut mir leid, wirklich." Wieso kam Bröker sich immer wie ein Schuljunge vor, wenn er einer Autoritätsperson gegenübertrat?

„Natürlich schätze ich so etwas nicht, der Zusammenhalt meines Teams, die Ideen, die jeder in die Ermittlungen in einem Fall einbringt, sind mir wichtig. Und das gilt besonders für Ihre Ideen."

Bröker nickte schuldbewusst.

„Umgekehrt kann ich mir vorstellen, dass Sie langsam am Sinn Ihres Praktikums zweifeln", fuhr der Kommissar fort. „Und das tut mir ehrlich leid. Vielleicht hätte ich Sie nicht van Ravenstijn zuteilen sollen. Ich hatte gehofft, dass Sie beide sich besser verstehen. Das Verhältnis zwischen Ihnen ist noch immer angespannt, oder?"

„Er versorgt mich immer mit Arbeit, mir ist nie langweilig", erwiderte Bröker zweideutig und zeigte auf den Aktenberg auf dem Rollwagen. „Das alles darf ich heute noch in Konfetti verwandeln."

„Sie haben sich eher vorgestellt, mehr von unserer Ermittlungsarbeit kennenzulernen, denke ich."

„Ja, oder Sie dabei zu unterstützen."

„Das ist natürlich nicht immer ganz einfach. Sie sehen ja selbst, wie wir im Fall des Mordes an Herrn Bohnenkamp im Nebel stochern. Polizeiarbeit ist eben oftmals sehr mühsam, aber das haben Sie vielleicht auch schon vor Ihrem Praktikum gewusst."

Das war die Gelegenheit, dachte Bröker. Jetzt musste er Schewe einfach sagen, was er über den Fall dachte. „Da hätte ich vielleicht eine Idee", sagte er. Seine Stimme klang dabei seltsam verzagt und passte kaum zu dem Satz, wie er fand.

Schewe hob die Augenbrauen. „Ja wirklich?", fragte er. „Und wieso erfahre ich das erst jetzt?"

„Weil ich die Idee erst seit gestern Abend habe", erklärte Bröker wahrheitsgemäß. „Das ist auch der Grund, warum ich heute Morgen etwas später dran war", fügte er in der Hoffnung hinzu, die Scharte seines Fehlens bei der Morgenrunde auswetzen zu können.

„So?" Schewe schien ihm die Ausrede nur halb zu glauben. „Und was ist diese Idee, wenn ich fragen darf?"

„Ich habe privat noch ein paar Erkundigungen eingeholt", holte Bröker aus. Dass er dies durch Zufall auf einem Spaziergang mit Pagelsdorf getan hatte, musste der Hauptkommissar nicht wissen. „Und dabei ist mir der *Edelmarkt* noch einmal ins Visier geraten. Ich kann Ihnen noch keine Details nennen, aber irgendetwas an deren Geschäftsgebaren kommt mir komisch vor. Könnte man so etwas nicht überprüfen?" Hoffentlich biss Schewe auf diesen Köder an. Bröker hätte die eigenen Argumente wohl etwas nebulös gefunden, wenn er an der Stelle des Hauptkommissars gewesen wäre.

„Und was?", wollte sein Gesprächspartner auch sofort wissen.

„Wenn ich das so genau sagen könnte", gab sich Bröker vage. Er hatte das Gefühl, dass er auf diese Weise seinem Ziel eher näherkam, als wenn er Schewe von der belauschten Unterhaltung am Zionsfriedhof berichtet hätte. Bei der Interpretation der Unterhaltung, deren unfreiwilliger Zeuge er geworden war, hatte er sich schon sehr auf seine Intuition verlassen und auch, dass er Stachel gehört hatte, war eher ein Gefühl als eine beweisbare Tatsache. „Schon bei dem

Gespräch mit Stachel am letzten Donnerstag hatte ich ein ungutes Gefühl. In den letzten Tagen habe ich immer wieder versucht, herauszufinden, weshalb. Aber ich kann es beim besten Willen nicht auf den Punkt bringen." Er setzte ein unglückliches Gesicht auf.

„Das ist ziemlich dürftig", erwiderte Schewe erwartungsgemäß.

„Ja, ich weiß", nickte Bröker. Irgendwie musste er die Information, dass Stachel Gelder an finstere Typen zahlte, unterbringen. Nur hatte er sich selbst jetzt schon den Weg verbaut, um von seinem Abendspaziergang zu berichten. Manchmal benahm er sich in seinem Versuch, nur nichts Falsches zu sagen, aber auch einfach zu blöd. Er würde seine neuesten Erkenntnisse einfach auf Kanäle schieben, die er nicht so genau angeben musste, beschloss er: „Darum habe ich auch Gregor gebeten, sich ein wenig umzuhören. Er hat noch aus seinen Zeiten als Hacker Zugang zu Informationen, die selbst die Polizei nicht so einfach bekommt. Er konnte mir nichts Konkretes sagen, aber es hieß dabei immer wieder, dass irgendetwas an diesem Markt nicht ganz sauber sei. Einer seiner früheren Kollegen muss Gregor sogar berichtet haben, wenn er üble Absichten hätte, wäre es leicht, den *Edelmarkt* zu erpressen." Nun war es raus. „Ich dachte, dass ein Blick in die Geschäftsunterlagen vielleicht Klarheit geben könnte", schob er noch schnell nach.

Schewes Stirn warf inzwischen Wellen wie der Atlantik bei starkem Orkan. „Bröker, Sie wissen, ich schätze Sie sehr", begann er.

Das wusste Bröker nicht, darum erfreute ihn der Satz umso mehr.

„Aber alle Argumente, die Sie gerade vorbringen, klingen nach Hörensagen", schränkte der Hauptkommissar das Lob sofort wieder ein. „Ich kann doch nicht die Bücher einer der bekanntesten Bielefelder Supermärkte sicherstellen lassen, weil sich im Netz jemand, dessen Namen Sie bestimmt nicht kennen, bei Ihrem Freund und Mitbewohner, dessen Namen ich sicher aus den Akten heraushalten soll, mit einer ominösen Anschuldigung gemeldet hat."

Bröker seufzte, die Worte des Leiters seiner Abteilung waren nachvollziehbar. „Ich finde nach wie vor die Vorstellung nicht abwegig, dass die Täter im Umfeld des *Edelmarktes* zu finden sind", beharrte er. „Schließlich wurde Chris Bohnenkamp direkt davor gefunden."

„Man könnte auch sagen: Wenn die Täter irgendetwas mit dem Geschäft zu tun haben, warum haben sie dann ihr Opfer vor dessen Eingangstür liegen lassen?", hielt ihm Schewe entgegen.

Wieder konnte Bröker kaum widersprechen. Was der Erste Hauptkommissar erklärte, hatte Hand und Fuß. Er war sicherlich nicht nur durch gute Beziehungen auf seine Position gekommen. „Wenn ich es richtig verstanden habe, haben wir derzeit aber auch keine anderen konkreten Spuren", versuchte Bröker einen letzten Vorstoß.

„Das stimmt. Die Hinweise auf die osteuropäischen Einbrecherbanden haben sich nicht erhärtet", musste der Abteilungsleiter zugeben. „Die habe ich doch ins Spiel gebracht. Und von van Ravenstijns Theorien reden wir besser nicht."

Bröker musste grinsen. Allerdings hatte der Psychologe zu Beginn der Ermittlungen auch Stachel verdächtigt. Wenn sich dessen wirre Vermutungen von letzter Woche nun bestätigen würden, wollte er sich das Triumphgeheul des Holländers lieber nicht anhören. Da würde auch ein Hinweis darauf, dass dieser in den vergangenen Tagen beinahe jeden beschuldigt hatte, der auch nur im Entferntesten mit dem Fall zu tun hatte, wenig helfen. „Wäre es nicht einen Versuch wert, dem *Edelmarkt* und seinem Leiter doch noch einmal genauer auf die Finger zu sehen?", versuchte Bröker Schewe einen Stoß in die richtige Richtung zu geben.

Der Kommissar wiegte den Kopf hin und her. „Ich gebe Ihnen recht, dass es besser ist, eine vage Spur zu verfolgen als gar keine", sagte er.

„Sehen Sie, das habe ich mir auch gedacht." Nun durfte Bröker den Polizisten nicht mehr vom Haken lassen.

Der jedoch fuhr fort: „Aber ich kann trotzdem nicht bei einem von Bielefelds vornehmsten Supermärkten auflaufen und die Bücher mit der Begründung sicherstellen, einer unserer Praktikanten habe von seinem Freund einen Hinweis aus dunklen Kanälen bekommen, da könne etwas nicht ganz astrein sein – selbst wenn dieser Praktikant der *Mister Marple von der Sparrenburg* ist."

Bröker dachte nach. Natürlich hatte Schewe auch in diesem Punkt recht. Trotzdem musste es doch irgendeine Möglichkeit geben, an die gewünschten Unterlagen zu gelangen. Ihm kam eine Idee. „Haben wir hier im Präsidium eigentlich auch eine Abteilung für Wirtschaftskriminalität?", fragte er.

„Haben wir natürlich", bestätigte sein Gegenüber. „Wollen Sie lieber dahin wechseln?"

„Nein, nein. Ich dachte nur, dass es den Kollegen von dort eher möglich sein sollte, an die Geschäftsbücher eines Betriebs zu kommen", erläuterte Bröker seinen Plan. „Kollegen von Ihnen natürlich", fügte er rasch hinzu. Schließlich wollte er sich kein Amt anmaßen, das ihm nicht zustand und das er auch nicht gerne innegehabt hätte.

Schewe grinste: „Da müssten wir uns aber auch einen Vorwurf gegen den *Edelmarkt* ausdenken."

„Es könnte auch ein fiktiver Vorwurf gegen einen der Zulieferer sein", ließ Bröker seiner Fantasie freien Lauf. „Man könnte sagen, es habe bei diesem Unregelmäßigkeiten in den Büchern gegeben und man wolle nun überprüfen, was er wirklich an die Märkte geliefert habe."

Schewe nickte. „Das klingt zwar immer noch reichlich fadenscheinig, aber es könnte funktionieren. Ich spreche mal mit den Kollegen." Schewe wandte sich der Tür zu. „Eins noch: Hören Sie auf, diese Akten zu schreddern", sagte er, bevor er ging. „Wir brauchen Ihren Kopf bei den Ermittlungen."

Bröker lächelte, als der Kommissar sein Kabuff verlassen hatte. Er fühlte sich beinahe wie ein richtiger Polizist.

32. Kapitel
Was zu viel ist, ist zu viel

Bröker wusste nicht, ob sein Vorschlag geklappt hatte oder unter welchem anderen Vorwand sich die Abteilung für Wirtschaftskriminalität die Unterlagen beschafft hatte, aber am Nachmittag klopfte es und Frau Schnakenwinkel schob einen weiteren Rollwagen in sein Büro. Dies war neben dem Wagen mit dem Aktenstapel, den er eigentlich vernichten sollte, nun schon der zweite in seiner kleinen Kammer. Dazu kamen noch die beiden Schreibtische. Es fiel Bröker schwer, sich zwischen all diesen Gegenständen zu bewegen, um seine neue Aufgabe in Empfang zu nehmen. „Herr Schewe hat gesagt, ich soll Ihnen das bringen", erklärte die Sekretärin. Grinsend stand sie in der Tür.

„Hat Schewe dazu einen Witz gemacht oder sehe ich besonders lustig aus?", fragte Bröker ungeduldig.

„Witz ist vielleicht übertrieben", erwiderte Frau Schnakenwinkel, ohne sich die gute Laune verderben zu lassen. „Eigentlich waren das natürlich alles Computerdateien, irgendwelche Geschäftsbücher. Der Chef meinte aber, damit könnten Sie ohne Ihren Mitbewohner nicht so viel anfangen und außerdem hätten Sie keinen Computer hier in Ihrem Büro. Also habe ich alles für Sie ausgedruckt."

„Danke", nickte Bröker.

„Aber gerne doch. Das sieht endlich einmal nach richtiger Arbeit für Sie aus", lächelte die Sekretärin, bevor sie wieder verschwand.

Gleichzeitig schob sich die dürre Gestalt van Ravenstijns in das Büro. „Bröker, dass Sie sich jetzt auch schon selbst Akten kommenlassen, um diese zu schreddern, finde ich sehr lobenswert", sagte er mit einem dünnen Lächeln. Als er den anderen Rollwagen entdeckte, stutzte er. „Aber wieso haben Sie die hier denn noch nicht vernichtet?", fragte er stirnrunzelnd.

„Befehl von Schewe", erwiderte Bröker schlagfertig. „Die sind angeblich noch wichtig. Auf ein paar wenigen Seiten finden sich noch essenzielle Hinweise. Sie sollen sich die noch einmal genau anschauen, bevor sie in den Schredder wandern. Sie können sie gleich mitnehmen, ich verstehe ja von der Polizeiarbeit zu wenig."

„Da haben Sie recht", erwiderte der Holländer mit einem zufriedenen Grinsen. „Geben Sie her, ich gucke mir mal an, was an den Unterlagen wichtig ist.

Schewe hat da immer ein sehr feines Näschen." Er packte sich den anderen Rollwagen und schob ihn aus Brökers Büro.

Der setzte sich und seufzte zufrieden. Auf diese Art hatte er immerhin wieder etwas Platz gewonnen.

Bevor er sich an die Arbeit machte, ging er noch in die Küche und brühte sich einen Kaffee auf. Als das schwarze Getränk in die Kanne tropfte, begann er, über sein Praktikum nachzudenken. Wie er es auch drehte und wendete: Dies war der beste Tag seit einer Woche. Endlich verlief sein Schnupperkurs bei der Polizei so, wie er sich das vorgestellt hatte. Blieb nur zu hoffen, dass die Unterlagen, die ihm Schewe mit viel Mühe verschafft hatte, auch die Hinweise enthielten, die er sich davon erhoffte.

„Na, Herr Bröker, bis eben dachte ich noch, Sie seien vielleicht eine Stufe auf der Hierarchieleiter nach oben geklettert. Immerhin habe ich Ihnen im Auftrag Herrn Schewes Unterlagen gebracht. Aber wenn ich jetzt sehe, dass Sie sich selbst Kaffee kochen müssen, kommen mir wieder Zweifel." Gut gelaunt wie immer kam Frau Schnakenwinkel in den Raum.

„Das kommt nur daher, dass ich den besten Kaffee hier koche", grinste der Angesprochene gut gelaunt zurück. „Sie natürlich ausgenommen", fügte er schnell hinzu, obwohl er den Kaffee der Sekretärin immer ein wenig zu stark fand, „Aber Sie dürfen sich gerne bedienen." Mit diesen Worten schenkte er sich selbst eine Tasse ein. „Ich muss mich nämlich jetzt an die Arbeit machen. Schon allein um den Chef nicht zu enttäuschen", ergänzte er augenzwinkernd.

„Da sind Sie nicht der Einzige", lachte die Sekretärin zurück. „Herr van Ravenstijn sitzt in seinem Zimmer und wühlt wie besessen in den Akten, die er aus Ihrem Zimmer gefahren hat. Dabei sehen die eins zu eins so aus wie die, die ich Ihnen zum Schreddern in den Gang stellen sollte."

„Ja, es hat sich herausgestellt, dass darin noch ein paar ganz wichtige Informationen verborgen waren. Die sucht er jetzt", erklärte Bröker und entfernte sich grinsend in Richtung seines Büros.

Als er dort begann, die Geschäftsunterlagen des *Edelmarktes* zu studieren, raufte er sich die Haare. Was war das für ein Zahlensalat! Wahrscheinlich kam er sich gerade genauso dumm vor wie van Ravenstijn, den er mit einem Berg wertloser Akten auf Schatzsuche geschickt hatte. Natürlich hatte Gregor prinzipiell damit recht gehabt, dass man Unregelmäßigkeiten und damit auch potenzielle Gründe für einen Erpressungsversuch am besten an den Geschäftsunterlagen feststellen konnte, nur bedurfte es dafür eines Experten. Einen Kurs in Buchführung aber hatte Bröker nie besucht. Und wenn er die Zahlenwerke vor sich sah, wusste er auch, warum. Er hatte die Strukturen, die es in der Mathematik zu entdecken gab, immer bewundert, aber das konkrete Rechnen hatte er gehasst. Es war ihm egal, wie viele Dosen Kaviar, wie viele Flaschen Champagner und sogar, wie viele *Genießerwürstchen* der *Edelmarkt* im Juni, Juli oder August verkauft und wie viel Gewinn er damit erzielt hatte. Aber genau darum ging es in den Unterlagen, die vor ihm lagen.

Missmutig blätterte er Seite um Seite weiter, ohne zu lesen, was auf diesen Blättern stand. Gregor hatte dieses Vorgehen vorgeschlagen, sollte der sich doch darum kümmern, Unregelmäßigkeiten in den Unterlagen zu finden. Aber selbst wenn der Junge dazu bereit gewesen wäre, Bröker wusste beim besten Willen nicht, wie er die Papiere des *Edelmarktes* aus dem Polizeipräsidium hätte schaffen sollen. Nein, diese Aufgabe musste er selbst erledigen. Aber wie? Bröker durchforstete im Kopf die kurze Liste seiner guten Freunde, aber darunter befand sich kein Experte für Betriebswirtschaft. Weder Charly noch Mütze kannten sich sonderlich gut mit Buchführung aus, auch wenn sie sich vielleicht bereitwilliger mit Einnahmen und Ausgaben auseinandergesetzt hätten als er selbst. Aber zumindest bei Charly wäre das Problem das gleiche gewesen wie bei Gregor: Die Bilanz durfte das Präsidium nicht verlassen.

Verzweifelt versuchte Bröker irgendetwas Interessantes in den Zahlenkolonnen zu finden. Hier der Einkaufspreis für *Genießerwürstchen*. Er runzelte die Stirn. Knapp vier Euro für die 500 Gramm-Packung. Hatten die im Laden nicht immer sieben Euro achtundneunzig gekostet? Das war eine Gewinnspanne von 100 Prozent! Nun ahnte er, warum er in dem Supermarkt immer ein gern gesehener Kunde gewesen war. Ob alle Produkte eine solche Differenz zwischen Einkaufspreis und Verkaufspreis aufwiesen? Bröker hatte sich darüber nie groß Gedanken gemacht.

Interessiert verglich er die Kosten, zu denen der *Edelmarkt* verschiedene Produkte erworben hatte und zu denen er sie verkaufte: Wein, Lachs, Käse. Alles schien sich im Verkauf beinahe zu verdoppeln. *Eigentlich musste so ein Supermarkt recht gut verdienen,* dachte er. Andererseits hatte er natürlich auch nicht die geringste Ahnung, was der Laden an Miete kostete, geschweige denn, mit welchen Beträgen sein Personal zu Buche schlug. Interessiert blätterte er in den Unterlagen. Irgendwo mussten doch auch diese Kosten aufgelistet sein.

Tatsächlich stieß er ein paar Seiten später auf Tabellen, die ihm übersichtlicher erschienen. Da waren nicht kleinlich die Einnahmen und Ausgaben für jeden einzelnen Posten aufgelistet, sondern alles für einen Monat zusammengerechnet, in diesem Fall für den August. Bröker lächelte. Na also, damit ließ sich doch arbeiten. Die Ausgaben für die Miete des Gebäudes, Elektrizität und Wasser summierten sich zu einem erstaunlich hohen Betrag. Hinzu kamen noch die Gehälter der Verkäufer sowie Zahlungen an den Reinigungsdienst und den Wachdienst. Als Bröker die Gesamtheit dieser Betriebsausgaben überschlug, wurde ihm klarer, warum auf die einzelnen Produkte so hohe Gewinnmargen kalkuliert waren.

Es gab auch noch eine dritte Liste, deren Bedeutung sich ihm nicht gleich erschloss. Er schaute einen Moment auf die Zahlen, die insgesamt auch eine mittlere fünfstellige Zahl ergaben, konnte sich aber keinen Reim darauf machen. Vielleicht würde einer der anderen Monate mehr Aufschluss geben. Er blätterte zu den Abrechnungen für Juli, wo sich die Zahlen ähnelten. In einem ersten Tabellenblatt standen die Einnahmen durch die täglichen Verkäufe aufgelistet. In der Spalte daneben standen rote Zahlen, die jeden Tag etwa halb so hoch waren. Das mussten die Einkaufspreise sein. Dann folgten das Blatt mit den Betriebsausgaben und schließlich wieder ein Blatt mit Zahlen in roter Schrift, deren Bedeutung sich Bröker nicht erschloss. Die einzelnen Posten waren andere als auf dem entsprechenden Zettel für den August, aber in der Summe kam wieder ein fünfstelliger Betrag in ähnlicher Höhe heraus.

Bröker starrte auf das Blatt. Was mochte das nur sein? Leider hatte die Tabelle keine Überschrift. Wahrscheinlich war es eine Rechnung, die Stachel, oder wer auch immer die Buchführung des Supermarktes machte, für private Zwecke erstellt hatte. Gegenüber dem Finanzamt hatte er die Berechnung wahrscheinlich anders präsentiert. Komisch, dass der *Edelmarkt* dieses Blatt herausgerückt hatte, aber wahrscheinlich hatten die Ermittler des Wirtschaftsdezernats den kompletten Inhalt des Computers auf den Datenstick gezogen und Frau Schnakenwinkel hatte einfach alles ausgedruckt, was sich darauf befand. Vermutlich hatte Stachel es schlichtweg nicht verhindern können.

Fragen konnte Bröker das den Geschäftsführer nicht. Zum einen, weil der dachte, dass eine ganz andere Abteilung der Polizei sich mit seinen Büchern befasste, zum anderen, weil er für Bröker ein Verdächtiger war. Und wenn Bröker recht hatte, konnte er den Filialleiter schlecht bitten, ihm zu erklären, welches Verbrechens er ihn denn genau beschuldigen konnte.

Nein, er würde selbst versuchen müssen herauszufinden, ob sich in den Unterlagen wirklich etwas befand, das Stachel belastete. Zu dumm, dass er nicht wenigstens Gregor hinzubitten konnte. Noch einmal blätterte er die ausgedruckten Tabellen durch. Die Seiten, die er zu verstehen glaubte, waren offenkundig die Einnahmen und Ausgaben, die jeweils über einen Monat zusammengerechnet worden waren. Wenn das stimmte, dann enthielten die Seiten davor vielleicht die täglichen Einnahmen und Ausgaben. Bröker zählte die Blätter, die sich vor der Abschlussrechnung für August befanden. Es waren 26, stellte er unzufrieden fest. Der August hatte aber 31 Tage, darüber hinaus waren in den Abschlussrechnungen die Einnahmen und Ausgaben auf getrennten Bögen zusammengerechnet worden, Ähnliches würde er also auch für die täglichen Saldi erwarten. Es müssten also 62 Zettel sein, nicht nur 26.

In Gedanken versunken nippte er an dem Kaffee, den er sich aus der Küche mitgenommen hatte. „Pfui Teufel!", schimpfte er kurz darauf. Das Zeug war inzwischen komplett kalt geworden und schmeckte wenig genießbar.

Immerhin hatte die Ablenkung auch einen Vorteil. Wie so manches Mal, wenn Bröker sich sehr auf eine Fragestellung konzentrierte, kam ihm die Einsicht nach einem Moment, in dem er seine Aufmerksamkeit auf eine andere Sache gerichtet hatte: Natürlich hatte der August 31 Tage, aber nur 26 Tage, an denen der *Edelmarkt* geöffnet hatte, wie er nach einer schnellen Rechnung feststellte. Darüber hinaus war es sicherlich richtig, die täglichen Einnahmen festzuhalten. Aber Ausgaben wie Miete, Gehälter oder Wachschutz waren monatliche Ausgaben und ließen sich schlecht oder gar nicht als tägliche Ausgaben darstellen. Daher waren die 26 Blätter wahrscheinlich die Listen der Tageseinnahmen. Er guckte noch einmal auf die Seiten. Jetzt fiel ihm auch die Datumsangabe über jedem Tag auf. Es hätte so einfach sein können.

Dennoch seufzte Bröker zufrieden. Zumindest dieses Rätsel hatte er gelöst, auch wenn er nicht wusste, wie ihn das bei seiner Suche nach Belastungsmaterial gegen den Marktleiter voranbringen sollte.

Wieder trank er gedankenverloren einen Schluck des kalten Kaffees und schob ihn dann angewidert beiseite. Mit dieser Brühe konnte er den Fall nicht lösen. Wenn die Polizei wenigstens in anständige Kaffeebohnen investieren würde. Versonnen dachte er an seinen Lieblingskaffee, der in einer urgemütlichen Rösterei namens *Eisbrenner* draußen in der Nähe von Milse hergestellt wurde und eine echte Delikatesse war. Natürlich gab es ihn auch im *Edelmarkt* zu kaufen und Bröker hatte ihn sich dort kiloweise besorgt. Eigentlich müssten seine Einkäufe doch auch in den Tabellen verzeichnet sein, kam es ihm in den Sinn.

Neugierig wie ein kleines Kind begann er, in den Seiten zu blättern. Wann mochte er denn im August Kaffee gekauft haben? Er dachte nach. Am 13. oder 14. konnte es gewesen sein, ja sicher, am 14. Wenn er sich nicht vertat, war das ein Freitag gewesen und auch wenn Bröker in manchen Wochen täglich einkaufte, weil er sich spontan für ein Gericht für das Abendessen entschieden hatte, so war der Freitag doch der Tag für seinen rituellen Großeinkauf. Schnell schlug er das Blatt mit den Einnahmen für den 14. August auf und musste lachen. Offenbar war er nicht der einzige, der den Kaffee der Bielefelder Rösterei liebte. An diesem Tag waren im *Edelmarkt* etwa zehn Kilo verkauft worden, die konnte unmöglich alle er nach Hause getragen haben.

Trotzdem machte Bröker diese Art der Nachforschung Spaß. Was hatte er denn noch alles bei diesem Supermarkt erstanden? Eigentlich vieles, vor allem frische Produkte. Wann er aber was gekauft hatte, konnte er nicht rekonstruieren. Aber auf jeden

Fall waren bei beinahe jedem Einkauf ein paar Packungen *Genießerwürstchen* dabei gewesen. Schnell schlug er die Tage nach, von denen er wusste, dass er den Supermarkt aufgesucht hatte: Die Würstchen der Firma *Glücksfleisch* hatten offenbar trotz ihrer dubiosen Zutaten noch mehr Kunden gemocht als Brökers Lieblingskaffee. Beinahe an jedem Tag waren viele Dutzend Packungen über den Ladentisch gegangen, ja an einigen Tagen mussten sogar extragroße Bestellungen eingegangen sein. Vielleicht hatte ein Großkunde hier zugeschlagen, jedenfalls waren die entsprechenden Zahlen hellrot unterlegt.

Bröker blätterte weiter. Jetzt, wo er die hervorgehobenen Beträge sah, fiel ihm auf, dass es entsprechende Verkäufe nicht nur bei den *Genießerwürstchen* gegeben hatte: Auch bei anderen Produkten gab es diese Zahlen in Rot. Als er sich die Artikel genauer ansah, bemerkte Bröker, dass es sich oft um Luxusprodukte handelte: Sehr teure Weine, exquisiter Champagner, Trüffel, Kaviar. Daneben gab es die hervorgehobenen Zahlen auch bei verschiedenen Gemüse- und Obstsorten sowie bei Milch- und Wurstprodukten, dort fielen sie aber deutlich geringer aus.

Bröker runzelte die Stirn. Was mochte das zu bedeuten haben? Wenn er sich doch nur vor diesem Fall schon ein bisschen mehr für Buchführung interessiert hätte, dann würde ihm das alles vielleicht mehr sagen. Vielleicht sollte er in Zukunft eher bei einem Steuerberater ein Praktikum machen als bei der Polizei.

Ohne diese Kenntnisse konnte er jetzt nur halbwegs ratlos auf die rot unterlegten Zahlen starren. Schließlich begann er, sie zu addieren. Nicht weil er dachte, so etwas herausfinden zu können, sondern weil er nicht wusste, was er sonst tun sollte. Er notierte die Resultate seiner überschlagsweisen Rechnungen auf den Blättern mit den täglichen Einnahmen. Danach zählte er auch diese zusammen. Seltsam. Hatte er nicht ähnliche Zahlen am heutigen Nachmittag schon gesehen? Richtig, die Eintragungen auf dem dritten Tabellenblatt für August, dessen Bedeutung sich Bröker nicht hatte erklären können, waren ähnlich gewesen. Noch einmal begann er zu rechnen, diesmal erlaubte er sich keine Rundungen. Und siehe da, seine Ergebnisse stimmten exakt mit den Zahlen jener Tabelle überein. Er hielt inne. Er war sich sicher, irgendetwas entdeckt zu haben. Nur was?

33. Kapitel
Mosaik

Es klopfte.

„Herein!", erwiderte Bröker unwirsch. Wahrscheinlich wollte ihm van Ravenstijn eine neue Aufgabe geben oder ihn darüber informieren, was er Wichtiges in dem Aktenmüll entdeckt hatte, den Bröker ihm angedreht hatte.

Schewe betrat das kleine Büro. „Herr Bröker, Sie

sind ja noch bei der Arbeit", wunderte er sich. „Ich wusste gar nicht, dass Sie eher zu den abendaktiven Menschen zählen."

„Wieso? Wie spät ist es denn?", fragte Bröker zurück.

„Gleich halb acht", entgegnete der Hauptkommissar.

Oh mein Gott, dachte Bröker, *er muss mich für einen richtigen Streber halten.* Stattdessen aber sagte er: „Da habe ich wohl über die Arbeit ganz die Zeit vergessen." Und das entsprach auch der Wahrheit.

„Machen Sie denn schon Fortschritte?", wollte der Hauptkommissar wissen.

„Ich bin noch dabei, mir ein Bild zu machen." Bröker dachte, dass es besser war, vorerst vage zu bleiben, um nicht im Falle eines Misserfolgs zurückrudern zu müssen. „Die Betriebswirtschaft ist noch ein Buch mit sieben Siegeln für mich", fügte er hinzu. Bei diesen Worten kam ihm eine Idee. „Schade, dass ich die Unterlagen nicht mit nach Hause nehmen kann", sagte er mit Unschuldsmiene. „Ich merke gerade, dass ich ziemlichen Hunger habe. Aber manchmal kommen mir die besten Gedanken abends nach dem Essen."

„Ich habe von Herrn Schikowski gehört, dass Sie beim Essen ganz gerne mal ein Glas Wein trinken", grinste Schewe. „Auf die Gedanken nach ausgiebigem Alkoholgenuss würde ich nicht allzu viel geben."

Bröker nickte. Auch er kannte die Abende, an denen es ihm nach einer Flasche Wein so gut ging, dass ihm die Idee naheliegend schien, dass es ihm nach zwei Flaschen doppelt so gut ginge.

„Aber wenn Sie wirklich nachher noch arbeiten wollen, nehmen Sie die Papiere von mir aus mit. Es sind sowieso nur Ausdrucke und keiner weiß, wie viele wir davon angefertigt haben", schob Schewe nach. „Bloß lassen Sie sie nicht rumliegen und zeigen Sie sie niemandem."

„Auf gar keinen Fall", erwiderte Bröker und überkreuzte unter dem Tisch heimlich die Finger.

Mit einem Grinsen betrat Bröker sein Haus. Noch immer musste er innerlich über den letzten Satz des Abteilungsleiters lachen. Natürlich würde er Gregor die Unterlagen zeigen, jedenfalls die Bögen, die er für wichtig genug gehalten hatte, um sie mitzunehmen. Das war doch gerade der Sinn der Sache. Aus der Küche strömte ihm ein angenehmer Duft nach geschmorten Zwiebeln und gebratenem Knoblauch entgegen. Rasch entledigte er sich der Jacke und seiner Schuhe und folgte den Essengerüchen. Zu seiner Überraschung hatte sich nicht Gregor, sondern Britta am Herd zu schaffen gemacht.

„Guten Abend, das riecht ja toll. Wenn du mir früher gesagt hättest, dass du kochen kannst, hättest du auch schon eher bei mir einziehen dürfen", machte er aus seiner Verwunderung keinen Hehl.

„Na, na", lächelte die neue Mitbewohnerin. „Du

wirst mir doch nach dreißig Jahren nicht einen Heiratsantrag machen wollen."

„Hm", druckste Bröker. Wie sollte er sich da nun herauswinden, ohne Porzellan zu zerschlagen?

„Keine Sorge", fuhr Britta zu seiner Erleichterung fort. „Ich dachte nur, dass ich endlich mal an der Reihe bin, nach allem, was du in letzter Zeit für mich aufgetischt hast. Außerdem wollte ich mich nochmal bedanken dafür, dass du mich bei dir aufgenommen hast. Ich wohne so gerne bei euch. Es ist so harmonisch, jedenfalls solange du dich nicht mit Gregor streitest. Und schließlich muss ich mich wohl auch wegen des Tanzkurses am Sonntag entschuldigen. Da habe ich dich ziemlich überfallen."

Dass dieses Desaster erst vor so kurzer Zeit stattgefunden hatte, konnte Bröker kaum glauben. Für ihn waren die letzten Tage außerordentlich erlebnisreich gewesen. „Das wird aber ein großes Essen", erwiderte er mit einem anerkennenden Blick auf den Herd. „Was gibt es denn genau?"

„Eine Bouillabaisse", entgegnete die Köchin und deutete auf die Fische, die in dem Topf schwammen. „Und wenn du dann noch Hunger hast, habe ich noch eine kleine Crème brûlée."

„Du willst mich verführen." Bröker lief das Wasser im Mund zusammen. „Und mit den beiden Gängen gelingt dir das auch. Isst Gregor nicht mit uns?" Er gab sich Mühe, nicht zu viel Sorge in seiner Stimme mitschwingen zu lassen, aber er brauchte den

Jungen. Wenn der nicht zu Hause war, hatte er die Unterlagen aus dem Präsidium umsonst mitgebracht und würde vielleicht auch mit seinen Ermittlungen nicht weiterkommen.

„Doch, hier ist er schon", hörte er in diesem Moment zu seiner Erleichterung die vertraute Stimme seines Mitbewohners von der Küchentür. „Er hat nur schnell den kleinen Pagelsdorf ausgeführt, den du offenbar wieder einmal ganz vergessen hast. Und er hat jede Menge Kohldampf."

In diesem Moment betrat auch der Hund schwanzwedelnd die Küche und schleckte Brökers Hand.

„Sag mal, Bröker, bist du auf deine alten Tage geizig geworden?", fragte Gregor, als sie zwei Stunden später das üppige Mal mit einem Whiskey beendeten.

„Wie kommst du denn darauf?" Die Entrüstung des Hausherrn war echt.

„Guck dir mal unsere Whiskeygläser an", erklärte der Junge. „Da sind ja nur ein paar Tropfen drin. Manchmal gießt du sie doch fast voll. Und von dem Sancerre hast du auch nur eine Flasche springen lassen. Ich weiß ja, dass das ein teurer Tropfen ist, aber ich dachte, wir könnten uns das leisten."

„Das hat andere Gründe." Bröker war froh, das Thema auf seine Ermittlungen lenken zu können. „Ich habe ein paar Papiere aus dem Präsidium mitgebracht."

„Ich dachte immer, nur hochbezahlte Top-Manager oder solche, die es werden wollen, nehmen sich Arbeit mit nach Hause", grinste Gregor. „Wenn jetzt schon Praktikanten dazu übergehen, müsste man dir mehr Geld geben. Wobei das einfach ist: mehr als gar nichts."

„Ich wollte euch bitten, mit mir gemeinsam auf die Unterlagen zu gucken", erklärte der Hausherr. „Es geht um die Bücher des *Edelmarktes*. Ich habe mir schon ein paar Dinge erschlossen, aber andere Posten sind mir leider noch immer ein komplettes Rätsel."

„Und da hast du dir gedacht, dass ein Erzieher und eine Juristin genau die Richtigen sind, um dir bei dem Problem aus der Patsche zu helfen", spottete Britta, aber sie schien selbst auch mitmachen zu wollen und war Feuer und Flamme von dem Vorschlag.

Wenig später hatten sie den Küchentisch notdürftig freigeräumt und die Ausdrucke darüber ausgebreitet.

„Dies sind die täglichen und monatlichen Einnahmen, das die monatlichen Ausgaben und mit diesen Blättern weiß ich noch nichts anzufangen", brachte Bröker seine Freunde auf den Stand seiner Erkenntnisse. „Ich bin mir auch nicht sicher, ob ich überhaupt auf dem richtigen Weg bin, aber Gregor meinte ja gestern auch, dass sich vielleicht in den Geschäftsunterlagen des *Edelmarktes* etwas finden lässt. Falls Stachel überhaupt Dreck am Stecken hat."

„Davon würde ich nach deinen Beobachtungen auf dem Friedhof erst einmal ausgehen", erwiderte Gregor.

„Dann wollen wir uns die Sachen mal genauer angucken." Britta hatte sich schon tief über die Tabellenblätter gebeugt. „Ich bin wirklich keine Expertin für Buchführung, aber in meinem Mieterschutzverein habe ich schon gelegentlich einmal mit Abrechnungen zu tun", erklärte sie.

„Dann weißt du mehr als ich." Bröker hoffte inständig, dass ihm seine Freunde helfen konnten. „Was gibt es denn noch, was bei einem Markt an Zahlen notieren werden müsste, abgesehen von den Einnahmen und Ausgaben?"

„Das frage ich mich auch gerade", erwiderte Britta. „Sind denn auf dem Blatt mit den Ausgaben auch die Gehälter notiert?"

„Ja, hier", deutete Bröker auf eine Spalte.

Statt eine Antwort zu geben, verfiel die neue Mitbewohnerin ins Grübeln. Auch Gregor hatte die Stirn in Falten gelegt.

„Und du sagst, die Zahlen auf diesem ominösen dritten Blatt sind die Summen der rot unterlegten Beträge auf den Seiten mit den Tageseinnahmen?", fragte er.

„Genau", bestätigte Bröker.

„Und hast du auch überprüft, ob die Summen der Tageseinnahmen wirklich die Monatseinnahmen ergeben?", meldete sich Britta wieder zu Wort.

„Das nicht, meinst du, das könnte etwas bringen?", erwiderte der Hausherr.

„Das werden wir sehen, wenn wir es tun." Mit diesen Worten zog Gregor sein Tablet hervor und rief eine Rechnerfunktion auf. „Gib mir mal die Werte!"

„Das ist schon seltsam", beschloss Gregor kurz darauf seine Rechnungen. Nun wussten die Freunde, dass die Tageseinnahmen sich zu mehr als dem Betrag summierten, der auf den monatlichen Einnahmen ausgewiesen war.

„Und was bedeutet das?", fragte Bröker, der die ganze Recherche zunehmend unübersichtlich fand.

„Dass wir irgendetwas noch nicht verstanden haben", entgegnete Gregor.

„Kannst du mal den Unterschied zwischen der Summe der Tageseinnahmen und den Monatseinnahmen ausrechnen?", schlug Britta vor.

Der Junge folgte dem Vorschlag, tippte und plötzlich leuchteten seine Augen: „Das sind genau die Zahlen von dem dritten Datenblatt, die wir nicht verstehen", verkündete er.

„Dann ist es offensichtlich, was in dieser Tabelle steht", erklärte Britta selbstbewusst.

„Und zwar was?" Bröker war die Sache überhaupt nicht klar.

„Na, was fehlt denn noch, wenn man Einnahmen und Ausgaben einander gegenüberstellt?", gab ihm Britta einen Tipp.

„Nichts?", schlug Bröker vor.

Gregor war da schon weiter. „Du hast recht", stimmte er zu. „Besonders wenn man bedenkt, was alles rot unterlegt ist: Obst, Gemüse, Joghurt und so weiter."

Britta nickte nur.

„Halt, halt, halt!", protestierte Bröker. „Könnte mich vielleicht mal jemand aufklären? Ich hasse es, wenn ihr euch so unterhaltet, als sei ich nicht da oder zu doof, es zu kapieren."

„Was wahr ist, muss wahr bleiben", zwinkerte Gregor und streckte seinem Freund die Zunge raus. „Ich glaube, Britta meint das Folgende: Auf den täglichen Blättern sind gar nicht die Einnahmen verzeichnet, sondern die Ausgänge. Also alles, was verkauft wurde …"

„Wo ist da der Unterschied zu Einnahmen?", wollte Bröker wissen.

„… und auch das, was entsorgt wurde, weil es verdorben war", ergänzte Gregor.

„Genau. Das rot Unterlegte sind die Abschreibungen, könnte ich mir vorstellen", erklärte nun auch Britta.

„Und das ist auch plausibel, wenn man bedenkt, dass Supermärkte besonders viel Obst und Gemüse wegschmeißen, weil das eben am schnellsten verdirbt."

Nach diesen Worten Gregors war nun auch Bröker wieder auf der Höhe der Diskussion. Er dachte nach. „Okay, ich verstehe, was ihr meint", sagte er. „Aber wenn das stimmt, ist eins komisch."

„Und was?", wollte Gregor wissen.

„Ich habe die Tabellen doch heute auch schon studiert. Und da ist mir etwas aufgefallen: Es waren eben nicht nur Kartoffeln, Äpfel, Blumenkohl oder Joghurt unter den Waren mit den roten Zahlen, sondern ebenso Champagner, Kaviar oder besondere Schokoladen, in der Summe machen diese Produkte sogar die höheren Beträge aus, jedenfalls in manchen Monaten. So etwas kann man doch ewig aufbewahren, bevor es schlecht wird", erläuterte Bröker.

„Das stimmt", pflichtete ihm Britta bei.

„Aber es werden ja nicht nur Sachen weggeworfen, weil sie schlecht sind, sondern auch, weil ihr Haltbarkeitsdatum abgelaufen ist oder weil zum Beispiel Schokolade angelaufen ist und daher nicht mehr verkauft werden kann", teilte Gregor seine Erfahrungen. „Das ist doch die Basis des Containerns."

„Okay, zugegeben", mischte sich Bröker wieder ein. „Aber guck mal, was hier für Beträge zustande kommen." Er zeigte auf eine Zeile eines Tages im August, bei dem ein vierstelliger Betrag für Champagner verzeichnet war. „Da muss der *Edelmarkt* das Zeug kistenweise weggeschmissen haben."

„Das ist schon sehr ungewöhnlich", gab ihm der Junge recht. „Natürlich kann auch mal eine ganze Kiste Champagner runterfallen, aber doch nicht jede Woche. Warte mal, mir kommt da gerade ein

Gedanke." Er nahm sein Tablet und suchte nach einer Datei. „Sag mir mal ein paar der Daten, an denen besonders viel edles Zeug im Container gelandet ist."

Bröker blätterte durch die Seiten. „Hier, am 18. August", sagte er. „Da war es neben dem Gemüse und Obst vor allem ein großer Posten Champagner. Und am 7. August hat der *Edelmarkt* Kaviar für fast 4 000 Euro abgeschrieben. Am 29. Juli war es Schokolade für fast 100 Euro die Tafel, ich wusste gar nicht, dass es so etwas gibt. In der Summe waren das 2 600 Euro. Dafür am 6. Juli schwarze Trüffel für 4 100 Euro und am 14. Juli wieder Kaviar, auch für fast 3 000 Euro. Daneben gibt es immer noch kleinere Posten."

Gregors Hände flogen über das Tablet. „Krass", kommentierte er.

Bröker und Britta merkten, wie er um Fassung rang. „Was ist so krass?", erkundigte sich die neue Mitbewohnerin schließlich.

„Die Jungs waren an jedem Tag da", flüsterte Gregor.

„Was meinst du damit: Die Jungs waren an jedem Tag dort?" Obwohl Bröker selbst oft genug Schwierigkeiten hatte, auf den Punkt zu kommen, besonders wenn er aufgeregt war, hasste er es, wenn er jemand anderen nicht sofort verstand.

„An jedem der Tage, die du gerade aufgezählt hast, waren die *Raspiritter* an den Containern des *Edelmarktes*", erläuterte Gregor. „Ohne Ausnahme! Und an dem Tag, als der Stachel den Champagner weggeschmissen hat, war Chris sogar alleine da."

„Das muss nichts heißen", versuchte Britta, dem Jungen seine Besorgnis zu nehmen. „Ihr wart wahrscheinlich häufiger an den Abfallbehältern des *Edelmarktes*."

„So oft nun auch wieder nicht, wenn auch häufiger als bei anderen Geschäften", musste Gregor eingestehen. „Aber generell gibt es schon einige Supermärkte in Bielefeld und Umgebung, bei denen wir ernten. Ansonsten wäre die Gefahr zu groß, dass wir irgendwann geschnappt werden. Zwischen Anfang Juli und Ende August waren wir nur noch am 27. August beim *Edelmarkt*."

„Da haben sie Whiskey abgeschrieben", wusste Bröker nach einigem Blättern.

Gregor seufzte schmerzerfüllt.

„Aber wieso wart ihr jedes Mal bei Stachels Markt, wenn der größere Posten besonders edler Produkte für ungenießbar erklärt hat?", wollte Britta wissen. Damit sprach sie Bröker aus der Seele. Auch der konnte sich die Zusammenhänge nicht erklären.

„Ich glaube, damit kommen wir Chris' Tod auf die Spur", erwiderte Gregor.

„Inwiefern?", hakte Bröker nach.

„Er war derjenige, der immer einen guten Riecher hatte. Er schlug des Öfteren vor: *Lass uns heute mal wieder den* Edelmarkt *besuchen, ich habe da so ein unbestimmtes Gefühl, dass es da etwas zu holen gibt.*" Der

Junge war verzweifelt. Die hehren Ziele, mit denen er sowohl für die *Cyberhoods* als auch für die *Raspiritter* immer unterwegs gewesen war, schienen von anderen Mitgliedern der Gruppe mit Füßen getreten worden zu sein. „Er muss irgendwie von Stachel einen Hinweis bekommen haben."

„Scheint so", pflichtete ihm Britta bei.

„Obwohl mir der nicht so aussah, als hätte er eine große Sympathie für das Containern", fügte Bröker hinzu. „Aber das kann natürlich alles nur gespielt gewesen sein."

Doch Gregor reagierte gar nicht. Er hatte schon wieder sein Tablet in der Hand, tippte und hielt erneute inne. „Hatte er auch nicht", sagte er tonlos. „Ich habe hier eine Liste aller Dinge, die wir an den entsprechenden Tagen erbeutet haben. Da waren wir immer sehr genau. Wir wollten den Überblick behalten. Da macht es sich eben bezahlt, dass einige von uns auch gute Hacker sind und daher einen Sinn für das Systematische haben."

„Und?" Bröker hatte wenig Lust, den langatmigen Erklärungen seines Mitbewohners zuzuhören.

„An den Tagen, die du genannt hast, haben wir schon auch etwas von den Luxusprodukten gefunden, die du aufgezählt hast", erklärte Gregor. „Aber vergleichsweise kleine Mengen. Hier: eine Flasche Champagner im August, oder da, drei Gläser Trüffel, zwei Dosen Kaviar. Wir haben jedes Mal gejubelt, wenn ein Trupp so etwas erbeutet hat, aber das ist ja nichts im Vergleich zu dem, was du gerade aufgezählt hast."

„Und wo ist dann der Rest geblieben?", fragte Britta.

„Das würde ich Chris gerne fragen", gab Gregor zurück. „Wenn ich das noch könnte …"

„Und wieso ist dein Kollege dann überhaupt tot?" Der Fall schien Bröker nach diesem neuen Fund noch verworrener.

„Das wiederum sollte man wohl die Polizei fragen", erwiderte Gregor. „Und da hast du jetzt die besten Kontakte."

34. Kapitel
Der Kreis schließt sich

Am nächsten Morgen fragte sich Bröker schon auf dem Weg ins Präsidium, wie er seine Neuigkeiten am besten publik machen und wem er sie überhaupt mitteilen sollte. Formal war wahrscheinlich Kommissarin Großebrummel die richtige Ansprechpartnerin. Oder vielleicht van Ravenstijn? Der war schließlich ebenso für den Fall zuständig und darüber hinaus sein Praktikumsbetreuer. Aber Bröker würde sich eher die Zunge abbeißen, als mit dem Holländer irgendwelche Erkenntnisse zu teilen, die er, Bröker, gewonnen hatte. Überhaupt, welche Erkenntnisse waren das schon?

Er hatte herausgefunden, dass Stachel monatlich offenkundig größere Mengen an Luxusartikeln abgeschrieben hatte, ohne dass die entsprechenden Waren in den Abfallcontainern gelandet waren. Oder vielleicht waren sie auch dort gelandet und die *Raspiritter* hatten sie nicht entdeckt? Nein, das war wirklich ein einfältiger Gedanke. Wahrscheinlicher war es, dass nur einer der Lebensmittelretter sie entdeckt hatte, Chris Bohnenkamp, wenn Bröker dem trauen konnte, was Gregor in seinen Dateien gefunden hatte. All das warf ein denkbar schlechtes Licht auf den Leiter des Supermarktes, aber es erklärte nicht, was denn weiter mit den edlen Gütern geschehen war, geschweige denn, wie Chris ums Leben gekommen war. Einen echten Durchbruch in den Ermittlungen konnte man das nicht nennen. Nichts, was er Schewe mit stolz geschwellter Brust präsentieren konnte. Andererseits hatte dessen ganzes Ermittlungsteam noch viel weniger herausgefunden. Vielleicht war es also ausreichend, um den Abteilungsleiter davon in Kenntnis zu setzen.

Als Bröker beim Betreten des Polizeigebäudes mit Mütze zusammentraf, kam ihm das wie ein Wink des Schicksals vor.

„Na, Herr Praktikant, was gibt es Neues?", fragte ihn sein alter Freund im gewohnt spöttischen Tonfall.

„So viel, dass ich den Rat eines erfahrenen Polizisten gebrauchen könnte", erwiderte Bröker.

„Sollen wir erstmal einen Kaffee trinken?", bot Mütze an.

Bröker warf einen Blick auf die Uhr. So ungewöhnlich das war: Er war ohnehin eine halbe Stunde zu früh.

„Gerne", sagte er sofort. Gleichzeitig ärgerte er sich, dass er nun schon zum zweiten Mal in einer Woche im Dienst eine halbe Stunde zu früh war. Er wurde allmählich richtig spießig. Vielleicht war er in seinem tiefsten Inneren doch ein kleiner Preuße. „Von mir aus darf es auch gerne eine Dreiviertelstunde sein", fügte er hinzu, wie um diese Scharte auszuwetzen. Dann käme er eben wieder einmal zu spät zur Morgenrunde.

„Was hast du denn auf dem Herzen?", fragte der Hauptkommissar, als sie fünf Minuten später in seinem Büro saßen und jeder an einer Tasse dampfenden Kaffees nippte.

„Es geht um den Fall, in dem wir ermitteln", erklärte Bröker. „Irgendwie kommt die ganze Abteilung nicht voran. Kein Wunder, wenn man bedenkt, dass Ravenstijn dabei an vorderster Front mitmischt und dass dieser Mensch jeden Tag einen neuen Verdächtigen präsentiert. Es würde mich nicht wundern, wenn es in anderen Fällen auch zwei oder drei innerhalb von 24 Stunden wären. Der einzige Vorteil daran ist, dass er, wenn dann schließlich wirklich jemand als der Schuldige erkannt wird, immer sagen kann: Das habe ich doch auch gesagt."

„Ja, unser Psychologe ist schon ein ganz besonderer Fall", lachte Mütze. „Aber ist er der Grund, warum du mit mir sprechen willst?"

„Nein, das nicht", gab Bröker zurück. „Die Weise, wie er mich schikaniert, ist eher ein Fall für die Gewerkschaft oder die Mitarbeitervertretung oder wie das bei euch heißt. Es geht darum, dass ich glaube, etwas herausgefunden zu haben, aber nicht weiß, ob das ausreicht, um Schewe damit zu behelligen." In groben Zügen umriss er seinen Erkenntnisstand.

„Also, wenn du mich fragst, dann ist das ein Fall für die Polizei", sagte Mütze, als Bröker geendet hatte. „Ich finde es toll, was du alles herausgefunden hast und wenn wir mal etwas mehr Zeit haben, musst du mir auch erklären, wie du darauf gekommen bist. Aber ich habe den Eindruck, jetzt haben wir, also vor allem die Kollegen, mehr Möglichkeiten, Licht ins Dunkel zu bringen als jemand, der nur auf seinen scharfen Verstand vertrauen kann."

„Das sagt Gregor auch", gab Bröker zu.

„Ich habe dir immer schon gesagt, dass der Junge ein helles Köpfchen ist", grinste Mütze. „Also mach etwas aus den guten Tipps, die du von deinen Freunden bekommst. Und jetzt sei mir nicht böse, ich habe zu tun, ich habe selbst einen Fall, bei dem alles ein bisschen eilig ist", schob er mit einem bedauernden Achselzucken hinterher.

„Ich habe auch einen Termin", gab Bröker zurück. „In zwei Minuten beginnt die Morgenrunde."

„Meine auch", lachte der Hauptkommissar und tippte sich zum Abschied mit Zeige- und Mittelfinger an eine imaginäre Mütze.

Die Morgenbesprechung seiner Abteilung hatte schon angefangen, als Bröker den Konferenzraum betrat, aber die Verspätung war nicht groß genug, um bei einem der Anwesenden einen Kommentar zu provozieren.

„Kommen wir zuerst zu dem Fall des Totschlags an dem sogenannten *Raspiritter* Chris Bohnenkamp", leitete Schewe gerade zum ersten Tagesordnungspunkt über. „Gibt es hier neue Erkenntnisse?" Erwartungsvoll guckte er in Richtung Bröker, der eben Platz genommen hatte. Sollte er jetzt offenbaren, was er herausgefunden hatte? Obwohl ihm zwei seiner engsten Freunde zugeraten hatten, zögerte er noch immer. Er schüttelte leicht den Kopf, um anzudeuten, dass er nichts hatte, was er der versammelten Mannschaft mitteilen wollte. Das wäre aber sowieso nicht notwendig gewesen. Van Ravenstijn meldete sich zu Wort. Wie ein Erstklässler schnippte er dabei mit dem Finger.

„Ja?", rief ihn der Leitende Hauptkommissar auf.

„Ja, *ik heb,* ich meine, ich habe schon neue Aspekte." Offensichtlich war der Psychologe mal wieder aufgeregt.

„Und zwar?" Schewe war überrascht.

„Sie haben mir doch selbst die Hinweise gegeben."

„Habe ich?" Schewes Gesichtsausdruck war ein großes Fragezeichen.

„Die alten Akten, die ich mir noch einmal genauer ansehen sollte. Ich habe den ganzen gestrigen Nachmittag damit verbracht", erläuterte der Holländer mit stolz geschwellter Brust.

„Und was haben Sie herausgefunden?" Der Abteilungsleiter konnte nicht wissen, um was es ging und setzte ein Pokerface auf. Bröker, der ahnte, dass der selbsternannte Profiler von den Unterlagen sprach, die Bröker nicht hatte schreddern wollen, lachte innerlich auf.

„Zuerst wusste ich nicht, was Sie meinen", führte van Ravenstijn unterdessen weiter aus. „Aber dann ist es mir wie Schuppen von den Augen gefallen."

Es wird eher aus den Haaren gewesen sein, dachte Bröker mit einem Blick auf dessen schmierige blonde Locken.

„Ja, genau, ich habe schon geahnt, dass es da etwas zu holen gibt", sagte Schewe in diesem Moment sehr zu Brökers Überraschung. Ob er die Szene genauso amüsant fand? „Was haben Sie denn genau entdeckt?"

„Es geht um das Gelände, auf dem der *Edelmarkt* steht", erläuterte der Psychologe. „Dort war vorher ein Gebrauchtwagenhändler."

„Hört, hört", ließ sich ein Kommissar aus dem Hintergrund vernehmen. Wahrscheinlich hatte van Ravenstijn bei keinem von ihnen einen leichten Stand.

„Und davor sollte dort ein – wie sagt man das auf

Deutsch – ein Puff gebaut werden", führte der weiter aus.

„Das kann gut sein." Schewe war zu diesem Zeitpunkt sicher noch nicht in der Stadt gewesen. „Und weiter?"

„Ich denke, dass der Mord etwas mit dem Rotlichtmilieu zu tun hat. Ich habe da einen ganz heißen Verdacht", kam der Holländer zum Schluss. „Ich brauche nur noch einen Tag, um den zu erhärten."

„Den sollen Sie haben." Bröker meinte zu sehen, wie Schewe sich bei diesen Worten das Lachen verkniff. „Wenn es keine weiteren Ideen gibt, kommen wir also zu unserem nächsten Fall."

Während der restlichen Besprechung kehrte der Erste Hauptkommissar nicht mehr zum Mord an Chris Bohnenkamp zurück. Wahrscheinlich dachte er, dass Bröker signalisiert hatte, keine weiteren Erkenntnisse zu haben und von der restlichen Truppe erwartete er sowieso keinen Durchbruch, zumindest keinen, den sie nicht von sich aus mitteilen würden. Oder war es arrogant von ihm, Bröker, so etwas zu denken? Und war das, was er herausgefunden hatte, auch nur in der Nähe eines Durchbruchs? War es die Erkenntnis wert, sie mit Schewe zu teilen? So viel Zuspruch er auch von seinen Freunden bekommen hatte, so schwer fiel es Bröker, den Hauptkommissar um ein Gespräch zu bitten.

Noch bevor er den Konflikt mit seinem Gewissen

ausdiskutieren konnte, meinte es das Schicksal oder eher Schewe wieder gut mit ihm. Die Morgenbesprechung war noch keine zehn Minuten vorüber, als es an Brökers Kabuff klopfte. Noch bevor Bröker den unerwarteten Gast hereinbitten konnte, hatte der schon die Initiative ergriffen und stand nach zwei Schritten mitten im Raum.

„Herr Schewe", stellte Bröker fest.

„Genau, Herr Bröker", erwiderte sein Gegenüber und obwohl kein Muskel seines Gesichts zuckte, war es Bröker, als lächle der Hauptkommissar. „Ich bin hier, weil ich mir eigentlich heute Morgen ein wenig mehr von Ihnen erwartet hatte. Sie hatten doch angekündigt, dass Sie so ein Gefühl bezüglich dieses Supermarktleiters hätten. Darum habe ich Ihnen ja die Bücher des *Edelmarktes* besorgt. Was ist denn nun aus diesem Gefühl geworden?"

„Es tut mir leid, wenn ich Sie enttäuscht habe." Wie so oft fand sich Bröker gegenüber dem hoch aufgeschossenen Polizisten in der Defensive. Irgendetwas musste in seiner Erziehung falsch gelaufen sein, als man ihm beigebracht hatte, wie man sich gegenüber Autoritätspersonen verhalten sollte. Er war entweder aufsässig oder von einer wilhelminischen Unterwürfigkeit.

„Tatsächlich habe ich den Verdacht immer noch", schob er schnell nach, um wenigstens einen Teil des guten Eindrucks, den Schewe von ihm gehabt haben musste, zu retten.

„Und warum haben Sie nichts gesagt?", wollte Schewe wissen.

„Ich weiß nicht, wie spruchreif das Ganze ist", musste Bröker zugeben. „Aber dieser Marktleiter, dieser Stachel, hat Dreck am Stecken."

„Inwiefern?"

„Er hat Waren abgeschrieben, von denen ich denke, dass sie noch völlig in Ordnung waren."

„Woraus schließen Sie das?" Zielstrebig wie ein Spürhund kam Schewe unmittelbar zum Punkt.

Rasch skizzierte Bröker die Quintessenz des gestrigen Abends, beschrieb, dass in den Büchern des Supermarktes regelmäßig Abschreibungen von Luxusartikeln zu finden seien und dass unklar war, wo diese Waren anschließend gelandet waren.

„Das ist ja bemerkenswert." Bröker meinte, ein Funkeln in Schewes Augen zu sehen. „Aber das scheint mir zunächst eine reine Unterschlagung zu sein. Wie bringen Sie das mit dem Tod von Chris Bohnenkamp zusammen?"

„Das ist bislang der Schwachpunkt in meiner Argumentation", musste Bröker zugeben. „Ich weiß es noch nicht so genau. Aber irgendwie steckt Chris Bohnenkamp da mit drin."

„Und wie?"

„Jedes Mal, wenn Stachel einen größeren Posten Champagner, Kaviar oder Trüffel abgeschrieben hat, haben sich die *Raspiritter* an den Containern des *Edelmarktes* bedient."

„Sind Sie sich da sicher?"

„Ich habe eine sichere Quelle", zwinkerte Bröker.

„Aber wieso hat es etwas mit Chris Bohnenkamp zu tun? Kann das nicht über viele Wege durchgesickert sein? Sogar Ihr Mitbewohner käme für so eine Information infrage." Schewe war eben durch und durch Kommissar und nicht bereit, irgendeine Möglichkeit von vornherein auszuschließen.

„Wie schon angedeutet: Gregor war derjenige, von dem ich den Hinweis habe. Er hat eine Datei, in der verzeichnet ist, wann die *Raspiritter* welchen Markt aufgesucht haben. Er war es, der mir gesagt hat, dass das exakt mit den Daten der größeren Abschreibungen übereinstimmt. Und er wusste auch, dass Chris Bohnenkamp derjenige war, der stets die Hinweise auf den *Edelmarkt* geliefert hat", verteidigte Bröker seinen Freund. „Und schließlich war er auch derjenige, der mir gesagt hat, dass die *Raspiritter* immer viel weniger von den teuren Waren gefunden haben, als Stachel abgeschrieben hat."

„Hm, also nehmen wir einfach mal an, dass Ihr Mitbewohner aus dem Schneider ist und nichts mit der Sache zu tun hat", gab sich Schewe großzügig. „Obwohl mich van Ravenstijn wiederholt darauf hingewiesen hat, dass Gregor schon einmal mit uns zu tun hatte."

„Ich bitte Sie, Schewe, das war erstens eine Jugendsünde, als er sechzehn war, und hatte zweitens nicht das geringste mit Unterschlagungen zu tun."

„Ich sagte ja: Gehen wir mal davon aus, dass er nichts mit der Sache zu tun hat und außerdem die Wahrheit sagt", lenkte der Erste Hauptkommissar ein. „Seine Aussage würde dann bezeugen, dass es eine Verbindung zwischen den Unterschlagungen von Herrn Stachel und den Aktionen dieser Lebensmittelaktivisten gibt. Was übrigens für die *Raspiritter* eine ziemliche Katastrophe ist."

„Ich weiß, ich weiß", gab Bröker zurück. „Aber es ist wohl auch ein Beleg dafür, dass Gregor die Wahrheit sagt, wenn es dessen noch bedarf. Freiwillig würde er einen der Vereine, für die er tätig ist, wohl kaum so in Verruf bringen."

„Ja, stimmt. Trotzdem: Lassen Sie mich meine Frage noch einmal anders stellen: Wieso ist Chris Bohnenkamp jetzt tot?"

„Ich weiß, dass mein Hinweis bei weitem nicht alle Probleme löst", nickte Bröker. „Ich hätte die Lücke gerne geschlossen. Aber allein kann ich aus Stachel wohl keine Informationen herausholen. Dazu brauche ich Sie, beziehungsweise: Dazu brauche ich die Polizei."

Schewe grinste. „Dass ich das noch einmal von Ihnen hören darf."

„Soll nicht wieder vorkommen", gab der Praktikant zurück. Auch er griente.

„Aber jetzt einmal konkret: Was schlagen Sie vor?", wurde der Erste Hauptkommissar sofort wieder ernst. „Ich kann Herrn Stachel natürlich zu einer Zeugenaussage einbestellen. Aber wenn ich ihm nicht mehr als diese Vermutungen vorlegen kann, können wir ihn auch gleich bei sich im Supermarkt lassen. Jeder Anwalt, der halbwegs bei Trost ist, wird unsere Anschuldigungen in der Luft zerpflücken – und das völlig zu Recht. Bislang basiert zu viel davon auf Mutmaßungen."

„Auch das ist mir bewusst", pflichtete ihm Bröker bei. „Ich habe auch hin und her überlegt. Wie wäre es denn, wenn wir ihm zunächst das vorwerfen, wofür wir zumindest ein paar Beweise haben: die Unterschlagungen."

„Das müssten dann aber die Kollegen von der Wirtschaft machen", überlegte Schewe. „Die haben schließlich auch die Bücher beschlagnahmt."

„Genau. Und wir – also Sie", Bröker wollte nicht übergriffig werden, „Sie sind zwar auch dabei, halten sich aber im Hintergrund und schlagen zu, wenn es eine Möglichkeit gibt."

„Wir haben hier natürlich jemanden im Präsidium, der auf derartige Verhöre spezialisiert ist." Schewes Unterton ließ Bröker nichts Gutes ahnen.

„Sie meinen nicht van Ravenstijn?", fragte er.

„Genau den", nickte Schewe. „Ich glaube, der wird darauf bestehen, bei der Befragung anwesend zu sein."

„Ich habe das schon einmal miterlebt", erinnerte sich Bröker an seinen ersten Fall. „Man bekommt es mit der Angst zu tun. Zumindest, wenn man daran interessiert ist, einen Fall zu lösen. Nur die Verdächtigen reiben sich wahrscheinlich die Hände, wenn sie Ravenstijn sehen."

„So schlimm?" Der Kommissar blickte sein Gegenüber lange nachdenklich an.

„Sehen Sie das anders?", entgegnete Bröker.

„Eventuell hat er nicht immer die geschickteste Herangehensweise", gab Schewe zu. „Da wir eine ziemlich hohe Aufklärungsquote haben, hat mir das bislang aber wenig ausgemacht."

„Das verstehe ich, aber im Einzelfall ist es haarsträubend."

„Vielleicht haben Sie recht, aber ich glaube, ich kann ihm das nicht verwehren", setzte der Abteilungsleiter einen Schlusspunkt unter die Debatte. „Ursprünglich haben wir einen Psychologen unter anderem eingestellt, um uns bei den Verhören beiseitezustehen. Wenn ich van Ravenstijn das jetzt wegnehme, wird er sich fragen, wieso wir überhaupt jemanden wie ihn brauchen."

Das fragte sich Bröker schon lange.

„Meinen Sie nicht, dass Sie seine Rolle gerade etwas zu negativ sehen?", fügte der Erste Hauptkommissar noch hinzu. „Ich weiß ja, dass Sie beide eine schwierige Woche hinter sich haben."

So konnte man es natürlich auch sehen. Bröker zuckte resigniert die Schultern.

35. Kapitel
Fragen über Fragen

Es dauerte Stunden, bis Frau Schnakenwinkel an Brökers kleiner Kammer klopfte. Bröker hatte eigentlich gedacht, dass das Verhör des Supermarktleiters beginnen konnte, sobald der sich im Präsidium eingefunden hatte – und das konnte kaum länger als eine halbe Stunde nach Schewes Besuch sein, aber die Minuten verrannen und nichts geschah.

Zunächst war Bröker in seinem Büro auf und ab gelaufen, aber irgendwann hatte er sich damit abgefunden, dass sie wohl auch am heutigen Tag der Aufklärung des Falles keinen Schritt näherkommen würden.

„Der Chef sagt, Sie sollen zum Verhörzimmer eins kommen", erklärte die Sekretärin schließlich, als die Uhr schon kurz nach drei zeigte.

„Wo ist das?", fragte der Praktikant zurück. Er wusste nicht, wie lange er im Polizeipräsidium würde arbeiten müssen, bevor er sich darin zurechtfand.

„Ein Stockwerk tiefer und dann ganz hinten rechts im Gang", erklärte Frau Schnakenwinkel.

Bröker machte sich sofort auf den Weg.

Als er den beschriebenen Raum nach ein paar Umwegen erreicht hatte, sah er den Supermarktleiter davor schon unruhig hin und her laufen. Daneben hatte sich eine übergewichtige Gestalt mit fettigem

Haar in einem der wenigen Besucherstühle niedergelassen. Das musste sein Anwalt sein.

Gleichzeitig mit Bröker trafen auch Schewe, Großebrummel und van Ravenstijn ein. Schewe hatte also seine Andeutung in die Tat umgesetzt: Der Holländer würde wirklich an der Befragung teilnehmen. Hinzu kamen zwei Kollegen, die sich wie Zwillinge glichen und die Schewe als die Kommissare Giljohann und Knufinke vom Dezernat für Wirtschaftskriminalität vorstellte. Beide waren blond und mittelgroß, hatten ein beträchtliches Bäuchlein und einen ebenso beachtlichen Schnäuzer. Sie sollten den Anschein wahren, dass es bei der Vernehmung, wenn überhaupt, um Unterschlagung gehen sollte.

Daran, dass van Ravenstijn aber plante, die Befragung zu leiten, ließ er wenig Zweifel, als die Mitarbeiter der Polizei sich inklusive Bröker in den Verhörraum zurückgezogen hatten. „Jetzt werden wir ihn ausquetschen", rieb er sich erwartungsfroh die Hände. „Ich habe ja gleich gesagt, dass an diesem Stachel etwas verdächtig ist."

„Sie hatten inzwischen ein halbes Dutzend Verdächtige oder mehr", erwiderte Bröker, der diese Bemerkung hatte kommen sehen, trocken. „Wenn man halb Bielefeld und dazu noch etliche osteuropäische Gruppen verdächtigt, muss man zwangsläufig irgendwann einmal richtigliegen."

„Bevor wir ihn ausquetschen, wie Sie sagen, van Ravenstijn, sollten wir uns darauf einigen, was wir

Herrn Stachel vorwerfen", griff auch Schewe korrigierend ein. „Aber eigentlich wissen wir das auch, oder?" Vielleicht hatten Brökers kritische Worte über den Polizeipsychologen ein paar Stunden zuvor ja geholfen.

„Genau. Ich könnte gerade einmal zusammenfassen, was wir bislang wissen", bot der Mister Marple von der Sparrenburg an und brachte den Rest des Ermittlerteams auf den neuesten Stand.

Als die kurze Strategiebesprechung vorüber war, konnte es losgehen.

„Wenn ich Sie dann auch hereinbitten darf", sagte Schewe und öffnete die Tür zum Verhörraum.

Stachel und sein Anwalt betraten das Zimmer. Die beiden bildeten ein merkwürdiges Gespann. Der korpulente Anwalt schien auch den Raum einnehmen zu wollen, den der schmächtige Stachel normalerweise hätte ausfüllen dürfen. Nur an den schmierigen Haaren, die sowohl den Supermarktleiter als auch seinen Rechtsvertreter verunzierten, konnte man erkennen, dass sie zur gleichen Mannschaft gehörten. Allerdings hätte demnach auch der Holländer bei ihnen mitspielen können. Stachel und sein Verteidiger nahmen an einem langgezogenen Tisch Platz. Van Ravenstijn, Giljohann, Knufinke, Großebrummel und Schewe setzten sich ihnen gegenüber. Ganz am Ende der Reihe der Polizisten ließ sich auch Bröker nieder.

„Das ist Herr van Ravenstijn, er ist Psychologe und leitet unsere Befragungen", begann der Erste Hauptkommissar die Vorstellungsrunde. Danach machte er Stachel und seinen Anwalt auch mit den restlichen Anwesenden bekannt. Sich selbst stellte er interessanterweise als Abteilungsleiter vor, ohne dabei darauf einzugehen, dass es sich um das Morddezernat handelte. Wenn er Glück hatte, würde Stachels Rechtsbeistand so nicht gleich hellhörig werden. Als die Reihe an Bröker war, sagte Schewe nur: „Herrn Bröker kennen Sie vielleicht aus der Zeitung, er macht derzeit bei uns ein Praktikum."

Sofort begann Herr Strullkötter, mit diesem Namen hatte sich Stachels Anwalt zu Brökers Freude vorgestellt, zu protestieren: „Ich kann unmöglich meine Einwilligung dazu geben, dass Zivilisten zu der Befragung meines Mandanten hinzugezogen werden", sagte er förmlich.

„Herr Bröker ist zwar dafür bekannt, dass er der Polizei schon des Öfteren bei der Aufklärung verschiedener Fälle geholfen hat, aber momentan ist er bei uns angestellt", erklärte Schewe. Bröker wunderte sich, was für ein positives Bild er von ihm zeichnete, aber eigentlich waren das nur Fakten, fiel es ihm dann ein.

„Darum geht es nicht", widersprach Strullkötter. „Ich weiß nicht genau, was Herrn Stachel vorgeworfen wird, aber er ist als Leiter des bekanntesten Bielefelder Supermarkts eine exponierte Persönlichkeit. Es muss auf jeden Fall vermieden werden, dass rufschädigende Informationen an die Öffentlichkeit geraten."

„Herr Strullkötter, wir beabsichtigen nicht, Ihren Mandanten in irgendeiner Weise zu schädigen", wurde Schewe energisch. „Darüber hinaus unterliegt Herr Bröker als Praktikant der gleichen Verschwiegenheit wie unsere Angestellten und Beamten. Er wird sich auch keinen Eindruck von der Polizeiarbeit machen können, wenn wir ihn von den Situationen, bei denen wir ernsthaft ermitteln, ausschließen. Ich würde also Herrn Bröker bitten zu bleiben, sich aber nicht in die Befragung einzumischen."

Bröker wusste nicht, was höher zu bewerten war: die Erlaubnis, bei dem Verhör anwesend zu sein, oder das Verbot, sich aktiv daran zu beteiligen. Er beschloss, nicht weiter darüber nachzudenken, ändern konnte er die Regeln sowieso nicht.

„Wenn wir schon von Ermittlungen sprechen", meldete sich der Anwalt in diesem Augenblick wieder zu Wort. „Was genau wird meinem Mandanten eigentlich vorgeworfen?"

„Lug und Betrug", schaltete van Ravenstijn sofort auf Angriff. Bröker konnte sehen, wie Schewe genervt die Augen verdrehte. Gleichzeitig hob Stachels Anwalt die Augenbrauen. Bröker konnte sich auch nicht vorstellen, dass irgendjemand dem Holländer diese Verhörtechnik beigebracht hatte. Wahrscheinlich hatte er sich schlichtweg nicht im Griff, wenn er sich dem Ziel so nahe wähnte und seine Gefühle mit ihm durchgingen. Im günstigsten Fall konnte so ein Ausbruch für Verwirrung bei dem Verdächtigen führen, im ungünstigsten würde es das ganze Verhör verderben.

„Es geht zunächst gar nicht um Vorwürfe." Zum Glück war Giljohann ein wesentlich ruhigerer Charakter als der Polizeipsychologe. „Wir haben Hinweise auf Ungereimtheiten in den Abrechnungen eines Lieferanten des *Edelmarktes* erhalten und daraufhin gestern um Ihre Unterlagen gebeten, Herr Stachel. Als wir sie durchgesehen haben, sind ein paar Fragen aufgetreten, die auch Ihre eigenen Bücher betreffen und die wir gerne klären würden."

„Was für Fragen?" Zum ersten Mal sprach der Supermarktleiter selbst. Seine Stimme klang belegt.

„Wir haben ungewöhnlich hohe Abschreibungen in Ihren Unterlagen gefunden", erläuterte Knufinke. Offenbar hatten sie Brökers Erkenntnisse sehr schnell verinnerlicht, vielleicht aber hatte sie Schewe auch schon früher instruiert oder sie verfügten über Unterlagen, von denen Bröker nichts wusste. „Wir wissen natürlich, dass jeder Supermarkt solche Abschreibungen hat."

„Genau das wollte ich gerade sagen", versuchte Stachel, die Vorwürfe zu entkräften.

„Aber Ihre Abschreibungen sind deutlich höher, als wir das bei vergleichbaren Läden kennen", sprang nun Giljohann wieder ein.

„Ich glaube nicht, dass Sie das beurteilen können", fuhr Strullkötter dazwischen. „Herr Stachel verfügt über jahrelange Erfahrung als Leiter eines Supermarktes."

„Und wir kennen Dutzende solcher Märkte", lächelte Knufinke dünn. „Glauben Sie mir, wir wissen, was üblich ist und was darüber hinausgeht."

„Und wir wissen auch, welche Waren man typischerweise abschreibt", ergänzte sein Kollege aus der Wirtschaftsabteilung, „nämlich zum Beispiel Obst und Gemüse."

„Das werden Sie in meinen Büchern auch so finden", erwiderte der Marktleiter.

„Stimmt", nickte Giljohann. „Daneben schreiben Sie aber auch Produkte ab, die ich auf solchen Listen bislang nicht so häufig gesehen habe: Champagner zum Beispiel, Kaviar oder auch edle Spirituosen." Die beiden Kommissare aus der Abteilung für Wirtschaftskriminalität mussten die Bücher des *Edelmarktes* noch einmal genauer unter die Lupe genommen haben. Die teuren Brände waren Bröker bei seinen Rechnungen gar nicht aufgefallen – und das, obwohl er doch immer ein wachsames Auge auf gute Whiskeys hatte.

Der Anwalt bedachte seinen Klienten mit einem prüfenden Seitenblick. Es schien Bröker, als würde der für einen Moment lang blasser werden. Dann hatte er sich wieder im Griff. „Der *Edelmarkt* ist nicht nur einer von Bielefelds bekanntesten Supermärkten, bei aller Bescheidenheit würde ich auch sagen, er ist der qualitativ beste. Das führt dazu, dass wir unser Sortiment besonders kritisch unter die Lupe nehmen", sagte er. „Darüber hinaus: So schön es ist, ein solches Renommee zu haben, so attraktiv macht uns das auch für Langfinger. Wir werden immer häufiger zur Zielscheibe für Diebstahlsversuche und – das wissen Sie ja schon – für Leute, die aus irgendwelchen Gründen, Lebensmittel aus unseren Containern entwenden."

„Ja, was denn nun, wurden die Sachen geklaut oder in den Container geworfen?", entfuhr es Bröker halblaut. Schewe machte ihm ein Zeichen, dass nicht er es war, der die Fragen zu stellen hatte und obwohl Bröker das Gefühl hatte, dass seine Frage berechtigt war, wiederholte er sie nicht.

„Sie meinen, die Luxusartikel wurden gestohlen?", hakte Knufinke stattdessen nach.

„Genau das", bestätigte Stachel.

„Ha, wer das glaubt, muss verrückt sein!", rief van Ravenstijn, der sich offenbar übergangen fühlte. Ein Argument für seine Behauptung konnte er allerdings nicht liefern. Seine Haltung zu dem Beschuldigten wurde Bröker zunehmend suspekt. Bei der ersten Befragung im *Edelmarkt* hatte er sich dem Filialleiter mit großer Unterwürfigkeit genähert, nur um ihn gleich darauf zu verdächtigen. Als Bröker dann aber Hinweise auf dessen Tatbeteiligung hatte, hatte der Psychologe schon längst andere Spuren verfolgt. Nun war er offenkundig wieder zu seinem ursprünglichen Verdacht zurückgekehrt.

„Hm, eine Frage habe ich zu diesen Diebstählen aber noch", meldete sich nun Giljohann wieder zu Wort. „Warum sind diese Diebstähle nie aktenkundig geworden? Und warum klauen die Diebe immer gleich größere Kontingente?"

„Wie meinen Sie das?", fragte der Anwalt.

„Nun, Ihr Klient hat sehr selten einmal einen Ladendiebstahl zur Anzeige gebracht", erläuterte der Angesprochene. „Und bei allem, was man so von Ladendiebstählen kennt, wird da vielleicht mal eine Flasche Champagner gestohlen oder eine Dose Kaviar. Bei den Abschreibungen in den Büchern Ihres Mandanten aber muss der Champagner oder Kaviar an bestimmten Tagen gleich kistenweise verschwunden sein."

Stachel hob zu einer Antwort an, aber sein Anwalt fasste ihn am Arm. Flüsternd unterhielten sich die beiden eine Weile. „Herr Stachel sagt, dass er keine Anzeige erstattet hat, da er aus Erfahrung weiß, dass so eine Anzeige nur dann zu etwas führt, wenn man auch einen Täter angeben kann. In diesem Fall aber wurde nur das Verschwinden der Waren festgestellt, nicht aber, wer sie entwendet hatte. Selbst wann sie gestohlen wurden, ist nicht ganz klar, darum hat Herr Stachel das immer zu größeren Posten zusammengefasst."

Die Polizisten schauten betreten. Der Anwalt hatte

mit seinen Ausführungen wahrscheinlich recht. Etwas kam Bröker komisch vor, aber er durfte sich ja nicht einmischen.

„Darüber hinaus dachte Herr Stachel, dass bei den Mengen, die von diesen exquisiten Produkten erbeutet wurden, vielleicht ein Mitarbeiter des *Edelmarktes* an den Diebstählen beteiligt war und meinte, dass er das besser intern klären könne", fuhr Strullkötter fort.

Doch auch diese Erklärungen beantworteten nicht Brökers Fragen. Vorsichtig zupfte er Schewe am Ärmel. Als der Hauptkommissar sich ihm zuwandte, gab er ihm leise seine Bedenken weiter.

„Herr Bröker hat gerade einen sehr interessanten Aspekt aufgeworfen", sagte der darauf. „Er fragt sich, wie Sie den Diebstahl bemerkt haben, wenn Sie die Diebe nicht erwischt haben."

„Die entsprechenden Regale waren leer oder jedenfalls nicht so gut gefüllt, wie sie es hätten sein müssen", erläuterte Stachel, als habe er nur auf die Frage gewartet.

„Ha, ich habe noch nie gesehen, dass bei Ihnen etwas nicht vorhanden ist", warf van Ravenstijn ein. Auch wenn Bröker ihm einerseits heimlich recht geben musste, so fand er die Bemerkung des Holländers andererseits wenig zielführend. Wahrscheinlich wusste er ebenso wenig, wie man Stachel in die Enge treiben konnte, wie die beiden Ermittler aus dem Wirtschaftsdezernat. Die taten Bröker beinahe leid, schließlich hatten sie mit dem ganzen Fall eigentlich nichts zu schaffen und konnten nun nur im Nebel stochern. Und die Kommissare der Mordkommission waren offiziell nicht mit den Nachforschungen betraut und mussten sich deshalb zurückhalten.

Es war wie verhext. Dieser Supermarktleiter war zudem aalglatt und schien auf alles eine Antwort zu haben. Oder hatte sich Bröker mit seinem Verdacht getäuscht? Schewes skeptischer Blick deutete an, dass dessen Gedanken in eine ähnliche Richtung gingen. Bröker musste seine Anschuldigungen dringend untermauern, sonst würde Stachel schon bald als Sieger aus dem Verhörzimmer marschieren. Das schmierige Grinsen des Anwalts mochte sich Bröker dabei gar nicht vorstellen. Aber wie ließ sich der Verdacht, der Marktleiter habe bei den Abschreibungen in die eigene Tasche gewirtschaftet, erhärten?

Bröker versank in tiefes Nachdenken. Er vergaß ganz, dass er in einer Befragung eines Mannes saß, der nur auf seinen Verdacht hin in diese Untersuchung geraten war. Er bekam auch nicht mit, dass van Ravenstijn mal wieder eine seiner absurden Theorien präsentierte. Erst als Strullkötter sich zu dem Psychologen beugte und sagte: „Wollen Sie wirklich andeuten, dass mein Mandant in seiner Kindheit zu wenig Süßigkeiten bekommen hat und deshalb jetzt die Luxusgüter aus seinem eigenen Markt verschwinden lässt?" und alle außer van Ravenstijn lachten, tauchte Bröker wieder aus seiner Gedankenwelt auf.

„Ja, warum denn nicht?", gab der selbsternannte Profiler zurück. „Bekanntlich liegen die Gründe für menschliches Handeln fast immer in der Kindheit."

„Und in der Geldgier", murmelte Kommissarin Großebrummel neben Bröker.

Stimmt, dachte der. Dann hielt er inne. War das vielleicht eine Idee, wie man Stachel überführen konnte? Wenn der Marktleiter wie vermutet in die eigene Tasche gewirtschaftet hatte, mussten die Gelder irgendwo gelandet sein, am ehesten vielleicht auf einem seiner Konten.

Bröker zog sein Mobiltelefon hervor. Wahrscheinlich durfte er während des Verhörs gar kein Handy dabeihaben, ging es ihm durch den Kopf. Schnell legt er es auf seine Oberschenkel unter der Tischplatte und öffnete eine Kurznachrichten-App. Zum Glück beachteten ihn hier die wenigsten. Dann stockte er erneut. Wen konnte er nach Stachels Kontoauszügen fragen? Die natürliche Antwort auf diese Frage wäre *Gregor* gewesen. Der Junge verfügte über ein scheinbar unerschöpfliches Arsenal an technischem Wissen und wenn er doch einmal nicht weiterkam, konnte er immer noch einen Kollegen fragen, den er aus seinen aktiven Hackerzeiten kannte. Aber wenn ihm sein Mitbewohner die gewünschten Informationen besorgen konnte, dann konnte Bröker sie kaum in einem offiziellen Verhör der Polizei nutzen. Aber sonst kannte er niemanden, der bei einer Bank arbeitete und ihm vertrauliche Informationen über Kontostände besorgen würde. Herrn Meyer zu Hücker würde er darum nicht bitten können. Aber vielleicht war doch noch jemand anderes in der Lage, sich derart geheime Informationen zu beschaffen?

Bröker öffnete die Konversation mit Mütze. „Kannst du mir die Kontoauszüge von Thorsten Stachel besorgen?", tippte er. „Er ist der Leiter des *Edelmarktes* und wir sitzen gerade mit ihm im Verhörzimmer eins." Schnell schickte er die Nachricht ab, guckte sich um und schob das Smartphone zurück in seine Hosentasche. Er war ein bisschen stolz, mit welcher Gewandtheit er sich der modernen Technik bedient hatte. Noch besser aber war: Niemand hatte ihn bemerkt.

36. Kapitel
Überraschende Antworten

Ob seine Botschaft nicht angekommen war? Immer wieder zog Bröker sein Mobiltelefon hervor und warf verstohlene Blicke auf das Display. Gregor hatte ihm irgendwann einmal erklärt, wie man überprüfen konnte, ob ein Empfänger die eigene Nachricht bekommen und gelesen hatte, aber Bröker hatte sich das nicht gemerkt. Jetzt hätte er dieses Wissen gut gebrauchen können.

Derweil wand sich der Supermarktleiter immer weiter aus den gegen ihn erhobenen Vorwürfen heraus. Auf der anderen Seite schienen Giljohann und Knufinke mehr und mehr zu resignieren. Selbst van Ravenstijn fiel keine seiner nervtötenden Bemerkungen mehr ein.

„Meine Damen und Herren", resümierte Strullkötter schließlich. „Wenn Sie die Anschuldigungen gegen meinen Mandanten nicht besser untermauern können, würde ich vorschlagen, dass Sie sie fallenlassen. Wir haben jedenfalls beide heute noch ein paar Aufgaben zu erledigen. Und Sie wahrscheinlich auch. Ich nehme an, Sie entschuldigen uns?" Ohne eine Antwort abzuwarten, schob er seine Unterlagen zusammen, die er auf dem Tisch vor sich ausgebreitet hatte. Gleichzeitig erhob sich sein Klient. Bei keinem der anwesenden Polizisten regte sich Widerspruch.

In diesem Augenblick öffnete sich die Tür des Konferenzraums. Eine junge Frau schob sich durch den Spalt.

„Frau Stienkemeier", sprach Schewe sie sofort an. „Suchen Sie Herrn Schikowski? Der ist nicht hier."

„Nein, nein, ich soll dies hier Herrn Bröker geben", erwiderte die Frau, bei der es sich offenbar um Mützes Assistentin handelte. Dabei wedelte sie mit einem Aktendeckel.

„Hier", meldete sich Bröker und nahm die Mappe entgegen. Was wohl die anderen denken mochten?

Während die Sekretärin wieder verschwand, öffnete Bröker die Mappe. Obenauf lag ein gelber Notizzettel. „Du bist der einzige Praktikant, von dem ich mir Anweisungen geben lasse", stand dort in Mützes krakeliger Handschrift. Dahinter befand sich ein ganzer Stoß Kontoauszüge. Bröker warf einen flüchtigen Blick auf die Seiten. Er seufzte enttäuscht auf. Das, was er vermutet hatte, fand sich dort nicht. Aber dann stutzte er: Was war das? Oder das?

„Auf Wiedersehen, meine Damen und Herren", sagte Strullkötter in diesem Moment und Stachel winkte den Polizisten mit aufgesetzter Fröhlichkeit zu.

Jetzt musste Bröker eingreifen. Er merkte, dass sein Herz schneller schlug, aber wenn er sich jetzt nicht meldete, würde er das später bereuen. „Einen Augenblick, bitte", unterbrach er die Abschiedsszene. „Ich würde gerne noch etwas wissen."

Tatsächlich blieb der Anwalt stehen, wo er war. Auch Stachel war wie angewurzelt. „Hatten wir uns nicht darauf geeinigt, dass Praktikanten in unserer Runde nichts zu sagen haben?", fragte Strullkötter. Er grinste, als habe er etwas besonders Komisches gesagt, aber seine Stimme klang drohend.

Schewe zögerte nur einen Atemzug. „Wenn Herr Bröker Sie bittet, noch kurz zu warten, wird das seine Gründe haben", sagte er dann mit autoritärer Stimme. „Herr Bröker, darf sich Sie bitten, uns mitzuteilen, was Sie entdeckt haben?"

Bröker holte tief Luft. Nun galt es; nun durfte er sich keinen Fehler erlauben. Und das, obwohl er noch immer nur eine vage Vorstellung hatte, was eigentlich passiert war. „Herr Stachel", begann er, „ich muss mich bei Ihnen entschuldigen."

Sowohl der Angesprochene als auch sein Anwalt waren überrascht. Die anwesenden Polizeibeamten guckten nicht weniger erstaunt.

„Wir haben Sie zu Unrecht beschuldigt", fuhr Bröker fort. Hoffentlich irrte er sich nicht erneut, dann würde er wahrscheinlich mit Schimpf und Schande aus dem Polizeipräsidium vertrieben werden. „Ich glaube nicht, dass Sie beim *Edelmarkt* in die eigene Tasche gewirtschaftet haben."

„Das habe ich doch die ganze Zeit gesagt", erwiderte der Marktleiter heiser. „Ich habe kein Geld unterschlagen."

„Ja, es stimmt, Ihre Kontobewegungen weisen kein Indiz dafür auf, dass Sie illegale Einkünfte hatten", fuhr der Praktikant fort.

„Als ob man das auf dem Girokonto sehen könnte", lachte van Ravenstijn höhnisch.

„Wie kommen Sie als Praktikant an die Kontoauszüge meines Mandanten?", fuhr Strullkötter, der die Situation schneller erfasst hatte, gleichzeitig dazwischen.

Bröker ignorierte beide. „Eine Frage hätte ich aber trotzdem noch, bevor Sie gehen", fuhr er fort. „Wenn ich meinem ersten Eindruck trauen darf, dann hat Ihr Konto in der vergangenen Zeit wirklich keine unerwarteten Zugänge zu verzeichnen gehabt. Allerdings sehe ich in den abgelaufenen Monaten dafür ein paar größere Abgänge. Meist sind es sehr runde Beträge. 5 000 Euro im Juni, jeweils 10 000 im Juli, August und Anfang September. Und auch hier noch einmal am 29. September 5 000 Euro. Darf ich fragen, wozu Sie das Geld gebraucht haben?"

Stachel schwieg.

Stattdessen leistete ihm sein Verteidiger Schützenhilfe. „So geht das aber nicht", sagte er mit erhobener Stimme. Merkwürdigerweise guckte er dabei nicht Bröker, sondern Schewe an. „Erst beschlagnahmen Sie die Bücher meines Mandanten, weil Sie Beweismaterial brauchen, danach glauben Sie, mein Mandant habe Gelder unterschlagen. Dann stellt sich heraus, dass es dafür keine Indizien gibt, ja dass sogar größere Abgänge von seinem Konto zu verzeichnen sind und nun muss er sich dafür rechtfertigen."

„Ich gebe zu, dass die neuen Fragen nicht zu dem bislang diskutierten Tatvorwurf passen", schaltete sich Schewe ein. Auch er hatte offenbar bemerkt, dass der Anwalt ihn angesprochen hatte. „Aber andererseits scheint es mir, als habe Herr Bröker da gerade eine interessante Frage aufgeworfen und ich wäre dankbar, wenn uns Ihr Klient bei deren Beantwortung helfen könnte. Wir würden ein solches Zeichen der Mitarbeit auch bei den Anschuldigungen gegen ihn honorieren. Herr Stachel, würden Sie uns bitte über diese Beträge aufklären?"

Der Supermarktleiter legte seinem Anwalt die Hand auf den Unterarm. Beide setzten sich wieder.

Anschließend tuschelten sie etwa drei Minuten miteinander, wobei das Gespräch zunehmend erregter wurde.

„Mein Mandant möchte sich zu den Beträgen nicht äußern", sagte Strullkötter schließlich.

„Auf welcher Basis?", fragte Kommissarin Großebrummel nach.

„Zunächst einmal möchten wir wissen, um was es genau geht", erläuterte der Advokat. „Ist Herr Stachel verdächtig? Dann muss er keine Aussagen zu seinen Kontenbewegungen machen. Oder ist er nur ein Zeuge? Dann wüssten wir gerne, in welchem Zusammenhang die Einzahlungen und Abhebungen, die er getätigt hat, zu dem Fall stehen."

Der Jurist war nicht ungeschickt, dachte Bröker. Dann merkte er, dass sich die Augen aller auf ihn richteten. Natürlich, er war es ja gewesen, der die Kontoauszüge angefordert und die Nachfragen dazu begonnen hatte. Nun musste er auch liefern. Sich jetzt auch wieder bei Stachel zu entschuldigen und klein beizugeben, war keine Option. Außerdem kam ihm wirklich etwas an den Kontoauszügen seltsam vor. Wer hob denn so hohe Barbeträge ab? 5 000 oder 10 000 Euro im Monat waren doch Beträge, die man selbst dann nicht leicht regelmäßig ausgab, wenn man nie mit Karte bezahlte. Darüber hinaus hatte er zwar nicht die geringste Ahnung, wie viel ein Marktleiter verdiente oder ob Stachel gar Miteigentümer war, aber es schien ihm so oder so unwahrscheinlich, dass dieser von seinem Einkommen leichter Hand monatlich über 10 000 Euro für unklare Zwecke ausgeben konnte. Nein, wenn er all das zusammennahm und mit dem verband, was er zwei Tage zuvor bei seiner unfreiwilligen Observation auf dem Zionsfriedhof gesehen hatte, dann blieb der Verdacht, den er schon damals gehegt hatte. Aber wie passte das mit dem Mord an Chris Bohnenkamp zusammen? Bröker zuckte innerlich die Schultern. Er konnte nur hoffen, dass das irgendwie in den nächsten Minuten herauskam.

Er schaute Stachel fest in die Augen. „Herr Stachel, sagen Sie mir die Wahrheit", sagte er mit einer möglichst tiefen Stimme. „Werden Sie erpresst?"

Einen Augenblick lang herrschte Grabesstille in dem Besprechungsraum. Die Blicke aller verharrten auf Bröker, diesmal aber aus einem anderen Grund. Jeder der Polizisten schien sich zu fragen, wieso er den Leiter des Supermarktes so schnell von einem Verdächtigen an dem Mord an Chris Bohnenkamp zu einem Erpressungsopfer befördert hatte. Strullkötter schüttelte heftig den Kopf, als könne er nicht glauben, was Bröker soeben gefragt hatte. Derweil war Stachel kreidebleich geworden. Seinem Gesicht war anzusehen, dass Bröker mit seiner Vermutung ins Schwarze getroffen hatte.

Einen Atemzug später erhob sich ein vielstimmiger Protest. „Sie müssen entschuldigen, Herr Bröker ist eben noch Praktikant und nicht so vertraut mit den Feinheiten der Polizeiarbeit. Ich werde ihm das noch beibringen", war van Ravenstijns Organ deutlich herauszuhören.

„Mein Mandant wird sich zu diesem Punkt nicht äußern", protestierte der Anwalt gleichzeitig.

Auch die beiden Wirtschaftskommissare sagten etwas, allerdings zueinander, und Bröker verstand nicht, ob sie seiner Mutmaßung etwas abgewinnen konnten oder ob sie es wie der Holländer für baren Unsinn hielten.

Schewe schien als einziger den Überblick zu behalten. „Wenn Herr Stachel nichts zu sagen wünscht, wüsste ich gerne, ob er aus Sorge, sich selbst zu belasten, von seinem Aussageverweigerungsrecht Gebrauch machen möchte oder ob er ein Zeugnisverweigerungsrecht hat, weil seine Frau oder ein Angehöriger in den Fall verwickelt ist."

„Vielleicht hat er als Supermarktleiter jemandem die Beichte abgenommen und darf nichts sagen", grinste Knufinke. Giljohann und Großebrummel lachten herzhaft.

Doch alle schwiegen schlagartig, als sich Stachel in diesem Moment zu Wort meldete.

„Doch, ich will etwas sagen", krächzte er so leise, dass es beinahe in dem Tumult untergangen wäre. Seine Stimme klang brüchig, aber jeder hatte gehört, dass er nicht bereit war, der Empfehlung seines Anwalts zu folgen. „Herr Bröker hat recht. Ich werde erpresst."

„Seien Sie still", zischte ihn der Jurist von der Seite an.

„Aber ich kann dem Ganzen wohl nur auf diese Weise ein Ende bereiten", widersprach der Marktleiter.

„Ich kann Ihnen auch nur empfehlen zu reden", ergriff Schewe das Wort. „Wenn Sie erpresst werden, sind wir da, um Ihnen zu helfen. Und wenn Sie dabei eine Straftat begangen haben, kann sich ein Geständnis strafmildernd auswirken."

„Wollen Sie wirklich sagen, dass Herr Bröker mit seinem Verdacht mal wieder einen Glückstreffer gelandet hat?", staunte van Ravenstijn beinahe gleichzeitig.

„Ja, Herr Bröker hat recht", erwiderte Stachel nach kurzem Zögern. „Sogar mehr, als er wahrscheinlich denkt."

„Was soll das heißen?", fragte Schewe stirnrunzelnd. Nun schien selbst er die Lage unübersichtlich zu finden.

„Ich werde beziehungsweise wurde sogar zweimal erpresst", klärte der Marktleiter auf.

„Einmal von drei finsteren Gestalten, echten Schlägerfiguren", nickte Bröker wissend.

„Ich habe keine Ahnung, woher Sie das schon wieder haben, aber es stimmt", bekannte Stachel.

Bröker lächelte insgeheim, dabei fiel ihm der erstaunte Blick des Ersten Hauptkommissars auf.

„Aber diese Erpressung ist die zweite, wenn wir bei

der chronologischen Reihenfolge bleiben", fuhr der Marktleiter fort.

„Das heißt, Chris Bohnenkamp hat Sie auch erpresst?", fragte Bröker einer plötzlichen Eingebung folgend.

„Genau. Er war der Erste", pflichtete ihm der Verhörte bei. „Jedenfalls vermute ich das. Ich kannte den Erpresser ja nicht persönlich, sondern nur seine Drohungen, die er mir immer per Mail geschickt hat. Den Namen habe ich erst aus der Presse erfahren. Hätte ich ihn gekannt, wäre ich doch zur Polizei gegangen und hätte kaum zu so drastischen Mitteln greifen müssen."

„Passen Sie auf, Sie reden sich um Kopf und Kragen", warnte ihn sein Anwalt.

„Nein, wenn ich jetzt nicht reinen Tisch mache, wird alles noch viel schlimmer", entgegnete sein Mandant. „Das haben mich die letzten Wochen gelehrt."

„Aber womit konnte Chris Bohnenkamp Sie erpressen?", versuchte Schewe dem Geständnis zu folgen.

„Das war leicht: Er hat gedroht, die Produkte im *Edelmarkt* zu vergiften", erwiderte der Marktleiter. „Und ich wollte nicht, dass der Ruf meiner Filiale befleckt wird. Das ist eine Frage der Ehre für mich."

„Eine alte Masche", wusste Kommissarin Großebrummel.

„Ja, aber sehr erfolgreich", entgegnete Stachel. Er

sah in diesem Moment winzig und müde aus. „Niemand möchte, dass die Kunden eines Supermarktes an den gekauften Waren sterben, am wenigsten aber ein Filialleiter, der für die Qualität der Artikel geradestehen muss. Besonders, wenn er auf der Karriereleiter noch ein paar Sprossen nach oben klettern will", schob er leise nach.

„Und was wollte er dafür haben, dass er Ihre Waren nicht vergiftet?", wollte Bröker wissen.

„Dafür sollte ich regelmäßig einige meiner besten Produkte im Müllcontainer entsorgen. Sie wissen schon: Kaviar, teure Schokolade, Trüffel. All das, was Ihnen bei der Durchsicht der Bücher aufgefallen ist."

„Und das haben Sie gemacht?", hakte Schewe nach.

„Ja. Ich habe die Sachen abgeschrieben und weggeworfen. Ich habe schon geahnt, dass es über kurz oder lang jemandem auffallen würde. Entweder dem Finanzamt oder der Zentrale. Schließlich müssen unserer Abschreibungen doch deutlich über denen der anderen Märkte gelegen haben. Aber was sollte ich machen? Ich konnte die Dinge ja nicht alle selbst kaufen und dann wegwerfen. So war es für mich deutlich günstiger, als wenn ich mein eigenes Geld hätte einsetzen müssen. Wahrscheinlich hat Bohnenkamp geahnt, dass es mir so leichter gefallen ist. Wenn es direkt um Geld gegangen wäre, hätte ich mich vielleicht eher an die Polizei gewandt – auch ohne einen Namen zu kennen." Bei diesen Worten Stachels ahnte Bröker, wie sehr der Marktleiter mit sich gekämpft hatte. „Außerdem hat er mir auch geschrieben, es sei eigentlich alles für einen guten Zweck. Er sei bei so einer Truppe von jungen Leuten, die containern und ihre Beute dann Bedürftigen zukommen lassen."

„Bei denen ist aber so gut wie nichts angekommen, das weiß ich aus erster Hand", wendete Bröker ein.

„Das habe ich erst sehr viel später herausbekommen", erwiderte Stachel. „Einer meiner Mitarbeiter hat mir diese Plattform gezeigt, *Foodbay*. Dort hat jemand regelmäßig Luxusartikel angeboten. Als ich die Sachen gesehen habe, war mir natürlich sofort klar, dass es sich um den Erpresser handelte, der dort die Sachen aus meinem *Edelmarkt* vertickt hat. Die waren ja auch völlig einwandfrei. Das war ihm immer wichtig. Mehrfach hat er mich schriftlich gewarnt, bloß keine Produkte mit abgelaufenem Haltbarkeitsdatum oder beschädigter Verpackung in die Container zu legen. So hat er sich sicher jeden Monat ein paar Tausend Euro in die Tasche gesteckt."

„*Foodbay?*", fragte Großebrummel dazwischen.

„Das ist so etwas wie *Ebay* für Nahrungsmittel. Eine Internetplattform, bei der sich fast alles kaufen lässt, was essbar ist. Die haben da echt gute Sachen im Angebot und ganz billig." Kein Wunder, dass sich ausgerechnet der Holländer mit dieser Plattform auskannte.

„Vorsicht, Ravenstijn, vielleicht haben Sie da Hehlerware erstanden", grinste Bröker.

„Aber irgendwann haben Sie sich dann doch entschieden, dass es so nicht weitergehen kann?", wandte er sich dann wieder dem Marktleiter zu, in dem Versuch, ein klareres Bild der Vorgänge zu gewinnen.

Stachel nickte nur.

„Und da haben Sie diese Schlägertypen engagiert?", bohrte Bröker weiter nach.

„Richtig", bestätigte der Marktleiter.

„Wer sind die überhaupt und woher kennen Sie die?", wollte Schewe wissen.

„Ach, wenn man solche Typen braucht, findet sich immer ein Weg", entgegnete Stachel zunächst nebulös. „Eine meiner besten Kundinnen ist eine Prostituierte. Und von diesem Milieu ist es nicht mehr sehr weit bis zu bezahlten Schlägerbanden. Ich kann Ihnen den Namen des Anführers geben: Er heißt Kai Freger. Ich habe auch eine Telefonnummer, unter der ich ihn immer erreicht habe."

„War das im Juli oder August, dass Sie diese Visagen kontaktiert haben?", fragte Bröker.

„Ja, genau", sagte Stachel. „Zu diesem Zeitpunkt ist Bohnenkamp immer gieriger geworden. Da wollte er nicht nur die Waren haben, sondern Bargeld. Einmal habe ich gezahlt, aber nach der zweiten oder dritten Aufforderung habe ich versucht, das Problem auf anderen Wegen aus der Welt zu schaffen. Zur Polizei konnte ich da aber schlecht gehen, schließlich hatte ich die ersten Forderungen erfüllt und dabei Ware des Marktes entwendet."

„Und Sie haben den Schlägern den Auftrag erteilt, Herrn Bohnenkamp zu ermorden?", fragte Schewe mit ernster Miene.

„Sagen Sie jetzt nichts", ging der Anwalt in einem letzten Versuch dazwischen, seinen Mandanten vor dem Schlimmsten zu bewahren.

„Nein, das habe ich nicht", erklärte der ebenso ernst wie der Erste Hauptkommissar. „Ich habe diese Truppe gebeten, Bohnenkamp sehr deutlich zu machen, dass weitere Erpressungsversuche sinnlos wären. Ich wusste, dass er mit seinen Kumpanen meist zwischen zehn Uhr und Mitternacht zu unseren Containern kam. Daher habe ich Freger gesagt, er soll um diese Zeit bei uns auf dem Hof sein. Gleichzeitig habe ich den Sicherheitsdienst gebeten, die erste Runde nach Mitternacht zu drehen, damit sich die beiden nicht in die Quere kamen. Ich gebe zu, dass ich dafür verantwortlich bin – aber dann ist alles aus dem Ruder gelaufen."

„Soll das heißen, Sie bestreiten, einen Mordauftrag gegeben zu haben?", hakte Schewe nach.

„Natürlich bestreitet Herr Stachel das", fuhr Strullkötter auf, aber der Erste Hauptkommissar bedeutete ihm mit einer Geste, sich zu beruhigen.

„Ja, das bestreite ich entschieden", antwortete nun auch der Marktleiter und war dabei bedeutend ruhiger als sein Anwalt. „Von Mord war nie die Rede. Ich habe Freger gesagt, er solle diesem Bohnenkamp klarmachen, dass die Erpressungen nun ein Ende haben müssen. Ich glaube, ich habe ihm gesagt, er dürfe Bohnenkamp ruhig auch ein bisschen erschrecken. Dass er und seine Kollegen ihn dabei umbringen, habe ich nicht geplant."

„Ha, das werden wir ja sehen." Nun, da van Ravenstijn wieder eine Vorstellung davon hatte, was geschehen war, wollte er auch seinen Beitrag liefern.

„So schwierig ist das nicht", schaltete sich Bröker wieder ein. „Freger war ein Schläger, das haben Sie selbst gesagt, Herr Stachel. So wie Sie ihn also schildern hätte er Chris Bohnenkamp nicht nur halb totgeschlagen, wenn er ihn hätte umbringen wollen. Dann wäre er auf der Stelle tot gewesen und nicht erst zwölf Stunden später."

Stachel nickte.

„Aber eins wüsste ich gerne noch, Herr Stachel", fuhr Bröker fort. „Sie haben noch von einer weiteren Erpressung gesprochen. Also war Chris Bohnenkamp nicht der einzige, der Sie unter Druck gesetzt hat? Hat etwa dieser Freger auch Geld aus Ihnen herausholen wollen?"

Der Marktleiter nickte ernst. „Ja, so war es", sagte er.

Bröker erhaschte einen anerkennenden Blick Schewes. Es tat ihm gut, einmal als derjenige dazustehen, der alles blitzschnell durchschaute. Es musste ja niemand wissen, dass ihm seine glückliche Beobachtung am Zionsfriedhof sehr dabei half, die richtigen Schlüsse zu ziehen.

„Und womit hat er Sie erpresst?" Das war tatsächlich auch Bröker nicht klar geworden.

„Mit genau dem gleichen Trick wie dieser Bohnenkamp", erwiderte Stachel. Er klang deprimiert. „Ich hätte mir denken sollen, dass ich von solchen Leuten keine echte Hilfe erwarten kann. Ich habe diesem Freger natürlich gesagt, warum er Bohnenkamp für mich einschüchtern soll. Auch dass ich schon zwei- oder dreimal gezahlt hatte, wusste er. Und da hat der sich wohl gedacht, dass bei mir etwas zu holen sein müsse. ,Die Gefahr, dass eines deiner netten Luxusprodukte vergiftet wird, ist nicht vorbei', hat er gesagt. Und es war genau wie zuvor. Nur dass ich nun direkt Geld zahlen musste. Mit Waren aus dem *Edelmarkt* gibt sich einer wie Freger natürlich nicht zufrieden."

Es entstand eine Pause. Nicht einmal van Ravenstijn wusste etwas zu sagen.

„Vielleicht ist es auch deshalb gut, wenn das alles jetzt vorbei ist", sagte Stachel schließlich. „Ich weiß, dass eine Strafe auf mich wartet, aber die werde ich bereitwillig auf mich nehmen. So, wie es die letzten Monate gelaufen ist, kann es auf keinen Fall weitergehen."

„Herr Stachel, dann nehme ich Sie hiermit wegen des dringenden Verdachts auf Anstiftung zur gefährlichen Körperverletzung gemäß Paragraph 26 StGB vorläufig fest", sagte Schewe mit dienstlicher Stimme. „Ihr Anwalt wird Sie sicherlich beraten, wie Sie sich am besten verhalten."

Strullkötter machte eine wegwerfende Handbewegung, als ob es dafür jetzt zu spät sei. Gemeinsam verließen beide den Raum. Zwei eilig herbeigerufene Polizeibeamte begleiteten sie.

„Donnerwetter, Bröker, da haben Sie innerhalb von 24 Stunden mehr herausgefunden als der Rest der Abteilung in einer Woche", sagte Schewe, als die beiden gegangen waren. Nun, da Bröker mit zur Mannschaft gehörte, fiel es ihm sichtbar leichter, ihm Beifall zu zollen, als bei anderen Fällen.

„Bröker, ich glaube, Sie sollten Lotto spielen. Es ist nicht zu fassen, wie viel Glück Sie immer haben." Van Ravenstijn hatte bei diesen Worten einen beinahe gehässigen Gesichtsausdruck angenommen.

„Vorsicht, Herr van Ravenstijn", mahnte ihn der Abteilungsleiter. „Sonst müssen wir uns vielleicht überlegen, ob es aus betriebswirtschaftlicher Sicht nicht günstiger ist, einen glücklichen Praktikanten einzustellen als einen glücklosen Psychologen. Zumal ersterer kein Gehalt verlangt."

Schewes Worte waren Balsam auf Brökers Wunden, die der Holländer ihm in den letzten sieben Tagen geschlagen hatte. Offen grinsend verließ er den Raum.

37. Kapitel
Kehraus

„Schieb mir mal die gefüllten Oliven rüber." Gregor kaute auf beiden Backen und machte zusätzlich zu seinen Worten eine Geste, falls ihn Bröker nicht verstand. „Die sind echt lecker."

Brökers Blick irrte suchend über die große Decke, auf der sie saßen, ehe er ein Schälchen direkt vor sich ergriff und dem Jungen gab. Da der Wetterbericht für diesen Oktobersamstag reichlich Sonnenstunden versprochen hatte, hatte Britta dieses Picknick im Park der *Ravensberger Spinnerei* vorgeschlagen und auch gleich großzügig eingekauft.

„Aber ich will doch die Bundesligakonferenz im Radio hören", hatte Bröker zunächst gemeutert, aber als Britta ihm geantwortet hatte: „Dann machen wir das Picknick im Anschluss, ich wollte ohnehin noch ein paar Hackbällchen braten", hatte er sich einverstanden erklärt. Angesichts des Serranoschinkens, der Krabben in Knoblauchsoße und der kleinen Steaks, die Britta auch zubereitete, während Bröker seiner Lieblingssendung im Radio lauschte, war ihm das auch nicht schwergefallen.

Und so saßen sie nun vor dem Gebäude der ehemaligen Spinnerei im Gras und hatten neben den Köstlichkeiten auch drei Flaschen eines ordentlichen Pomerol vor sich ausgebreitet.

„Prost", rief Bröker und hob sein Glas. Er hatte

darauf bestanden, dass man einen so guten Rotwein nicht aus Pappbechern trinken durfte.

„Prost", erwiderten seine beiden Freunde und stießen an.

„Hier hat alles vor weniger als zwei Wochen begonnen. Von hier sind wir zum *Edelmarkt* aufgebrochen." Bei der Erinnerung an die Ereignisse jener unheilvollen Nacht verschattete sich Gregors Blick für einen Augenblick. „Sag mal, womit haben wir diese kulinarischen Genüsse eigentlich verdient?", wandte er sich dann an Britta, wie um die düsteren Gedanken zu verscheuchen.

„Ich will mich für eure Gastfreundschaft bedanken", erwiderte Britta.

„Aber das hast du doch schon mehrfach", wandte Bröker ein. Dabei schob er Pagelsdorf, der sich hinter seinen Rücken geschlichen hatte, ein Hackbällchen zu, als er sich unbeobachtet glaubte. „Und es wird sicher auch noch mehr Möglichkeiten dafür geben. Nicht, dass ich etwas dagegen hätte, von dir kulinarisch verwöhnt zu werden", schob er schnell nach. „Wenn ich nur noch den Wein beisteuern muss, wird mein Leben umso leichter."

„Na, das hatte ich doch gehofft", grinste seine alte Freundin. „Allerdings weiß ich nicht, wann sich so schnell die nächste Möglichkeit ergeben wird, gemeinsam mit euch ein kleines Gelage zu feiern."

„Wieso denn nicht?", fragte Gregor. „Sag nicht, du ziehst wieder aus."

„Na ja, eigentlich bin ich ja nie so richtig bei euch eingezogen", gab Britta zu bedenken. „Erinnert euch, dass ich eine eigene Wohnung habe, in der ich auch sehr gerne wohne – es sei denn, dass sie gerade von einem Wasserschaden überflutet wird. Und der Schaden ist nun endlich so weit behoben, dass ich wieder zurück in meine Wohnung kann. Das Wasser ist abgepumpt und die Rohre sind repariert. Dafür laufen jetzt Tag und Nacht die Trockner und es muss jede Menge aufgeräumt werde. Dazu bin ich besser vor Ort."

„Das ist aber schade", entfuhr es Bröker. Eigentlich hätte er nie zugeben wollen, dass ihm die Tage mit Britta gefallen hatten.

„Ja, einerseits schon. Andererseits sehne ich mich auch nach meinem Zuhause", gab seine Mitbewohnerin zurück. „Immerhin habe ich so mitbekommen, wie es ist, wenn du ermittelst."

„Apropos", schaltete sich Gregor ein. „Ich staune, wie schnell du den Fall schlussendlich aufgeklärt hast. Und das beinahe ohne meine Hilfe. Nicht, dass das zu einer schlechten Angewohnheit wird."

„Ohne dich wäre ich nicht so weit gekommen", gab Bröker zu. „Von dir hatte ich die Info, dass die Daten der Tage, an denen Stachel größere Chargen abgeschrieben hat, mit denen der Beutezüge von Chris Bohnenkamp übereinstimmten. Das hat den Verdacht schon einmal in die richtige Richtung gelenkt. Die Idee, dass dahinter Erpressung steckt – also auch eine durch euren Raspiritter, kam mir, als ich Stachels Kontoauszüge gesehen habe. Dass er durch diese Schlägertypen erpresst wurde, habe ich ja schon vorher geahnt, nachdem ich das Quartett auf dem Friedhof gesehen habe. Irgendwie hatte ich auch Glück …", grübelte er.

„Das sagst du immer über deine Fälle", grinste Britta.

„Stimmt doch auch", erwiderte der *Mister Marple von der Sparrenburg.* „Wäre Stachel nicht bei dem Wort *Erpressung* völlig zusammengebrochen und hätte alles zugegeben, ich weiß nicht, wie lange wir noch im Nebel gestochert hätten. So hat er nicht nur meine Ermittlungen in einem besonders guten Licht dastehen lassen, er hat mir auch die nächsten Wochen gerettet."

„Wieso? Meinst du, dass dich van Ravenstijn jetzt weniger triezt, nachdem du den Fall aufgeklärt hast? Ich dachte eher das Gegenteil", erkundigte sich seine Mitbewohnerin.

„Oh, er triezt mich eigentlich gar nicht mehr", lachte Bröker. „Ach, entschuldige, ich vergaß, dass du in den letzten beiden Tagen ziemlich beschäftigt warst und nicht alles mitbekommen hast", fügte er hinzu, als er Brittas fragenden Gesichtsausdruck sah. „Ich fand, dass ein aufgeklärter Fall ein würdiges Ende für ein Praktikum ist und habe gekündigt. Dazu kam, dass van Ravenstijn am letzten Tag auch kein ebenbürtiger Gegner mehr war."

„Wieso das denn nicht?", hakte Gregor nach.

„Er war irgendwie am Boden zerstört", griente Bröker. „Seine Mutter hat angerufen und ihn zur Schnecke gemacht. Er schreibt ihr nämlich jede Woche, aber in der letzten Woche hat sie aus unerfindlichen Gründen keinen Brief bekommen. Den muss wohl der Praktikant verloren haben, der ihn zur Post bringen sollte."

„Na, dann hoffe ich, dass dir das mit meinem Abschiedsgeschenk nicht auch passiert", lächelte Britta und überreichte Bröker einen Umschlag.

Der riss ihn auf, griff hinein und fasste in etwas Spitzes. „Au!", beschwerte er sich. Verwundert blickte er auf einen Knopf, nein, das war kein Knopf, das war eine Anstecknadel, eine Art Brosche mit einem Emblem, das er nicht deuten konnte. „Was soll das sein?"

„Das ist das deutsche Tanzabzeichen in Gold", grinste Britta. „Dafür muss man normalerweise fünf Kurse absolvieren, Du bekommst es für nur eine Stunde, eine Auszeichnung für besondere Tapferkeit gewissermaßen."

„Dann hätten es meine Tanzpartnerinnen auch verdient", gab Bröker zurück.

„Stimmt", zwinkerte Britta ihm zu. „Darum verspreche ich auch, dich nie wieder zu bitten, in einen meiner Tanzkurse zu kommen."

„Und wenn doch, schickst du vielleicht besser den Hund", lachte Gregor. „Aber nur, wenn du ihn nicht weiter hinter deinem Rücken fütterst. Ich weiß, du glaubst, wir haben es nicht gesehen, aber natürlich haben wir das. Aber denk dran: Fette Hunde können nicht tanzen."

Bröker ließ beschämt den Blick sinken.

„Außerdem gibt es da noch ein kleines Problem, wenn Pagelsdorf für dich zum Tanzkurs geht", fuhr der Junge fort.

„Ich will ihn ja gar nicht zum Tanzen schicken", erwiderte Bröker unwirsch. „Aber was für ein Problem meinst du?"

„Ich denke, Pagelsdorf muss sich da bei den Damen einreihen", grinste Gregor. „Ich weiß, dass du dich da nicht so auskennst. Aber wenn du mal genau hinguckst: Pagelsdorf ist ein Mädchen."

„Oh nein", stöhnte Bröker. Darüber hatte er sich in der Tat noch überhaupt keine Gedanken gemacht. Ob er ihm – oder ihr – nun einen neuen Namen geben musste? Ach was, schließlich gab es wahrscheinlich auch eine Frau Pagelsdorf und überhaupt: Der Hund hatte sich nicht über seinen Namen beschwert.

„Vielleicht ist mein Geschenk ja eher etwas für dich", ergänzte sein Mitbewohner in diesem Moment und hielt ihm einen Plastikbeutel hin.

„Was ist das?", fragte Bröker verwirrt.

„Konfetti", erwiderte Gregor. „Damit du das nicht immer selbst machen musst."